如水魑沉没之物

MIZUCHI NO GOTOKI SHIZUMU MONO

[日] 三津田信三 著

张舟 译

文化发展出版社
Cultural Development Press

◇千本樱文库◇

◇前言 PREFACE

文库，原本是指收纳书物的仓库和书库，也指收纳书与记事簿，以及不常用物品的小箱子。以前者为例，京浜急行线的“金泽文库站”就是以前镰仓时代北条氏用来收藏汉书用的，“金泽文库”名字的由来便是如此。东京都的世田谷区也存在着收集着珍贵汉书的“静嘉堂文库”。后者则更多地被称为“手文库”。

江户时代以来，可以放入袖袂的小开本书籍逐渐流行起来，被称为“袖珍本”。明治三十六年（1903 年），富山房发行了小开本的丛书，起名“袖珍名著文库”。随后，明治四十四年（1911 年），讲述战国时代的猿飞佐助和雾隐才藏系列故事的讲谈社“立川文库”发行出版。讲谈是日本民间艺术，以口语化的方式讲述历史故事的形式。而“立川文库”则是将讲谈收录成册集中出版的丛书，据统计，当时刊行量为 200 册左右。从那时起，文库就脱离了原本的释意，逐渐演变成了现在的类书集丛。

文库说法借鉴了日本出版业界的传统说法。而千本樱源自日本奈良县吉野山樱花盛开的奇景，世人皆称“一目千本樱”来形容樱花美景。千本樱文库的纳入作品皆为日系作品，题材包括推理、悬疑、幻想、青春、文化等类型，正如千本樱满山盛开的绝景。

现代日本，以“文库”命名刊行的丛书系列有 200 种以上，所谓“文库本”只不过是统称而已。日本传统的“文库本”常用的是A6尺寸的148mm×105mm，也叫“A6判”。千本樱文库的所有书籍将在“文库本”的基础上提升，达到148mm×210mm的开本标准。追求还原的前提下，力图带给读者更清晰的阅读体验。

从二十世纪七十年代以来，日系推理小说逐步进入中国读者的视野。随着时代更替，涌现出了各种不同风格的作家。日系推理能够长久不衰的原因之一在于设立的各种新人奖，这些新人奖能为日本文坛输送新鲜血液，不断地创作优秀作品。但是，新人出道的条件并非只有获奖这一条途径。多样的文学新人奖具备相当完善的审查机制，即便是没能获奖的作家，也有机会出道。比如东京创元社的“鲇川哲也奖”，有不少作家在当届没能获得大奖，只是止步候选阶段，后来却都成为了人气作家。另外，不急于出道的作家也是有的。1994年，东京创元社创立了“创元推理短篇奖”，第一届的赛事中收到了123篇投稿作品，其中名为《子喰鬼缘起》的作品晋级到了最终候选阶段。同年，由光文社公募投稿作品进行出版，鲇川哲也主编的《本格推理3 迷宫的杀人者们》中也收录了一篇名为《雾之馆》的作品。而这两部投稿作品都出自一人之手——三津田信三。

早在二十世纪九十年代，三津田信三的投稿作品就已经被刊登在出版物上，也可以视为出道。但普遍被认为是出道的标志作品，还要等上七年。2001年，讲谈社出版了三津田信三的第一本书，他的作家人生正式起步。出道作即为“作家三部曲”的第一作《恐怖小说作家栖息的家》，该系列被归为怪奇小说，作者的独特风格已经初见端倪。

前言

“作家系列”完结之后，三津田信三便打破常规，创作出了怪异谭式的推理小说“刀城言耶系列”。该作是以作家刀城言耶为主角，解决各种不可思议的犯罪事件的故事。作者巧妙地将乡土民俗学，本格推理写作技巧，以及惊悚恐怖氛围相乘组合，辅以二战前后的独特时代背景加以呈现。创造出了前所未有，无与伦比的文学魅力。“刀城言耶系列”在日本是由原书房和讲谈社两家出版社出版发行，因此引进整个系列的过程也并非一帆风顺。今后，千本樱文库将陆续出版整个系列的全部作品，还请各位读者尽情感受“刀城言耶”的怪异之谜。

千本樱文库编辑部

◇三津田信三

刀城言耶系列

◇《如厌魅附体之物》
◇《如凶鸟忌讳之物》
◇《如首无作祟之物》
◇《如山魔嗤笑之物》
◇《如密室自闭之物》
◇《如水魑沉没之物》
◇《如生灵双身之物》
◇《如幽女怨怼之物》
◇《如碆灵供祭之物》
◇《如魔偶招致之物》

作家系列

◇《忌馆·恐怖作家的居所》
◇《作者不详·推理小说家的读本》
◇《蛇棺葬》
◇《百蛇堂》

SA 行系列

◇《避难所·杀人告终》
◇《废园杀人事件》

非 系列

◇《赫眼》

家 系列

◇《祸家》
◇《灾园》

物理波矢多系列

◇《黑面之狐》
◇《白魔之塔》

幽灵屋敷系列

◇《家中是否有可怕的事情》
◇《特意在忌讳之家居住》
◇《被邀请到不存在之家》

其他长篇

◇《七人捉迷藏》
◇《窥视之眼》

水魑の如き沈むもの

『刀城言耶』系列 06

目　录
CONTENTS

物种村的人们

水内龙吉朗　水内神社的宫司

世路　四子

芥路　世路的长子

佐保村的人们

水庭流虎　水庭神社的宫司

游魔　养子

甘木　村里的派驻巡警

青田村的人们

水分辰男　水分神社的上代宫司

辰卅　长子，现任宫司

其他人等

樽味市郎　大阪的酒铺的长子，清水悟郎的哥哥

刀城言耶　怪奇幻想作家，笔名东城雅哉

阿武隈川乌　市井民俗学者

祖父江偲　怪想舍的编辑

1 宫司，神职名。神社之长，总管社内的所有神职人员及巫女。

主要登场人物

五月夜村的人们

水使龙玺　水使神社的宫司[1]
汩子　龙玺之妻
龙一　长子
龙三　次子
八重　龙三的第三任妻子
重藏　水使神社的仆人
留子　水使家的女仆主管
宫本左雾　水使家的养女
鹤子　长女
小夜子　次女
正一　长子

青柳富子　原村长家的女儿
清水悟郎　酒铺的入赘女婿
久保　青年团代表
高岛　村里的医生
坪束　村里的派驻巡警

水内神社
水庭神社
水分神社
樋门
水神塔
参道
樋门
水神塔
深通川
下桥
樋门
水神塔
川道
小
(陋
物种村
佐保村
青田村

波美地区绘图

（刀城言耶取材笔记的草图）

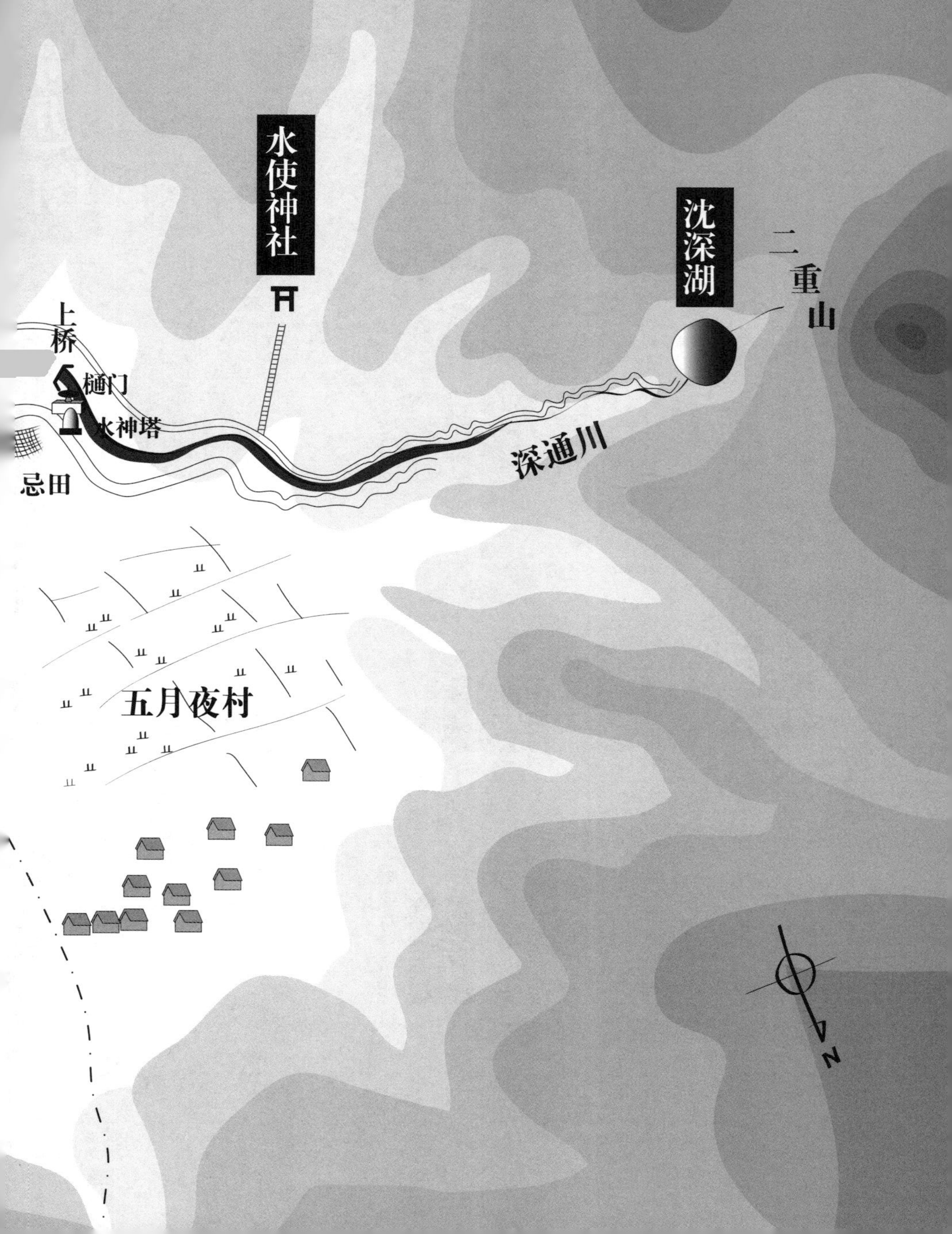

沈深湖周边图

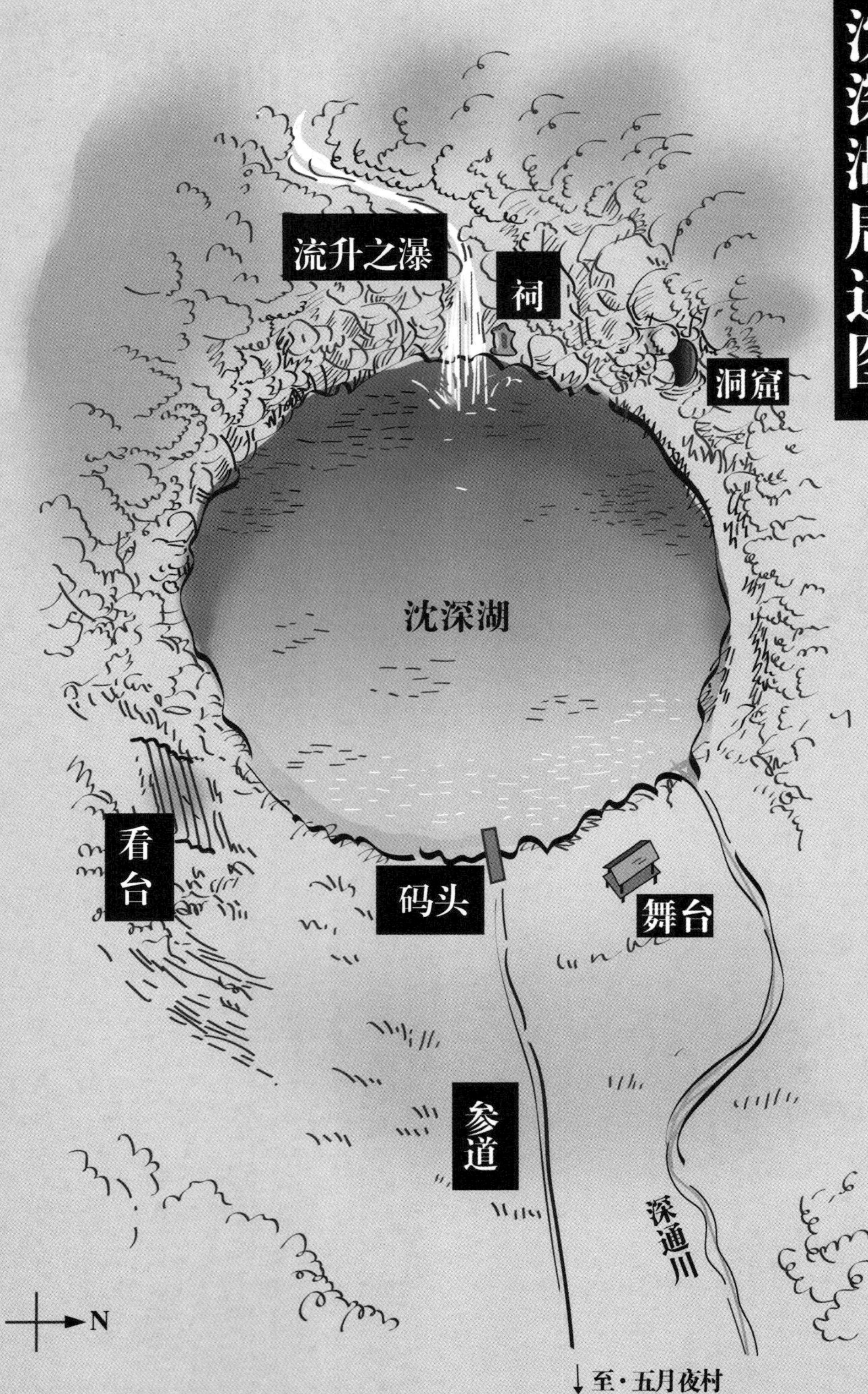

前言

战争结束已近十载的某年六月，奈良县蛇迁郡的波美地区发生了神男连环杀人案。记录本案时，我决定基本采取以本人视点为轴的第三人称叙述方式。然而文内表述中，也存在微妙的、以旁人视点进行描写的地方。就这层意义而言，或许该说是不太严谨的自我视点第三人称吧。

不过，取材自宫木正一先生的那部分，分量既多，而且怎么也无法编入主线的记载，于是我尝试了基于他自身视点的第三人称记叙。由此，我想预作声明：相关章节虽以取材笔记为底，但也掺杂了本人的大量想象——其中还包括“这两项记录未必会按时间序列构成”这一事实。

又及，采用与正一先生相同手法描写的人物还有一位（且只有一位），我很自负，对此人鲜活姿态的刻画比正一先生尤佳吧。

昭和某年皋月[1]　东城雅哉　即刀城言耶　手记

1. 皋月，阴历五月的别称，读作“さつき”。阴历五月是种稻时节，古语“さ”有耕作之意，“つき”为月，合起来即“种稻之月”。汉字“皋”则有“献给神的稻”的意思。

第一章

阿武隈川乌

闲话水魑大人

“奈良有个山村好像事隔多年又要举行那个祈雨仪式了，听说曾经非常离奇地死过人呢。”

在京都河原町接连吃过西式餐厅的咖喱、中式餐厅的炒饭和日式快餐店的亲子盖饭后，阿武隈川乌还去咖啡屋点了烤饼，然后回到西式餐厅。这次他舔着圣代，扫平了豆沙水果凉粉，最后坐在第二家咖啡屋续了第三杯咖啡，这才又开尊口。

“这些真的能报销吗？”

刀城言耶忧心忡忡地问道。

他身旁的编辑祖父江偲露出满不在乎的表情。

“比起田卷先生的酒钱来，这点东西简直少得可怜。”

这可真是……言耶心道：田卷总编与人气作家喝酒吃饭，其结果给怪想舍的侦探小说杂志《书斋的尸体》带来了长篇连载，因为有实绩才被认可。而你的对象阿武隈川乌前辈，他说的根本就是不知有几分可信的闲话，值不值咖啡里加的那一勺糖都令人怀疑。虽说如此，毕竟不能在本人面前说出口，更别说自己也沾了光，撕烂嘴也不能质问她。

环游六家店期间，言耶只点过咖喱和咖啡，祖父江偲则要了咖啡、中华馒头、烤饼，以及红茶、咖啡各一杯。尽管她嘴上说着什么都不点不太好，可怎么看都觉得她吃得很开心。

“不提那个了，老师，我一直在说——”这时，祖父江偲似乎不满地突然转向言耶，“请你不要每次见面都这么客气。老师外出民俗采风，过着晓行夜宿的旅居生活，我们很久才能见上一次，但也不能因此就疏远吧。”

“就是就是。你小子从前就是一个冷淡的家伙。”

阿武隈川插了句稍微有点驴唇不对马嘴的话。这人有个扭曲的嗜好——大学那会儿，学弟言耶要是被人捉弄、被说坏话、受到欺负，他就会幸灾乐祸，对方若是女性则更是兴高采烈。

“刚觉着总算融洽起来，能亲密地交谈了，老师就会马上动身去下一个目的地。回来以后，又用起生分的说话方式，从头再来。这样子反反复复，人家实在是厌了啦。”

“非常抱歉。实在是让您为难了——”

“你看你看！又是这样的说话方式！”

“哎……非常抱……啊不，对不起……不不，对不住？”

“对啦。这样就很好。”

“不过，祖父江小姐啊。”言耶难得地摆出了反击的架式，“每次碰头时，我都拜托你不要再叫我老师了，你不也一点都没听进去吗？”

“说是这么说，可老师就是老师啊。”

“你看，被称作老师的人应该是经验更丰富的权威作家，像我这样——”

“乳臭未干、卖不出价的落魄文人，最终下场就跟茶沫子一样的可怜孩子，怎么着也不能称老师吧。”阿武隈川当即接口道。这种时候，他的嘴皮子确实利索。

“黑哥，连我都没把自己贬成那样啊。”

“你呀，尾巴翘上了天可不行！”

顺带一提，所谓的“黑哥”，是根据阿武隈川的“乌”这一怪名而起的绰号。

阿武隈川乌的老家在京都某个颇有来头的神社。这等出身，以他本人那讨厌品性实难想象，可以说他只有这一点很了不起。只是他没有继承家业，毕业后仍在不断地继续进行，从学生时代就没停过的民俗采风，足迹遍布全国。不过，对于地方上的奇怪礼仪，以及奇妙风俗却异常精通。此外，或许是因为有老家这个知者自知、源流正统的著名神社做后盾，总之他交游甚广，什么地方都去。拜其所赐，如今他已成了彻头彻尾的市井民俗学家。

另一边的刀城言耶，是以笔名东城雅哉发表怪奇幻想小说和变格侦探小说的作家。言耶向来痴迷怪谈奇闻，不知从何时起，他基于兴趣亦为兼顾生计，开始起劲地收集怪异故事，因此不断周游日本各地。以致原稿创作都几乎在旅行所到之处进行，被编辑们称为“流浪中的怪奇小说家”。

祖父江偲便是编辑之一，她是刀城言耶在怪想舍的负责人。怪想舍是战后创立的新兴出版社，推出了一本名为《书斋的尸体》的侦探小说专业月刊。出版社始终不忘制作内容丰富的杂志，比如出道自《宝石》杂志的知名作家江川兰子的连载等，在业内专业杂志不断休刊的景况下，依旧维持着稳定的发行量。

三个人会约在京都见面，主要是阿武隈川乌了解到，在自己难得回老家神社的期间，祖父江偲也因法事回了大阪的老家，而言耶则刚好途经关西。既然都在附近就聚一聚吧。另外，阿武隈川还说有别的事商量，二人就赶到了京都。现在他的样子很是奇怪。不，他的怪样也没少见，只是特意把人叫来了，又迟迟不说正事。

言耶还在想着为什么呢，就见阿武隈川在吃饱喝足的瞬间，终于势利地开了口。失望之余，不免担心这饭钱真的能报销吗。然后，祖父江偲又拿奇怪的事刁难起自己，话题越来越偏离正轨。阿武隈川又兴奋过头，所以情形更加不妙。

果然不该让前辈和祖父江小姐同席啊。

言耶后悔了，明明从以前的经历中得到过教训……而且再一琢磨，光是面对其中的任何一位就很头痛。同时对付两个简直太失策了。他反省道，须得更善待自己才行啊。

后知后觉的言耶思绪万千，就在这时——

“对了，黑前辈，那个祈雨仪式好玩吗？够不够作小说的题材？”

祖父江偲突然把话题扯了回来。到底是编辑。她请阿武隈川吃喝，目的也是为了从他那里套出言耶感兴趣的民俗学方面的怪异故事，进而再根据所需请言耶赴当地取材，随后在《书斋的尸体》上连载长篇新作。

“啊啊，叫我阿武隈川老师也没关系的，不必客气。”

说起来，他一向就跟言耶相反，不管对方是谁，都想让人家称自己“老师”。诚然，他对民俗学领域的怪异事物知之甚详，尊称一声老师倒也无妨。只是其人品阻碍了他。若没有尊崇之心，则很难称呼对方为“老师”。而无尊崇之心却又满不在乎地叫“老师”的家伙，多半是心怀鬼胎吧。譬如接下来的祖父江偲。

“阿武隈川老师，请您务必告知详情。”

“哦，是这样啊。”

阿武隈川一脸喜悦。只怕他原本就不清楚自己的恶评吧，抑或是一心以为旁人不可能说自己的坏话。所以，即便对方露骨地拿愚弄的语气叫一声“阿武隈川大师”，他也绝不会察觉。说不清这种性格是赔了还是赚了呢。

“啊，说给偲妹子听，当然没有问题。”

好像能听到要紧事了，言耶刚安下一半心，阿武隈川就开始说起怪话。

“可是啊……”

“黑哥你等等，怎么就像我犯了什么过错，而你又没法说出来似的？”

“叫我阿武隈川老师！”

“乌大明神，到底是怎么回事啊？”

“你看你看，装傻啊，这家伙总来这一套！”

阿武隈川对着祖父江偲，装出一副笨拙得连蹩脚演员都挺难做到的哭脸。

“刀城老师，你真的毫无头绪吗？”

“唔……没有。”

祖父江偲瞪了一眼断然否定的言耶，脸上浮起关键时刻才会露出的笑容。

“阿武隈川老师，乌大明神，此刻请您务必看在我的薄面上，酌情处置。”

“也是啊。好吧，如果这家伙说好了不再犯同样的错误，我也不是不能考虑。”

“明白了。绝对不再犯，不让他再犯。信守约定，我会让他信守约定的。”

都没搞清错在哪了，祖父江偲便当即应承下来。就连阿武隈川也对这份轻言易诺感到不可信吧，疑神疑鬼地看着她。

“前辈，到底是什么事，请明示。”如此下去解决不了问题，于是言耶郑重相询。

“光从咱这里打探信息，接下来的好处就只你一人独享。总之，你给我少干这种坏事！”

“哎……我几时做过那样过分的事？”

“啊，又装傻！”

“所以我才问是什么时候？”

“这个么……说起来是去年秋天吧。”

“那段时间……我和前辈想去奥多摩更深处的媛首村，结果却到了神户地区的奥户，莫非是那个时候？”

“你看，不都记得吗？”

“听你说是去年秋天，才联想到了。更多的就——”

“还不明白吗！在去媛首村的火车上，不是有个舍不得拿吃的东西出来的派驻巡警就坐在我们对面吗。”

顺带一提，阿武隈川从此人那儿拿到了一个橘子和整整一袋脆饼。准确地说，阿武隈川只得到半个橘子，而另一半是他趁对方说着“请吃”递给言耶时，从旁掠走的。也亏他能把那样的人说成舍不得拿吃的出来，不过为了推进话题，言耶只当没听见。

“他讲了淡首大人的事呢。”

“没错没错。不过，问题出在后面。”

“后面的话……是指山魔的事吗？”

“就是这个，就是这个！本来嘛，关于山魔的事，启发那个小气巡警的人不就是我吗？”

“所以，我们两个就在中途下车，然后一起去了奥户，对吧？”

“只有那个时候啦。”

“哎？”

“少装蒜！什么‘哎’——两个月前，你不是一个人去奥户了吗？”

“那是因为祖父江小姐给我看了乡木靖美先生的原稿——”

“既然读到了导致你再次去奥户的有趣原稿，应该也通知我一下吧。”

“我想通知，可黑哥不也过着四处旅行的生活吗。更何况，你又不像我，基本会定期和出版社互相联络，真就是一个随心所欲的旅乌[1]。谁都不知道你在哪里啊。”

“你这家伙，我动不动就出门旅行，名字又是乌，所以你就把这两个搁一块儿说成‘旅乌’，自以为表达能力出众，得意得很是吧。对这种玩意儿，我可佩服不起来。”

“那个——谁也没这么想啊。”

这人真是麻烦，或者说是纠缠不清。

“而且，只是为了抢功去奥户也就算了，可你还在那里碰上了奇怪的案子！”

1. 旅乌，无固定住处，流浪外乡的人。

的确，言耶在那里卷入了一桩与村落自古流传的六地藏童谣相关的比拟连环杀人案。

“黑哥，也不能因为这个就说我从前辈那里打探信息，独自享乐吧。那可是杀人案啊！倒不如说是我倒了大霉——”

“行啦，少胡扯了。一家人从山里的孤宅消失、密室中的无面尸、比拟杀人、金山之谜……不都是很有意思的案子嘛。这些都让你独占啦！”

“什么乱七八糟的……”

“本来嘛，要是那时没中途下火车，咱们就会在媛首村遇到无头连环杀人案呢。”

“是那桩蒙面作家江川兰子偶然去村子拜访合作伙伴时遇到的案件吧。”

兰子基于那段经历，从今年一月期开始，在《书斋的尸体》上连载了长篇《血婚舍的新娘》。

“对啊！如果直接去了媛首村，也许就能知道兰子的真容了。”

“你这家伙，说什么呢！还有，蒙面作家之类的，大多是对自己的长相没信心，却又自恋得很的那种货色。所以啊，实际一见面，多半都是丑女。会很失望的哟。”

“你和蒙面作家见过面？”

“没有。”

“……”

“这事不用见面也知道吧——这些话先一边去。本来嘛，现实中的杀人案什么的，江川兰子可解决不了，所以才搞得扑朔迷离。

如果我去了那村子，凭借快刀斩乱麻的卓越推理，一转眼就能解开各种谜团，作为名侦探阿武隈川乌，如今已是名震江湖啦。这些全被你搅黄了！”

被找碴到这等地步，就连已经习惯阿武隈川乌胡言乱语的言耶也无言以对。在无言以对之前，实则已丧失了回话的气力。他脑中一片空白，只是在想，学生时代似乎也遭遇过类似的刁难……也因此，言耶一时间没能理解祖父江偲之后的话。

“话说，黑哥这次也一起去那个奈良深山的村子不就好了吗？”

“你说什么？”

“刀城老师收集怪谈，所到之处经常会被卷进奇怪的现象或不可思议的案子。不，就连只是打算走一趟的媛首村也发生了恐怖的无头杀人案，由此可见概率高得惊人。”

“祖父江小姐，你在说什么——”

“也就是说，只要跟着刀城老师一起参加那个祈雨仪式，就有可能被卷入了不得的大案——”

“原来如此，这敢情好！为什么咱以前就没意识到呢。”

“哎？等、等一下。”

言耶慌了神。不知不觉中，竟变成自己要跟前辈结伴同行。

“当然啦，人家也要一起去！”

“什、什么？”

而且祖父江偲还在落井下石。她一旦自称“人家”，多半就没什么好事。

“你有工作，不回东京不行吧。”

“陪同我负责的作家老师一起取材，可是名正言顺的工作哦。”

“还没有决定去呢？”

“我们要不要去，不是取决于乌前辈说的仪式那事吗？对吧，阿武隈川老师？”

“当然啦。咱和祖父江偲妹子就是这么打算的。可你呢，尽说些乱七八糟无关紧要的话，结果兜了好大一个圈子。”

至此两人已是彻底的臭味相投。言耶只觉得正身处噩梦的深渊。他毅然发誓，今后绝不在这两人同席的时候露面。

“奈良的深山里呢，有个叫波美的地方。”

阿武隈川终于开始进入正题。

“在四面环山、东西狭长的盆地里，有四座村庄。最里面的，即西端的五月夜村[1]第一个被开拓，接着向东依次开拓了物种村、佐保村和青田村。”

“村里的主要产业为农业，而且还是水稻种植，对吗？”确认了村名的汉字后，言耶问道。

“嗯。向南北延伸的土地上，水田和住宅主要集中在北侧的五分之四，神社和寺院则位于南侧的五分之一内。”

“刀城老师为什么知道是以水稻种植为主？”

祖父江偲的发问令言耶滔滔不绝起来。

“根据村名，我想是这样吧。五月夜村的五月是插秧时节，物种村的物种含有春季播种的意思。佐保村的佐保让人联想起春之神——

1. 五月夜村，村子读音分别是五月夜（さよ），物种（ものだね），佐保（さほ），青田（あおた）。

佐保姬，而青田村的青田，不用说，指的就是水田因水稻生长变得绿油油的状态。顺便说一句，物种和佐保姬分别是四月和三月的季语。换言之，随村庄被开拓的顺序，季节从五月向四月、三月回溯。第四个村子的青田为六月的季语，大概是因为二月的话就成冬天了吧。"

"喔，好有趣啊。不过既然如此，把第一个村取名为青田村，就能顺顺当当地从六月排到三月了嘛。"

听了祖父江偲理所当然的意见，言耶笑道："想必五月夜村的人们没想到在自己之后，还会有人迁来此地建设村庄吧。"

"原来如此。对了，老师，水田在北面的话不就照不到太阳了吗？"

"波美地区四面环山，所以如果在南侧，会受山的阻挡，出现阳光照不到的地方吧。而北侧的话，自然就能全方位地接受太阳的照射。"

"是这么一回事啊。"

"另外，如果把神社和寺院所在的南侧看作圣域，那么村民营生的北侧就成了俗界。换言之，也能看成是有意识地将'圣'与'俗'划分开来了。"

"啊，听你这么一说，还真是的。"

"喂喂，你们到底想不想听我说！"

言耶和祖父江偲两人只是单独说了会儿话，阿武隈川就闹起别扭来。

"当然想啦，阿武隈川老师！我的疑问、刀城老师的回答，不都是因为有乌大明神您的话在先吗？"

祖父江偲立即奉上高帽，阿武隈川摆出一副"你们知道就好"的态度，继续道：

“北侧村庄的空间与南侧神社寺庙之间，自西向东、婉延曲折地流淌着一条名曰深通川的大河。这河里的水被引入水田，又是村子的生活用水，所以对波美四村来说是极为重要的母亲河，不过呢，给村里带来洪水与干旱灾难的也是这条深通川。”

“所以就要说到祈雨仪式的事了？”

“且慢。不管怎么说，也不能一下子扯到那里去。波美地区有一个番水惯例。”

“什么意思？”

“所谓番水，是指在水田种植水稻期间遇到干旱，农业用水怎么也无法遍及全部田地时，以村或地区为单位，规定好时间，按顺序灌溉的机制。换句话说，就是为避免争夺水资源，使围绕着灌溉产生的不公行径无以盛行而想出来的一种方法啦。”

“为实施番水——”阿武隈川觉得自己又要被晾在一边了，急忙开口道，“就必须有一个组织。可以说，不进行统一管理的话，这种事是干不成的。在县级水利合作社里，农家成不了社员，而是由市町村的职员兼任。不过，由于平时什么活都没有，说是兼任其实也不是什么大不了的工作。在波美地区这边呢，水利合作社是由各村的神社组织的，此例在全国也属罕见。”

“噢……”

言耶发出了奇妙的声音，也不知是附和、感慨还是叹息。在祖父江偲看来，宛如预示着什么的征兆。

“至于各村的神社，”阿武隈川自然是没注意到后辈的这种微妙变化，“五月夜村是水使神社，物种村是水内神社，佐保村是水庭神社，青田村是水分神社，如此这般全都带一个‘水’字，很是讲究。”

“汉字的表意也相当有趣啊。”

“这方面的解释以后再说！而且啊，更耐人寻味的是四家神社的神体。”

“难道祭祀神不是水神‘弥都波能卖神’或守护田地土壤的‘波迩夜须毗卖神’吗？”

“供奉的神还是这些。我说的是神体本身啦。不间断地变化，却又永远不会改变之物，这里的神体啊——”

“就像猜谜语一样嘛。”祖父江偲看看言耶，像是在说这真叫人摸不着头脑，“你们在说什么啊？”

言耶低语道：“水吧。”

“哎？水……”

“莫非是四家神社都把深通川的水引到了本殿？”

言耶一猜即中，令阿武隈川摆出了一脸无趣相：“就是这么回事。不过，引来的水又放回了河里，所以本殿的水也不见得有多特别。”

“可这简直就是在祭祀水神大人吧？”

“表面上啦。”

阿武隈川的措辞意味深长，随即言耶忽地一探身，道：“去地方上的神社走一走，就能见到很多这样的例子，即表面上祭祀与《古事记》或《日本书纪》的皇室家谱有关联的神，其实却另有祭祀神。波美的神社也是如此吗？”

“这话稍后再说，关于水利合作社的说明还只讲到一半呢。”

阿武隈川逗人着急似的，稍稍将话题拉回了一点。

“四家神社位于深通川的南侧。除了最里面的五月夜村的水使神社外，其他三家都建在村界上。换言之就是西端啦。在神社附近的河岸上设有樋门——”

“所谓樋门，是指农业用水的取水口。”

言耶早已察觉祖父江偲想要发问，就在不打断阿武隈川话题的情况下插嘴补充说道。只是，这个说明很成问题。

“在西日本叫岩樋，在东日本有时被称为穴堰。从山中涌出的河川进入平原时，经流之处扇状地形十分发达，在扇形顶部通常能见到小小的石山。由于石山紧迫河川，水流自然平稳。于是人们就凿岩开洞，从中取水。因此才有了岩樋和穴堰之类的名字。这种樋门也不易受洪水的影响，所以作为农业用水的取水口是最合适不过的——”

言耶没完没了地说，眼见阿武隈川面露不快。祖父江偲看在眼里，心里捏了一把汗，但也没打算制止言耶，反倒听得很认真。

“嗯，感谢刀城言耶老师。好了，阿武隈川大师，让您久等了。”了解樋门的来龙去脉后，祖父江偲“忽”地封上言耶的口，“蹭”地撬开了阿武隈川的嘴。三人当中最不好惹的其实是这位祖父江偲吧。

“干旱时，会定下时日，平等地依次执行番水，不过——”

阿武隈川再度愉快地开了口，令言耶佩服地——不，还不如说是心怀畏惧地看着祖父江偲。

“任谁都能看得出来，最上游的五月夜村最有利。”

“他们是第一个来拓村的，占这么一点优势又怎么了？”

“不不，这样的话，番水可就失去意义了。最重要的是，如果认可这种特例，就会变成村与村之间争斗的火种。”

“啊，说的也是啊。”

“不过话虽如此，也只是流于表面而已。”

“又是当面一套，背后一套吗？”

言耶似有不安地问，只见阿武隈川露出“你这话真幼稚”的表情。

“如果只是因为村子的地段和历史问题，也许就形不成波美地区水利合作社内部的这种力量关系了。”

“还存在其他的问题是吧？”

祖父江偲插了一句，而言耶则低声嘟哝道：“番水的组织主体是神社，恐怕在这一方面有些什么——”

“我说你呀，听别人说话的时候，能不能抱着一颗更坦诚的心，竖起耳朵好好听啊？”

“果然是这样啊！”

“喂喂，我可还什么都没说呢。”

“但是，四家神社的神体应该是一样的，都是从深通川引入的水。如果说会有什么不同，那就是祭祀神了。但话说回来，我又有点难以想象，水神或田神竟能影响到各神社的力量对比。”

“我都说了，你什么时候才能停止这种抢风头的行为！”

“是是，对不起。这么说，四家神社真正祭祀的神——不，是那个祭祀方法、祭祀力量之间，可能存在明显的差距是吗？”

面对已半沉溺于自我思考中的言耶，阿武隈川大加挖苦：“偲妹子，这家伙看上去人畜无害的，其实是个性情乖张的人吧。”

“刀城老师听到自己不知道的怪谈时也是如此，像这样只要开始解释说明，往往就再也停不下来了。”

“要怎么才能阻止啊？”

阿武隈川提了个胡搅蛮缠的问题，不料祖父江偲却干脆地答道：“就是赶在刀城老师之前，先说出正确的解释吧。”

“波美的四家神社，真正祭祀的——”事不宜迟，阿武隈川打算迅速推进话题。他想赶紧说完令言耶着急上火的核心部分，然后再对波美地区的民俗做一番演讲。

“是名为水魑[1]的神啦。”

然而——

“水魑？是写成水之灵的那个‘水灵’吗？”

“不对。是写成水和‘魑魅魍魉’的‘魑’，合起来叫水魑。这东西的真面目我也不是很清楚，就是一种龙神吧——”

“什、什、什么！真相不明的神，名字是写成‘魑魅魍魉’的‘魑’的水魑！”

“笨蛋！别突然叫得这么大声！吓了我一跳——”

阿武隈川的牢骚发了一半，而言耶已是充耳不闻。

“关于水魑，从前《仁德纪》中有记载说‘尝有水魑苦民’。”言耶的口吻明显异于先前，“该生物似蛇却有四足，口喷毒气因而有害。原本是读清音的‘水魑’，‘mi’表水，‘zu’为助词，‘chi’乃灵之意，正是水之精灵啊。汉字写作‘蛟’，在中国被认为是龙的前身。也就是说，升天成龙之前，栖息在水中的就是蛟。”

“喂——”阿武隈川想说句话，但根本无隙可趁。

1. 水魑，罗马音为mizuchi，原文用的是假名ミヅチ，正如后文所说，古籍中ミヅチ拥有多种身份，虽然译作“水魑”，但不局限于单一解释。

“龙在中国是四瑞之一、与凤、麒、龟一同被视作神灵。人们认为它常能呼云唤雨，因此水之灵的水魑被说成是龙的前身倒也能接受。此外又有一说，所谓蛟龙是指有鳞的龙。不过，可以这么说吧，相比中国的神龙思想，日本的水魑概念有点含糊不清。水神这东西，当佛教传入时就成了引发水灾的邪神，有时又被拿来称呼同为水灵的河童，着实变化多端。”

“我说你——”

“还有一种说法，有人认为八岐大蛇是大规模洪水，把除掉它的素戋呜尊视为水神，即大蛇与龙的对决。也有人说素戋呜尊是风雨之神，所以当成龙神来看也未必不合情理。只是——”

“喂！你要说到什么——”

“对了对了。《万叶集》第十六卷中，有一首境部王同时诵咏多个事物的歌，‘我要是有骑猛虎越古宅，入青渊擒蛟龙的利刃，那该多好。’。”[1]

“我说……小言？”

阿武隈川也不得不承认，自己启动了刀城言耶不可触碰的开关，虽说为时已晚。如此一来，即便是阿武隈川，也无法制止言耶。只能一味化解，不断抚慰。

“你的高论让我受益匪浅，我们这就——”

---

1. 此处是经日语训读后的文字，《万叶集》第十六卷的原文是“虎尔乘　古屋乎越而　青淵尔　鮫龍取将来　劒刀毛我”。中文可译成：我要是有骑猛虎越古宅、入青渊擒蛟龙的利刃，那该多好。这首歌咏诵了数种令人畏惧之物，即虎、古屋、青渊、蛟龙、剑刀。

“啊啊！”

“这、这、这次又要干吗？我还什么都没说呢！”

阿武隈川吓了一跳，同时脸上露出了些许厌烦之色。

“波美这个地名里，原本就藏有线索！”

“这话怎么说？”

尽管阿武隈川使眼色让祖父江偲别搭理言耶，可她还是不管不顾地问道。

“《和名抄》里，蛇的和名是倍美，蝮的和名是波美。也就是说，地名本身就含有蛇的意思。”

“这个是牵强附会啦。说起来，波美原本不就是蝮蛇吗？”

阿武隈川立刻追究道。当然，言耶是不会在意的。

“在《善庵随笔》里，说到在水中捕杀人类之物，列举了河童、鳖和水蛇。蛊惑并加害人类的水蛇也被称为‘水魑’。一想到河童拥有同样的称呼，不觉得很有意思吗。嗯？说起名字，那条重要的河不就叫深通川吗？”

“这又怎么了？”

阿武隈川摇着头示意“别理他”，祖父江偲再次视若无睹。

“因为深通川的‘深’与蛇的‘巳’有共通之处。换言之，就是蛇通行的河。很像是八岐大蛇被解释成水灾的说法。不，深通川的话，大概是河的上游有着什么关键之物。”

“关键之物？”

“那就是水魑啊。”

终于，言耶直视阿武隈川的脸，然而，对方早已赌气地把头扭向一边，不愿回话。

“咦？不对吗？”

言耶的表情像在说“这怎么可能”。

“既然四家神社的神体是深通川的流水，其源头祭祀的就该是主体神。换言之，我是这么想的，各个神社就是一种若宫[1]吧——”

阿武隈川假装一无所知。

“我说，黑哥？”

“……”

“怎么啦，前辈？”

祖父江偲早就看出阿武隈川似乎在闹情绪。

“与刀城老师一起遭遇匪夷所思的案件，凭快刀斩乱麻的出色推理破解谜团，阿武隈川乌老师作为伟大的名侦探流芳百世——难道不是您的预定计划？”

“喔，可不是嘛！”

阿武隈川的态度转瞬即变。这男人虽有种种烦人之处，骨子里倒是极其单纯。

“逆深通川而上，可进入波美西端的一座山——二重山[2]。”阿武隈川就像什么事都没发生过似的，延续了话题。

“水源就在那山里吧？”

言耶也照常回应。说到底，这两个人没准是同一类人。

“那里有个叫沈深湖的大池子，名字里写有‘湖’字，听说其实

---

1. 若宫，供奉祭神之子的神社。

2. 二重山，读作“ふたえやま”。

也就跟上野的不忍池差不多大。”

“山中的湖……”

“不是那个湖哦。”[1]

“黑哥……请不要讲这种荤段子。而且无聊透顶。”

祖父江偲也理所当然地没有理会。

“湖的西侧有‘流升之瀑’，瀑布旁的岩石平台上供奉着石头祠堂。趁你又要自以为是地放出说明之前，我先说一句，流升之瀑的‘流’不用说，与‘龙’的读音差不多。”

“并非信仰流升之瀑吧？”

“嗯。如果是这样的话，那就变成了修验道[2]吧。”

“我也这么想。顺便说一句，沈深湖的‘深’字可能也有‘巳’的意思。只是……‘沈深’这个词本身就表示深水的意思，所以——”

“事实上，水好像挺深的，但没人测量过。然后，不是像鲤鱼跳过龙门那样，而是说水魑大人会从沈深湖的深邃湖底浮出，经流升之瀑入天，化身为雨龙降雨。反正就是这么说的。”

“呼……”祖父江偲沉重地叹了口气，“终于要说到那个重要的祈雨仪式了吗？”

“还真是的。拜这家伙所赐，兜了好大一个圈子呢。”

阿武隈川瞪着言耶表示赞同，只是祖父江偲的眼神中却明显流露

1. 沈深，原文是“ちんちん”，男性生殖器的意思。沈深湖的“沈深”读作“ちんしん”，读音十分相似。

2. 修验道，将日本传统的山岳信仰与佛教或道教等融合而成的宗教派系。修验者闭于山中，经过严酷的修行修得验力。

出“你也有份”的意思。

“是什么样的仪式呢？”

言耶也不管这两位，只顾催促下文。

“对哭闹的孩子和被怪谈附体的你，我是没辙的。不不，如果是哭闹的孩子，只要等眼泪流干就行，而你呢，就更难对付了。”

阿武隈川说完有婴儿的母亲听了怕是会晕倒的举例，然后继续讲述。

“据说水魑大人的仪式在村子开拓之始就有了。那个时候呀，发生了非常严重的干旱。仪式的原型就是由此诞生的吧。”

“历史相当悠久呢。”

“比起那些掌故，如今的水魑大人之仪更有趣，其有趣之处在于是那个水利合作社在起作用。换句话说，和决定番水的次序一样，仪式的执行也由四个神社轮流担当。”

“咦，我还以为一定是五月夜村的水使神社在主持呢。”

“为什么？”

“黑哥的话让人感觉，虽然存在水利合作社，但四个村里，五月夜村似乎受番水的恩惠最多。你又暗示地位不取决于开拓历史与地理位置。那样一来，莫不是神社的级别不同——”

“嗯嗯，是这样的。祭祀力量最强大的就是五月夜村的水使神社。”

“你所说的力量，自然也跟祈雨仪式有关吧。”

“所以嘛，番水的不平等只是一点点的话，自然会得到默许。”

“祈雨，真的就会下雨吗？”

与其说祖父江偲半信半疑，还不如说她心里存着九分怀疑。

“尽管不可思议，但据说水使神社的仪式从没失灵过……嗯，很厉害。”

“可是，这样的话——”祖父江偲侧首道，“水使神社为什么不主持祈雨仪式呢？”

“只有五月夜村的时候，应该是会主持的吧。随着迁入者逐渐增加、新的村庄向东扩展，神社也被分社，不久就成立了水利合作社。那时，水魑大人的仪式也自然而然地被导入了番水机制。总之，双方的关系是剪不断理还乱啊。”

“原来如此。”

“不过呢，另有真正的理由。不，我刚才的说明也是对的。由于村子的发展和神社的分社化，诞生了现在的这个组织体系。这应该是没错的。”

“但除了此种自然发生的原因以外，另有更为深刻的原因，是这样吗？”言耶一脸的兴致勃勃。

“嗯，是的。原因呢，就是纯粹的恐惧。”

“哎？”

“对水魑大人的强烈的畏惧之念。”

“唔……的确，说到祭神，原本就是可怕之物。因为在祭神仪礼中，通常伴随着一定的风险，比如稍有疏忽便会招来神灵无垠的怒火。然而在佛教的佛事里却没有这种情况。不过话虽如此，想一想当代日本又有多少仪式，会让人产生像黑哥所说的‘纯粹的恐惧’和‘强烈的畏惧之念’如此深切的不安呢，我就——”

“觉得这话不可信吧。但是，在波美地区有。其象征也许就是被称为水魑大人之神器的七件宝物。”

“不是三件神器，而是比三件的翻倍还多的七件？”

“有水魑大人的角、鬣、齿、鳞、骨、尾梢、雷，由主持仪式的神社祭祀。决定办下一场仪式时，就会交接给下一个承办神社。如此这般在四个神社间流转。”

“那些是真家伙吗？”祖父江偲的表情里充斥着好奇。

“据见过的人说，大多就跟象牙似的……”

“可是骨头什么的……水魑大人是死了吗？”

“怎么说呢，就像是‘龙骨’那样的东西吧。”

“还有‘雷’什么的……不是物品吧？”

“嗯。别的也就算了，这个雷呀，好像是件铁制品。”

阿武隈川苦笑道，祖父江偲也随即面露苦笑。只有言耶保持一脸严肃。

“所谓对水魑大人的纯粹恐惧，究竟是什么呢？事实上有过死人的前例，是这样吗？”

“现在我就给你们讲讲当年那件难以言喻、匪夷所思、奇妙而又恐怖的怪事吧。”

第二章

祖父江偲惧怕一只眼仓

阿武隈川环视店内，续了一杯咖啡。倘若其他顾客在吃什么好吃的，他自然也要给自己点一份。然而，或许是因为早过了中午时分，一大半顾客都在喝咖啡。

“呼……”他像个孩子似的哼了一下，无奈地开始了讲述。“水魑大人的仪式有两种。平息深通川泛滥的减仪，以及与之相反滋润干旱的增仪。减仪期间，沈深湖和流升之瀑的水势都很汹涌，仪式做起来非常辛苦。据说仪式是这样的，被称为‘刈女’的巫女在湖东岸的舞台上跳舞，然后被称为‘神男’的宫司必须从舞台边上的码头出发，乘坐一种近似游船的特别船只到瀑布前，一边把供品和几只装有供物的樽投入湖面，一边念诵祝词。”

“刈女和神男吗？”[1]

阿武隈川向侧头不解的祖父江偲说明汉字后，又道：“听说神男也好、刈女也罢，原本是写成‘假男’和‘假女’的。后来嘛，前者变化了读音，后者变化了汉字。”[2]

刀城言耶听后问道：

“最初的‘假’，意指仪式中的宫司和巫女只是应急性质的吗？”

阿武隈川嫌弃地点点头：“大概是吧。毕竟水魑大人才是主体，不就是这个意思嘛？”

---

1. 刈与神，刈读作“かり”，神读作“かみ”。

2. 假男与假女，原文是“仮”，读作“かり”。“刈”与“仮”读音相同，“神”与“仮”读音相近。

“可是，连执行仪式的宫司也是假的，这就……”

“所以才改成了符合宫司身份的‘神男’吧？顺便呢，又从水稻种植发起联想，取了‘刈女’这一称号。”

“应该是这样没错。顺便问一句，供品有哪些？”

“南瓜、萝卜等摘自田里的东西，加上野猪的肝、鲍鱼、裙带菜之类的山珍海味，怎么说呢，也不是什么特别稀罕的东西。唯一说得上有特色的就是大个的葫芦。”

“为什么会有这种东西……”

“葫芦这玩意儿可是很有趣的。因为有延伸性，所以被视为连接天地之物。你瞧，就跟西洋的那个‘杰克和豆茎’的故事一样。”

言耶向面有疑色的祖父江偲说道。

“啊，原来如此。”

“向天伸展的感觉，也与升天降雨的龙神相通。进而，葫芦还象征着不老不死所代表的永久性，以及我们这个世界与冥界的交界性，等等。”

“噢，是这样啊。”

“就算葫芦里空空如也，这无一物的状态——”

“喂喂，别把话题岔远了！”

阿武隈川一声怒吼。看来他不打算让言耶再说下去了。

“啊啊，抱歉。”言耶老老实实地道歉之后，随之提高语速地对祖父江偲继续解释，“而且，葫芦和龙、蛇，以及水神也有关联，所以被放进水魑大人的供品也不奇怪。只是——”

“要不就由你来说水魑大人的事？”

“不、不是吧……黑哥，这我可办不到。”

“那还——”

“阿武隈川老师！供物的樽里有些什么？”

祖父江偲刚像小学生一样举手提问，就见阿武隈川满脸堆笑。

“有六个樽啦，依次是酒樽、米樽、海樽、地樽、山樽、宝樽。酒樽顾名思义放的是酒，米樽里不光有米还有谷物，海樽放取自和歌山渔村的鱼虾贝类，地樽放田里采摘下来的蔬菜，山樽放从附近村落采购的猎物的肉和山菜，宝樽里的则是从执行仪式的神社所在村庄的村民那儿汇集来的供品。不过，说是宝樽，并不是里头真有村子的宝贝。听说几乎都是连夜编制出来的草鞋、斗笠、衣服之类的村民的日常生活用品。”

“结果，所谓的供品，就是从这些樽里各取一点东西拼凑起来的？”

“噢噢！祖父江偲妹子好厉害啊！”阿武隈川夸张地叫道，“唉，我都没注意到这一点。你也是吧？”

他虽在征求言耶的赞同，但没等言耶回应，就已擅自这样认定了。

“还有一个问题。”受到夸奖的祖父江偲也是一脸得意，“神男是自己划船吗？”

“不，船另有船夫在操纵。不过，减仪的时候，要在水波汹涌的湖面上祭奉供品，所以神男的工作也很不妙。”

“这个有生命危险吧。”

祖父江偲略显夸张地表示理解，大概是想拉回话题。接着，阿武隈川这回面露讥笑地说道：“但是呢，真正可怕的好像是增仪哦。”

“咦？是这样吗？”

“同在奈良，但跟雨量丰沛的大台原不同，那么厉害的暴雨在波美地区原本就很少见。就算有也不会长久持续。基本上在执行减仪前，雨就停了。所以，减仪极少举行。”

“相比之下，增仪较多对吧。”

“但话说回来，也不是每年都做。不管是减仪还是增仪，据说只有在这一年情况实在反常的时候才会做。也就是说，水魑大人之仪轻易是不会举行的。”

“这个我知道，可是增仪的时候，水量不是很少吗？沈深湖也好，流升之瀑也好，都很平静吧？为什么又可怕了呢？”

“减仪时就危险多了，诸如激烈的风雨、狂暴的湖面、耀眼的闪电等实际上是自然所引发的恐怖现象。理所当然地被认为是水魑大人在发怒，但神男和船夫需要留意的是怎么不让船倾覆，以及避免落入湖中。实际上落水的人以前也有过，但大多数人都靠自己的力量爬上船保住了命。也就是说，只要小心自然现象，就能平安地完成仪式。”

阿武隈川意味深长地顿了一下，看了一眼言耶与祖父江偲，继续说道：“接下来我要正话反说了。减仪时水魑大人已经发怒，所以只要别做太过失礼的举动，就不会惹来更大的怒火。更何况，既然把雷雨看作水魑大人之所为，那么它就不在湖里而是在天上。但增仪时，水魑大人可说是以平常之态伏于湖底。这时，人类故意侵入企图纠缠。换言之，不就像是在多此一举地干涉普通状态下的神吗。人间久旱不雨气候异常，但这种事和神没关系。你看，好好想想的话，是很可怕吧。”

“听你这么一说……”

大概是做了一番具体想象吧，祖父江偲看起来有些不安。而另一边的言耶像是想到了什么，频频点头道："不是有这样一种仪式吗，枯渔的时候，渔夫首领把老婆载上平时禁止女人上去的船，向船灵大人展示她的下体，祈祷丰渔。其中含有一个目的，即硬是在同为女性的船灵大人面前，暴露同性的下体，以此失礼之举引其怒火。简而言之，就是企图借船灵大人的愤怒，召唤丰渔。祈雨仪式中也常做一样的事。面对龙神栖息的池子，拿耕田的锄摆出砍杀的样子，更直接的例子则是把污物扔入池中，如此这般故意做出触怒龙神的行为，唤来雷雨。水鰛大人之仪的增仪为人所期待的，正是这同样的效果吧。"

"我最初也这么想。"然而，阿武隈川的回答却是否定的，"但是错了。增仪只是诚挚地向水鰛大人祈愿，恳请它降雨而已。"

"拙劣地激发怒火，只会让干旱持续得更久吗？"

"嗯，就是这么回事。虽说增仪时所做的和减仪基本相同——巫女在沈深湖码头的舞台上起舞的期间，宫司乘上载有供物樽的船，向流升之瀑进发，但是要恐怖几十倍……"

"火辣阳光照射下的、明亮且又风平浪静的水面，恐怕要比视线昏暗，狂风巨浪的湖面更可怕……那种情境本身就相当恐怖。"

"是啊。然后，仪式上用的船，形状也相当古怪。就像是缩小了的游览船。"

"有屋顶，四周被围着吗？"

"对。而且，船底中央还开着一个大洞。"

"这样不会沉下去吗？"

"考虑到这一点了吧。洞用来把供品和供物樽投进沈深湖。正如湖名一般，要深深地投下去，直达盘踞于湖底的水魑大人那边。”

“我不知道至今为止做过多少次仪式，但是既然跟不忍池差不多，那湖底已经堆积了大量供物樽吧。不不，不说这个，难道樽里的供物就没腐烂放出气体，噗噗地直往上冒吗？”祖父江偲冷不防地冒昧发问。

“没有没有。浮上来的樽，堆在湖底的樽，一个也没有。”

“为什么？”

“当然是被水魑大人吃掉啦。”

“……”

阿武隈川凝视着哑口无言的祖父江偲。由于他神情严肃，祖父江偲也不知作何表情，难掩心头不安。

全然看在眼里的言耶，用责备前辈似的口吻说道：“黑哥，莫非流升之瀑的正下方，有通往地下水道的暗流？”

“啊啊，真是的！你这家伙，好没情趣啊！”

“怎么回事？”

祖父江偲一惊，求助似的看着言耶。

“既然要献给盘踞湖底的水魑大人供品，就该在湖中央把樽投下去吧。但实际上，却特意把船开到流升之瀑旁边投放。瀑布位于沈深湖的西端。码头在反方向的东侧。增仪也就罢了，减仪时去瀑布那边可是很困难的。即便如此还要接近瀑布，大概是在利用下落水流的力量，让樽沉入湖底吧。不过，只是这样的话，就如祖父江小姐所言，哪一天就会浮上来。可是，前辈却说不只没有浮上来的樽，就连堆在湖底的樽也一个都没有。换言之，只能认为樽从沈深湖移到了别处。

但我又不觉得是流入了深通川。要是村民发现给水魑大人的供品晃晃悠悠地往下游漂去，那也太无趣啦。话说回来，逆流升之瀑而上也是不可能的。这样的话，原因就只能出在湖本身了。我就想起了在各地池潭听说的通底传说，沈深湖也许就是这样的构造——”

“果不其然。不愧是刀城言耶老师！”

祖父江偲高兴得近乎手舞足蹈，阿武隈川却摆出一副苦闷表情，憎恨地瞪着言耶。然而，当事人并没注意到两人的态度，还在继续说明。

“……比较有名的要数福井县若狭‘鹈之濑’的送水式吧。这个仪式必会在奈良东大寺的取水式之前进行。因为人们耳口相传，此处潭下的洞穴和东大寺的若狭井相连。据说以前在秋收后的某天，有个年轻人去帮忙别人家给稻谷脱壳，他要向那家的女儿证明传言是骗人的，就往鹈之濑扔了大量稻皮。不久，脱壳工作完成，到了十二月年轻人去东大寺参拜时，竟有稻皮从若狭井浮起。后来，那年轻人就发狂死了，这个故事——”

“无关紧要的话，要说到啥时才算完啊！”阿武隈川终于发怒了。

“啊？啊，实在抱歉……不过，黑哥，也不是无关的——”

“吵死啦！就像你说的那样，流升之瀑正下方有个注入地下的洞穴。实际见过的人有限，所以接近传言……不过，都说供物樽是被那个洞吸走的，怎么说呢，应该有吧。”

“那地方就是水魑大人的嘴吧。”

“据潜到洞穴附近的宫司说，那个洞口位于水深二十米到三十米之间的地方，有好多看着又像齿又像獠牙的细长石，就像是从洞的上下两端长出来似的，往外突着。”

“在水魑大人的仪式上，还要潜水进沈深湖？”言耶诧异地问。

“不，一般不会。因为在减仪期间，压根就是自杀行为嘛。”

“这么说，是在做什么特殊仪式的时候吗？”

“不，是在樽怎么也沉不下去的时候。供物樽沉不下去的情况被视作水魑大人的拒绝。这不叫人大伤脑筋吗？对于执行仪式的神社来说，可是关乎信誉的大事啊。”

“原来如此。减仪时流升之瀑的水流也急，所以樽轻易就能沉下去吧。但增仪时由于水流失势，樽偶尔就会浮起来。于是宫司亲自潜入湖底，将樽送入洞穴。这事做起来可够费劲的。”

“是啊。毕竟水深二十米到三十米，平时不做练习，没有习惯的话，直接上阵可潜不到这么深的距离。”

“的确是冒着生命危险呢。”

“至今为止，有失手被吸进洞去的人吗？”祖父江偲接过言耶的话头问道。

“很久以前的暂且不提，近几十年好像就有过。”

“啊？果然啊……”

“说是二十三年前，也就是昭和初期。水分神社的上代宫司辰男，好久也不见回船。船夫觉得奇怪，但他被吩咐过，要是窥视正在进行仪式的舱内，眼睛就会瞎掉，所以不敢确认。不久，水使神社当时的宫司判断有异，从湖岸指手画脚地吩咐船夫检查舱内。尽管船夫不愿意，但他无法违抗水使神社的宫司。于是战战兢兢地往里一看，结果一个人也没有。装上船的樽全都不见了，舱底洞穴的周围浸了水。如实汇报了状况之后，大家决定再等等看。然而，总不见辰男浮上来。

如果是潜水进了沈深湖，现在早该续不上气了。大家慌忙从码头驾小舟来到流升之瀑，其他神社的宫司有几个下了水，可是哪都没有水分辰男的身影。”

“根据这个情况，判定他不小心被吸进了水魑大人的口中？”

“是的。不过，比起悼念之意或同情的声音，当时的水分神社更多是被投以轻蔑、愤怒和冷笑的目光。”

“怎么会……太过分了……”

祖父江偲愤慨地露出痛心的表情。言耶则冷静地说道：“相比辰男的生死，人们认为仪式失败的问题更大吧。顺便问句，那时下雨了吗？”

“没有。”

“这下就更别提了。四家神社中就数水分神社资历最浅。作为神职人员，还很稚嫩，以至于毁了波美民众非常重视的仪式。这罪责究竟该如何偿还？由谁来负责？当时的村民们就是这么想的吧。”

“简直是岂有此理嘛！无视替村子送命的宫司，只关心自己的事，实在是太过分啦！”

祖父江偲的怒火被点燃了。不过矛头却是对着言耶，所以阿武隈川也就一脸坏笑，乐呵呵地观望。

“话是这么说，但对村民们来说则是生死攸关的问题，所以——”

“宫司先生可是死了啊！”

“嗯。我也没说因此就可以轻视辰男先生的死。只是，与这一片土地紧密相连的宗教人士，存在形式早已超越家庭、家族和个人的范畴，彻底化作地域的一部分，就像大自然一样。正是因此，人们敬之又畏之。所以，若是犯下类似普通人的失误，大家就会产生遭到背叛的强烈感觉。岂止丧失作为宗教人士的权威，还会有更严重的问题凸现出来。土著宗教[1]的意味越浓厚，此种倾向就越是——”

然而，祖父江偲没听言耶的说明。

“人家以前都不知道，刀城老师竟是这样冷漠的人。”

“我说，祖父江小姐……”

“就是嘛，这家伙真的很过分！”

言耶总觉得同一件事在不断地重复上演，不禁产生一阵轻度眩晕。只要是三个人在交谈，无论过多久也不会有进展吧。

言耶即将走投无路之际。

“——那么，阿武隈川老师，您说祈雨仪式中死了人，指的就是这位宫司吗？”祖父江偲发泄一通之后神清气爽许多，轻描淡写地拉回话题。

“嗯？啊，我说的不是这个——”

就这么完啦……阿武隈川沮丧不已，似乎有些遗憾。不过，他在祖父江偲的催促下还是开了口，虽然还是不情不愿的态度。

“十三年前，举行过一次水魑大人的增仪。主持仪式的是水使神社。宫司是个五十岁出头名叫龙玺的男人，他年轻时就在担当前任的代理，身为神职人员拥有相当强大的力量。只是，此人不但吝啬还好色，更是酒鬼。听说还有耍酒疯的习性，所以人品不值得赞扬。不过，祭祀水魑大人的力量确是非同小可，谁都敬他三分。”

1. 土著宗教，与土地、民族固有的生活习惯密切相关的宗教，和伊斯兰教、基督教等有教典、教祖且布教广泛的宗教不同。

“身为水使神社的宫司，拥有与其身份相符的能力，所以个人作风方面，大家都是睁一眼闭一只眼。”

话到关键部分，言耶当即插了一句。

“算是吧。龙玺有两个儿子，名叫龙一和龙三。当时，长子三十岁左右，次子二十岁出头。”

“明明是次子，名字却叫龙三？”

“因为父亲是龙玺[1]嘛。如果取名叫龙二，读起来不是容易混淆吗？”

“确实。”

“长子龙一是继承人，不过比起父亲，他不怎么靠得住。所以，龙玺决定把那次增仪交由龙一来做，也是为了让他积累经验。”

“龙玺先生不在意水分神社的失败吗？”

“担忧让经验尚浅的儿子做，万一失败水使神社会有失体面吗？”

“是的。顺便问下，从二十三年前的水分神社，到十三年前的水使神社为止，其间举行过几次增仪？”

“两次。前一次由水庭神社，后一次由水内神社主持。”

“这两次仪式情况如何？”

“圆满成功，也降了雨。只是，比起水庭神社的那会儿，水内神社遭遇的旱情可要严酷多了，增仪也是相当险恶。听说当时水内神社的宫司龙吉朗已年过七旬，却也出色地完成了仪式。”

“如此一来，不就更要顾忌了吗？说起来水内神社可是第二大势力啊。若是水使神社铸成大错，一不留神双方的地位就有可能互换。”

1. 玺的日文读作“じ”，和“二”的音读发音“じ”相同。

“我也这么认为。虽说汉字不同，但‘水内’与‘水魑’读法一样[1]。他们反倒比水使神社更适合祭祀水神。不过，水内神社的读音有浊音，家姓那边的读法也就变了。更像是对水魑大人的避讳，或者是出于惶恐吧。”

“如此避讳，也能体现出身为神职人员的谦逊，比水使家的龙玺更能博得好感。”

“只是无论人有多好，不管如何受村民敬慕，波美地区最看重的还是宫司的能力——能够圆满祭祀水魑大人的力量。只要可以完美达成，即便人品有所缺失，大家也只当没看见。”

“唔……龙玺这个人如此厉害啊。”

“话说回来，龙吉朗的力量也绝不逊色。”

阿武隈川的话令言耶吃了一惊。

“水使神社与水内神社的差距，并不在于龙玺先生与龙吉朗先生的力量差异吗？”

“差异大概有吧，不过个人力量的影响微乎其微。而且，龙玺的儿子龙一和龙吉朗压根就没得比。”

“啊，是这样啊。那么，龙玺先生为什么还要托付给长子龙一，究竟是为什么呢？哪里来的自信呢？”

“其实啊……”

阿武隈川突然压低声音，硕大的身躯猛地往前凑近。言耶和祖父江偲受他吸引，也不由自主地向前探了探身。

---

1. 水内，与水魑都可读成“ミヅチ”。用于水内神社时，其中“す”会浊化为“ず”，用于姓氏时候读作“みずうち”。

“关于这个事嘛……”

“嗯？”

“我也不大清楚。”

“什么？”

“我是说啊，我并不非常清楚，水使神社的龙玺对水魑大人之仪持有的绝对自信是从何而来的。”

阿武隈川最讨厌承认自己的不足之处，无论是以何种形式。不过，这一次也许是无可奈何。因为不是他自己探访得来的东西。

然而——

“什么嘛，黑哥也有不知道的事啊。”

祖父江偲过于率直的话语，扑哧一下把阿武隈川扎了个透心凉。

“祖、祖父江小姐，从未到访当地却能知道如此之多的事，足以让人钦佩了吧。就算有那么点不知道的事，也很正常。”

这样下去，阿武隈川就会耍性子不说话。念及此节的言耶，千方百计地想让祖父江偲意识到这一点。

然而——

“话是这么说，不过黑前辈自己承认不知道，还挺新鲜……”

“啊，原来如此。说的也是，像黑哥这样的……其实什么都不知道还要断言‘这个是怎么怎么回事’的人，也挺少见的呢。”

“就是就是。不过，他说了不知道呢，所以——”

“前辈是真的不知道吗？”

“嗯嗯，肯定是不知道啦。”

“就连前辈也不知道啊，这么说……”

“阿武隈川老师也有不知道的事啊。”

“哇啊啊啊！少把‘不知道不知道’挂嘴上！我又不是一点也不知道。”

“到底是被黑哥猜到了。”

“现在怎么说都晚啦！”

“阿武隈川老师，请务必让我们聆听您的推测。”

“刚才你们两个在串通一气地捉弄我吧！”

“哪有此事。”

“人家我们……不，是人家我，看上去像是坏心眼的人吗？”

祖父江偲润泽的双眸一动不动地凝视着阿武隈川。瞬间，他恼怒的脸孔上突然浮起了不安之色。

“不、不……只有偲妹子你，不会是那种人啦……”

“太好了……人家一直在想，要是被阿武隈川老师讨厌了，那该如何是好……”

阿武隈川在假泣的祖父江偲面前一下子惊慌失措起来。言耶看在眼里，差点叹出一口气，甚而担心阿武隈川会在不久的将来被女人骗得大吃苦头。当然言耶还没发现，他的担忧也同样用于自身。

“阿武隈川老师的意思是……”

祖父江偲表情一变，从哭脸转为平常之态。然而，阿武隈川并未注意到这戏剧性的变化，喜滋滋地开了口。

“水使家是乡里的世家，所以拥有好几个仓。据说其中也有带禁闭室的，包括这样的仓在内，各个仓的用途划分相当明确。但是，只有一座土仓，孤零零地建在偏远的、位于宅基地一角的地方。而且，谁也不知道这个仓是干什么用的。不，就算在村民和家仆中，似乎也只是很少一部分人知道。另外，据说在知情人之间，对此仓也是避而不谈的态度。也不知是谁起的头，就叫成了‘水使神社的一只眼仓’，背地里都很害怕，至于详情却不甚清楚，就是这么一座古怪的仓。”

“水使神社的一只眼仓……”

祖父江偲心里发毛似的低语着，一旁的言耶则问道：“龙玺先生不会不知道吧？”

“那是。顺便提个醒，前面说的那些内容，波美的村民们也是略有所知，但是关于这个土仓可就另当别论了。”

“是黑哥的独家信息来源吗？”

“我家的神社，确实会从全国各地涌来各式各样的宗教相关人士。其中有几个人对水魑大人很感兴趣，过去曾在水使家或水内家待过一阵子。那些人都很在意这个一只眼仓。”

“比水魑大人之仪还在意？不，比重中之重的深通川、沈深湖或流升之瀑还在意吗？”

“是啊。我问的都是具备相当能耐的宗教人士。那些人无一例外地有所反应，由此可见不可能只是一座没用的仓。”

“是什么样的土仓？有什么醒目的特征吗？”

“外观上没有。但是有一点，好像一直在往里面引水……”

“就像本殿一样，是从深通川引来的吗？”

“这个还没证实。恐怕是这样的。”

“确实能勾起兴趣呢。”

“不光是水的事。更有人说啊，仓里是有什么东西吧……”

“哎……”

祖父江偲和言耶同时叫了起来。不过，前者是出于恐惧，后者则是受了极强好奇心的驱使。

“搞、搞什么嘛，瘆得人心慌。”

“水使神社的这座一只眼仓，水利合作社是否了解实际状况呢？”

“知道有这么个东西，但应该不清楚仓的秘密吧。”

“有一座仓和神社的本殿一样，从深通川引水，水利合作社却不清楚它的功能……”

“有意思吧。”

“也就是说，龙玺先生在独自——说着好听，其实就是水使神社擅自在搞特殊吧。”

“喂——”祖父江偲侧首道，“现在的这个一只眼仓，跟说到一半被打断的十三年前的仪式有什么关联呢？”

对此言耶答道：“水使神社的龙玺先生对水魑大人之仪抱有自信，似乎并不源于他的个人能力。这一点从他儿子龙一的所为也能看出来吧？”

“没错。”

“如此一来，有一项推测便可成立，因为水使神社拥有其他三家神社没有的、某种类似特权一样的东西。”

“就是一只眼仓？”

“我是这么认为的。说起来前辈也有相同的推断。”

“我可是先说的，你落后啦。”阿武隈川说了句不必特意指出大家也心知肚明的话。简直就像是小孩子。

“可是，这个仓到底有什么力量……”

“黑哥，莫非……”

“果然啊。我就知道你会这么想。”

“那么，向前辈言明一只眼仓之事的宗教人士也是这样想的吗？”

“有几个是这么看的，而且我的意见也相同。但是没有任何证据。只是看起来像是那样。”

“终究只是从情况证据中导出的解释啊。”

“不过，配合得天衣无缝呢。”

“够了！到底是怎么回事？”祖父江偲大吼一声，可能是不耐烦了。

“说着只有你们两个才懂的话，把人家当外人……太过分了！”

说着，祖父江偲展示了精湛技艺，向阿武隈川装出一副假哭相，对言耶则露出生气的表情。向双方分别采取最为见效的反应，似乎是导致两种不同行为的原因。

“不、不是……偲妹子……哪有这种事。”

言耶同情地望了一眼手忙脚乱的阿武隈川，语气平静地说道：“既然是从深通川引来了水，那么可以说，这仓就是一件宗教性质的装置。不过，各家神社的本殿一直都在被正式祭祀，一只眼仓却不同，反倒是遮遮掩掩的。变成了决不能抛头露面、不能公开之物。从这一点切入，可以做出如下解释，虽说只是一个大胆的假说——一只眼仓的本体作为咒术装置在发挥作用，给水使神社主导的仪式带来了某种影响。”

“虽不中亦不远矣。”

阿武隈川郑重地回应，祖父江偲则神情困惑：“老师说的话，总觉得似懂非懂……”

“没办法啊。现在很难做出更深入的解释啊。”

“真的吗？”

祖父江偲从下方窥探，频频抬头打量言耶的脸。

“怎、怎么了？”

“我想说啊……都推演到那个程度了，可还是抽象得不行啊。”

“所以我不是说了吗，当前阶段——”

“是，这个我明白。不过，因为是老师嘛，就算没把握，其实也已经得出了某种结论，是吧？”

“真的吗，你这家伙？”阿武隈川也紧追不放。

“不，不是什么结论。只是单纯的——”

“你看这不是有吗。光让别人说，自己却藏着掖着？”

“绝无此……”

“那行，快说！”

“这可叫人为难了……”

“我们这边才叫为难吧。还不快说！”

“说是想象吧，其实近乎于空想——”

“空想！这有什么。本来嘛，什么名侦探的推理，大多都是空想啦。”阿武隈川举例说道。

“啊，对了，我这么说，不代表我就承认你是名侦探哦。”

“是，我明白。”

“那么，你要说啥？”

“水魑大人是近乎龙神的存在，同时其真面目又不为人所知？”

“嗯，是啊。”

“龙神的话，是神同时又是一种叫龙的生物。当然，龙是想象出来的生物，不过在凭依物中也可见到这样的例子。”

“犬神呀、管狐呀，说穿了也是这么一回事。”

“没准水魑大人也拥有那样的生物形象。也许他们正在一只眼仓饲养近乎于神——名叫水魑的生物。”

“……”

祖父江偲看来是吃惊过度，一句话也说不出来，而阿武隈川好像已被震惊得目瞪口呆。

“你傻啊！”

“所以我才不想说嘛。”

“这个不是空想，是妄想！”

“可能是吧，不过——”

“不是可能，而是就是！”

“不过，黑前辈——”祖父江偲插嘴道，“日本各地不是有大量既非幽灵，也非妖怪，就像生物一样的怪物传说吗？黑前辈也搜集了不少吧。那些东西都是妄想吗？”

“唔……这个嘛，不去一个个查证的话，也不好一概而论。”

“既然如此，刀城老师说是想象——”

“这个话题就到此为止吧。”言耶主动中止话题，以严肃的语气说道，“那么黑哥，就请你给我们说说那次增仪中发生的不可思议的怪死吧。”

“啊啊……终于抵达正题啦……”祖父江偲叹了好一大口气，小声嘀咕。

“祖父江小姐，在这种世界观极其特殊的土地上发生的事，听之前，最好还是稍微了解下当地人所共有的思想、习惯、生态比较好哦。就算做了充足准备，我们对于当地民众视若常识的即发现象，究竟能够理解到何种程度，实在是毫无把握。”

“我知道啊，只是……你们两位都太能岔话，而且说得也太多啦！”

眼见势头不妙，言耶打算催促阿武隈川，好在阿武隈川已发现祖父江偲的变化，慌忙开了尊口。

“这事刚好发生在十三年前的六月。波美地区遭遇了严重的干梅雨[1]。于是经水利合作社协商，决定举行增仪。承办者是水使神社，所以其他三家神社和村民们都放了心。谁知，龙玺提出不由自己，而是让长子龙一执行。当然这在合作社内部也被视为问题。因为大家有默契，神男一般都由那家神社的宫司担任。但是，并没有明文规定。对于谁来担任神男，承办仪式的神社宫司握有最终决定权。”

“更何况，对方是水使神社的龙玺先生，水利合作协也没法违抗吧。”

“不过啊，龙玺要是没有自信的话，也不会挑在大旱时节的重要仪式上起用他儿子吧。”

“有点道理。”

“从执行增仪的一周前，神男就进入了祓禊。虽说必须尽快让雨降下来，但祓禊还是要的。一周时间说长不长说短不短吧。”

1. 干梅雨，不下雨的梅雨期。

“其间，龙一先生的情况如何？”

“据说看上去相当镇静。说是祓禊，又不是待在哪里闭门不出，日常生活还像平常一样。简要地说，就是斋戒禁欲等，遵守各种各样的规矩，涤净身心。那段时间，水内神社龙吉朗的四子，抱着慰问之意，拜访过龙一两次。他叫世路，与龙一年岁相仿，当时还没有继承神社的安排，所以跟他们的父辈不同，两人有些交情。世路打算去给龙一鼓劲，就去找他。”

“恐怕在祓禊期间，龙一先生始终抱有一种特殊的紧张感吧。”

言耶的语气像是在说“这也难怪”，阿武隈川却摇了摇头。

“这个嘛，据说似乎是在害怕。”

“害怕……”

“龙一是初次在增仪上担任神男。不过，他有减仪的经验，以前祓禊时他可是泰然自若，所以就连世路都觉得奇怪。”

“黑前辈，这个——”祖父江偲插了一句，“刚才不是说过增仪时的水魑大人比减仪时更可怕，这不就刚好对上了吗？”

“嗯嗯，这是确凿无疑的。不过，通常都是经历过后才有憎恶的反应，也就是在船驶向沈深湖之后。据说到了那时候，才会第一次领悟到，增仪时宁静的水面要比减仪时狂暴的湖面可怕得多。”

“可是，龙一还没有增仪的经验……”

“正是。当然，他之前只是从父亲和其他宫司那边听说了增仪的可怕吧。但是，怕成那样也是很不寻常。来慰问的要是别人，龙一可能还会蒙混过去。但对方是世路，所以不知不觉就透露了真心话吧。”

“那位世路先生是怎么想的呢？”

“其实……”明明是言耶提问，阿武隈川却忽然压低声音，面对祖父江偲说道：“我不是说过吗，二十三年前，水分神社的上代宫司执行增仪时，在沈深湖里失踪了。”

“是。失手被水魑大人的嘴吞没的人……好像叫辰男先生吧。”

“对。后来，水庭神社和水内神社举行过增仪。”

“黑前辈说两次都成功了，莫非是出了什么问题？”

“我现在要说的，是长久以来始终只在四家神社的相关人员之间流传的话。世路也是直接从父亲龙吉朗那里听来的。”

“是什……什么样的事？”

话是问出口了，但心里却有一种不祥的预感吧，祖父江偲有点往回缩的意思。

“水内神社执行增仪时，有两个樽没能完全沉下去。于是，年过七旬的龙吉朗老爷子，潜入沈深湖把樽推进了水魑大人的嘴。听说这时，突然从那些看起来像齿又像獠牙的石头间，‘蹭’地伸出一只白手，老爷子差点被它拽了进去。”

“唔……”

祖父江偲的上臂惊起了一阵鸡皮疙瘩。回过神时，她已经不知不觉地把身子靠向了言耶。

“当时，第二个樽正好被吸入洞中，于是龙吉朗就急忙浮了上来。所以老爷子只看到了白色的手。”

“龙吉朗先生清清楚楚地目击到了白手吗？”

阿武隈川对言耶的问题耸耸肩。

“据他所说，那绝对是一只想把自己往洞里拖的手。不过，等上了船继续完成仪式以后，返回神社见到儿子们，好像自信就没了一大半。当时，世路上头的几个哥哥还活着。”

“那么，另一边的水庭神社呢？”

就像在等言耶发问似的，阿武隈川注视着两人继续说道：

“水庭神社的增仪上，樽顺利地沉下去了。只是，听说宫司经由船洞把最后一只樽扔下去后，窥探情况的时候，从那洞中可见的湖里，看到了一个摇摇晃晃、白乎乎的玩意儿。”

“唔……”

“就像在等候宫司潜入沈深湖似的。”

“不是白色的手，而是白乎乎的某物吗？”

言耶一边躲避搂上身来的祖父江偲，一边确认道。

“嗯。水庭神社的宫司凭着印象说，那东西看上去呈人形……”

“人形……”

“而且还裸着呢。”

“这么说，是水分神社的上代宫司……是辰男先生他……在召唤同伴吗？”

“讨厌啦！老师……”

望着越搂越紧的祖父江偲和几呈格斗之势的言耶，阿武隈川脸色复杂，看上去既像乐在其中，又像嫉妒。

“听闻这件事的村中故老们，都在谈论‘膨物出现了’。”

“膨、膨物……是、是、是什么呀——”

“给我打住！”赶在言耶变脸前，阿武隈川大喝一声迅速地实施预防措施。

“词源我不清楚，不过在水里待久的尸体不是会膨涨吗。所以有一种说法，说是膨胀之物的意思。就跟死后没成佛的迷离者变为玛莫顿[1]一个样。”

阿武隈川语速飞快地做出说明。也许是此举颇为奏效，言耶就像什么事也没发生过似的说：“村里想必是闹翻天了吧。”

“不，当时除了部分故老，只限于在水利合作社内部谈论。”

“但龙一先生当然是听说过的吧？所以他——”

“世路也这么想呢。但他怕到那种程度也很反常。问他怎么啦，他也只说‘可怕……真是可怕……’”

“龙一先生的性格多半不是那么胆小的吧。世路先生也清楚这一点。但对方异乎寻常地恐惧，所以才令他心下难解。”

“世路的疑虑也许是一种预感吧。”

“请告诉我那次仪式的情况。”

阿武隈川在椅中抖动着硕大的身躯，也许是终于摆到舒适的姿势，他徐徐开始了讲述。

“增仪是在上午举行的。啊，对了，首先简单说明湖的情况。湖面可以说基本呈圆形，东侧有码头，东北侧是巫女舞蹈的舞台，看台则在南侧，流升之瀑位于西侧。”

“有看台啊？”

“就是水利合作社的人坐在那里，用箫、横笛、鼓、钲等为刈女的舞蹈伴奏的地方啦。同时也是守望游船的场所。看台恰到好处地造成了阶梯形。说起来就是观众席啦。”

1. 玛莫顿，作者笔下的专有名词，指的是没能成佛，弥留在世间的怪异。

“连接深通川的水道呢？”

“从东北切口涌出的水，曲曲折折地沿山而下，水流自西向东化为了深通川。顺便说一句，从山脚处可以上攀下行的山道，就在这股水流的南侧，也就是沈深湖那边恰好在码头附近冒头的那条路。”

“位置关系我已经清楚了。”

“水利合作社一行，抵达沈深湖是在九点左右，做完装樽入船的准备后，当即把来帮工的村民打发走了。身着格衣[1]的龙一与船夫刚坐进船，水使神社的巫女就登上了舞台，水利合作社的众人则在看台就坐。船启动的同时，宫司们开始伴奏，巫女之刈女跳起舞蹈。那巫女原是个村姑。四家神社都是从自己村挑选最合适的姑娘做巫女。不过，如果年过二十，或是已选定婆家，就必须换其他姑娘。如此反复操作的期间，不知不觉中，各村提供巫女的家族都被限定下来。那次也是，仍由五月夜村历代出过好几位巫女的原村长青柳家的女儿担当。”

“船夫是什么情况？”

“我正要说这事呢。这个也是代代由父子或兄弟任职的家族。在五月夜村，则是一家叫清水的酒铺。”

“巫女青柳和船夫清水，以前参加过水魑大人的仪式吗？”

“船夫老头减仪和增仪都经历过，巫女是第一次。说起来，女孩子若是有过别的‘初次体验’，就不能以巫女的身份完成使命了。所以巫女都很年轻，很多情况下只经历一次仪式，就不会再有下一次了。”

1. 格衣，祭神仪式、典礼时的着装之一。由于是最简易的一种装束，常用于奠基仪式等。

“可不是吗。”

言耶附和一声，心想祖父江偲会不会问什么是“别的初次体验”呢，不过她好像已解其意。

“这次来的宫司有水使神社的龙玺，水内神社的龙吉朗，水庭神社的流虎，水分神社的辰卅四人。年龄方面，龙玺五十有余，龙吉朗七十上下，流虎六十来岁，辰卅四十出头。只有辰卅比其他三人年轻得多，那是因为上代宫司——其父辰男被水魑大人吞没后，身为长子的他继承了神社。顺便说一声，宫司们都穿着小忌衣[1]。其实神男也想穿吧，只是考虑到场所和仪式内容，所以才决定使用最简便的装束。”

“能坐在看台上的只有各家神社的宫司吗？”

“不，这倒不是。因为水利合作社原本就是由各神社的相关人员构成的。不过，几乎都是儿子或亲属那帮人。这次也是一样，龙吉朗的长子龙壱朗就在。也是因父亲上了年纪，身为接班人的他为了将来能有个参考，才加入进来的吧。”

“名字里多用‘龙’或‘辰’字，此外读音一样的也很多。果然，大家都认为水魑大人的真身就是龙神。”[2]

“是啊。而且，水使神社和水内神社用了‘龙’字，但水庭神社的流虎并非‘龙虎’而是‘流’，水分神社的辰卅也是一个‘辰’字。光看名字，就能明白神社之间的力量对比。”

1. 小忌衣，在大尝祭、新尝祭等仪式上奉职的小忌人或祭官披挂的上衣，规格极高。小忌人，特指身穿小忌衣从事大尝祭、新尝祭等大祭活动的官员。

2. 龙在日语中通常汉字有两种表音方式——音读和训读。龙和流的音读都是“りゅう”，而龙和辰的训读都是“たつ”。

“流虎先生那边，如果用上‘龙’和‘虎’，在名字上就是最强大的了。”

“毕竟不妥啊，所以换成了‘流’字。”

“如此想来，反倒是水内神社的四子世路先生，名字可谓特殊。”

“好像是因为长子龙壱朗之下，已有次子龙次朗，三子龙三朗，龙吉朗的意思是第四个儿子就叫他望尘世走四方吧，所以取名世路，只是——”

“难不成……”

“长子和次子战死，三子病死。听说如今是世路在代理宫司一职。”

“往深了说的话，也可以想成是因为硬安上了‘龙’这个强劲的名字……关于波美地区的事，知道得越多就越会这么想。”

“嗯嗯。本来嘛，取名这玩意儿——”

“名字的问题，二位要说到什么时候啊？”

与其说是不耐烦，祖父江偲更像是无可奈何。

“都是因为你要问那些不知所谓的话！”

阿武隈川对言耶发完火，急忙将中断的话题续上。

“神男龙一进了船，船夫划船入湖。宫司们开始伴奏，巫女之刈女开始舞蹈。仪式开始是在九点半左右。伴奏止于外行水平，与之相同，刈女的舞蹈也极为质朴，动作也很简单。不久，船在流升之瀑附近停住，神男开始向湖中投下供品和樽。当然，从看台和舞台均无法瞧见他的举动，连船夫也看不到。不过，虽说是在瀑布边上，但扔下樽时船毕竟会摇晃起来，所以能够察知。”

“湖面波澜起伏的减仪时不行，但风平浪静的增仪时就能看得很清楚吧。”

“没多久，可能是供品和所有的樽都放下去了吧，船停止了晃动。这时需等上一会儿，一边静观是否有樽上浮，一边念诵祝词。不可思议的是，据说如果有没下沉的樽，必定会在祝词念完前浮上来。”

“但浮上来的樽也不会总是回流到船洞来吧？也有浮到离船较远的湖面上的情况吧。这种时候，游船内的神男究竟是如何知道的呢？”

“我是说过四周都被围着，但那全是格子墙。神男能看到外面。不过看台和舞台离得太远，看不见船内，而船夫呢，说是会瞎眼所以绝不会去偷看。”

“透过格子，确认有樽浮起的话，神男就会从船底的洞进入湖中吗？那身装束怎么处理呢？”

“肯定要脱掉啦！会淹死人的。下湖时候只穿为仪式订做的兜裆裤！”

就像在说自己的事似的，阿武隈川挺了挺胸，致使言耶险些去想象前辈穿上兜裆裤时的模样，不由大为着慌。

“话说，当时有一个樽浮了上来。由于在船北侧，从看台方向看不太清。不过，船夫和刈女的确见到了浮起的樽，也目睹了龙一为让樽沉底在湖中现身的光景。”

“原来如此。”

“不料，神男似乎已沉下那樽，却怎么也不见船动。船夫的样子也很奇怪，频频窥视看台方向，好似在求助一般。时刻即将指向十点半，一般情况下已是仪式完成的时候。因为巫女的舞蹈也都结束了。”

“大约一个小时吗。”

“这时，龙吉朗说了十年前水分神社辰男的事。他担心啊，是不是发生了同样的事故。听完，龙玺就直奔码头赶去。表面上没显出来，心里还是挂念着儿子吧。龙吉朗也想跟去，龙玺则说由他一人去即可，独自驾船而出。”

“然后呢——”

即将进入核心部分，所以言耶和祖父江偲都微微向前探出了身。

“龙玺的小舟刚靠近游船，就见船夫满脸困惑地说，总觉得神男好像没从湖里回来。要是从船底的洞爬上来，会发出相应的动静，之后也会念诵一度中断的祝词。但船夫却心惊胆战地说，既无迹象也听不见声音。”

“也就是说，还在沈深湖里喽？”

“龙玺转入游船，进了舱内。但不见龙一。瞧了瞧船底的洞，只见有个人面朝下方浮在那里。慌忙拉上来的时候，船夫也进来了，可是龙一已然气绝身亡。”

“死因是溺死吗？”

“是心脏病突发。不过呢，那模样甚是凄厉……就像见到了十分骇人的东西一样，圆睁双目。那张脸能把人吓死……”

“不是单纯的事故？”

“令他心脏停止跳动的某物，恐惧源头的那玩意儿，正栖息在沈深湖的水中——我也只能这么说吧。”

“但是，仪式期间在湖中的应该只有龙一先生……”

“是啊，没有其他任何人。说起来，从仪式举行前开始，就一直在湖里等神男潜入水中也不可能啊。”

“动机也很费解，不是吗。如果对龙一先生怀有杀意，理应能选择别的机会，要多少有多少。”

“为谨慎起见，我把话说在前面，龙一的尸体被发现后，偷偷从湖中上岸的人也是一个都没有。”

“唔……”

“当时，有个流言顺其自然地在波美地区传播开来。说是十年前在沈深湖失踪的水分辰男的膨物把龙一召唤去啦。”

“莫不是水内神社的龙吉朗先生和水庭神社的流虎先生的言辞泄露，让村民知道了？”

“嗯，据说那些事反倒是后来才传开的。”

“龙一先生究竟在沈深湖里见到了什么？”静听二人交谈的祖父江偲，胆战心惊地吐出了这么一句话。

3

第三章 记忆

归国船抵达舞鹤港的数天前，宫木正一在海上迎来了六岁生日。也正是因此，他没有什么在出生地满洲[1]生活过的记忆。只有三件事残留在脑中，每一件都印象鲜明。这或许是因为，那些记忆以每日起居的家中为舞台展现，还伴随着各种各样的声音呢。

正一在和室玩耍时，传来一阵“吧嗒吧嗒”的慌乱脚步声，“哗啦”一声纸门开了，他突然就被仰面推倒了。他不怎么抗拒，保持姿势一动不动，不久，“嗡嗡嗡……”，不祥的轰鸣声由远及近。他猛地探出脸，抬头看向天花板，就在这一瞬间，房间上空连续响起了“嗒嗒嗒嗒……”的声音。与此同时，天花板上瞬间现出无数洞孔。他越过母亲的肩头望着这一幕。不可思议的是，他并不觉得恐惧。母亲守护着自己，所以才能安心吧。

不，不只是那些。每凿出一个洞孔就会有一道阳光射入晦暗室内，实如梦幻一般。狭长的光线中，浮尘的微粒熠熠生辉，唯美至极。当时，他觉得自己平生第一次见到了非俗世之物的异界风景。比起现实的恐惧，幻视般的美感更让他难以自拔。

第二项记忆也始于同一个房间。正一当时在读绘本，就听身后传来“咯叽咯叽”的奇妙声响。他回头一看，吃了一惊。只见和室中央立着梯凳，母亲正爬在上面揭开天花板。接着，母亲唤来两个姐姐，吩咐正一把梯凳藏去隔壁房间，然后三人径直上了阁楼。

梯凳对当时的他来说过于沉重了。即便如此，他还是拼命地搬往

1. 满洲，旧时指中国东北一带，清末日俄势力入侵，其称东三省为满洲。

邻室，好不容易藏到了窗帘背后。做完这些事花了不少时间。

这场奇妙的捉迷藏游戏中的“鬼”是谁呢？

如果是自己，那母亲和姐姐们的藏身之处已然暴露。正一侧头不解。

片刻过后，“嗒、嗒、笃、笃”，几个沉重的脚步声向这边靠近，一听便知是军靴。顿时，住宅区陷入了一片嘈杂，年轻女子的惊叫声此起彼伏。

没多久，正一家门前也热闹起来。很快，玄关门就被毁坏，两个大兵不脱鞋就闯了进来。是露西亚人[1]的扫荡！

“Madam，Dabai……”

露西亚人反复叫着同一句话。当时正一不解其意，后来才知道说的是“把女人交出来”，那时他才终于悟出母亲和姐姐们躲起来的理由。不过，准确理解其真正含义，则是在他年纪更大的时候。

那时的他，只是害怕得直打哆嗦。这也难怪，因为在战斗机的机枪下挺身护卫自己的母亲，此时已将他抛弃。为什么不让我上阁楼？为什么扔下我？正一的感觉糟透了，简直无法用任何语言表达。遭受的冲击太过强烈，以至于连哭都忘了。

两个大兵只瞥了他一眼，开始在家中翻找。检查完所有房间，壁橱和柜子也都瞧了个遍。正一保持距离跟着两人四处游走。因为他不知道除此还能做什么。

不久，红脸膛的年轻大兵将目光停留在窗帘背后的梯凳上。凝神注视了片刻，突然仰面扫视起顶棚的每一寸角落。虽然那里是母亲等

1. 露西亚，日本以前对俄罗斯的称呼。

人藏身的和室阁楼的邻室，但正一还是慌了神。既然对方发现梯凳借以盯上顶棚，那么母亲她们被发现也许只是时间问题。

年轻大兵猛然向正一转过脸，随即露出恶心的坏笑，同时投以探寻式的目光。他发出与闯入时的吼声截然不同的媚声，缓缓向这边靠近。说了些什么还是全然不知，但能想象出大概的意思。

好想回头仰望母亲和姐姐们躲藏的阁楼。

刹那间，正一竟生出了如此难以置信的冲动。

他自然是拼命压制。然而，越是正面抵受年轻大兵那意味深长的视线，他就越情不自禁地想别过脸去，仰视隔壁和室的顶棚。

不行……绝对不行……

正一眼珠不动地凝视大兵，以致双目生痛，泪水盈眶。可是，总觉得自己会不自觉地做出违背本意的举动，正一对这样的自己恐惧万分。

如果母亲她们被露西亚人发现了，就再也见不到了。

明明心里明白，却险险做出相反的事。是因为这样就能轻松一些吗？是觉得自己此刻所背负的沉重压迫感会一下子云消雾散吗？

可是，这么做……母亲她们就……

正一与恶魔的低语殊死搏斗时，眼前突然晃出一根右手食指。他猛一后退，心里不禁大叫一声。

要杀我了！

然而，红脸大兵手指所向是他身后的和室。大兵满脸笑容着实猥琐，语速飞快，开心地说着什么。即使语言不通，眼前的大兵说了什么，正一也能马上察知。

一开始你是在隔壁的房间。

恐怕说的就是这个意思。大兵从窗帘后取出梯凳，无情地推开伫立在两间屋子交界处的正一，大致在隔壁和室的中央摆定，他们果然发现了。那里正是露西亚人闯入时，正一坐着的地方。

年轻大兵嘲笑似的蔑视正一，夸耀般慢悠悠地爬上了梯凳。随后攀登到梯子一半的位置，向天花板伸出右手，开始四处推顶。恰好就在母亲与姐姐们藏身的附近。

完了……要被发现了……

听天由命的正一自然而然地垂下了头。就在这时——

家中回响起另一个露西亚人的叫声。像是在里间招呼同伴，反复说着同一个词。

得救了……

正一萌生出微弱的希望。然而，梯凳上的大兵嘴里应着，却仍对和室的顶棚眷恋不已。现在他正用双手疯狂地触摸头上的板。已经顽固得近乎偏执，不管怎样都想剥开天花板。

不过幸运的是，天花板丝毫不见松脱的迹象。男人的双掌屡屡上推的，确实是母亲用手扒过的地方。然而他却完全顶不起来。

正一觉得不可思议，但想到可能是因为母亲她们就在上面吧。于是再度燃起能得救的希望。

然而红脸大兵毫无罢手之意，反倒针对某一处开始推顶。而且，那里正是母亲动过的那块天花板……

仔细瞧去，板子稍稍地动了。大兵的双臂使力，板就会微微抬起。随后之所以回落，则是因为母亲她们在上面。恐怕男人透过掌心触感察觉到了不自然。

被发现了……

难以名状的绝望包围着正一。他脑中清晰地浮现出母亲和姐姐们被露西亚人拽下阁楼带走的光景。当然，他还不知道凌辱这个词汇，也不懂其意，但可以确信三人会受尽苦难。

年轻大兵在梯凳上调整好姿势，双臂贴住天花板，赤色脸膛涨得愈发通红，开始发力。板一下子被抬起，露出了阁楼内漆黑一片的暗部。与此同时，传来了姐姐们“啊啊”的惊叫声。

女声入耳的瞬间，大兵的双眸闪烁出淫邪之光。他的模样明显透着兴奋，开始动手剥起天花板。

这下完了……

绝望的正一欲冲向梯凳。按当时的说法，他也算是军国少年。刹那间，脑海中便浮现出人肉炸弹。

他放低身形，正要朝梯凳脚下直扑过去——另一个大兵的叫声再次传来。比先前更加响亮的声音，一次又一次地重复着同一句话。而且，不管过了多久，也没有停下来的意思。

或许是这非比寻常的状况也引发了年轻大兵的兴趣，他一副恋恋不舍的样子，抬头望着顶棚，终于爬下梯凳出了和室。

很快，两个大兵便在里屋欢呼起来。发出了那种找着宝贝似的欢叫声。像是在不停地翻箱倒柜，不久就响起了后门开闭的声音，家中霎时重归寂静。

正一从玄关和后门探了探附近的情况，确认露西亚人已无踪影后，回到和室告诉阁楼上的母亲。只见天花板的一部分被徐徐揭开，现出黑乎乎的缝隙，从中“簌……”地伸出一个人头。

从此，正一时常会做噩梦。半夜在被窝中不意惊醒，只见头顶上的天花板开始一点一点地横移。接着从阁楼暗处出现女人的头颅，径直降落到他眼前……就是这样的骇人噩梦。

女人的脸是母亲，但并非真正的母亲，而是怪物。那脸全无表情，忽儿就垂到他的眼前。“扑噜噜噜噜”地伸过来。那一瞬间的恐怖，无法用任何语言表达。他脸上顿时没了血色，心脏紧紧缩成一团，汗水一齐从全身毛孔喷出。身子犹如染了疟疾，“咯咯”抖个不停。

也许该说幸运吧。每次他和女人的头颅刚一照面，就会立刻从梦中醒来。只是，他又不禁觉得不久后将会经历这梦的后续。因为在惊醒的前一刻，怪物的嘴总是欲张未张，好像要说什么。想必自己迟早会听到那不祥头颅所说的话。正一如此想到。

满洲的家里，从和室阁楼探出脸的自然是真的母亲。从梯凳下来的母亲紧紧搂住了他。

“我一直在想，只有正一才能做到。”

仅此一言，有那么一会儿，母亲没有放开他的意思。后来他理解了母亲的想法。在那迫不得已的紧要关头，母亲恐怕是认为即便是露西亚人也不会拿一个幼小的男童怎么样。虽然不能保证，但当时已无他法。所以把一切都托付给了他。而且也只能这么做。

梯凳旁，小夜子仰望顶棚，频频唤道：“鹤姐，现在可以下来啦。”

抬头一看，鹤子还留在阁楼里。似乎是妹妹都说安全了，也怕得不敢下来。母亲助阵也全无效果，正一说明露西亚人已经撤离，这才终于现了身。

长女鹤子时年十一岁，次女小夜子八岁。凡事斯文稳重的鹤子肤白如雪，容貌气质与“大家闺秀”一词正合。另一边的小夜子肤色黝黑，似在彰显其人的活泼性格，就是个野丫头。鹤子叫妹妹“小夜儿”，叫弟弟“阿正”，小夜子则直呼其名，叫姐姐“鹤姐”，叫弟弟“正一”。此外，她还常跟姐姐弟弟说“叫我小夜就行啦”。说是“小夜儿”“姐姐”“小姐姐”什么的，甜甜腻腻的讨人厌。她似乎对“小夜子”和带“子”字的称呼都不怎么喜欢。如此对照鲜明的两姐妹大概也很罕见。

这两位还有一个共通点，都对弟弟疼爱有加。日本战败，居住满洲的日本国民冒死返乡时，正一深切感受到了两个姐姐对自己的爱有多深。

事实上，战败后的经历对正一来说印象最为鲜明。与父母和姐姐们一起在自家度过的日子已记不得半分，令人啼笑皆非的是，严酷旅途中的点点滴滴却有不少留在脑中。唯一值得留念的也就只有同鹤子和小夜子共享的那些甜酸苦辣吧。

话题移至宫木家返乡之前，还须提及残留于正一脑中的第三幕情景。其现实感比机枪扫射的记忆更为稀薄，宛如海市蜃楼，以淡然虚无之姿，始终在他脑中摇曳不定。

伴随着玄关门“嘎吱嘎吱”的开启声，户外的光线突然照进室内。一个背身伫立在三和土[1]上的男子的身影，如同被那光芒吸走一般逝

1. 三和土，由泥土、石灰和水混合夯实而成。因混合了三种材料，故名三和土。文中是指用三和土浇筑而成的“土间”。日本传统民宅中，人们的生活空间分为两部分：高于地面、铺设木板的部分和与地面等高的部分。后者即为土间，通常位于室内与户外的交界处。过去土间是处理家庭内杂务或进行炊事的场所，因此相当宽敞。但在现代民居中，土间变得狭小起来，成为单纯的脱换鞋场地，即我们常说的玄关部分。

去——

仅此而已。他知道背影是自己的军人父亲。只是，无论如何也涌不起现实感。即使听了姐姐们的话，也不过是更添混乱，正一心中的父亲形象总是被生生划为两半。

鹤子提及父亲会眼里含泪道：“父亲是为国捐躯啊。”

然而，小夜子不同。

“那家伙抛妻弃子，结果送了命。”

说到父亲的事，小夜子总是感情外露。听说她和一个原籍关西，常在满洲的家里出入的商人很亲。满口关西腔似乎也是受他的影响。也许姐姐从那商人身上看到了她心目中的父亲形象。

母亲什么也没说。问及父亲的事，她也只是凄然一笑，始终保持沉默。正一不愿意看母亲那样的表情，不久也就不再打听了。

两位姐姐的话里有一点相同，父亲是个平日里就不顾家的男人。鹤子的理解是为国效劳，小夜子则将其解释为抛弃家庭。至今他仍不清楚，哪个才是真实的父亲。

父亲离家似乎是在那两个露西亚人闯入宅内的数日前。但在正一的记忆里却总是排在第三位。不知为何，他一心以为，父亲消失了所以他们才离开了家。

对弟弟的奇异误解，鹤子是这么想的：

“阿正是想和父亲一起回日本吧，被这个愿望催化后的结果。”

小夜子则是对姐姐的话全盘否定：

“我们才不会追随那个人离家呢。磨磨蹭蹭的话，就会被那些最后关头参战的露西亚人杀掉。”

事实上对他们这些人来说，日本战败以后，被称作“王道乐土”的满洲大地已化为地狱。政府说是武装移民输送来的在乡军人，到各地招募农家的次子和三子集体迁来的分村移民，只有普通的开拓团还不满意，他们还以“满洲开拓青年义勇队”之名将十六至十九岁的青年送入训练所或寄宿学校，其实就在那一刻，此地便已沦为禁忌之地。

无论是学生还是移民，危险常伴左右。而且，原以为是乐土的大地一入冬便冻至零下二十度，开拓艰辛一言难尽。进而，随着战局的恶化，下至十七岁上到四十五岁的男子纷纷被征召。在满洲生活长达十数年，因战败而归国者捧回的唯一物品不过是家人的遗骨或遗发，这样的例子决非罕见。当时，只要能活着踏上日本的土地，就已经欢天喜地了。

正一他们也是如此，辗转抵达归国船出港口附近的收容所之前，当真是艰难困苦连绵不绝。母亲还带着三个孩子，想必十分辛劳。不过，周围与他们相似，身背乳儿、手携幼子的母子很多，所以并非只有宫木家情况特殊。

途中，几度与日本军队擦肩而过。每一次，母亲们都会不住地低下头请求“当兵的大哥，请救救我们吧”，“只救这孩子也行……拜托了”。然而，从他们那里得到的回答只有一句——“请努力坚持”。

日军的目的是要迎击突然参战的苏军，只是能从这项任务活下来的又有几人呢？

不只遇到日本士兵。还有……立场各异的势力接二连三地在他们的归途中出现。

最坏的还是露西亚人，虽说这不过是正一的个人印象。总之，从牛马羊、粮食，到贵金属及日用品，那些家伙不由分说就把眼前的东西一抢而光。而且，还对女人欲求旺盛。因此，妙龄女子和年轻已婚妇女都故意弄脏衣服，也不洗脸，导致疥疮和斑疹伤寒蔓延开来。相比露西亚人，中国共产党则军纪严明。求取物品时，也会提出用适当的价格交换。那位只有十来岁而已，穿藏青色棉衣的八路军革命战士的凛然身姿，正一至今都记得真切。

不过对小夜子来说，完全没有区别。即使在长大后说起满洲的事，她也总是啐道军人和战争的残酷。

正一虽然觉得姐姐的意见大体没错，但有一个场景让他不能忘怀。

在没有路的道上走着走着，就见一支日军小分队分乘三辆破卡车，沿视野良好的军用公路行驶，从后边超过了他们。前方能看见无数队伍，军服上沾有泥污的是八路军。卡车一放慢速度，就有一个十五六岁的少年兵纵身跳了上去。他接近日本兵时心怀什么想法，已不得而知。但至少看不出有敌意。

不料，有个看起来三十不到的日本兵，突然打了那个中国共产党的少年兵一巴掌。少年的身后，挤满了他的无数同伴。那个日本兵可要吃不了兜着走了，正一屏气凝息注视着这一幕，就见那少年兵说了什么。态度十分平和。下一个瞬间，日本兵身子突然一紧，立刻面露愧色，一言不发地取出烟递给对方。少年兵似乎想还说点什么，最终还是微微一笑，摆摆手下了卡车。

那时少年兵对日本兵说了什么，实已无从知晓。但正一想，他的话中肯定含有此意——战争已经结束，我们年轻一代不必再互相仇视了。

小夜子一定会数落他“说什么天真话呢”。正一在路上倒是见过除了八路军以外的其他势力向逃亡的败军索要金银的事。所以觉得姐姐的一概而论倒有几分道理。但他坚信，至少留存在记忆中的那两位少年不同。

在烈日下行进十分辛苦。即便结伴而行，只要稍稍落后队列，立时脚上的鞋子就会被难民抢去。此外，每次被其他势力叫住，大家就商量着送些礼物。反复多次以后，身上的携带品少了，同伴之间就开始疑心生暗鬼——是不是有人还藏着什么东西吧？

“宫木夫人，你家应该有更多值钱的东西吧。”

母亲不止一次被一个像是同乡的老妇责难过。由于纠缠过甚，小夜子终于怒吼道：“都被露西亚人拿走啦！”

途中若有人死去，年轻人会在地上挖坑掩埋。随即就有难民掘出，顷刻间剥走死者的衣物。此情此景诉说了一个事实——因战争受害的永远都是普遍民众，即使是战胜国的国民。

到了晚上还会坐上货车。每当四周山里闪出机枪扫射的火舌时，就得停车，但用不着走路还是很开心的。只是，车内拥挤不堪，闷热得简直能让人昏死过去，婴儿的啼声接连不断，不是一个能好好休息的处所。尤其是在门的附近和车钩一带，总是飘荡着屎尿的恶臭，让呼吸都困难起来。

总之，离家以后，对正一而言，过于刺激的体验接踵而来。即便如此，一步步向故国行进的他们，或许还是幸运的。因为别说归国了，还有逃出开拓村之前就被卷入战乱，即便自卫也几乎招募不到男子，因分村移民团团长的一言决定，全村约一百五十口人用炸药集体自尽的例子。当初自夸精锐的关东军此时也悄悄南下，招募开拓民完全成了对他们的补充。许多男子连自己的家人都无法守护就死了。

此外，在艰难到达收容所前，有大量儿童因营养不良导致的衰竭而夭亡。当妈妈的也是。随处可见抱住倒毙的母亲的胸、背、手臂的幼儿。

明天也许就会轮到我……

受到如此恐惧的纠缠。尽管受着母亲和姐姐们的保护，正一始终感到害怕。难怪，懵懂渐开之际，展现在眼前的却是一个被暴力、恐怖、死亡支配的世界。他能保持心智正常，完全得益于姐姐们的付出。

“我们能努力起来，也许是因为有母亲在。”

有一次，小夜子突然这么咕哝道，正一问她是什么意思。

“唔……怎么说好呢？”姐姐侧着头继续道，“那时的母亲好像大彻大悟了一样。露西亚人闯进来，躲到阁楼里的时候也是。我和鹤姐都觉得坏了，母亲却不可思议地冷静，就好像有得救的自信似的……”

话至此处，小夜子少有地支吾起来：“其实啊，从离开满洲的家到抵达日本的期间，母亲……尤其让我害怕得不行。”

如此说来，母亲的样子是有些反常。但是，正一对满洲家中的事没有像样的记忆，所以无法拿日常生活中的母亲做比较。而且，考虑到是在战祸残存的异国他乡，带着三个孩子逃难，多少有那么一点异常言行亦属自然。更何况，小夜子本人也承认，母亲并没做出什么可疑的举动。

“可是，母亲是很怪啊。”

从“怪”的意义上来说，正一其实也有过一段难以释怀的回忆。母亲一边在祈祷孩子们平安无事，另一方面却对离开满洲犹豫不决——好几次涌出了这样的感觉。话说回来，也不觉得母亲对那方水土特别眷恋。既然如此，又是出于什么原因呢？

不管怎样，有一点毋庸置疑，宫木家四口能一个不缺地登上归国船，这事近乎奇迹。那时离战争结束已有两年。

归国用货轮的所有空间都被细细分隔，直到船底都密密麻麻地挤满了人。终于能回到日本的兴奋，令船内的气氛异常高涨。然而，一旦启航开始漫长的海上旅途，船内立刻显露出阴暗沉郁的气息。因为恶劣的环境和匮乏的伙食，加之关于故国的种种飞短流长，渐渐夺走了人们的希望。

“听说日本被投下新型炸弹，全都毁灭了。”

最为震悚人心的传言是原子弹投放的事。只是，消息极其暧昧，有人说毁灭的是两个地方城市，也有人坚称大半国土都化为了灰烬，无人不忧心故国的安危。

划给正一他们的是最下方船舱的一角。即便是这等场所，想到是自己一家人的生活空间，就不由得能松上一口气。在他看来，这狭长的区域倒比满洲的家更像自己真正的家。

他们和隔壁的佐用一家很快就熟稔起来，想必是缘于亲切感吧，因为母亲很高兴，他们和自己的一位故人名字相同，而且年轻的佐用夫人也是一人带着四个男孩。母亲在方方面面都悉心照料，甚至有几次忍着自己不吃，也要从贫乏的食物中拿出给四个孩子吃的份。

船中也陆续有人死亡。很多是病故，由坐上归国船之前所经受的，而且仍在持续中的严酷环境所致。好不容易登上得以回国的船却又死去的人，该有多遗憾啊。若要说好的方面，那就是船上的亡者均为水葬，所以不必担心死后衣物被扒个精光吧。

然而，海上的死并不只有病故一种。正一偶然中得知，另外还存在着更为可怕的死法。

那天晚上，小夜子带他去甲板上的厕所。就在面对摇晃的便池解完手，睡眼惺松地出来时——

“啊，不许看！”

突然被姐姐紧紧地抱住了。正一条件反射似的一拧身，瞧见了她不想让自己看到的某物，虽然只是一瞬间。

漆黑的山，比船更高。明明在海上，却有一座黑乎乎的大山突兀地耸立在海面上。面对那黑色的山，一个女人正向前伸出双手。看她的姿态，既像在迎接从海上来的巨大黑山，又像在恳求对方把自己带走，这景象着实奇妙。而且，那山——

“不要看！”小夜子用低沉而又严厉有力的语声呵斥他。

“回去了。好了，快点！”她立刻紧握正一的手用力拉拽，慌慌张张地离开了甲板。

回到船舱的分配区域，小夜子带着一股兴奋劲，跟母亲耳语了几句。母亲静静地听着，不久以同样方式在姐姐耳边低声回话，就见小夜子身子猛地一颤，随后露出悲伤的表情。

自己看到的是什么？正一想问，但当时的气氛让他问不出口。当晚他一夜都没合眼。

翌日午后，小夜子把他拉到空无一人的甲板角落处，说起了前一晚的事。

“我不知道你看到了多少，总之那女人是佐用阿姨。”

“在做什么呢？”

“往海里扔婴儿。”

“哎……”

“母亲说了。阿姨因为营养不良，奶水出不来。”

说起来，最小的宝宝几乎都没哭。也就是说，已衰弱得连哭的力气都没了。因为从妈妈那里得不到充足的母乳。

“以前不是流传过日本被投下新型炸弹的说法吗。阿姨好像跟母亲说过，至少也要让上面几个孩子回到故国。”

“那么，那宝宝……”

小夜子轻轻摇头后告诉他，有大批父母在辗转抵达收容所和归国船之前，就遗弃了自己的孩子。

漆黑如粘汁一样的东西，瞬间充斥了正一的内心。许多父母并不是为了让自己获救而弃子的吧。她们想着就这么带走只枉送孩子的命，才哭着留下孩子的吧。即便如此，孩子仍是被抛弃了，念及彼时彼刻父母和孩子的心情，正一就觉得如坐针毡。他又细品了如今与母亲和姐姐们在一起的幸福。

“对佐用阿姨和男孩子们都得和气相待哦。”

小夜子教诲似的说完这话，正一见她要走，就问了那个比女人更让自己在意的东西：“那座黑色的，奇怪的山是什么？”

“山？”

“就在船的边上……在海上……大大的……黑漆漆的山……”

“正一，海里是不会有山的。”姐姐发出愕然的语声。

“可是，真的有座奇怪的山……”

“日本还在很前面很前面。就算经过了什么岛，也不会在有可能触礁的地方行驶吧。”

“不是岛啦。那个是山……唔，像山一样的……”

“正一，我说你啊——”

“可不能吵架哟！”

这时，一个年长的男子上来搭话，似乎是在他们没注意的时候来的甲板。男子催促正一，让他说说目击到奇异大山的事。正一跳过佐用夫人的事，只说有一座山耸立在海上。

“啊啊，那个是波浪啦。”

“哎？比船还大的？”在正一吃惊前，小夜子率先做出反应。

“可不能小看浪涛。而且船一摇，看上去就比实际的大。”男子的口吻就像告诉孩子一件理所当然的事，“而且又是晚上见到的，就会觉得更大了。小家伙乘船出海，这是头一次吧。”

正一点了点头，男子笑道：“这样的话，觉得更大也不奇怪啊。”

“呼……就是这样了。”小夜子似已接受，但正一还是无法信服。

“那个大大的波浪，会跟着船一起动？”

“你说什么？”男子微笑着反问。

“一直在船的边上，所以……”

“哎……”

“就像跟着似的，不离船的旁边……”

“这个是波涛接二连三在船的旁边翻卷吧。也就是浪的活动偶然与船行进的方向一致了。”

“不是，大浪没动。像山一样形状不变，保持着那个样子一直贴在船的边上，而且——”

男子脸上已没了笑容，反倒毛骨悚然似的打量正一。因此，正一猛地把下半句咽了回去。而且，山的上方还有一只大眼睛——

“哈……哈哈，你一定是睡迷糊啦。”

男子勉强挤出一声笑，匆忙从两人身前走开了。

“你真的看到了？”

小夜子问得认真，正一也表情严肃地点点头。

“这样啊……”

姐姐就像心里有谱似的，凝神沉思着。

“正一，你以前也见过类似的东西吗？”

“类似的东西……”

“不完全一样也行，就是像这样的怪东西。”

其实见过。对母亲和姐姐都没提过，有好几次走在广袤的大地上，到了傍晚他就会看到一种浑身黑得像炭，头小肚涨手脚细长，如婴儿般大小的东西，在道边的草丛和沟里，深邃森林的入口处，河滩的水边翻滚蠕动。越往前走，见着那东西的频率就越高，同时那东西的数量也增加了。特别是在战死的士兵和开拓民的尸体旁边，简直可以说必然会出现那东西的身影。在货运火车的车钩暗部瞧见那东西时，正一甚至忍不住背心一凉差点叫出声来。

和盘托出后，一时之间小夜子显出沉思的模样，随后道：“总之，不管是母亲还是鹤姐，这些怪事全都得瞒着，知道了吗？”

当然不打算说。其实也没想说给小夜子听。因为总觉得一旦对谁说起，那东西就会立刻察知自己已发现它的存在，正一可不愿这样。

话都挑明到这份上了，说多说少一个样，正一就把这想法告诉了姐姐。

“也许你说得对。”

干脆的肯定，让他一激灵打了个冷战。

不知是否受到那玩意儿的影响，正一的身子突然垮了。其实该说来得太迟了，至今没卧床不起简直令人称奇。就像是呼应他似的，鹤子也病倒了。

从那时起，长姐一点一点地染上了精神疾病。过于苛酷，凄惨的旅途造成的影响，加之如此境况下一心要保护弟弟的勇猛似已反噬其身，使她的心开始渐渐遭受侵蚀。万幸的是，言行中未见有大的变化。因此，外表看来还是以前那个娴静温柔的姐姐。然而，“她的自我”变得越来越稀薄。不断失去“自我”，陷入了无法自主思考事物的状态。

女儿的变化令母亲悲伤，可又觉得她已淡然接受。仿佛母亲最初就已明了，命运该当如此……

大概是心想连鹤子的那一份也要担着，小夜子越发变得性格顽强。一边协助母亲，一边护理姐弟。然而，毕竟是操劳过度了吧，终于连她也倒下了。

也许是受了宫木家的毒害，佐用家的三个孩子也接连病倒。然后佐用夫人也一病不起，正一的母亲就不得不一个人照看所有人。阴森的气氛瞬时笼罩了横跨两个家庭的空间。正一觉得黑暗沉郁的空气中无疑透出了死亡的气息。

母亲依然不惜减少自己的食物，照顾佐用家的孩子们。然而，起先是佐用家的三子亡故。两天后是次子，四天后是长子相继过世。反倒是宫木家的三人一点点地康复起来。结果两家一明一暗，泾渭分明，直叫人唏嘘不已。

佐用夫人在甲板水葬了捱到最后的长子，她瞧向自家这边的眼神，令正一惊恐莫名。

那天晚上，他突然惊醒，耳边传来奇妙的声音，惺松睡眼移视侧旁，没有一个人。他半撑起身环视四周，只见佐用夫人站在廊下，一动不动地凝视着这边。如能面[1]一般空无表情的脸庞，只是一味地凝望着他。不久她举起右手，开始缓缓地，反复地召唤他到这里来，到这里来……

犹如冷水从脖颈流入一般，一阵战栗掠过了正一的背脊。然而，他的目光离不开佐用夫人。想着不能看，但视线怎么也无法从她的右手腕挪开。而且，凝视着那徐徐摆动的手掌，其间——

啊，必须去……

他竟被这想法所困，回过神时已然站起身子，摇摇晃晃地迈开了步子。

这时，佐用夫人笑了。不，是看起来在笑。因为她嘴唇两端突然上扬，双颊现出了酒窝。当时的正一，平生第一次见到那明明挂着笑容却只会令人忌讳不已的表情。

讨厌……不想去……

内心拼命抗争，脚却一步步地向前走。“母亲！小夜！鹤子姐姐！”明明在喊却全然不成声。

---

1. 能面，日本传统曲艺“能乐”中使用的假面具。常用来形容人面无表情。

夫人出了船舱，开始攀爬陡急狭窄的楼梯。正一跟在后面，握着扶手的双手却灌满了力，想勉力站住。然而，眼看要成功时，夫人必会回头。就这么一动不动地凝望过来。每一次，两臂的力量都会散失，心里想不好好跟着的话……

和阿姨一起去……登上甲板……然后……

会怎样，他不知道。只是，非常害怕，总觉得有骇人之极的某物，正等着自己……不，是他们两个人。

不久，他看到了通往甲板的门。夫人打开门固定住，等待他从手底下通过。他心想从那个门出去就完了，但另一方面又觉得便能求得安乐。无论如何，他已没有选择的余地。

“哐啷”……门扉被关闭的重音在他背后阴森地响起。那极其令人厌恶的回响，使人联想到断头台的巨大刀刃落下的瞬间。

正一被推着后背催促着，重新迈开步子。一直低着头所以看不清周围，但知道正在靠近甲板的扶拦。扶拦的另一边是一片漆黑的海面。目标是货轮的一头。自己正朝着与佐用夫人十天前抛婴处相同的地点进发。

“……”

正后方传来了奇妙的声音，也不知是惊呼，恸哭还是欢叫，就在这时佐用夫人的双臂挽住了正一的身体。

“啊……”

这一刹那，他恢复了神智，就像附体之物突然脱落一般。

正一胡乱地挣扎，想解脱对方的双手，但被抱得结结实实无法动弹。于是，他两脚蹬住甲板，即便身后被推也抗拒着不往前去。这一招奏效了。夫人想把他的身子整个抱起，也被他放低重心拼命抵住。

深夜，归国船的甲板上，上演了一出女子与男孩的奇异对决。对正一而言，这实是一场殊死搏斗。

正一持续蹬地，夫人毕竟也累了吧，眼看双臂的气力开始松弛。他心想逃走就在这一刻了。故意让自己的身体也不使劲，然后一下子挣脱，就能逃走。如此盘算的他，正欲悄然准备之际——

才发现那东西就在他们眼前……

那像山一样大而漆黑的东西，从海面陡然耸起。睁开巨大的独眼，一动不动地俯瞰这边。

感觉是这样的，他并没有抬脸确认。心里想着绝不能去看。也许夫人已经面对面地看到了。所以手臂才没了力气——

“正一！”

小夜子的喊声在甲板回响的同时，他一口气挣脱了佐用夫人的双手，旋即如脱兔一般奔向舱门侧的姐姐。瞬间，他想回头看——

“不能看！”

又被姐姐紧紧抱住转身不得。他挣扎着回头时，甲板上已不见佐用夫人的踪影，连同那漆黑如山一样的东西也消失了。

“阿姨呢？”

还用问么。姐姐默默地注视着甲板扶拦的对面，那阴森森翻卷着波浪的漆黑海面。

“看到了？”

正一问的当然是那东西。但这么问会被误解为佐用夫人的最后一刻。念及此节正一刚想更正，小夜子用力握住了他的右手。从门口拉入船内后，一口气沿楼梯下到了船舱。

小夜子也看到了……

然而，她承认这项事实，则是在归国船抵达舞鹤港，自己的双脚已坚实地踏上大地之后。不过，姐姐没看到巨大的独眼。而且随着时光的流逝，她似乎认为那只是一个巨大的浪涛。

“那个阿姨精神失常了。”

佐用夫人牺牲婴儿，想跟长子等三人回到日本。不料接连失去了三个孩子。同样卧床不起的隔壁宫木家的孩子们却得以生还。这种反差让她发了疯。姐姐似乎是这么认为的。

正一也基本持相同意见，但觉得不止如此。那东西一定参与其中。在甲板丢弃婴儿的那一刻，抑或是早些时候，夫人已经被海中的魔物附体了吧。也许三个孩子的死也缘于此。

事情发生的翌日，正一年满六岁。那时小夜子若不出现，他无疑会永远停留在五岁，在大洋中漂流。

几天后的黄昏，“是日本”“看得到日本啦”的呼声瞬间在船内四处奔涌。无人不喜极而泣，但也有数人于故国即在眼前之时陨命。艰辛至此才回到家，却……正一打心底里觉得可怜，不过他决定换种想法，能把遗骨埋在故乡，仅此就比命丧别国，骨朽他乡的同伴强了。

归国者们刚走下栈桥，便欢声雷动。同时就被人墙团团围住。厚生省舞鹤归国援护局的职工则对此加以疏导，将归国者引至援护局。队列走得十分缓慢，那是因为归国者和迎接者都睁大眼睛，互相搜寻亲人吧。不一会儿，欣喜重逢，落泪相拥在一起的母子，兄弟姐妹，夫妇的身影便随处可见。

人群之中，也有好些妇女像举名牌一样举着写有姓名的宽幅纸。仔细一看，名字边上还写着“满洲 ×× 部队”“×× 小队”的字样，或是记有“昭和某年生人，某年从某地入伍”之类的信息。人们常说的“岸壁之母”和“崖壁之妻”们，寻找被征召遣往满洲的儿子或丈夫来了。

“知道 ×××× 的消息吗”,“有哪位在 ×× 的第 ×× 部队待过”,“你知道 ×××× 吧”。

她们的声音接连传来。然而无人作答，那些问话就这样缥缈而逝的景况，令正一心痛如绞。最终，她们中间有多少母亲或妻子能与自己的孩子或丈夫相会呢?

离援护局只有数十米之遥。去了那里之后又会怎样，他自是不知。不过此刻，他的心头终于涌起了与母亲和姐姐平安抵达日本的实感。

这时，耳中听到奇妙的呼唤声。这一带，被寻者、寻人者，人山人海人挤人，唤人声此起彼伏。然而，那个声音在其中尤为引人注目，因为呼唤方式明显透着奇异。

左雾大小姐——

不管找的是谁，周围附上敬语喊人的一个也没有。然而却有人呼唤“大小姐”。

正一刚要循声相向之前，母亲猛地站住了。宛如暗夜独行时，突然有人从身后直呼自己的名字一般，吓得浑身一哆嗦……

就在此后，他得知母亲的名字其实叫“左雾”。

第四章 归乡

呼唤母亲的是个五短身材的老头。个子之矮，简直会被误认作孩子。不过，他的肌肉发达，隔着衣服都能看出来。因此，看脸的话已年近七十，但头部以下说是三四十岁也没问题，外貌上的扭曲感实在令人发怵。

“左雾大小姐……”

然而，呼唤母亲名字时的语气却十分温柔。能从中觉出他发自内心的敬意，尊崇，以及些许畏惧之念。

“重藏先生……”

另一边，母亲说出老人的名字，表情稍有困惑。似乎不能理解他为何会出现在这里。而且，随着时间的推移，倒开始惶恐起来。像是渐渐萌生了警觉心。

“你怎么在这里……”母亲察觉到了什么，“是来接五月夜村的哪个人的吗？”

重藏摇摇头道：“自打听说满洲的归国船会来这个港口，我就一直在等您。您要回来的话势必在此地登陆。”

“这是——”

“是的，龙玺老爷的意思。”

老人如是答道，表情显得十分复杂。迎接到母亲的喜悦之余，似乎又对龙玺其人的指示心存不满。

“是吗。”

“今后您可有安身之所？”

“嗯……”

尽管是肯定的回答，但母亲的口吻中明显含着犹豫。

“恕我失礼，可以的话能否告诉我？”

“我丈夫的老家……”

“这不行！”重藏的脸色一下子严厉起来，“既然如此，还不如回水使家方便，不是吗？不管怎么说，那也是养育了左雾大小姐的娘家啊。”

“唔……”

母亲低下头，沉默地思考着什么。重藏也不再多言，静候母亲做出决断。这时，小夜子上前拉了拉老爷子的上衣袖子。

重藏微微一笑，随即把正一等人带到稍远处，逐个问了名字和年纪。恐怕是不想打扰母亲吧。

小夜子代表三人说了各自的情况，重藏很快就察觉到鹤子的异样。老爷子当时的反应，竟与母亲一般无二。痛心地注视着长姐，却又无可奈何地接受下来。就是这样的感觉。

“追来了呀……”他还小声嘀咕了一句让人摸不着头脑的话。

重藏的言行着实不可思议，但小夜子似乎更在意母亲老家的事，问老爷子娘家是在何处。

“奈良蛇迁郡的深山里啊，有个叫波美的地方。那里有四个村子，最早开拓的五月夜村就是你们母亲的老家。”

“很远吗？”

“是啊。不过跟满洲比起来，日本可小得多，稍微忍耐一会儿就到啦。”

“父亲的老家在哪里？”

小夜子的再度发问令重藏的脸色骤变。

“京都。只是……去那里……”

估计是想说“到底是吉是凶啊”。老爷子瞥向母亲的眼神里流露出忧虑之色。

“我们也不想去什么父亲的老家。”

小夜子挑明了自己的本意，老爷子一脸震惊。

“也是，毕竟他自己都被断了关系——”话到此处慌忙住了口。

“咦？父亲是被老家扫地出门了？”

“不，不是……”

“所以说，五月夜村还算好的？”

“啊啊，不……对了，你是从哪里学来的关西腔？完全不像是满洲出生的嘛。”

“不去父亲的老家比较好？”

“哎呀，我说了不该说的话。这个……怎么说呢，我的意思是……你们回父亲的老家可能不太方便。”

然而，这番掩饰没有糊弄住小夜子。

“母亲和父亲结婚的时候，是不是出了什么问题？”

“唔……我说，小夜子小姐挺精神啊。”重藏一副感佩的样子，颇觉有所依靠似的望着这个年仅十岁的孩子。

“叫小夜就行了，‘小姐’和‘儿’什么的都用不着。”

“哦，哦。真是跟你母亲小时候一模一样啊。”

这话让小夜子都吃了一惊。

“骗人……鹤姐才比较像吧。”

“不是啊。等你慢慢长大了，也一定会像你母亲一样美丽端庄。”

老爷子眼中流露出疼爱自家孙女一般的目光。

“那么，母亲的老家到底啥样啊？”难得害羞的小夜子，故意用粗鲁的语调问道。

“水使神社在五月夜村也是渊源正统的世家。”

“哦？母亲是在神社出生的呀。”

小夜子惊讶地嚷起来，相形之下重藏则是面色沉重语焉不详。不用想也知道，母亲的身世另有隐情。且由此可知，老爷子是面对孩子也没法撒谎的性格。

“不是吗？”

小夜子问个不停，就在重藏百般无奈之际，传来了母亲的声音。

“让你久等了。对不起，重藏先生，能否护送我们去村子？”

“啊啊，要回家吗？”老爷子露出安心的表情，“是的，我觉得回村子对孩子们更好一些。”

当晚众人在舞鹤住了一夜，翌日一早就赶往京都，换乘火车向奈良进发了。

比起在满洲广袤原野上狂奔的严酷逃亡生活，从没受过空袭的京都出发，前往奈良的旅途宛如梦幻一般。当然，火车十分拥挤，食物状况也很糟糕，但至少不用担心有生命危险。更重要的是，所到之处映入眼帘的日本自然风光，拯救了正一他们荒瘠的心灵。

刚进入奈良盆地，便下火车转乘巴士。翻越几重山岳到了蛇迁郡。从这一带开始，正一渐渐为周围山野与森林的浓烈色调所倾倒。以前只是贪恋大自然的美好绚丽，色泽娇艳，现在则给人一种分外鲜活的感觉。即便同是树木之绿，却又觉得其中潜伏着别的，根源迥异的某物。前边经过的山野，洋溢着能解放自我精神，委身其中的气息。而如今，自己一行人侵入的这片空间，却荡漾着令人不得不心怀警戒，不得不恐惧畏缩的气氛。虽说都是本国的自然风光，其实已截然不同。

正一突然害怕起来。

还未经历变幻融入自然的“某物”，恐怕还残存在此地的山岳、森林与河川中。人类不可侵犯的原始之物，蕴含原始威胁的真实之物，便是这个“某物”。他的本能嗅到了自然奥秘，却也无能为力。毕竟是唯心之物，即使向小夜子吐露，也极难解释清楚。更何况，对方是大自然。人类原本就不可能与之抗衡。

汽车抵达它邑町时，已有马车在那里等着。在车板上摇摇晃晃，继续翻山越岭，这才终于辗转抵达波美地区。

“这地方是波美的最东头，叫青田村。”

旅途中，重藏不只是对母亲温柔体贴，他对正一他们也是照顾有加。由此，正一也逐渐跟老爷子熟络起来。小夜子从舞鹤港相会那天起，就已经放开了，如今两人对青田村的人们指指点点，谈笑风生。而鹤子也极其自然地接纳了他。

马车行驶在蜿蜒流淌的大河的北侧道路。这条泥土路沿着河走，所以被单纯地称为“川道”。

“这条河叫深通川，给波美的稻谷带来了恩泽之水，可宝贵了。”

听这么一说，他们才发现不止青田村，所经的各个村落都有连片的水田。河的北侧均为田园。从面积来看，稻米产量一定相当可观。

“不过，深通川不光带来恩泽，也会给村子降下灾祸。”

如此接上一句后，重藏讲述了泛滥的河流给各村带来的水灾有多可怕。这是一条关乎波美居民生死的河。

“这也好那也好，都是因为深通川源头的沈深湖里有水魑大人坐镇。”

“水魑大人？”

“啊，就是水神啦。你看，正前方不是有座山吗。那山叫二重山，是波美的山神，山腹里汇聚出一个叫沈深湖的大池子，水魑大人就栖息在那里。”

“这么说，河水是从那边流过来的？”

顺着眼前的这条大河往上游寻去就能抵达山中湖，不只是小夜子，正一也怎么都无法相信。

两人的反应令重藏展颜一笑：“水不是从沈深湖涌出来的。那里有座流升之瀑，逆瀑布上去的话，能走到山里更深的地方。就算源头是岩间流出的一泓清水，到下游也能化作大江，怎么说呢，这就是所谓的水流啊。”

“难不成祭祀水魑大人的就是现在要去的水使神社？”

面对小夜子的询问，重藏默默点头。似乎后悔最初提起了水魑大人的话题，尽管为时已晚。他的顾虑多半是母亲吧。

“那边的是水神塔——”老爷子略显突兀地指着前方的石碑，“祭祀着水天大人和辩才天女之类的水神，还是村界的标志呢。到水神塔跟前为止是青田村，再往前就是佐保村了。”

过了佐保村，下一个是物种村。不过，虽然村名变了，风景却基本相同。每个村子的田园都非常辽阔，连绵不绝。整片种植的无数稻穗迎风飘扬。奇怪的是，明明是初入眼帘的光景，却让人深感怀念。此处已经没有途中感受到的那种出于原始自然的恐惧。也许是正一对于整齐划一，列队成行的水稻怀有亦可称之为“人工自然美”的感慨。

一个长身男子站立在水田的中央。穿着严严实实的西服，看起来就像是在迎接正一他们。然而，男子距离川道有相当的距离。若是在等马车，似乎靠得更近一些才好吧。

不过，这个约莫三十出头的男子，早就在盯着正一他们了。不，不光是视线，他还配合马车的行进，确确实实地调整方向。任谁见了，都会认为是在迎接宫木一家的返乡。

“……”

突然，母亲身子一震，似在屏气凝息。正一转眼看去，见她身子略微前倾，专注地凝视着男子。

“那个人……”

小夜子也发现了，话刚出口，重藏便向赶车人打声招呼。瞬间，马车放缓了速度。以相当于步行的速率，通过了男子身前。这时，母亲缓缓低下头，对方也悄然还礼。

正一回头望去，男子在目送他们。母亲微微垂首的姿势，像是在拼命按捺回头的冲动。小夜子看看男子又看看母亲，想问什么，但什么也没说。因为当前气氛让人难以开口。

然而，坐上马车以后便一言不发的鹤子突然站起身，向远去的男子欢喜地叫道：“父亲！”

重藏慌忙抱住差点坠车的长姐，母亲也劝慰起兴奋不已的女儿，正一和小夜子则面面相觑。

怎么回事……

鹤子是在满洲出生的。而且，别说这个地方，就连日本也是第一次来。跟刚才的男子恐怕也是初次照面吧。可却叫他父亲……

此时，后知后觉的正一意识到某个事实。无论那名男子是谁，来自何方，都是唯一迎接他们的村民。迄今为止，有在川道擦身而过的，有在田埂或村道上站住观望马车的。但每个人都在一瞥之后就转开了脸。最初以为是乡村人特有的腼腆，但总觉得不对。就像是出于好奇心看上一眼，然后当即后悔，赶紧慌忙挪开了视线。

我们不受欢迎……

这里不是母亲的故乡吗？还是说，因为经过的是青田村，佐保村和物种村，到了母亲出生的村庄就会不同？

“看，已经到五月夜村啦！”

重藏说出了关键的村名。

“最早开拓波美地区的，就是五月夜村的列位先祖。”

大概是想拂去笼罩在马车上的异样气氛，他故意爽朗地大声说道。

正一转身向前，马车正好通过村界的水神塔，进入了波美地区最西端的五月夜村。在深通川南边，即前方的西南侧，能够看见鸟居。

“那个就是水使神社？”

小夜子顺势提问，重藏点头。说起来，青田村、佐保村、物种村的神社都贴着西侧的村界，位于一河之隔的南侧。正一提及此事后——

“亏小少爷还能注意到这个！神社确实都在深通川的南侧。”老爷子感慨之后，介绍起四家神社的事。不过对于关键的水使神社，只说是水魑大人的本宫，同样也是顾忌母亲吧。顺带一提，在深通川南侧沿河而行的道路被称为“参道”。

马车驶过村子一半左右的时候，正一的视线停留在了一片怪异的农田上。只有那里，四周围着一圈木桩，分割出小小的一块地来。木桩之外，甚至看得到田埂，与其他庄稼地一样也种着水稻。然而，只有那一块地兀突地十分扭曲。

那片小小的土地，孤零零地混杂在广袤的农田里。同为田园，然而彼处明显被异质的气息所笼罩。唯有那片空间成了异界。

为什么会这样呢？

正一觉得不可思议，这时马车开始放慢速度。田园的前面有座桥，似乎是要从那里过。

啊……

马车从川道拐入桥的瞬间，他看见小水田的稻穗中伫立着一个脸蒙布巾，身穿和服的女子。她全身泥污，像在插秧。可是，应该早就过了节气。

那女子究竟是……

正一忍不住从马车上回头张望，发现女子的个头异常矮小。不，根本就没有身高，她的下半身貌似埋在了土里。而且，蒙面的布巾内漆黑一团。并非被太阳晒黑了脸，而是只有乌黑的一片暗影。

正一慌忙转身向前，上臂激起了一阵寒战。总觉得马车渡桥期间，那女子一直在盯视自己，不由得背心一凉。

“怎么了？”小夜子问道，大概是注意到了他的变化。

“没，什么事也没有。”

正一如是回答，重藏也担心地看着他。也许老爷子知道那里是不祥之地。

看到了令人厌恶的东西……

当他受困于抑郁的情绪时，一直行驶于深通川南侧道路的马车转向左侧，不久便停在了水使神社的大鸟居前。

母亲稍作犹豫后，带着正一他们走上了境内的参道。接着进入拜殿，一起做了参拜。

其间，从拜殿深处不断传来涓涓的流水声。倾听这奇异音色的过程中，正一感受到了涤净心灵的惬意，差点毫无滞殆地陷入熟睡。他知道包裹着自己的阴郁气息，已倏然散去。

然而就在下一刻，正一的脖子一阵发冷。尽管心情舒畅起来，却似有什么不明来历之物拖拖曳曳，正欲从颈后钻入，这异常的厌恶感向他侵袭而来。过于鲜活的感触使得正一发出了“咿咿”的轻呼，急忙用双手猛烈地拍拂颈后。

“正一！”

小夜子大吃一惊，却不知如何是好，一阵手忙脚乱。这时，母亲拉住正一的手，迅速把他带出拜殿，说了一句意味深长的话：“你大概和母亲一样，跟这里的神明合不来。”

“怎么回事？”

小夜子抢在正一之前问道，而母亲则摇头道：“刚才的事要保密。特别是对接下来要见的人……绝对不能对你们的外祖父说起。明白了吗？”

语气平和，但母亲的措辞中含着不容分说的坚定态度。两人也都慌忙起誓守口如瓶。

在第二鸟居等候的重藏，待正一他们回来后，将他们引入了水使家的正房。不知为何，没走正面的玄关，而是迂回从侧门进入。他打开那里的木门，客客气气地朝里头唤了两声。

不一会儿，走来个年轻女佣。不料她认出是重藏之后，突然惊慌失措起来。老爷子托她“请给龙玺老爷传个话”，可不管吩咐了多少遍也毫无用处。不久，大概是听到了喧哗，一个年长女佣露面了。

然而，见到母亲的瞬间，她也大为慌乱。不过，或许是姜还是老的辣，很快她就像什么事也没发生过似的，端坐在地，深深叩首。见她如此应对，年轻女佣轻叫一声，也急忙跪坐施礼，额头都快擦到木板地上了。几近伏地谢罪的姿态让正一和小夜子都是目瞪口呆。

母亲对女佣们的举止不置一词，十分自然地承接下来。虽然轻还一礼，向年长女佣问候了一声“好久没见了呢”，态度却极为淡漠。

此处，正一他们与重藏分开，被带往别栋的一间屋子。途中，得知年长女子叫“留子”，很久以前就在水使家做工，现在当上了女佣领班。这是留子自己说的。只是，她始终说个不停，直到进入别栋的房间。仿佛沉默一旦降临，哪怕只有片刻，也会觉得恐惧难耐似的。

正一等人在别栋和室等了相当长的一段时间。如此置而不理，以至于他们打心眼里担心自己是否已被人遗忘。

小夜子没有放过这个机会。由于在舞鹤港时重藏的过度反应，直到现在小夜子还没有问过母亲有关五月夜村和水使神社的具体情况。她极少这么消停，也许是断定时至今日已无大碍，她逐步试探起母亲。

母亲予以回答的问题屈指可数。只说她在刚懂事的年纪，被这家收为了养女。她和养父难以相处，夺门而出地嫁到了京都的宫木家，后来怀上了鹤子，就这么去了满洲，直到今天也没再回过老家。接着——

“那么，母亲是在哪里出生的？”

面对小夜子的问题，母亲一动不动地沉思了好长一段时间，最后她目光凝视着远方，只是答道：“苍龙乡的神神栉村……”

他们还被迫立下誓言，绝不能把这个地名告诉任何人。

“可是，为什么要送给别人家当养女呢？”

到了此时，小夜子已恢复成往常的她。母亲倒也说了一些事，所以她就顺势接着往深了问。

“还有，收养的人家为什么是这个神社？”她连珠炮似的发问。

然而母亲只是寂寥地微微一笑，不打算再说一个字。看母亲那满脸愁容的表情，仿佛是在思考正一他们的未来，而非自己的过去。离开满洲归国时有所迟疑，可能也是母亲预感到了自己的命运——最终被难以抗拒的力量拉回波美之地，五月夜村，水使家的命运。

这时，隔扇突然被粗暴地拉开，进来了一个六十五岁左右的清瘦男人。不只是瘦，而是给人赘肉尽消，历经锤炼的感觉。其锐利的眼神中也有所体现。光是这么一瞥，正一就忽觉心惊胆战。

男人背对壁龛坐下，母亲随即两手撑席垂首道：“久疏问候。”

“是啊。”

男人悠然点头，只是发出沉吟似的声音。相隔十数载的父女重逢，寒暄仅止于此便草草结束。进而，男人也不正眼看女儿，却将视线转向外孙和外孙女，而且主要是鹤子。

“是你的女儿吗？”

“是……”母亲如是回答，不知为何口吻中略带一丝踌躇。

“多大了？”

“长女鹤子十三，次女小夜子十岁，另外长子正一六岁。”

然而，这次不同。母亲仿佛下了重大决心一般，无所顾忌地说出了孩子的名字和年龄，如同像在挑战眼前的这个男人。

男人的表情因瞬时的惊讶而扭曲。此前他面无表情，让人难以接近。正是因此，可知他现在受到了相当大的冲击。

“这位是你们的外祖父。”母亲对养父的态度漠不关心，向正一他们介绍外祖父，“侍奉水魑大人的水使神社的宫司，就是你们的外祖父。”

“在这里我就是神。”

惊愕之情还残留脸上，龙玺已然口出不逊之言。正一原以为“这里”是说水使家，后来才明白指的是波美地区。

“初次见面，我是小夜子。”

“噢。”

“您……您好……我是正一。”

正一也连忙问候道，谁知外祖父瞧都没瞧他一眼。依然只是盯着鹤子。

“父亲。”

母亲的唤声终于让龙玺回过神来，他突然恶狠狠地瞪住女儿。

“你……”

“不是的。”

“但是——”

“啊，不用说，我丝毫没有那种念头。”

“……”

刹那间，外祖父脸上呈现出困惑之意。然而，他像是察觉到了什么。

“原来如此，是这样啊。”

“是的。”

“算啦，姑且好好想想，没了神的庇佑会怎样，你们现在的处境如何，好好掂量一下吧。”

当天晚上，宫木家数月来第一次吃上了正规的晚餐，在气派的桧木浴盆泡完澡，睡进了松松软软的被窝。最初他们被请入的别栋，自然而然地成了他们的房间。

水使家除了外祖父龙玺外，只有三人。龙玺的妻子汨子，儿子龙三和儿媳八重。显然，在神社做工的，以及留子、重藏等佣人数量更多。

外祖母汨子和丈夫没差几岁，却已经有些痴呆。所以，她是否识得已还乡的母亲，着实叫人心里没底。三十五岁前后的龙三和父亲相反，是个温文尔雅的男人，他对相当于是义姐的母亲，以及正一他们也常显出牵挂之意。年轻十余岁的八重，好像是他的第三任妻子。据说前两任因为生不出孩子，竟被龙玺无情地下了离婚令。

这些情况，都是手段高超的小夜子从重藏或留子那里打听来的。喜爱她的老爷子也就罢了，跟刚见面不久的女佣领班都能熟络起来，让正一吃惊不小。

“舅父好像在龙玺面前抬不起头。”

顺带一提，除去龙三，小夜子对其余三人都是毫不犹豫地直呼其名。

据她所说，龙三和最初的妻子十分美满。但没有孩子。龙玺一句“养不出继承人的女人就是废物”，于是不敢违逆父亲的他就哭哭啼啼地离了婚。被遣回娘家的夫人伤心过度坏了身子，没多久就病死了。第二任妻子怀是怀上了，却是死胎。龙玺当即下了离婚令。这回龙三终于也反抗了，但被父亲的一声吼断了念头。之后，第二位夫人自杀了。

“太过分了，简直不敢相信！”也难怪小夜子愤慨不已，“为什么母亲和龙玺处不好就离开了家，我也能理解啦。没有血缘关系，不是咱们真正的外祖父真是太好了。”

她莫名厌恶龙玺，而正一则是害怕。话虽如此，其实他们的意见根本就无人理睬。从一开始，外祖父感兴趣的就只有鹤子。

“那家伙看着鹤姐的眼神……不觉得有点瘆人吗？”

正一也有同感，不过内容有所差异。还是孩子的小夜子，敏锐地觉察出外祖父双眸中蕴含的好色之念。这正是年方十岁，但为人老成的小夜子才具备的观察力。而另一边的正一，则认为那淫邪目光的深处，隐藏着更为可怕的企图。不清楚是“什么”。但这“什么”阴森得叫人汗毛直竖。

然而，鹤子本人却满不在乎。从龙玺那里得到漂亮的和服或小礼品时，也显得非常高兴。如果贯以冷静且公平的态度来看，水使家的生活给长姐的精神层面带来了正面影响。只要没意识到外祖父邪恶的视线，只要不具体表现出来，此处绝对是适合她疗养的地方。

不过当时，正一比起外祖父更怕外祖母。龙玺的傲慢、自我为中心、冷漠，泪子一概没有。由于开始痴呆，从某种意义上说，她本来就欠缺诸如此类的人性一面。

“那么呆的婆婆，有啥好怕的？”

小夜子全然不当回事。她认定龙玺就是万恶之源。当然这是对的。不过，畏惧外祖父是缘于正一本人的性格，相比之下他对外祖母则是一种说不清道不明的恐惧。

“阿正……”

在主屋晦暗的走廊里，冷不防传来一声轻唤。回头看，一个人也没有。刚以为是听错了，却见外祖母正从走廊转角目不转睛地窥视自己，一瞬间背脊就挺直了。

这种事发生过好几回。无数次的相同遭遇，然而绝无可能习以为常。没多久，正一只是在走廊上走动就提心吊胆的。

某日，外祖母忽然现出了全身。由于每日三餐也只有她一人是在自己房间吃，所以见到外祖母的尊容，这还是第一次。自此，正一战战兢兢地跟外祖母说上了话。

“阿正……你是阿正啰。”

正一不太理解“啰”的意思。像是确认“你是阿正吗”，又像是肯定“你是阿正”。而且，外祖母的方言浓重，话很难懂，这种时候通常都是回答一句——

“是，是的……”

外祖母就会说道：“果然是啊。阿正[1]……写成树木的‘松’，加

1. 阿正，原文并非汉字，而是平假名的“しょうちゃん”，为“正一”的昵称读法。松一的“松”在日文中与“正”均可音读为“しょう”。

一二的‘一’，松一……”

“哎……”

“好啦，阿正……”

“不，不，不是的。我的名字是‘正确’的‘正’加一，正一。”

“正确……不对吧。你是‘松’加一，松一啊。”

“唔……”

与外祖母的交谈就是这样的南辕北辙。心想也许是有一个很像自己，名字叫“松一”的孩子吧，于是问了重藏，但据他所知波美没有这样一个人。

“阿松，你是三只眼[1]啰。”

“眼睛只有两只啦。”

“呵呵……至少不是一只眼啰。”

简直像谜语一样，但不觉得外祖母知道答案。

“阿松，你要更好地吃饭才行。”

难得说了一句像是外祖母会说的挂念话，谁知——

“身子骨这么贫弱，可当不了侍候水魑大人的觋子[2]哦。”

结果却是一脸认真地说着胡话。听说过去汨子自己就是巫女，可是要考虑候选人，也该是鹤子或小夜子吧。关键是就算正一有这个心，外祖父也不会认可。

即使把外祖母的事告诉小夜子，她也只是拿食指在脑边画圈圈说：

1. 三只眼，原文是“三つ目”，既有“三只眼”的意思，也有“第三个”的意思。下文的“一只眼”亦同。此处正一取的是前一种意思。

2. 觋子，是祭祀神，以及侍奉神的人，女性称“巫”，男性称“觋”。

“这里有问题，所以别往心里去就行啦。”

然而正一却认为，外祖母并非如大家所说的是痴呆，打个比方的话，就是有一半的身子踏入异界，而那非人的半身有时会突然冒出来。不知为何，这一点面对自己时表现得尤为显著，对此正一已经欣然接受。

“到底是神社，就像极乐世界啊。”

也许是想起了满洲的生活，小夜子常把这话挂在嘴边。极乐世界虽是佛教的概念，但能明白她想说的。在这据说饿死了一千万人的战后乱世，不干活也能衣食无忧，倒算是极乐世界。

不过，小夜子必定会加上这么一句：“可是家业明明这么大，衣服没漂亮的，饭菜又不好吃，别栋也住着不舒服，都是因为龙玺太小气啦。”

事实上，外祖父的守财奴性格，给生活在水使家的每个人的日常生活都烙下了阴影。

“他可不是一般的小气。拿生不出孩子为由，赶走了龙三舅父的两个前妻，说穿了都是源自这家伙的冷酷无情——不要对自己没用的人。这人肯定是地狱鬼转世。”

正一对她的比喻心有戚戚，同时又想那么外祖母也许就是半妖。

然而意外的是，小夜子和她憎恶的地狱之鬼，正一和他讨厌的异界半妖很快就分开了。因为母亲离开了家。不，准确地说是被龙玺撵走的。

两人之间是怎样谈的，小夜子和正一都不知情。照例由姐姐去打听，但具体情况母亲一句也没说，只是笑道：“这下就能从外祖父的咒缚中解脱出来啦。”

他们在水使家的别栋仅生活了短短两周。

外祖父为何赶走已然一度接纳的女儿和外孙？是否如他所说的“姑且先好好想想”有关？母亲给出了回答，不合外祖父之意，结果就变成了这样？养父女之间究竟有过怎样一番对话呢？

疑问无穷无尽，但小夜子和正一由衷地感到高兴。因为如此一来，一家四口就能过上没有外人的日子了。不过，两人忘了一个关键问题。离开水使家，就没了栖身之所。而且，该如何糊口度日呢。转眼间他们就会陷入没有生计的境遇。

小夜子从未像现在这样露出过懊恼之色。也许她明白了一个道理——无论自己多坚强也终究是个孩子。

经过重藏斡旋，四人移居到了建在五月夜村与物种村交界处的简陋小屋。位于从深通川向北稍走几步路的地方，冷冷清清，周围一户人家也没有。不，说起来小屋本身就难以称之为家。当真就只是个能避风雨的陋室。如果说水使家是建于极乐世界的府邸，那么小窝棚看起来就像夺衣婆[1]在三途河上的住所。

“真是抱歉。左雾大小姐，我能做的只有这些……”

老爷子颓然地低下了头，与之相对的母亲则面露开朗的笑容说：

“哪儿的话，要没有重藏先生出手相助，现在我们母子四人已经走投无路了。”

“我说了，过不了多久我会再想办法……这短短一段时间里，请你们务必忍耐……”

1. 夺衣婆，据说是守在三途河对岸的老太婆，传说中夺取罪人衣服的恶鬼。

话虽如此，正一也明白，这事不是身为佣人的他靠各种手段就能解决的。假如龙玺不许女儿和外孙们住在这间小屋，想必很快就会有人暗中布置。此时的小夜子和正一都隐隐悟到，外祖父在波美地区全域都拥有这样的权势。

小屋附近时不时能见到一个戴着眼镜，名叫“久保”的男人，可谓明证吧。此人经常出入水使家，常与龙玺秘谈。身为五月夜村青年团代表的久保，恐怕就是外祖父的间谍。

从那天起，母亲开始出门做工。走访村里人家，接揽一切杂务。然而，村民们十分冷漠。首先，就是不给母亲活干。偶尔托点事，也不是什么像样的工作，薪金也压得极低。即便如此，母亲还是在村里四处奔走，主动找活，找到就干，一刻不停。只是这些行为全被视作母亲的擅自之举，大家都只愿支付比底薪更低的酬金。

大概是见不得母亲辛劳，不久小夜子也外出打工了。从小学放学后，努力到深夜。因为比起母亲来，她还能多拿到一点活。上小学后，正一也工作了。不知为何，他比母亲和姐姐更有事做。由于他是男孩，最初交给他的就是农活。

清晨五点起床，就钻进大豆地的垄里割杂草。完工时，衣服已被叶子上积聚的露水打得透湿，变得沉甸甸的。急急忙忙吞下早饭上学去。放学后既不玩耍，也不回家，径直赶去侍弄庄稼。到吃晚饭的时候，已是累得精疲力竭。常常右手拿着筷子，左手端着饭碗，就这么迷迷糊糊地睡过去了。晚上，则是打稻草捻绳子编草袋，这是用来装交售米的。田间的劳作异常辛苦。特别是拿平地机平整土地时，常被人吼“不能推得再平一点吗”，可一个孩子怎么也用不圆熟。把手比肩还高，无论如何都使不上劲。他不想哭，但眼泪自然而然地就会从脸颊滚落。村里同样年纪的孩子也无法操作自如，正一更是难以胜任。话虽如此，眼见十多岁左右的少年背着重达数十公斤的米袋，攀上仓库最高处的身姿，他就琢磨自己到那个年纪时能背动同样的袋子吗，感觉绝无可能。果然，农村孩子的身体构造原本就不同啊。

暗中相助三人劳作的是重藏。他与村里人家几乎都有来往，非常了解各户的情况。他活用这一身份，为了尽可能地让收入丰厚的工作惠顾宫木家，费尽心机。如果没有他，三人能到手的工作量和酬金无疑都会变少。

重藏是少数站在宫木家一边的人。他对母亲的忠诚心要远胜于龙玺。话虽如此，他毕竟长年在水使神社供职。如今也无法违逆龙玺。即使想帮母亲也不好公开行动，此外暗中救济也有限度。他常常叹息自己的无能为力。但母亲一直很感激这位老爷子。

这么一想，他们的关系还真奇妙。随时间与场合不同，时而是主仆，时而是孙女和外祖父，时而是女儿和父亲，时而是妹妹和年岁相差较大的哥哥，时而又像一个女人和倾心于他的男人，关系着实不可思议。

正一干砸了村子的活，或是没派上用场时，常被人背地里骂“外道的孩子啊……”。“孩子”指的是自己，所以“外道”当然是说父母。不，恐怕不是父亲而是母亲吧。

“外道是什么意思？”

问了重藏，他的脸色忽然骤变。然而老爷子的解释却很普通。

“是做下违背人道之事的人，不过在我们这里专指外乡人，所以他们是把小少爷当外乡人看待了吧。”

这时，正一觉得重藏是在掩护母亲，即便是在孩子面前。“外道指的不就是母亲吗？”这句话他怎么也问不出口。于是，代之以其他问题。平时经常吆五喝六的成年壮男，为什么说到“外道的孩子”时，几乎都在嘀嘀咕咕，声音若有若无的，那举止就像是怕让正一听见似的，又是为什么？

“那是因为他们对小少爷——”话到一半支吾起来，随后重藏继续道，“……其实对小少爷愧疚啊。所以嘛，小少爷不必往心里去。当它是耳旁风就好。”

“嗯，知道了。”

尽管顺从地点了头，但正一明白重藏本打算说的是“那是因为他们对小少爷怕得很啊”。可是，村里的大人惧怕自己是毫无道理的。如此说来，难道他们从正一的背后看到了母亲的影子，因此才惧怕的吧。所以重藏才语焉不详，搪塞了事？

其实，小夜子也受过这种奇妙的对待。而且，据说在她那边大家更是小心谨慎，就跟挤脓包似的。

“既然如此，最初就别说那种话不就好了！”

姐姐依然彪悍。事实上，她学习工作两不误，有点空闲也会找关系亲密的朋友玩耍。像猴子一样在野山四处乱窜，如河童一般入瀑潭和江河游泳，还常在寺院里玩捉迷藏或躲猫猫。别说交上朋友了，无论怎么做都会受人欺侮的正一，好生羡慕这样的姐姐。

“要硬碰硬地来！得让对方明白，我们这边也不会忍气吞声，是会反击的。起先是会受到疯狂的报复，但只能毫不示弱地硬扛。要让他们见识到我们的骨气！”

“嗯，嗯……可是，母亲的事……”

“啊，他们也说。不过呢，没有人知道详情。全都从祖上父母那里听来的捕风捉影的传言，那么一说罢了。所以，他们不像大人们带有恶意。”

听她这么一说，还真是的。正一再次钦佩起姐姐的头脑。

“不过呢……”此处，小夜子的声调急转而下，“依我看来，母亲有段我们不知道的过去。不愿让我们知道的过去……可能是因为回到了五月夜村，这段过去一点点地复苏，对方方面面产生了影响。”

“以前母亲离家，跟这次又被赶出来，都是因为这段过去？”

“大概是……虽然我不认为只有这一个原因，但总觉得是源头没错。”

关于此事，两人决定不再触及，并达成了共识——等到母亲亲自告诉自己。虽然颇为担心好奇心旺盛的小夜子能否忍住，不过在那之后她信守了两人的约定。

如此这般，离开水使家之后，正一他们也勉强得以维持生计。只是，问题在于鹤子。虽然也帮忙干些母亲或妹妹带回家做的临工，但恶劣的环境显然给她的精神带来了不良影响。在水使家刚有所好转的病情再度恶化，因此有段时间母亲为此烦恼不已。不过，也没有回到养父篱下的打算。其中似乎有着什么正一他们无法窥知的重大纠葛。

宫木家的生活非常艰苦，但不可思议的是只要没有奢侈欲望，在吃饭方面并不怎么发愁。因为夜间在小屋门外，有人会悄悄地放上瓜果蔬菜。小夜子最初以为是重藏的厚意。但若是他，就会像平常一样拿过来。况且他本人也否认说不是自己。正一认为是村里的一些好心人偷偷送来的，但被姐姐一口否定。

“正一，那种人咱村里一个都没有！”

开始工作后，正一也深切地体会到姐姐所言不虚。

“难不成是水内家的叔叔？”

所谓水内，是指历代在物种村的水内神社任神官一职的家族。如今的宫司是年过八旬的龙吉朗，但事实上，从几年前起就已由四子世路在掌管。顺带一提，他的三个哥哥全都因病去世或战死沙场了。

这个水内世路不是别人，正是正一他们从满洲归来，辗转抵达波美之地，坐马车从青田村去往五月夜村的途中经过物种村时，站在稻田中央迎接他们的那位。

世路也来过水使家，只有一次。在正一全家移居陋室后，便开始频繁露面。每次他都会带来罐头，衣服或日用品之类的小礼物。大家出门上学工作，不在家时，也总会拿点什么过来放上。

“不对，我想不是叔叔。”

“为什么？”

“叔叔拿来的都是村里不太容易到手的罐头之类的保存食品。可晚上放的尽是些村里采摘得到的蔬菜。”

“听你这么一说……”

小夜子敏锐依旧。

“而且呢，好像不是同一个人……有这样的感觉。”

“哎……那么，果然还是村里人……”

断然摇头的小夜子，又一次彻底否定了这个可能。但无论送者何人，有一点毋庸置疑，那就是这神秘的馈赠给宫木家带来了帮助。

最初母亲感恩戴德地接受了世路的好意。然而，次数多了，尽是一味地获取，母亲开始过意不去，予以谢绝。

“是我率性而为，请你别放在心上。”

相反，世路好像还嫌不够。不过，察觉母亲是当真于心不安时，就减少了携带礼物前来的次数，从每回都带礼物变为每来几回才带一次。只是他增加了单次拿来的量，所以结果没有变化。

“我想水内叔叔以前一定很喜欢母亲。”

不用小夜子说，正一也意识到了。但并不觉得讨厌。因为世路为人爽朗。

“能够再次见到母亲，好像很开心呢。”

这一点母亲也一样。起早贪黑，工作连轴转的母亲，唯一能舒口气的就是与世路短暂交谈的那一刻吧。

“总觉得母亲好像变年轻了。”

相比在水使家生活的时候，相比刚移居到小窝棚的时候，母亲确实显得容光焕发。

正一他们也对世路的来访大为欢迎。说实话，最初是为了礼物，而世路见孩子们津津有味地吃着自己带来的食物，也是面露狂喜之色。那笑容看在眼里，正一他们也是心里暖洋洋的。也多亏有他在，才抑止了鹤子精神状态的彻底恶化。

“父亲。”

长姐每这么唤一声，母亲和世路的脸上都会浮起难以言喻的表情。有时还几度互望对方的脸，然后慌忙别过头去。尽管如此，两人也不加责备，随她高兴。是因为顾虑鹤子的心病，还是出于别的理由，正一自然不知。

尽管每周只有短短的几十分钟，但正一在狭小粗陋的屋中，感受到了拥有父亲般温暖的家庭氛围。能有这番体验，他就已经心满意足了。

“母亲能跟叔叔结婚就好了。”

然而，小夜子不同。她看得更加长远。

“叔叔的夫人几年前病死了吧。我们家的那个是战死，所以没有任何阻碍。”

战死的“我们家的那个”指的是正一他们的父亲。

“叔叔有个儿子，他不也需要母亲吗。”

世路有个十一岁的名叫“芥路”的孩子。他曾讲过，自己是芥川龙之介的忠实读者，所以给孩子取了这个名。

芥路只来过一次陋室，由父亲带着。是个皮肤白净，老实巴交的少年，相貌端正像他的父亲。母亲虽多方攀谈，但也许是因为害羞不怎么说话。所以，他想要母亲什么的，只是姐姐个人的独断解读。

回过神时，个性略显畏缩的芥路却已跟正一他们打成一片。鹤子也难得地加入进来，由此正一觉得孩子们之间决非不投缘。

意外的是，问题出在关键人物母亲的身上。

“听着像是我多事，能不能让我来提供住处呢？”

第一次来小屋时，世路提出建议，结果遭到母亲拒绝。此后也提过很多次，但母亲总是摇头。

世路的措辞不是断定句，阐述个人意见时候也会征询对方意愿。只有那一次，他坚定不移地说：“希望由我来照顾你和孩子们。”

当时也是巧了，正一他们就在小屋外面。然后，只有正一听到了世路的这句话，以及母亲接下来的回答：

“谢谢你。但是这样的话，水内神社就会覆灭。”

正一不懂“覆灭”的意思，就去问了姐姐，说是指崩坏或毁灭。小夜子问他为什么问这个，他就把刚才的对话告诉了姐姐。

“正一大笨蛋！为什么不早说！”

小夜子急忙贴紧小屋的外壁，竖起耳朵听里面的动静，但两人的交谈好像已经结束了。

从这天起，小夜子常常逮着机会就找母亲说世路的事。

“如果是那样的父亲，我们也很想要呢。”

有时还会说出非常露骨的话。然而，母亲只是报以寂寥微笑，一句不答。

“奇怪啊……我觉得这不是水内叔叔的单相思，母亲这边也是一样的心思。”

正一也有所察觉，正如小夜子推测的那样。既然如此，为什么要拒绝呢。而且，理由也未免太奇怪了。

不久，母亲开始委婉地回避世路的来访。只是对世路毫无作用，他仍是频繁地上门。原本可见面的机会就少，对方只能在来访次数上做文章。世路就是这么盘算的吧。

此后又有一次交谈，这回被小夜子偶然偷听到了。

“你是水内神社的继承人。出入这种地方，会落下流言蜚语……不，两个村的村民已经开始说各种闲话了。”

“村里人，向来就是这样。我不在意的。”

“这不只是你个人的问题。”

“那时我也这么想，但是我错了。”

“……”

“代价就是，我失去了你，左雾。同样的错误我不想再犯第二次。”

“很高兴你有这份心。可是……与全村人为敌后，你打算怎么生活下去？”

“这个嘛——”

“而且，这问题恐怕不是一个物种村就能解决的。你一定会被整个波美地区彻底孤立。芥路君该如何是好？”

“那你的孩子呢？你自己呢？”

“我们没问题的。村里人又没跟我们完全断绝往来。”

“谁说的，差不多就是——”

“而且，我们其实很坚强，出乎你的意料。”

“左雾……”

“你应该明白的。当时也好，现在也罢，不可能的事终究是不可能的……”

打那以后，世路略微来得少了。事实上，当时关于世路和母亲的恶语流言甚至还传入了正一他们耳中。小夜子不露声色地向重藏刺探情况，方知在物种村里已渐渐酿成重大问题。

“不过，叔叔来得少了不是因为这个。”

“是因为母亲？”

“嗯。知道母亲决心已定，所以……”

“会不会就这样以后不来了？”

“谁知道呢……希望叔叔再努力一把，不过情况好像很复杂啊。”

那段时间，但凡两人独处，小夜子和正一就会一个劲地说母亲和世路的事。

“可以肯定，原因不在于我们是从满洲回来的归国者。”

“问题出在更早以前的事情上啊。”

“就是母亲在水使神社……和水内叔叔情投意合的时候……”

“因为什么分开的？”

“我想一定是被拆散的……被那个龙玺。”

小夜子所料不差。这点她从重藏那里得到了证实。只是无论怎么逼问，对方坚决不肯说明理由。

“因为龙玺老爷觉得水内家的人不好。”

正一能看破的只是表面上的理由。内部必有更深层的原因。内心很想知道，但另一方面又觉得还是不知道为妙。因为他有预感，要是知道了自己会无比后悔。

既然母亲不愿说……

或许就不该惊扰她。主动刺探的行为，岂非愚不可及？

直到母亲想对我们说为止……

不该向任何人打听，无论是重藏还是水内世路。强行这么做只会让母亲悲伤。

正一如实道出自己感想。小夜子似有不满，但同意在母亲不愿坦白的期间尊重她的想法。姐姐当然也不愿令母亲徒增苦楚。最终两人决定暂观其变直至时机到来。

然而，这机会永远没能到来。

藏于心中的情衷还未及向孩子们诉说，母亲便溘然长逝了。

第五章

刀城言耶访波美之地

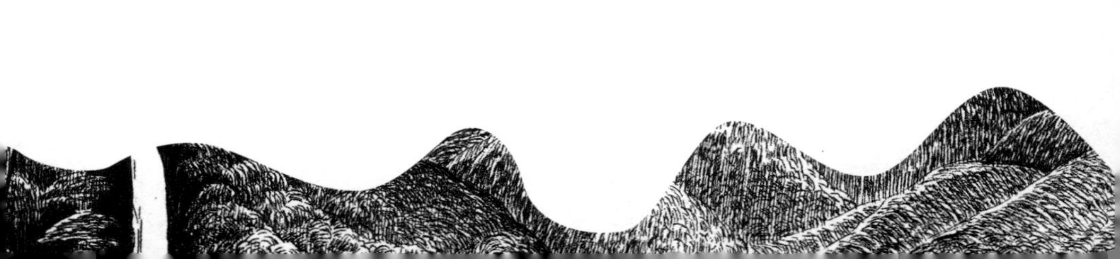

从京都驶向奈良的火车上，祖父江偲始终情绪高涨。

“这次要一直和老师在一起啦。”

原因之一是她如愿陪同刀城言耶同赴民俗采风之旅。

“乌前辈不能来真是太遗憾了。”

孤身留守京都的阿武隈川乌，在开往奈良的火车发车站上怨怼地送别两人，则是原因之二。

当然，阿武隈川当初也是满心想去，所以才会在咖啡馆说了一大堆水魑大人的事。然而，在集合地点现身的他全无精神，只是没好气地说了句“我不方便”，就取消了行程。

“哎？怎么会……”

与颇为遗憾的口吻相反，转眼间祖父江偲的脸上就乐开了花。阿武隈川沉着脸看她，言耶则陷入了顾此失彼的窘境。

“不过，能让乌前辈抑制住自我欲念的‘不方便’，到底是什么呢？”

火车启动以后，阿武隈川的身影从视线中彻底消失。最初只是觉着高兴的祖父江偲，似乎也开始关心起那个“不方便”来了。

“大概是神社的事。”

言耶淡然答道，其实很久以前他就对阿武隈川抱有怀疑。即言耶推测阿武隈川家有一个让他抬不起头来的人物。这个以自我为中心到旁若无人的家伙，只对那人的话绝不敢违逆。言耶直觉，那人既非父亲也非母亲，倒像是外祖母。恐怕这次也是，外祖母对欢天喜地正要出门的他说了什么。可能就是关于神社的事。

“别老是到处乱窜，至少在家的时候给我干点神社的正事！”

被外祖母这么一顿训，所以才哭哭啼啼断了去波美的念头吧。想归想，言耶没把他的假说告诉祖父江偲。倘若是事实，这也许就是阿武隈川唯一的弱点。提示给她的结果难以判断，最后决定暂且不说，这倒不是出于什么武士道精神。

黑哥也是难啊。

作为醉心于民俗采风的同行，言耶很同情他。不过另一方面，当听说他不参加波美之旅时，说实话心里松了口气。再怎么安宁的土地，只要有阿武隈川在就会出乱子。不，是他捅乱子。而且，给他善后的又都是言耶。从学生时代起有过好多次类似的经历，所以对于这次同行言耶是坐立不安。自己对水魑大人感兴趣，所以为了让他开口也只好妥协。的确有种临出发时得救了的感觉。

不过，那东西是什么呀……

道别时，阿武隈川突然递了个竹筒给言耶。

“是饯别礼吗？”言耶心存疑虑就问了一句。

“凭什么我一定要给你饯别礼？”

“可不是嘛。”

“好了，你拿着吧。也许有用。”

竹筒一头的断面上有开孔，塞了个木片栓。里面好像装着液体，就像年代久远的水壶。

那个可能是……

正在言耶思考收进包里的竹筒到底是什么时——

“啊，应该在京都买好站台便当的！”坐在对面的祖父江偲发出了冒失的叫声。

对啦，还有问题没解决呢……

看着祖父江偲活蹦乱跳的样子，言耶偷偷叹了口气。作为编辑，祖父江偲很优秀，言耶也受了她很多方面的照顾。但是，言耶过去好几次因她的缘故，被抛入了奇案怪案的旋涡。祖父江偲说言耶被卷进案子的概率惊人，却一点也没意识到概率提升的原因之一就是她自己。

不过，比起黑哥来……

倒不担心她会惹出乱七八糟的麻烦。感觉是这样的，言耶竟忍不住怀疑起自己的判断。

“祖父江小姐，现在就兴奋过头的话，后半程可就坚持不住啦。”

“没关系。我会好好照顾老师的！”

然而，火车抵达奈良站后，两人一刻不停地坐上巴士翻山越岭辗转来到了蛇迁郡它邑町，当祖父江偲被告知接下来要转乘水利合作社派来接人的车时，就立马叫起苦来。

“这也太急行军了吧……早知如此该在奈良住一晚的。”

“明明天色尚早。再说，水魑大人之仪就在明天上午举行，所以——”

“人家明明生在大阪，却连大佛也没好好看上一眼。”

“啊？不，大佛什么的——”

“现在要不要回去？”

“我说祖父江小姐——”

两人对话驴唇不对马嘴，此时有人客气地上前来搭话了。

“是阿武隈川老师吗？”

言耶回头，就见一个穿着齐整的西装，四十岁出头，相貌端正的高个男子站在身后。

“啊啊。我们是阿武隈川乌这边的人。您是从波美来的吗？”

只听阿武隈川说过，四家神社中的某个人会开车到它邑町的巴士站。至于参观水魑大人之仪的事宜，已获得波美水利合作社的特别许可。这多亏了阿武隈川本家神社的威望。

“我是物种村水内神社的水内世路，谨代表波美水利合作社来迎接各位。”

“不好意思劳您费心了。非常感谢。其实，阿武隈川他——”

“这次蒙诸位应允我等甚为无理之要求，真是感激不尽。我是刀城言耶老师的责任编辑，身属东京一家名为怪想舍的出版社，名叫祖父江偲。”

言耶一边叙礼，一边正要解释阿武隈川之事，这时祖父江偲突然介绍起了言耶和她自己。

“唔……刀城言耶老师和编辑祖父江偲……”

世路理所当然地似有些不知所措，怔怔发呆。

“是。阿武隈川老师因为有急事来不了，就拜求他本人置以全盘信任的刀城言耶老师，请他务必代自己前往。所以尽管忙得不可开交，刀城老师还是应允，一口应承了下来。”

“啊，是这样的情况啊……”

“恕我直言，刀城言耶先生在民俗学方面的造诣可比阿武隈川老师深多了，而且民俗采风的经验也很丰富，正适合这样的场合！”

“刀城老师也是民间的民俗学者吗？”

“不不，老师的本行是作家。作品多采用民俗学方面的题材，因为有此偏好，所以像这样只要有机会，就会竭尽所能地前去观摩珍贵的仪式。”

“是这样啊。那我真是失礼了。”世路向言耶再度寒暄后说道，“不过，由刀城老师这样的人物代阿武隈川老师大驾光临，真是太好了。阿武隈川老师提过要带两个还在修行的助手过来，说他们是一点也派不上用场的废物，帮不上什么忙的半吊子，所以我就在想要是那两位的话可怎么办哟……”

大概是真的松了口气，话至末尾措辞也不怎么拘礼了。

“请等一下！”祖父江偲间不容发地问道，“那个……阿武隈川是这么说的吗？”

“对。确实说的是‘两个助手’……”

“哦，是这样啊。”

听着祖父江偲阴森回荡的语声，言耶再三叮嘱自己，从波美回来的归途上，切不可与她一起去拜访京都的阿武隈川。

“不光是刀城老师，连祖父江小姐这样的美女编辑都请到了，我等前来迎接也算是没白跑一趟。”

“哎呀呀，哪里哪里……”

祖父江偲态度骤变。话又出自美男子世路之口，更起了推波助澜的作用。

“身为女性，却能这般陪同作家老师行走四方，您自己是否也会做些采访？”

“不，不一定。只是刀城老师情况特殊。老师说了，如果没有和他心有灵犀的我跟在身边，就什么也做不成啊。没错，我就相当于是老师的经纪人。另外还是侦探助手，有时也是监护人什么的。自从我当上老师的责任编辑——”

蹬鼻子上脸的祖父江偲开始失控，于是言耶慌忙改换了话题。

“明天就是仪式，现在正是关键时刻，从迎接我们开始，可要给你们添不少麻烦了。”

“不不，哪里的话。”

这时，世路似乎意识到还有重要的礼节未行。

“原本水使神社的宫司会来迎接，但他还有明天的准备要做，就由我当代理，虽然觉得很失礼——”

世路的斜后方，站着一个三十岁左右的男子，脸上浮满了讥诮的笑容。看他的眼睛，像是在说——就算没有仪式的准备工作，水使神社的宫司也不可能前来相迎。

与世路全然不同的感觉，却也俊朗异常。能够察觉到那微笑带着一丝阴翳，就像电影里的个性派男星。只是身高不够，外貌方面略有缺失。旁边又有身材修长的世路，所以更显出他的个子矮小。

大概是注意到了言耶的视线，世路突然背过身去。

“他是佐保村水庭神社的水庭游魔。”

水内神社与水庭神社的现任官司是龙吉朗和流虎，鉴于此项事实，波美水利合作社这次为迎接言耶等人，派出的是第二大和第三大神社各自的继任者。

当然，如此待遇并未让言耶感觉不快。不过，自己是否真受欢迎，抑或是不速之客，对方的迎接态度也是摸清这一点的标志之一。如今，很难通过对方的态度做出判断。

“水魑大人之仪有趣的话，就能当小说的题材？”

游魔冷不防地用生硬的口吻问道。

“是啊。不过，也不会照原样写下来。从此处展开构思，进行各种润色，所以等看到完成品时，可能已大不相同。”

“哦，是这样啊。”

附和的人是世路。大概是觉得游魔言语无礼。然而，游魔本人却满不在乎。

“那如果发生的是可怕到无法修改的案子，就只能照实写喽？唔，会落入非解开谜团不可的情况吧。”

“好了，游魔君，这就出发吧。请车上坐。”

世路拍拍游魔的肩头催促一声后，为言耶和祖父江偲打开了后车座的门。

“老师，刚才水庭游魔先生的话，说的是去世的水使龙一先生吗？”坐上车后，只有两人的时候，祖父江偲低声问道。

“只能这么认为——”

“然后呢？”

“也可以理解成是在预示今后将要发生的案子。”

“哎……不会吧——”

这时，游魔坐进了驾驶室，车很快就驶离了它邑町。

在乡间的道路上行驶片刻后，车开始进入深山。一转眼，从车窗望见的风景就已变为郁郁葱葱的茂密树林。

副驾驶席上的水内世路朝后半转身，不停地找言耶等人攀谈。似乎是因为水庭游魔一声不吭，更让他觉得自己必须陪着对方。

或许是自称言耶经纪人的缘故吧，祖父江偲应答十分认真。被誉为美女编辑或许也起了些作用，她挺直腰杆，看起来又像在扮演一个颇有才干的女性，不禁令人会心一笑。然而，伴随着蜿蜒蛇行的山道，车内嘎吱嘎吱地不断左摇右晃，其间祖父江偲的话渐渐少了。不一会儿她就靠上了言耶的肩膀，接着，几乎瘫倒在他的膝头“人家，已经不行了。不成了……”

“喂喂，没问题吗，祖父江小姐？”

“啊，是晕车了吗？”

世路喊停车，可游魔却说没有用，毫无仁慈心地继续开着车。

“这种时候，别平躺着比较好。”

言耶将祖父江偲的身子推回，想让她的身体倚靠在车门上。这当然是为她着想，哪知——

“老师……大恶魔……”竟被嘟囔了这么一句。

瞬间，车内鸦雀无声。这回世路也几乎不再说话，想是出于对祖父江偲的顾忌。

“车开得很棒啊。”

言耶向前方的游魔搭话。虽说是因为已习以为常，但他操纵方向盘的技艺足可登堂入室。看似粗暴，却给人奇妙的安心感。不知为何，就觉得只要交给他就能平安无事地翻过山岭。

“游魔君喜欢摆弄机械。”回答的人是世路。

“波美地区的产业以种稻为主，所以就有了番水制度——啊，这部分情况您已经……”

“是的，从阿武隈川那里听说了。”

“既然如此，我想您也知道樋门的事，游魔君啊，正在考虑能不能把那个更进一步机械化。”

“能配合番水自动流出水来的话可就方便啦。”

“虽然水利合作社的头——那些宫司们声称，按以前的方法就足够了……”

看来，五十至八十多岁的宫司水使龙玺、水内龙吉朗、水庭流虎、水分辰卅，与他们三四十岁左右的儿子们之间，存在着各种争执。

“世路先生和游魔先生都会继承现在的宫司之位吗？”

“会的。水使神社将由次子龙三继任。我家水内神社的继承人原是长子龙壱朗，可是他战死了。次子龙次朗也是战死，三子龙三朗向来体弱多病，征兵体检也没能通过，就那样在战时病亡……”

“接连失去了兄长啊。”

“在当时，这也不是什么特别罕见的事……所以，水内神社就由本不在顺位中的四子我继承。水庭神社也是，长子和次子死于战场。所以战后就认了游魔君做养子。”

“原来如此。”

“至于水分神社，因为辰卅宫司不过五十来岁，还未提及这些事。宫司没有嫡子，所以我想他迟早会把侄儿收为养子。”

听着世路的话，言耶想虽然同为宫司，但水分辰卅也许尚属后辈。

“明明没能刮起神风——”游魔突然开口道，“我却偏偏成了神社的养子，竟要当那个侍奉神明的宫司，这世界还真是叫人看不懂。”

语气依然讥诮，但并未让人感到不快。相反，言耶却对他的虚无态度产生了兴趣。

“是说太平洋战争中本应刮起的神风吗？”

“‘二战’时，游魔君曾在海军工程学校就读。”

回答的又是世路，游魔则补充道：

“是特攻队的幸存者。不对不对，是还没到那个程度的稚嫩练习生。”

“特攻队什么的，是驾驶战斗机的吧？”

祖父江偲意外地也加入了对话。

“祖父江小姐，你没事吧。”

言耶关切地问了一句，可祖父江偲却一脸气哼哼地不予理会，多半是还在生他刚才的气。

“开战斗机撞毁敌舰的神风特攻队，是挺有名的。”游魔顺势解释道，“陆海空都是有特攻队。好吧，神风特攻队看起来最光鲜，所以受人关注也是没办法的事。可是，身为编辑，你竟然不知道其他特攻队的事？”

“不知道。”

“呼……干脆承认倒也好。”

原以为游魔会显露不快，不料他似乎来了兴致。

“同样是撞机，还有一种叫‘剑’的战斗机。这机子啊，起飞的同时轮子就掉了。换言之，就是专门用来撞机的飞机，由于无法再着陆，所以只能冲向敌人。然后有一种叫‘樱花’的。这东西是让人坐在炸弹里，然后安进战斗机的肚子，靠近敌人就投下去。”

“为什么人要坐在炸弹里？”

“单是扔下炸弹，不一定击得中敌人。但是，如果有人来操纵这个炸弹会怎么样？”

“啊……”

“这个的海军版叫‘回天’。说得通俗一点，就是人体鱼雷啦。”

“啊……”

游魔继续向无言以对的祖父江偲做进一步说明。只是，相比先前给人悠然自得之感的口吻，从此处开始他的语气突然沉重起来。

“是啊，不光是神风特攻队，剑也好，樱花也好，回天也好，至少还算风光。”

“风光……这种事……”

不理会发出反驳的祖父江偲，游魔继续说道：

“你知道伏龙特攻队吗？”

“不知道。”

祖父江偲摇摇头，向言耶那边瞧了一眼。于是——

“就是装备有潜水服和压缩空气罐的水中特攻队吧。”

“不愧是被称为老师的人呢。”

“游魔先生是那个特攻队的候补人员？”

“嗯……”似低吟又似叹息的附和过后，游魔继续道，“看这位女编辑不知道的样子，我就做个说明吧，正如那边的老师所言，穿上潜水服背上压缩空气罐的队员，手拿二米长，前端装着水雷的棒子，大约十几号人就以这样的状态在水里待机。所以个子矮小的我也能当上候补员。顺便说一句，潜水装备体积很大，而且身上和脚上还要附加重物。所以啊，每次训练都会产生一种沉入海底就再也浮不上来的，无比郁闷的情绪。在实战中就这样待机，静等敌船到头顶来，把棒子戳向船底，引爆水雷击沉敌人。伏龙特攻队的任务就是这样。”

“在陆军里，有让人抱着地雷冲击敌军战车履带的特攻队，叫肉搏攻击队。”

言耶举出其他例子，正欲向祖父江偲解说之际——

“够了。”游魔语声清晰地否定道，“我不想对其他特攻队说三道四。大家豁出自己的性命，白白地去送死，从这层意义来讲哪个都一样。但是呢，没有比伏龙更不起眼，更痛苦，更凄惨的自杀行为。在自己身上加重物，只是一动不动地在水里等敌人的登陆舰到头顶来。不能像其他特攻队一样自己冲过去，身姿也不会被其他队员看到。哪有这么悲惨的特攻队？而且，像我一样的候补队员，在训练中因为气罐事故死了一个又一个……死得毫无价值啊。”

车内再次沉寂下来。比先前的寂静沉重得多的空气笼罩此间。言耶想着必须说些什么转换气氛时——

“还好，据说是没赶上实战……只是，这么一来，那些训练中的事故死亡就显得越发可笑了。”与之前判若两人，游魔以压抑着情感的淡然口吻说道。

随后他又低声吐出一句“我能活着回来，果然是拜名字所赐啊。”

“此话怎讲？”言耶探问理由。

“这一带从前就有故意给孩子取不祥的名字，反以此来祛除灾难的风俗。我也是，本来该把‘坂本竜马’的‘竜’变一变，取名叫‘龍马’的，听说是外祖父改成了现在的汉字。”

“您是在这里出生的？”言耶谨慎地问道，同时心想明明是养子嘛。

“嗯。不过出生以后就跟母亲一起离开了村子。”

似乎有什么隐情。不过，这是个人隐私，而且言耶感同身受地明白世路比游魔本人更想转换话题，所以也不好再行追究。

“不过游魔君，‘游’字含有游泳之意，所以作为祭祀水神的神社继承人，没有比这更合适的了，不是吗。”

果不其然，世路回到了名字的话题上。

“话虽如此，但是世路先生，下面的字可是‘魔’啊。这就没什么说服力了。通常不会在自家孩子身上用‘魔’这种字吧。”游魔觉着好笑似的回嘴道。就在车内的沉闷气息稍有缓和之际——

“所以，我和龙三君正在考虑，要不要请游魔君利用他在海军工程学校时的经验，解决波美的水利问题。”世路略显突兀地勉强做出总结，此时最后一座山也快翻过去了。马上就要抵达波美之地。

不久山道平坦起来，眼前风光一览无余，接着前方出现了一架马车。没有顶蓬，呈长方形的巨大箱式马车颇为简朴。车旁站着一个矮小得让人吃惊的老人。只是，远远望去也能看出，他的体格十分健壮，与其短小身材并不协调。

车在马车前停住，言耶和祖父江偲一下车，老人便直直凝视两人的脸，然后深深施了一礼。世路当即做了引见。

“这位是长年在水使神社奉职的重藏先生。与家父龙吉朗一样，是波美地区的活字典。”

“没有的事。说我跟龙吉朗宫司一样什么的，可是要遭天谴的。”

“好啦好啦……”世路劝慰着严词否认的重藏，又介绍了言耶等人。

“来我们这么远的地方，很是辛苦吧。好了，请上车。”

“给您添麻烦了。还请多多关照。”

言耶叙完礼正要坐入马车，祖父江偲的脸上现出了莫名的不安表情。

“从这里到村子，不能开车吗？这路不是马车就没法走吗？”

“不是的，青田村的话，就在那边。”

“哎？”

“战后，五月夜村也通汽车了，不过他们说沿深通川的川道走的话，还是马车比较好——”

“哪个说的？”

“那个……是我……”

世路惶恐地上前，然而见到祖父江偲的脸又道：

“不不，也不全是我的意见。是阿武隈川老师说，好不容易来一次，想看看深通川和樋门，所以……不过，还是就这样用车送你们去比较——”

“不，就坐马车吧。”赶在祖父江偲回应前言耶即刻答复。

“而且祖父江小姐还是在马车上吹吹风比较好，想必还能治好她的晕车症。”

“这个嘛……好吧……也许吧……”

算是接受现实了吧，在言耶的催促下祖父江偲也上了马车。世路背向坐在前部，言耶和祖父江偲则面对行进方向坐在后部。游魔仍旧开他的车。

“好了吗？那出发喽。”

重藏从驭手座招呼一声，仅是轻轻一甩缰绳便启动了马车。

“真是心旷神怡啊。”

一走入所谓的“川道”，言耶故意地做了个夸张的深呼吸，瞬间就被高高扬起的尘土包围了。

“对不起。河的水位再高点的话，空气真的会很清爽。可是旱到这个程度，就是这样子了。”

世路之所以频频致歉，是因为祖父江偲“吭吭”地咳得厉害。然而她那怨怼的眼神，毫不含糊地指向了言耶。

“但是，比坐汽车要——”话到一半言耶支吾起来。

伴随着蜿蜒折行的深通川，土道也是七拐八弯。马车就在上面行进，所以车内的颠簸也是非同小可。可能更甚于刚才乘坐汽车走的盘山路。

行驶片刻，从后方传来喇叭声。回头只见游魔的车转眼就超过了马车。飞扬着漫天的尘土，瞬间远去。

又一次咳嗽起来的祖父江偲，恋恋不舍似的注视着汽车。

“这、这一带，啊，是青田村吗？”望着在右手边蔓延开去的田地，言耶叫道。

“是的。其实哪个村都一样，全都是这副光景……啊，那边能看到的那个是水分神社。”

往世路手指的另一侧——左侧定睛一看，就在离深通川不远的地方瞧见了鸟居。

“这么近的话，发大水时最先受灾的不就是神社了吗？”

“不，神社建在一个比看上去要高的高地上，所以没问题的。”

听这么一说才发现，相比平坦的北侧，河的南面是一片似从山麓延伸而来的，稍稍隆起的土地。不怎么适合开拓村庄。

马车接近神社，设于河沿的樋门便出现了。樋门旁有座石碑，一名男子正在热心地参拜。

“那里的人是……请等一下！”

世路向重藏招呼一声，马车就在前面停下，向那男子的身侧走去，不一会儿两人一起走了过来，并做了介绍。

“这位是水分神社的辰卅宫司。”

二十三年前被水魑大人之口吞噬的辰男的长子。他是四家神社中年纪最轻的宫司，且与下一代的世路等人辈分相近的，即是此人。

然而，辰卅对世路并未显出亲昵之态，只是向言耶和祖父江偲殷情寒暄后，立刻坐进了马车。

“刚才宫司参拜的石碑是水神塔吗？”言耶向自己身前就坐的辰卅发问。

“嗯，一直供奉在樋门旁边。”

“各个村的樋门附近都祭祀有水神塔。不过水神塔的历史更悠久……”世路从旁插话，给少言寡语的辰卅做补充说明。

“是为了供奉在洪灾中死去的人吗？”

“也有这个作用，不过原本是村界的标志。当然现在一样有效。”

“原来如此。”

“所以说，现在马车已经进了佐保村。”

倘若无人指出，怎么也不会发现已移至别村。正如世路所言，无论到哪里，都是连绵不绝的相同景色。换言之，这或许就是一项证据，证明此地富有广阔的农田。

没过多久，这次是水庭神社的鸟居从左前方迫来。就在背身而坐的世路告知此事之时，此前始终一言不发的辰卅，突然盯住言耶的脸。

“听水庭的游魔说……你……是侦探？”

“哎……”

“听他说，在一个叫什么来着的杂志上，看到过关于你的报道。”

“什么样的杂志？”

“不知道。”

自己抛出的话题，态度却是大大咧咧，但言耶还是和蔼可亲地问道：

“里面写了我的事是吧？”

“嗯，他是这么说的。”

“写了什么样的内容呢？”

“到这里那里的乡下，就一头扎进跟那些地方上的传说牵扯不清的恐怖杀人案，好管闲事地搞侦查——”

“老师！肯定是《猎奇人》啦！”自坐上马车就没吭过一声的祖父江偲突然叫道。

“宫司先生，那种杂志的报道，基本上都是编造的。”随后她的视线对着辰卅，热心地解释起来，“刀城老师在造访的地方上遭遇奇妙而不可思议的案子是事实，完美地解决案件也是真的。不过，到那些地方去的目的是民俗采风，也是工作。介入偶然被牵扯进去的案子，大部分是为了帮助曾经照顾过自己的人。《猎奇人》极尽煽情地大书特书，把老师当杂耍的取乐，那是一本低级透顶的杂志——"

祖父江偲大加贬损的《猎奇人》，是战后迅疾创刊的糟粕杂志，找些情色血腥的真人真事当卖点。不过，所谓的"真人真事"徒有其名，大体是以任意杜撰的故事为主。但是，如果像这次的刀城言耶一样，推出有真名实姓的人物，再略微添加些实际发生的事，那可就不得了了。因为报道内容明明无凭无据，很多读者也会轻易相信。

顺带一提，所谓"糟粕杂志"，跟人称饮三合[1]就会烂醉如泥的糟粕酒有些关联，乃是对因纸张粗陋不堪，版面制作低俗，事实上多半刊出三期即告倒闭的此类杂志的蔑称。

自己被写得像个名侦探，言耶本人深感羞臊，但反过来又有点高兴，心情委实复杂。说给祖父江偲听时，祖父江偲总是大发雷霆："说什么呢？里面明明还写了老师晚上摸进村姑闺房的场面！"诚然，这种假话让人伤脑筋……

然而，不知不觉中祖父江偲的解说已转为对刀城言耶侦探事迹的夸耀，要说伤脑筋，现在的她就像说书人似的做着热情洋溢的发言，也是个问题。

"那个，关于您从游魔先生那里听到的事——"

言耶一边委婉地打断祖父江偲的话头，一边向辰卅搭话，好在对

---

1. 合，容积单位。一合为0.1升。日语中"合"读作"ごう"。三期的原文为"三号"，日语中称杂志的"期"为"号"。"号"读作"ごう"，与上文的"合"发音相同。

方的视线马上就从祖父江偲移向了他。

“什么？”

“您是何时何地，在什么样的情况下听到的？”

“就在刚才啊。我刚从村子回来，他就开车打我旁边过去了。当时他跟我说，有个著名侦探代替那个叫什么阿武隈川的民俗学家来了。”

“我一点也不著名，而且也不是什么侦探。”

“但是，那个叫什么名字来着的杂志报道，再加上刚才这个女娃子说的，别的怎么不一样我是不知道，总之你是侦探这件事，两边可都对上了。”

“这……这个嘛……”

言耶哑口无言，但随之道出了一个心里在意的疑问：

“姑且算我是侦探……那又如何呢？”

这回轮到辰卅哑口无言了。

难不成事到如今还想说“请你调查二十三年前上代宫司的案子”吗？言耶侧头不解。但他忽然又想到水分辰卅的这种令人难以接近的态度，是否早有苦衷呢？

如果说游魔的生硬态度缘于悲惨的特攻队生涯，那么辰卅则是因为上代宫司的失败，以及村民们的恶劣对待吧。即便在经过了漫长岁月的如今，芥蒂仍留在他心中没有消逝，常想试图做些什么，并为此而苦恼。在他看来，游魔口中的这个名叫刀城言耶的怪男人似乎能帮上忙，所以才抢先一步上了马车。

不单是游魔的话，辰卅还听到了祖父江偲的说法，明白了案子越是与当地特有的怪异有关，他眼前的这个男人似乎就越能发挥出侦探才能。也许辰卅已坚信刀城言耶正是最合适的人选，所以才上前攀谈，问他是不是侦探。只是后来没有机会谈起具体事宜。言耶瞬间做出了如上分析。

那我该怎么办呢?

还是别主动提起辰男的案子为好。这里还有世路。又有在水使家奉职的重藏听着。话说回来，等辰卅自己开口，也一定不会有结果。只能到时找个机会和他单独交谈。

话说游魔为何要特意将自己的情况告知辰卅呢?

由四家神社的宫司及继任者组成的水利合作社，其实已纵横着数道肉眼难见的裂缝，一旦出现某个契机，就会轰然崩塌。言耶不禁预感到这样的危险存在。

“那是水庭神社。就要进入物种村了。”

世路谨慎的话语让言耶抬起了脸，这时马车正要经过村界的水神塔。已经到了波美地区的中段。

“好辽阔啊。”言耶再次将目光投至东西方向叹道。

“幸运的是，每个村的土地都很肥沃，非常适合种植水稻。所以说，干旱造成的枯水期是个严重问题。”

“水魑大人之仪，尤以增仪为人所重视吧。”

“是的。我等水利合作社也是责任重大——”

这时辰卅突然吐出一句“只是，失败了就会下地狱……”

他的父亲——当时的宫司辰男在沈深湖消失后，水分神社遭遇了怎样的对待，都被“地狱”一词涵盖了。想必水分神社在波美地区、水利合作社、青田村的处境顿时恶化，尝到了人间冷暖的滋味。

因为是神社，所以不必担心被村民孤立吧。然而，被忽视也许还能轻松一些。受着非难，却又被要求挽回声誉，处于那种困境的艰辛唯有当事人才会知晓。

话虽如此——

要说水分辰男的失踪能不能立案，还真不好判断。在执行增仪的过程中潜入沈深湖的人只有他一个。无论过了多久也不见浮上来，所以鉴于当时的情况，最终推测是他失手被吸进了水魑大人之口。换言之，是事故。这个解释可谓稳妥。此后辰男一直下落不明，很遗憾。即使从这一点分析也只能视作他是被冲入了地下水道。

如果后来什么事也没发生，也许时间就能解决一切。然而，事情并没有结束。

数年后，水内神社的龙吉朗与水庭神社的流虎分别举行增仪时，在水魑大人之口和游船的洞孔下发现了蠢动的可怖之物。因被传为溺死的水分辰男的膨物，兹事体大。仪式成功所以还算好，如果两次中哪怕失败了一次，没能降雨，必然会引起轩然大波。原宫司的膨物妨碍仪式的流言传播开来，水分神社会被逼入绝境。

多亏降了雨，那令人恐惧的经历才只在水利合作社内部被谈及，没有扩散至波美地区的每个角落。但是，由于此事，水分神社的处境再度恶化。尽管只限于水利合作社内部，但无论怎样掩盖，发生变故的事实也会传扬到村民们之间。也可能只对内容一知半解，才生出了莫须有的流言。

然后，十三年前，水使龙一在增仪中死亡。死因是心脏病突发，但他死时的面容，就像是见到了什么极为可怕的东西。当然，水利合作社众人想到的，必定是在沈深湖失踪的辰男的膨物。即便如此，他们仍要想方设法力图止于内部谈论。

但是，要是有人死了，从过去的事故到怪异现象，顷刻间就会被村民们所知晓。含糊暧昧的风言风语也带上了现实意味，开始流传。

当时，辰卅也许是这样想的。假如龙一的死并非事故，那自己的父亲莫非也不是？如果龙一的事得以解决，那么水分辰男的污名不也会被洗刷吗？

然而最终，龙一匪夷所思的死成为一个谜，留存至今。进而正如他所担心的那样，背地里所有人都认为是辰男的膨物所为。

如果言耶的推断没错，辰卅又相信游魔和祖父江偲的话，那么刀城言耶的登场对他来说也许是求之不得的事。

“那是我家的水内神社。过了那座水神塔，就是五月夜村了。”

大概是见言耶完全陷入了沉思默想的状态，世路低声向祖父江偲做出说明。

“说起来，至今为止只见到过一座桥。”

正如祖父江偲所指出的，只有佐保村东端架着一座桥。

“我们本想在每个村各建一座坚固的桥，但在预算和修桥的选址方面出了些问题……”

“啊，是以前因为涨水被冲走了的原因吗？”

“简易桥倒是搭了好几个。我们这里虽然旱天多，但时不时来个滔天洪水，可就惨了。五月夜村的中央有座桥，所以物种村的人都用那边，而刚才路过的桥是佐保村和青田村的。简而言之，只有在村里人去神社寺庙办事，以及从我们这里去村子的时候才会有所不便，也不是什么非常紧迫的问题，所以就往后拖了。”

两人持续交谈的期间，左前方现出了第二座桥。据说人们简单地称这座桥为“上桥”，另一座桥称为“下桥”。

马车在“上桥”入口的前面放缓了速度。这时，言耶看到了一件颇为奇妙的事物。面向川道的庄稼地里，最外侧的一块田，不知为何被木桩围了一圈。划出一个小小的四角形，却又好端端地种着水稻，甚至还有田埂。从这一点来看，与其他水田没什么两样。只是异常地狭窄。由于左侧紧贴着一棵大松树，更显得小。

“那里是怎么回事？”赶在马车左转开始渡桥前，言耶慌忙用手指着问道。

“嗯？啊……那个呀……”出声应答的世路，脸色沉了下来。然而，也许是敌不过言耶那充满好奇的目光，他苦笑道：“传说从很久以前开始……五月夜村开拓后没多久的时候……那里就被划成这样了。”

“看来有些来头啊。”

言耶稍稍探身，祖父江偲就在旁边摆出了严阵以待的架式。

“就是各地随处可见的古老传言——”世路惊讶地看着两人，但还是继续说道，“说那里有一种叫泥女的怪物出没——”

“你是说泥、泥、泥女？”

言耶当下大叫一声，同时忽然在马车上站起身，想要回头观望。对面的世路像是吓了一跳，他本人也不由得惊呼一声，身子将起未起，恐怕是想摁住言耶让他坐下吧。

然而，不止一人，而是两人同时在行驶的马车上站起，未免太过危险。以至于沉默寡言的辰卅也猛地大吼一声“傻子！还不快坐下来”！

这三位突然发出的怪声，惊得驭手座的重藏差点蹦了起来。结果，操纵缰绳的手一哆嗦，马的前进方向朝桥栏杆偏了过去。幸好在千钧一发之际，重藏勒住了马，险些就此坠入深通川。

混乱之中，唯有祖父江偲十分冷静。言耶起身一半时，她就立刻搭住了他的一只胳膊。

“好了好了，老师，先冷静一下吧。”祖父江偲强行让言耶坐下，口气就像哄孩子似的，温柔却又给人一种不容分说的感觉。

“呼……”

马车伴着一声马嘶在桥栏前停住，世路，辰卅，重藏齐声吁了口气。

“您怎、怎么了……”

世路小心搭话，就见言耶一脸呆滞的表情：“哎……咦？我们是要在这里看深通川吗？”

驴唇不对马嘴的回话，令对方脸部一僵。到目前为止，至少世路对这位名叫刀城言耶的青年抱有好感，然而如今这好感已切实变得岌岌可危。辰卅等人则露骨地用一种面对可疑分子的眼神瞪着他。

在颇为不善的奇妙气氛下，祖父江偲深深垂首致歉。

“实在是太过失礼。刀城老师有个恶习，听到自己不知道的怪谈，就会变得异常兴奋，浑然忘我——这也是他身为才气作家的证据吧，我们编辑是心领神会的，不过第一次见到的人还是会很吃惊啦。”

“是，是这样啊……”

老好人世路似已接受祖父江偲的解释，而辰卅则越发疑心重重地注视着言耶。

“所以，刚才察觉到老师有乱来倾向的我，赶紧加以阻止了。不过如此一来，老师会出现暂时性的混乱。原因就在于面对未知怪谈时涌起的兴趣被强行压制了，怎么说呢，今后我还要反复研究，尝试各种方法来解决。”

“那……那就辛苦你了。”世路也不知该如何作答，嘴上说着相当不合时宜的话，鞠了一躬。

“哪里哪里，这也是责任编辑的本分嘛。我自己说这话不太合适，不过嘛，我们这行规模虽然不小，但能够管住这位刀城言耶作家的，也就只有我——”

“对不起。给各位添麻烦了。”恢复如常的言耶郑重地向世路、辰卅、重藏一一致歉。

“我没事了，重藏先生，能否请您驾起马车。那么世路先生，关于泥女——”

“我说老师，人家现在正要打听这个事呢——”

“嗯，那就一起听吧。”

言耶一语堵上了祖父江偲的嘴，向世路投以满怀期待的目光。

“唔……这故事能不能让老师满意，我不大有底……”

看来世路仍对言耶怀有戒心。只说出“泥女”两个字就招来一场大乱，也难怪他会犹豫。

“这一点请不必挂心。好了，请说。”言耶当然是一心想听。

“呃……说出来比较好吗？”

“是的。务请告知。啊，我真的没有问题了。”

“由责任编辑的我作保。”

祖父江偲颇为自信的样子，终于令世路有了开口之意。

“唔……那是很久以前的事了。五月夜村某户人家来了个外乡媳妇，名字叫鹤。然后很快就到了插秧的季节，这家的婆婆张口提了个无理要求，说不管怎么样你也要在今天给我干完插秧的活。而且还命令媳妇一个人做。媳妇哭哭啼啼地开始插秧，可是一大片田只有一个人是不可能做完的。但因为是婆婆的吩咐，媳妇干得很卖命。不久日头开始倾斜。周围渐渐暗下来，如此下去这一天就完不成了。媳妇拼了。当她终于插完秧直起腰，太阳就忽地沉了下去。原来是老天见媳妇这么努力，一直在等她。啊，终于结束了……媳妇这么想着，从地里上来正要去深通川清洗手脚时，突然倒地而亡。正好就在有大松树的那块地方。媳妇迟迟不归，出来找人的丈夫在松树根下发现了气绝身亡的她，一时冲动就打算悬梁自尽。顺便说句，机缘巧合的是丈夫的名字就叫松。不过，由于挂上松枝的绳子断了，自缢不成，所以就直接跳进了深通川追随于地下。打那以后，从外乡嫁来的女子一干插秧活，就会被地里泥中伸出的手抓住脚脖，逃跑的话则又会被深通川里出来的淹死鬼拽下河……这种事频繁发生，于是大家就在那媳妇去世的地里建了供养碑，只把那一块用木桩围起来祭祀。就是这么一个故事。也许您还没注意到，桥畔的水神塔就是为供养跳河的丈夫而祭祀的。另外，要是有人在松树前弄断了草鞋或木屐的带子，就会担心家人会遭遇不幸。认为是上吊失败的丈夫作祟呢。然后，被称为膨物的……啊……不……”

世路似乎还想言及膨物，但急忙又憋了回去。他是怕说出言耶不知道的名字，又会惹出一场大麻烦吧。

“我知道膨物。”为让对方安心似的，言耶微微一笑，“膨物这一怪物的传说莫非就始自那个投深通川自尽的丈夫？”

“我想恐怕是这样吧……”

“泥女可算是典型的媳田传说了。”

“啊，别的地方也有类似的故事吗？”

“被婆婆命令一天内插好秧，总算做完的媳妇不幸死去的故事，别处也能见到。跟媳妇有关的传说相当多，并不局限于这一类。”

“噢，为什么呢？”

“媳妇被视作一个劳动力，现在也是如此。而且大多是从外部，外乡来的异人。”

“哦……”世路似懂非懂地附和着。

“只是，媳妇化身为怪异泥女，其他地方倒是没有的。”

这一点令言耶兴高采烈，大为满足。

“您能满意，真是再好不过了。”世路姑且中规中矩地应和道。

此时从驭手台传来了重藏的声音“快到水使神社了”。

面向前方的言耶，眸中映出的是鸟居、神社、以及庞大宅院和无数仓房行将扑面而来的光景。

“以水利合作社社员及刚才的游魔君为首的所有相关人员，想必已经汇聚一堂，等待老师们的光临。”也许是猛然想起了自己的职责，世路语气郑重地宣布道。

“非常抱歉，在仪式前一天，诸位忙得不可开交的时候……”

“还好，水利合作社迟早也会聚集，请别往心里去。集合归集合，其实大家什么也不会做。只是礼节性的事宜。”

马车停在了水使神社前。由世路引路，言耶和祖父江偲迈进了水使家的宅院。这时，突然传来一声女子的惊叫。

叫声响彻了此刻将要前往的水使家。

6

第六章 牢狱

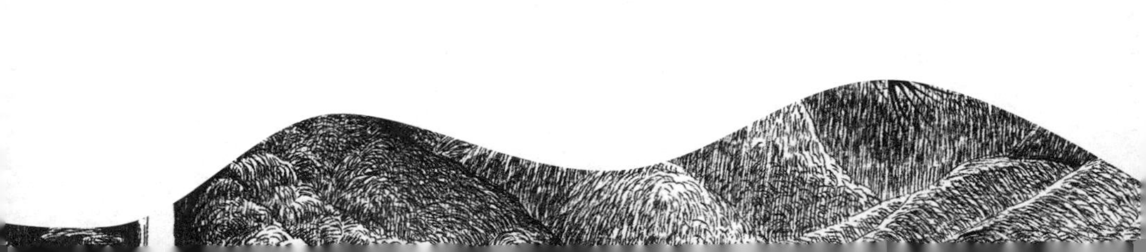

正一他们被撵出水使家，住进简陋窝棚后过了一年有余。某日清晨，一度起身的母亲倒下后再也没能起来。

“直到身子复原为止，都给我好好休息。”

“再说了，就算只有我和正一，也能挣不少呢。”小夜子要兼顾上学和做工，还要空出时间照料母亲。这么说是不想让母亲过于担心。

实际上，且不说小夜子姐姐，正一挣的那点钱可谓杯水车薪。姐姐是打算连母亲的那份工作也扛上。

“谢谢你。这样的话我就能稍微歇口气了。”

母亲的脸色疲倦之极，不过那微微浮现的笑容背后，像是打心里觉得高兴。

“只要鶴子、小夜子和正一都在，妈妈就好幸福。”

只有这时，母亲不知为何用起了关西腔。也许是说话时意识已处于半朦胧状态。直到傍晚她也没睁开眼，所以三人也没有叫醒她。

次日天明，又薄又硬的棉被中，母亲的身子已经凉透。大家急忙通知重藏和水内家后，老爷子领着五月夜村的巫婆，世路带着物种村的医生双双赶到，但为时已晚。

“左雾大小姐……”重藏唤了一声母亲的名字，就垂着头一动也不动了。

“如果我能来得更勤快一点，就能早点注意到你们母亲的情况……”世路向正一姐弟深深地低下头，默默垂泪。

眼见两人的悲伤表情，正一切身感受到母亲真的死了。刹那间他回想起了昨晚的噩梦。不，那真的只是一场梦吗。从梦魇中醒来，就见破屋子的天花板上现出一个洞，从那里扑簌簌吊下一个女人的头颅，直垂到他面前。接着，意识渐行渐远之前，那头颅这般低语道：

“妈妈，死……”

也许是太可怕了，正一把这一切当作梦来处理，并打算到早上就忘掉它。头颅的恐怖与对母亲的哀思，使他的眼泪夺眶而出无法止歇，不知不觉中已出声呜咽起来。

也许该说令人意外，水使家竟主持了母亲的葬礼。就此事，龙玺和世路之间似乎发生了不小的争执。不过，无论水使家以前对待女儿如何恶劣，也无法改变母亲是家中长女的事实。因此，由本家筹办丧事是理所当然的。龙玺这一主张，让终究是外人的世路无计可施。

被简化的葬礼着实凄凉。在村里生活的这段时间，正一见过好几次村民的葬礼。值得一提的是，就算不是议员、村长、原村长或地主等有权势的人家，村里的葬礼也是相当铺张。在农村的地域性社会中，尚保留着互帮互助的传统，因此即便家境贫寒也能办个像样的葬礼。

要说水使神社，显然属于五月夜村中最有权势的人家，但母亲的殡仪实在过于朴素，简直无法想象这是本家长女的葬礼。到入土为安为止，全程陪同的只有正一姐弟三人、水内世路和芥路父子以及重藏。水使家的人仅列席葬礼就回去了。龙三有想要留到最后的意思，但似乎对龙玺有所顾忌，只得作罢。古怪的是女佣领班留子。诵经时也好，埋葬时也好，她都一直躲在远处窥视，就像害怕母亲的遗体随时都会起身似的。

葬礼后，水内世路和水使龙玺再度争执起来。因为双方都主张领养正一姐弟。而且还是在当事人面前。

然而，这一次也是龙玺占尽了理。法律上，孩子们是他的外孙和外孙女。由水使家抚养天经地义。任谁听了都是常理，因此世路才束手无策。无论从哪个角度考虑，监护权都在对方手上。即便如此，他仍然试图做最后的抗争。

“也听听孩子们的意见吧。”

“你说的什么蠢话……要是想去你的地方，他们早在住那间破屋子的时候，就该来投靠你了。”

龙玺如同赶苍蝇似的挥挥手，就像在说我和你无话可讲。

“这个……当时……是尊重左雾小姐的想法……”

“噢。也就是说，他们的母亲左雾不愿把孩子送到你那里去嘛。”

“不，不是那样……”

“以前，你从我这里抢走了左雾。现在就连外孙和外孙女也要抢吗！”

“不是的。是你从我身边夺走了她。”

世路语气平和，但从话中能感觉出他对母亲的炽热情感。

“一派胡言！区区水内神社的小学徒，竟敢在水使神社的宫司面前撒野……”

“你没自信吗？”

“什、什么？”

“交由孩子们决定是来外祖父家，还是一介外人的我家，你实际上没有把握吧。”

“胡说八道。问题不在这里。”龙玺答得淡然，但似乎是被戳中了痛脚。

“既然如此，听一听孩子们的意见又何妨？”

“我都说了，根本就没必要做这种荒唐事——”

“你想逃避？”

“你说什么！”龙玺忍不住站起身，随后又露出若有所思的表情，“也罢。孩子们要是选了水使家，你得保证今后不再靠近他们。”

“哎……”

“怎么了？没自信了？”龙玺脸上露出不怀好意的笑容。

“明白了。这个自然没问题。”

“好嘞。你们几个，给我好好想想。”龙玺轮番打量着鹤子、小夜子、正一，“你们母亲的心愿是什么？她真正期望的是什么？好好想一下吧。”

这天晚上，正一姐弟三人在水使家的别栋过夜。鹤子也参与了讨论，但终究还是由小夜子和正一两人推进话题。

“母亲不愿意让龙玺抚养我们。这个是毫无疑问的。”

“嗯，可不是嘛。”

“另一方面，我觉得母亲喜欢水内叔叔，但也知道接受对方照顾，就会给他家带来麻烦。所以才拒绝了叔叔的提议。”

“也就是说，哪一边都行不通？”

“就是这样。”

“可是，终归要挑一个的。”

“如果只考虑我们自己的情况，自然是该去叔叔那边了。”

“嗯……”

“但是，如果给叔叔带来了意想不到的麻烦……”

“母亲会伤心的吧。”

“是啊……对了，龙玺所说的母亲的心愿，指的不就是这个吗？”

“哎？什么意思？”

“就是刚才我们说的。母亲不希望我们去叔叔那里给他惹祸，那家伙就是想说这个。”

“所以，就是说让我们去他那边吧。”

“那种说法，是在诱导我们按母亲的决定行事，去不成叔叔家。好可恨的家伙！”

“可是啊……”

“是啊。虽然对不起母亲……但我不认为龙玺会规规矩矩地抚养我们……”

“嗯……”

“我们”也包括正一和小夜子，但小夜子担心的其实是鹤子。正一也有同样的担心。

“这样的话——”

“我们的去处就是——”

两人正要下结论的时候，鹤子罕见地插嘴说道：

“最开始的那几天，我们在那边不也过得很开心吗？”

“唔，也是，虽然可能只有姐姐是这样。”

“是吗？”

长姐对小夜子的讥诮措辞，报以微微一笑，接着说了一句令人难以置信的话：“外祖父呀，曾说他想让我们幸福。”

“骗人的吧……”

“不是不是，真的。”

“跟姐姐说的？”

“不，是跟母亲啦。我从外祖父房门前走过的时候，听到了一点。然后就一直听下去了。”

羞涩道出实情的鹤子，宛如童女一样。

“如果我们在那里生活，就能永远幸福。他就是那么说的。”

“又不是在讲童话故事。”

小夜子发出惊愕的声音，而鹤子却始终笑盈盈的。

“外祖父说了，如果我们在水使神社长大，就能一直陪伴神灵一起生活，所以不会遭受任何灾祸，不会罹患任何疾病，能够一直健健康康，开开心心地过日子。”

“尽说些好听的，总觉得很可疑啊。”

“可是呢，外祖父向母亲确认的时候，母亲也没有否认。”

“哎……”

“她回答说明白了。”

“不会吧……”

“然后，母亲说了‘那几个孩子能过上一般的幸福生活就好，我没有更多的奢望’。”

对话相当怪异。但又觉得鹤子没有撒谎。话说回来，陋室里的生活不可能是母亲说的一般的幸福生活。

“鹤姐想说，那个龙玺居然会考虑我们的幸福，反倒是被母亲拒绝了？”

“不是的。当初母亲犹豫再三，最后还是回波美来了。外祖父也接纳了女儿和外孙儿。但我们还是离开了家，我一直在想是不是因为他们之间有什么不睦……”

也不知从何时起，正一自以为鹤子已不太能理解身边的事。然而，这也许是个巨大的错误。不过，她的状态也没有像在水使家时那样好过，所以也可认为是短时间的康复。

三人讨论下来，最终决定留在水使家生活，静观其变。他们并没有听信鹤子的话，就此相信外祖父，而是打算暂且观望对方的态度。

如此决定的背后，也有不想给世路添麻烦的原因。小夜子回忆起母亲与世路的对话，她认为去那边会发生超乎自己想象的风波，这点也是决断的重要依据。就算没起波澜，想必龙玺也会动点歪脑筋吧。正一也赞同小夜子姐姐的观点。

翌日，正一姐弟说出了自己的决定，龙玺得意地笑了，世路则是失魂落魄。

“可爱的外孙和外孙女们在外祖父家生活，理所当然嘛。”

“不过，要是没能得到公正的待遇，我们就会走人。”小夜子随后又加上一句，像是要拦下外祖父自鸣得意的势头。

“你这个臭丫头！”龙玺的脸当即因暴怒而扭曲，“说什么大话呢！你以为光凭你们几个就能活下去吗！”

“水使宫司，到那个时候——”世路迅速插话进来，“我会照顾这些孩子。”

“你忘了昨天的约定吗？这几个小毛孩一旦选了我，从今往后你就不能跟他们再有联系，不是吗！”

“一码归一码——”

“没什么不同，都一样！”

“不，不一样。”

“你小子，真想领养这些孩子？”

龙玺的语气骤然一变。像是心里早就有此疑问……之前饱含傲慢与怒色的脸上，也转变为难以理解的表情。

“要这么做，你们水内神社就完了。”

“呃……”

“不用我说，你也知道的吧。”

“呃……”

“还是说怎么着？不管水内神社变成啥样，你都要跟我为仇作对，妄想一雪多年前的仇怨吗？”

就在龙玺再度发怒之际——

“外祖父，”鹤子稳重的语声响起，“承蒙您的收留，所以还请多多关照。”

“啊……嗯嗯，就是。哼，就是这么回事。”

长姐一语使事态得以平息。龙玺就像尘埃已定似的，匆匆离开了客厅。世路则留下一句“有事的话希望你们不要客气，来找我商量”后，恋恋不舍地回去了。

最初几日，正一姐弟在水使家的生活并没有太大改变。当然，居住环境和饮食生活变化显著，但小夜子所忧虑的龙玺的干涉则一概没有。倒不如说处于放任自流的状态。

然而没过多久，水使家只给鹤子安置了正房的房间，衣食也渐渐变得极尽奢华。三人中只有长姐受到了露骨的优待。说一句想要，什么东西都会买给她。即便是不合理的请求，只要她有这个意愿就能实现。

“龙玺终于露出本性了。”

小夜子立刻警惕起来，开始暗中保护鹤子。晚上特意跑到姐姐的屋里睡觉。不知起没起到作用，不过外祖父偷偷摸进外孙女卧房的恶心事始终没有发生。

不过，小夜子似乎难以安心。她常常思索着有没有需要留意的线索，沉思的次数越来越多。

“怎么了？”

“正一，你有没有注意到龙玺的口头禅？”

突然被这么一问，一下子也想不出来。

“第一次见面的时候，那家伙不称自己是‘神’吗。”

“啊，是这个呀。他现在也时不时地这么说，不就是想抖抖威风表示自己像神一样了不起吗。”

“只是龙玺表现傲慢的方式也就算了……我放心不下的是鹤姐听来的，母亲跟那家伙的谈话。”

“在这里生活就能获得幸福吗？”

“对。原因不就是因为能陪伴神的左右，跟神一起生活。我原以为神说的是水魑大人。水魑大人会保护我们，所以灾祸和疾病都不会靠近。可是，那句话要是说的龙玺自己呢……”

“怎么说？”

“说要照顾我们，听着好听，其实就是想把控我们。当然首要目标是鹤姐吧。”

“那么外祖父为什么不只领养鹤姐，把小夜子和我交给世路叔叔呢？”

“我们是人质啊。”

“啊？”

“别看鹤姐那样，毕竟不会无缘无故就听龙玺摆布吧。可是，如果用我们来要挟鹤姐，你不觉得她就会轻易服从吗？”

“我觉得会……”

小夜子说“我们”，但毫无疑问鹤子会优先考虑弟弟的未来。

“龙玺恐怕也说过类似的话。换句话说，就是在我这个神的手下过活，就什么也不用担心了。”

看似脑子有点迟钝，但很多时候，长姐对周围的情况了然于胸。不过，由于缺乏自主性的性格，鹤子不会发表自己的意见。即便如此，她偶尔也会罕见地提一些主张。该选水使神社还是水内家的时候，就是如此。那时鹤子就已明白，只需自己对外祖父言听计从，弟妹今后就能衣食无忧。所以才说了那样的话。

他把这话对小夜子一说，姐姐脸上浮起了刮目相看的表情。

“正一也长大了呢。母亲要是见到你现在的样子，该多高兴啊……”

“……说鹤子姐姐的事啦。”

受到姐姐夸奖时的害羞以及想起母亲的痛楚，使正一品尝到了难以言喻的滋味。

“如果她本人决定为我们牺牲自己，也就是说当龙玺的供品……就算我们再怎么小心，可能也无济于事。”

“不会吧……”

“归根结底，我们只能比以往更关心鹤姐的情况。”

不过，也许是天道酬勤，长姐并没有遇到危险。小夜子断定两人的努力起了效果。

然而，正一还是觉得有什么地方不对劲。但也说不清道不明，因而无法向姐姐解释，这令正一坐立不安，焦躁感日甚一日地折磨他。

再不做点什么的话……

他认为小夜子的对策没有问题，但能做点什么是最好的。可是要怎么做却毫无头绪。正一唯有干着急。

不久，女佣领班留子开始支使两人干活。

“为什么是我们？”

“龙玺老爷亲口把你们托付给我了。说是为了管教孙辈，叫我安排你们好好做事。再说，常言道‘不干活的人就没饭吃’。”

“鹤姐不也是孙辈吗？”

“那位小姐情况特殊，跟你们不一样。”

只有两个人的时候，小夜子对正一说道：

“龙玺是在故意报复我们看护鹤姐的事，虽然那家伙本来就很小气也是原因。”

换言之，吝啬的外祖父为了不让两人吃白食，同时作为他们死缠鹤子不放的报复手段，想出了这么个一石二鸟之计。

“怎么办呢？”

“不用担心。你忘了在那个破屋子的时候，我们是怎么活过来的？做一点家务事就喊苦，那他可把我们想错了。”

正如小夜子所言。以前在村子里的艰苦生活帮了大忙，不管什么样的工作都能忍耐。不过，如今并非因为人手不足才被委派工作。从某种意义来说更像是虐待。眼前的事实令正一痛苦万分。留子常说的那些话无疑是在找碴，而他却无力反抗。

“正一是男孩子，要更坚强才行！”

小夜子毫不在意。不，她内心的真实想法不得而知。至少在弟弟面前，她一直显出满不在乎的样子。

龙三本想尽力庇护小夜子和正一，但被留子说了一句“这是龙玺老爷的吩咐”，再也无能为力。只是愧疚地望着没有血缘关系的外甥和外甥女。恐怕龙三那段时间也是如坐针毡。正因为理解舅父的处境，正一姐弟的心里更是难受。

两人能够切实地体会到龙玺的确是水使家的“神”。尽管只是难以通行世间，仅限于一个狭小空间的神，但正一姐弟既已属于这个“世界”，那龙玺就是他们决无可能逃避的凶神恶煞。

龙三的夫人八重基本不关心此事。也许她以为正一姐弟真是佣人，但没有压榨过他们。因为从不搭话，根本就没建立起交往，说不上是好是坏。不过，八重对鹤子则是另眼相看，有时投以异常冰冷的目光，一动不动地盯视她。然而，要说瞳孔中蕴含着什么样的情感，小夜子也解读不出来，完全是一个谜。

至于汩子，压根就不知道正一他们曾被赶出家门，然后又回来的事。以为他们一直住在水使家，只是有那么一小段时间没能见面。当然，她也不可能知道外孙三人的现状。

就在姐弟觉得劳役逃不过去的时候，却以意外的方式结束了。后知后觉的鹤子，吃惊之下告知外祖父。长姐以为是留子的擅作主张。

龙玺装模作样地训斥女佣领班，留子也像个蹩脚演员似的谢罪，这一幕令小夜子苦笑不已。从此两人的活少了，留子的虐待也不见了踪影。

这一刻，正一再次生出了以往的焦躁。必须做点什么，但又不知该做什么。他苦恼地在家中、神社的境内和附近一带徘徊。小夜子惊诧莫名，正一也觉得滑稽。自己不知道要找什么，心里却又着急要快点找出来。

到底是要我找什么……

几乎没有需要找的地方了。从龙玺的客厅和卧室，到佣人的房间，都已偷偷瞧过。就连神社的本殿也心怀畏念地走了一圈。

搜遍了水使家的神社与房宅，正一的足迹延伸向物种村的水内神社、佐保村的水庭神社和青田村的水分神社。如果调查其他神社也无收获，那么接下来就只能把范围扩大到各个村庄。如此这般，正一做好了心理准备。

可是，肯定不在村里……

他有这样的预感。他觉得要能找到，也是在神社寺庙聚集地的某处，而且还是跟神社息息相关的地方。

在水内神社，正一深受世路的欢迎。回想起来，自母亲的葬礼后他们就再也没见过面。虽然世路其实不必严守与龙玺的约定，但也不太方便上水使家来。正一他们担心鹤子的安危无法脱身。况且，他们本来也没打算去水内家，自然而然就疏远了。

他们在物种村做工时，曾跟世路的父亲龙吉朗打过几次照面。其中有次被村里的孩子欺负时，龙吉朗曾经不形于色地帮着解过围。另有一次，他当面委托了一项简易工作，给的脚力钱却多得离谱。

龙吉朗自然知道儿子在周济正一的母亲吧，对于此事，龙吉朗却什么也没说。

老人见他就像亲孙儿来玩似的开心，正一忽然想到如果母亲接受了世路叔叔的提议……

龙吉朗会怎么做呢？接受我们？还是就像母亲担心的那样，念及神社的将来而拒绝呢？

世路的儿子芥路已是初中生。尽管如此还是常在一起玩耍，所以调查水内神社和水内家比较容易。当然待上一整天还是不行，正一决定隔几天去一次，多走几趟。不知不觉间，正一开始叫起“芥路哥”，经常玩得忘了原来的目的。他们能玩到一起，可能也是因为两人都没有兄弟。

正一回去时，芥路总会留下同样的话：“下次要是能把鹤子姐姐和小夜子也一起带来就好了。”

鹤子长芥路两岁，小夜子小他一岁。问题在于，正一不能随便带鹤子出来，而守护长姐的小夜子也一样出不了门。

在搜寻的最后一天，虽然没能明说，但还是婉转地传达了姐姐们现在的处境。而芥路看上去并不吃惊，倒更像是有所领悟。

“芥路哥是不是知道什么？”

“不，这倒没有……”

正一忍不住发问，就见芥路露出了困惑的表情。

“什么样的事都行，告诉我啦。”

正一还在一个劲地刨根问底。只因他预感到自己会有意外收获。

“我只是偶然听见外祖父和父亲谈论，具体情况一概不知……”

开场白过后，芥路告诉正一：“他们说你家母亲，对于水使神社的龙玺宫司来说非常特殊，而现在这个特殊人物变成了女儿鹤子。”

“特殊人物？”

“不好意思。我也想了又想，但没明白是什么意思。”

“母亲和鹤子姐姐……”

“纯属个人的感觉，龙玺宫司从母女身上看出了相同的价值，或者说啊，话不太中听。嗯……也就是说，是一样重要的吧。”

所谓母亲和鹤子一样，究竟是怎么回事？这意味着什么？正一也全然不解。但与芥路不同的是，正一觉得如果追究到底，怕是会有可怖之极的秘密显露出来，现在还是不要多想为好。

但是，也不能丢下鹤子不管。母亲摆脱了水使家的牢狱，而长姐却主动走了进去。只为保护弟妹。

正一告诉小夜子后，她的脸色突然变了。

“怎么啦？小夜是不是想到了什么——”

“母亲好像是在京都怀上鹤姐的吧。”

“嗯，是的。毕竟跟父亲成亲了——”

“不过，如果是在之前怀上的，也没什么不可能。”

“之前……在这个村吗？”

“鹤姐叫世路叔叔——父亲。”

“叔叔和母亲互相喜欢对方，因为某些原因不得不分开。没错吧？”

“在分手前，母亲可能已经有了鹤姐。”

女人为什么会怀孕，正一还不太明白。只是大致知道双方所做的某种行为的结果。

“如此一来，鹤子姐姐不就能在水内家生活了吗？”

即使自己和小夜子不得不留在水使家，长姐要是能去水内家，倒也不错。正一如此想到。

然而，小夜子却一言不发，脸色十分严峻，陷入沉思。

“不对吗？难道不是这样？世路叔叔可是——”

“如果真是生父，的确可以。可是……”

望着姐姐的神情，正一不敢再问。只是，如此七上八下的状态也很烦人。

“……可是什么？”

“要说龙玺对母亲和鹤姐两人是一视同仁……那家伙现在瞄上了鹤姐……那么很久以前，那家伙对母亲……”

“呃……”

正一不解其意。不久之后，小夜子欲说还休的可怕推测骤然闪现在脑中。

“你是说鹤子姐姐的父亲可能是外、外、外祖父……”

小夜子点点头。

“这……这么一来，鹤子姐姐就是外祖父的女儿……哎？外祖父还要对鹤子姐姐……”

这份猜测早已超出他所能理解的范围。

“正一。”

然而，小夜子似乎还想说出什么更具冲击性的话。从呼唤自己名字的口吻中，正一觉察到了这一点。

“我要说的，是从留子那里听来的……”

女佣领班留子喜欢背地里嚼舌根的程度远超想象，内容越是八卦她说得越欢。龙三与第一任和第二任妻子离异的事，小夜子也是拜她的恶习所赐才知道的。由此看来，倒是颇为宝贵的信息来源。只要能够中伤别人，即便是龙玺的秘密，留子也会毫不犹豫地抖搂出来。

“唔，虽然她似乎也是看人说话。”

据小夜子观察，百折不挠的留子只会选择那些决不会向被中伤者告发的人。从她嘴里套取到的鹤子信息，姐姐又是难以启齿的样子，正一还没听便觉得心情沉重。

“留子也没有明说，其实龙三舅父的两个前妻会被龙玺赶走——”

“不是因为生不了孩子吗。”

“这是表面上的说辞，其实有不可告人的内幕……”

“不可告人？”

“说是龙玺染指了儿媳，赶人出门是为了隐藏这个秘密……”

“……”

怎么也不像是孩子之间的对话。但如果是事实，他们就有知晓的必要。

“也就是说，龙玺已经跨越了喜好女色的范畴，像是怪物一样。”

如此劲爆的爆料打得正一措手不及，他顿时无言以对。

“就因为这个老家伙还以为自己是神呢。”皱起眉头，彻底发泄了一通对龙玺的憎恶后，小夜子换上了一副严肃的脸孔，“真的太可怕了……”

“怎、怎么办？”

然而，两人能做的无非是如往常一样守护鹤子。正一则觉得更要找出那“东西”。自己依旧是不明所以，不知找到什么才算结束，但就是觉得焦躁无比。

无法说明原因，在这份焦躁的煎熬下，正一把心事告诉了小夜子。意外的是，小夜子没有反对。她让正一继续去余下的神社搜寻，说长姐就交给她了。

翌日，正一来到佐保村的水庭神社，不料在鸟居前突然迷惘起来。他与宫司流虎有过一面之缘。流虎尽管沉默寡言但人不坏。不过话虽如此，像在水内神社一样随处自由走动也不可能。只在境内溜达，可能还没关系。但要潜入水庭家可就难了。

赶在被人盘问之前，正一漫步在神社之内，瞅瞅本殿和拜殿，又看看像是宝物库的仓库，目光不经意地停在了一间奇怪的小屋，位于境内与水庭家的正房之间，起初还以为是厕所，造在这地方未免有点可疑。上前一看，发现原来根本称不上是小屋。四周的墙只是零碎木板拼结而成，上方没有屋顶。而且，墙外还围了一圈注连绳[1]。

这是什么呀……

正一歪着脑袋，继续走近的时候。

啊……

一直寻找的东西就在眼前！正一霎时兴奋起来，但很快希望就落空了。

“不是这个……”正因坚信不疑，才会大为沮丧。在叹气的同时，沮丧化作否定的言辞说出了口。

1. 注连绳，秸秆编成的草绳，挂在鸟居门上，表示神界的意思。

“在找什么呢？”

这时，从板壁的右方现出了游魔的身影。刚才的嘀咕似是被他听到了。

“不，不是的……”正一吃惊之下即刻否认，再无后话。

村民们在背后都叫游魔“落魄特攻员”。大家对于原属于特攻队员却苟活于世的他抱有轻蔑之情，同时，他毕竟在鬼门关走过一糟，惹火了他不知会做出什么事，因此大家又很怕他。轻蔑之情和惧怕之意，各自掺半地混杂在对他的称呼中。不过，游魔还是候补队员的时候，战争就已经结束了，所以准确地说他并不是原特攻队员。

本是水庭神社继承者的长子和次子相继战死，所以游魔战后被水庭家认领做了养子。母亲出身佐保村，而他自己也在这个村降生。只是出生后很快就离开了波美，因而所受的对待完全与外乡人一般无二。“另有内情的外人来继任宫司之位啊”，听说不光是佐保村，别的村也视其有问题。然而，这背后其实有着复杂的隐情。

据说，他现在的养父流虎的父亲——即上代宫司，当年和手下打杂的女佣私通，生下的孩子就是游魔。这段事实犹如公开的秘密，波美的村民无人不知无人不晓。换言之，其继承人的血统毋庸质疑。

流虎想把年岁相差较大的“弟弟”认作“儿子”时，起过小小的骚动，但又顺其自然地平息了，其关键就在于游魔的出身。话虽如此，要问村民们是否接纳了他，似乎又不是那么简单的事。

“你是来玩的吧。”游魔对低着头的正一说了句出人意料的话。正一立刻点头，就见对方面露嗤笑。想来他已看出正一是说谎，但并没有生气的样子。

“要不要看看里面？”

游魔指着眼前的板壁招了招手，于是正一跟着转到了背面。那边的墙上有扇木门。游魔向内侧推开门，眼前出现一口覆着青苔，被石头封死的井。

“现在不用了吗？”

“嗯，尽管还能打上水来。”

“为什么要把它这样……”

围起来呢……正一以眼神发问，只见游魔表情严肃。

“因为我在梦里接到了谕示……”

“哎？”

“我成为这里的养子没多久，睡觉梦见了水魑大人。它说啊，这井里面的水很特别，就算深通川干了也不会枯竭，所以要好好供奉着。而且还叫我一个人来做。最初打算造个祠堂，可我怎么干得了木工活呢？充其量只能拿木板墙将四周围上，然后舀出井里的水清扫干净罢了。不过我再没做过相同的梦，想必这样就够了。”

如此说来，曾听过这样的传言。说游魔在祭祀只属于他的神。村民们的反应自是很坏。暗中都说他是为了主张自己具备水庭神社官司的资格，胡乱编了个梦的故事。

是真心的吗？

望着井和周围的板壁，正一心里疑惑起来。梦的谕示真也好假也罢，就这样祭祀方式未免也太敷衍了吧。

游魔是个奇妙的男人。在佐保村做工时见过他几次，记得他每次都会若无其事地上来打招呼，不过，并不特别亲近。他见到正一被村里的孩子欺负，也不会像龙吉朗那样过来帮忙。总是一声不吭地旁观，目不转睛地注视，直到最后只剩下正一留在当场才会离去。奇怪的是他从来没有生气。因为正一知道，游魔无意偏袒任何一方，无论是村里的孩子还是自己。

讨论祭祀方式之前，首先要说的是，梦的谕示也好捏造也好，无论哪样都跟似已看破红尘的游魔搭不上界，有种很不谐调的感觉。

游魔将木门合至原位转过身来，发现正一意味深长的视线后，反而露出了讥诮的笑容。刹那间，正一想着这是玩笑吧。然而，当他认出水井近旁的石碑，顿时就对自己的判断失去了自信。

“是在祭祀水魑大人吗？”

“我想就这样的话，怎么说也太……”游魔指着身后的板壁，“就建了个像模像样的碑。怎么样，拜一个吧。”

正一被催促着合起双掌，当下就觉得自己像在祭拜某人的墓碑。为什么呢，不知道。因为不知道，所以才会害怕。

参拜完毕，正一静静地伫立原地，游魔突然扯出一句不着边际的话：

“你姐姐还挺好看的。”

“是说鹤子姐姐？”

“是啊。虽说小夜子长大了也是美人……啊啊，因为她很强悍嘛。”

眼见他就要说“小夜子可能会骑在男人头上作威作福”，正一差点笑出声来，刚才的惊悚滋味已经全然忘记。

“与她相比，鹤子文文静静的，多好。而且刚到村里来的时候就很好看啦。”

“我会告诉姐姐的。”

“哦哦，请一定要传达。不不，不要说给小夜子听。”

正一终于忍不住笑了，游魔也欢快地咧着嘴。那笑容天真烂漫，简直令人惊讶他还能显露出如此表情。

然而笑容转瞬即逝，他随即说道：“你是男人，必须好好保护姐姐。唔，小夜子好歹能自己照顾自己，鹤子可就没那么强了。”

“什、什么意思？”

“没有什么意思。泛泛而谈罢了。”话至此处，游魔见正一满脸认真，似乎又改了主意，“我不想隐瞒，也不是故弄玄虚才这么说的。其实我也不太明白。不过，水使神社是有秘密的。”

嘴上说着不明白却又断定有秘密，怕也是因为龙玺的日常中透出的不可思议言行就是这么惹眼。

“你听说过一只眼仓吗？”

“没有。”

正一摇摇头险些“啊”了一声。汩子曾对他说“你是三只眼啰”，回答“眼睛只有两只啦”后，她说了一句“至少不是一只眼啰”。所谓的“一只眼”，那时指的就是这个仓吧。

“这个一只眼仓在哪里？”

“不就在你家吗。”

“我家？”

“果然不知道啊。就是个仓，氛围和别的仓不一样，孤零零地造在偏远地区之类的，你没有印象吗？”

“……没有。”

“这么说……既不在境内也不在生活起居的范围内，是在不会有人靠近的地方啊。”

“南面的山附近……”

那是正一等人最初住的别栋的所在。更深处另有别栋，但完全没人使用，南侧是一片竹林，即使白天也很昏暗。想来谁也不会去那里办事。就算有事，说实话也不想走得太近吧。正一记得自己也曾在竹林前的半路折回。

“那一带很可疑。”游魔默默地听完，随之确信无疑地说。

“要是找到了一只眼仓，又该怎么办呢？”

“嘿，这我就不知道了。”

“哎？可是……”

“所以我说，我什么也不知道。知道的话早告诉你了。”

游魔的性格就是如此吧。暗示自己一只眼仓存在，也是出于他的个人好意。只是他并不打算做更多的事。

“好了，要是有什么有趣的发现，到时再来玩就是了。”说着，游魔匆匆抽身往正房走去。

“好……”虽然应了一声，但正一心不在焉。他满脑子想的都是……自己要找的不就是被称为一只眼仓的东西吗。所以，即使无法调查水庭家也不必在意。他打算马上返回水使家。

但正一又改变了主意，再调查一下水分神社的境内吧，还是这样比较好。也许能像游魔的井那样，遇上一些奇妙的东西。说不定能从中获取新的信息。他好不容易来一趟佐保村，就想再去青田村走走。

后来，他去了青田村的水分神社，遗憾的是没有任何收获。窥视本殿的时候，还被辰卅宫司发现后吓唬了一通，徒然多了桩心事——不知对方会不会把自己的可疑举动告知龙玺。

他逃离水分神社，只顾往水使家跑。奔过佐保村前，早已喘不上气来，速度一下子放慢了。虽然已经累得东倒西歪，即便如此还是继续快步向前，因为日头已经渐渐西斜。偏偏赶在薄暮时分侵入那片竹林啊，正一只是想象，颈后就不由得竖起汗毛。

他越过村界的水神塔进入物种村，速度已经降到步行的程度，唯有精神在不断地向前。太阳在正面的二重山上方。还不要紧，暂时没有沉落的迹象，还是那么明亮。不久，他穿过水内神社终于回到了五月夜村。但这里是村的东头。漫长的参道一直延伸到位于西端的水使神社。

他奋起余勇狂奔起来。速度倒是算不上是奔跑，不过比走路强。他脚底一边打晃，一边想着尽量多走一点，只是奔至“上桥”时已是强弩之末，不由自主地在桥头蹲下身来，不歇会儿的话，就迈不开步子了。

正一倚着桥栏杆调整呼吸。临近黄昏的参道上空无一人，要是重藏驾马车经过还能请他捎一程，可是哪里会这么凑巧。他在等急促的喘息渐渐平复，此时迎面突然感受到一阵带着土腥气的风。从桥的另一头吹来的。正一向那边望去，忍不住皱起了眉头。因为“那块田”就在那里。

与母亲和姐姐住在破屋的时候，正一坚决不靠近“忌田”。如果要途经五月夜村的川道去东面，就算兜个圈子也要避开那块田。岂止如此，正一还留意着尽可能不让那地方进入自己的视野。

他还在水使家的时候，就听重藏讲过泥女的故事。在马车上曾看到的女人无疑就是她。知道了那女人的真面目后，就再也不想见到第二次。当时坐着马车还好，若是在田边走着走着碰上了，会怎样呢？结局难以预料。

而且，竖在田左侧的松树也很可怕。因为树大，无论如何都会进入视野。甚至有几次还见到挂着粗枝上吊的人。慌忙通知附近的村民，转眼间悬着的人又不见了。大家都骂正一是说谎的小兔崽子，但三番五次以后就害怕起他本人来了。听重藏说，过去在那颗松树上自缢的人少说也有三个。而且都是动机不怎么清楚，一时冲动寻的短见。

泥女本名“鹤”，因此小夜子和正一常被村里的孩子鼓噪说“鹤子也马上就要变成泥女啦”。当然小夜子不予理会，正一也直接无视。事实上，比起泥女与鹤子的名字相似，另有一事更让正一挂怀。那就是汨子叫他“松一”而非“正一”。莫不是“松一”的“松”与忌田的松树有关吧？这么一想，他更是不会靠近那一带了。

自从回归水使家，他原以为不必再去村子，因而淡忘了这件事。虽说那块田、那棵松树跟他还隔着一座桥，但如今已进入视线之内。

不能看……必须离开这里……

正一这样想着站起身来，刹那间就见忌田的稻穗摇曳起来。周围地里的稻子也在随风飘摆，但怎么看动得都不一样。其他的田顺着自然的风，全都齐刷刷地往同一个方向倒去。唯有忌讳之田的稻穗，好似有什么要从地里出来一样，杂乱无章地蠢动着。

不好……不快点逃走的话……

他心急如焚挪转视线，那颗松树就此进入眼中。向着忌田方向刺出的粗枝上，晃晃悠悠、晃晃悠悠……飘荡着一具缢死的尸体。明明不想看的，正一的双眼却跟着悬浮的影子晃动起来，不久他的头开始左右振荡。吊尸划着弧线，随弧线的扩张，头的摇晃也慢慢变得激烈，不一会儿就连上半身也左右摇摆起来。“嗡”的一声，自左向右一波更为猛烈的振动过后，吊尸忽然不见了踪影。正一视线的前方再次出现了忌田。

从稻穗之间伸出了一只涂满泥浆的手，像是正欲拍某人的肩膀，突如其来地伸展着。那手缓缓地、轻快地上下舞动，召唤着他。

是在叫我……

走过“上桥”，正一似乎产生了既视感。记得那次也是这样，有人伸手召唤自己。他想去却被不凑趣地阻拦了。但这一回，没准能踏踏实实地抵达“那一边”了。并非召唤者那边，而是进入到召唤者所栖息的世界。就此一脚踏入那一边了。

去那一边吗……

如果这么做会怎样呢？正一如此想到，突然打了个寒战，脚步自然而然地迟缓下来，站在桥的中段驻足不前。然而，当那只召唤的泥手进入眼帘，他又被“必须过去”的强烈意识所驱使。

在叫我……在呼唤我……被召唤着……

如上次一样，他再次渡起“上桥”。深通川在脚下流淌，微弱的潺潺水声听来就像是在耳边私语一般。泥女？还是膨物？也许是水魑大人吧。缠绕耳廓的奇妙旋律令人心旷神怡，同时又感到一丝不明就里的不快。每每脚底会滞涩起来，但在招手与私语的诱惑下最终还是在不停地向前走。

不久，渡过整个桥面到了川道。正一仍然无法将目光从忌田移开，从他左右伸展开去的道上，没有任何人影。周边庄稼地的田埂上隐约可见村民的身影，然而谁都没注意到他，即便认出是他也不会有人理睬。黄昏将近，伫立在忌田与松树前的正一，彻底成了孤家寡人。

从忌田的稻穗中伸出的泥手，忽地缩回了半分。如同被这变故所牵引一般，正一的身子猛地越过了半个川道。手再次回收，他又向前走。不知何时能从稻间瞧见手腕了，而他也已抵达忌田的领域，险险站到了边缘处，只差一步就会陷入眼前的田里。

突然，脚下田里的土中毫无征兆地现出了另一只泥手，拖拖曳曳地从泥中伸出，眼看就要来抓正一的脚踝。一口气将他拽入忌田，裹上泥巴吞噬掉，然后带到“那一边”……

“正一，吃饭啦。”

此时，从桥的另一头传来了母亲的声音。

“知道啦。”

当下应了一句，正一随即掉转身，从忌田前离去。

穿过川道来到“上桥”的桥头时，他猛地清醒过来，慌忙凝目桥的对面，根本没有母亲的影子。他战战兢兢地回头一看，两只泥手还在不停地召唤自己。他急忙闭住眼睛，就这样对着桥的方向。

睁眼时，桥的另一头正站着母亲——他抱着浅浅的期待，缓缓张开眼睑。可惜没有一个人，也听不到母亲的声音。

母亲啊……

这不可能是幻听。母亲绝对来救自己了。这么说来，正一记得听重藏说过类似的事。

从前，有个村民染病，高烧严重。村医说今晚很危险。患者本人被烧得迷迷糊糊，正彷徨在似梦非梦的世界里。不过，枕边医生的这句话倒是听得明白，也知道照看他的妻子做好了心理准备，只是怎么也说不出话来。以为总算能说话了，却是在梦里。循环往复的期间，连他也搞不清自己是醒着还是睡着，回过神时，有人坐在他脚边。似乎日已将暮，屋子里十分昏暗。那人也就像是一个黑影。接着，黑影保持坐姿，只有上半身忽地朝他伸来。影子一下就从脚底整个蔓延至脸前。下一个瞬间，影子“啪”地掉下，包住了他的全身。与自我意志背道而驰，他竟站起身来，不知何时走出了门，行进在漆黑一片的土道。影子就在身前，似乎离自己还远。他想着那就回去吧，又好奇这是要去哪呢。他打算观望片刻，就见前面有条宽阔的大河。河上架着桥，影子开始渡桥。他不想去对面，可那影子却回头招起手来。受此引诱，正要跨步上桥之际，听妻子在背后呼喊“孩子他爸，你忘拿盒饭了”。这人心想“啊，可不是吗……”转过身来，就在被窝里睁开了眼睛。枕边是说着“已经过了鬼门关”的医生和喜极而泣的妻子。

重藏解释说那就是三途之河，若是过桥村民就会死。不过，妻子并没有在枕边说过“你忘拿盒饭了”。人们都说是她不愿失去丈夫的强烈意念唤回了已半入地府的他。闻听黑影就是死神一样的东西，正一的上臂不禁激起一阵寒战。

在那个故事里，是活着的妻子救了半死状态的丈夫。而现在，是已不在人世的母亲救了活着的正一。

母亲……

正一不愿让泪水从脸上划过，他低下头，吧嗒吧嗒吧嗒……大滴的飞沫顷刻间在桥头溅散开去。与此同时，余光中映出一样奇妙的东西。他急忙用双手抹泪，向栏杆的下部望去。那里霍然出现了胳膊似的东西。因长期浸泡在水中已一度鼓胀，又像被鱼类啃过而腐烂一般，这只惨不忍睹的手臂，正欲沿河岸的斜面向上匍匐。

膨物……

刚逃离泥女，弹指间下一个怪异又迫近了。从深通川里到“上桥”下面，那东西不断地往岸上爬着。想来已不能指望母亲的救援。再这么磨磨蹭蹭下去，就该看到它的全身了。

正一如脱兔般冲了出去。飞奔渡过“上桥”时，他很担心那东西比他更早到达对面，可是就算折回，忌田里也还有泥女。相比川道，参道要安全得多。而且，如果不冲出这里就回不了水使家。

他鼓足一切可用的力量越过“上桥”，继而又顺势跑上参道，尽量远离桥。然而，在奔赴水使家尚不到半程的时候，他就已经喘不上气了，很快就一步也前进不得，只好停下来休息。他犹豫了片刻，心惊胆战地回过头。既无泥女也无膨物，唯有挂人的松枝在傍晚的风中摇曳。

最终，正一呆立在簇生于水使家南端的竹林前时，太阳已经渐入二重山，正式拉起黄昏的帷幕。

第七章 秘密

正一回到水使家，就去找小夜子商量一只眼仓的事，打算两人一起去找。此时，猛然间想起了小夜子的希望——要更坚强一些。

自己总是一味地依赖小夜子。

姐姐因为担心鹤子，本来就忙不过来了。搜索地点基本已能锁定，就该自己去找仓。于是，正一改变主意，独自往水使家的南端走去。

正一他们曾住过的别栋的更深处，另有两幢别栋。从他们居住的时候，就散发着久未使用的气息。现在也是一样，并无朽坏之处，但看上去却像废宅。论荒芜的气息，第三幢别栋尤较第二幢为甚，不免会让人陷入建造地点远离正房的错觉。至少绝难想象是在同一个宅基内。

转至第三幢别栋的背后，郁郁葱葱的繁茂竹林便呈现在眼前。

正一瞬间就后悔了。果然应该把小夜子约来。竹林中已是一片晦暗。想到要独自进去，还是会害怕的。求助似的回头，那里当然没有姐姐的身影。他拼命忍住想要回去的念头。

我不会逃。一个人也可以。绝对没有问题。

如念咒般在心里反复说着，正一踏入了竹丛。视野顿时暗淡下来。光线比林外所见更暗。姑且用双手摸着竹子前进。不久眼睛适应了黑暗，已能辨认出赤黑色和由竹间漏入的夕阳余辉。那光线太微弱了，眼看就会消逝而去。

不快点穿过去的话……

可是，怎么走竹林都不见尽头。无论哪里都是连绵不绝的竹丛，无论怎样前进也脱不出竹的空间。

好奇怪啊……

在逃离“上桥”途中的参道上，望见水使家南面的这片竹林时，并未显得如此深邃。只不过是簇生在山前而已，看上去不费吹灰之力便可穿过。所以正一才会下定决心独自前往。

明明都能走到后山了……

莫非看似要直线前进，其实是在绕圈子？自己在竹林里不停地团团打转吗？

可是，奇怪啊……

这是在广袤森林才可能发生的现象，这片竹林还不至于吧？除非正一自己有意为之，否则基本没有可能。

故意的？

当然不是指他的本愿。但如果是某物所致，如果有某个肉眼不可见的机关，又当如何呢？

正一站住身，随之鼓起勇气合上双眼。抑制着涌上心头的恐惧，尽可能稳住心神。无人教过，奇怪的是却自然而然地做了起来。最初是漆黑一团。然而，不久黑暗中开始现出一根赤线。这根奇妙的线在他四周，似乎是将整个竹林都包围起来了。

霍然睁开眼，正一往前后左右观望。视线越过重叠交错的竹枝，他隐隐窥见了别栋的一角。然后便往相反的方向疾行，竟然难以置信地钻了出来。

不但察觉到了布满竹林的阴森赤线，甚至还能避开其存在，正一也是既惊讶又惶恐。然而，也只是那个瞬间。

当他走出竹林后，眼前就是一座破旧的土仓。从一楼到二楼，外部都砌着厚厚的土墙白灰泥。一楼正面是看起来很坚固的土门，二楼同一位置则是对开式的铁窗。他瞅了瞅左右侧的墙，只是铺着平坦的白灰泥，此外再无一物。

一只眼仓……

正一摇摇晃晃地走近土门。他预感到这正是自己一直在找的某物，但还是想求得确凿的证据。然而，门栓上落着硕大的挂锁。恐怕钥匙在龙玺手上。而且，二楼的窗户也在外侧加了挂锁。就像是要防止关在里面的某物逃脱一般……

手摸到土门，瞬间觉得凉凉的甚是受用，但很快就被冷飕飕的阴森寒气所袭。急忙挪开手，可又想设法打探内部的情况。然而，似乎没有可供窥视的地方。接下来只能竖起耳朵听听了。

讨厌……想归想，双手刚刚撑住门扉。顿时上臂就起了鸡皮疙瘩。他拼命忍耐着，将脸埋入掌间，贴上一只耳朵。战栗从脸颊窜向了整个面部，背心一阵发凉。即便如此他仍然一动不动地维持着动作，凝神细听里面的动静。

哗啦哗啦哗啦哗啦……

有微弱的流水声传来。一年零数月前，与母亲她们刚进水使神社进行初次参拜时，曾听到拜殿深处荡漾着不可思议的音色，总觉得很像那个。

这个仓里也有，为什么……

游魔口中的水使神社的秘密，就是它吗？如果是，其中究竟又有何含意呢？

啊，不是……

此时，正一突然产生了某种感觉，一只眼仓不是自己所寻之物。

无限接近……但不是它。

说实话很沮丧。但这也绝非普通的仓。不只是因为特地造在避人耳目的地方，还在于竹林中竟设有奇异的机关致使任何人都不能靠近。村里人似乎不知道仓的存在，这一点也很奇怪。倘若知道必有流言传出。无论多隐密的事，都会在背地里被偷偷议论。如此一来，正一也就罢了，但不可能逃过小夜子的耳朵。

只有神社的人才知道啊。

看游魔的态度，当真是水使神社的独家秘密吧。不过，毕竟还是被其他神社的人察觉到了。只是无人知晓详情。而游魔甚至不清楚所在地。至于仓的真面目就更是谜。

“会被吃掉的哟。”

背后响起了人声。正一吓得浑身一哆嗦。

有、有人……

正值太阳落山之际，理应绝对不会有人靠近的场所，却有人说着堵心的话。

脖颈阵阵发寒。不敢往后看。然而背对着某人更是可怕。

虽然犹豫，正一还是一点一点地缓缓回过头去，人影赫然就站立在他的面前。不知从何而来，也不知何时近身，那影子就在他的正后方。

“嘶……”他不由自主地挤出一声虚弱的惊呼。

“会被吃掉的哟。”

那人影二度开口，径直走上前来。正一下意识地想要后退，后背却被土门阻挡。若要逃跑，唯有左右两条路。迅速查探侧方，再度转回正面时，眼前就出现了一张脸。

……咿咿咿

尖叫声在喉头的深处回荡。然而瞬息过后，正一放下了心。他发现对面的人原来是汨子。

“别、别、别吓唬……人……”

他上气不接下气地提起抗议，汨子自是不予理会。岂止如此，她又凑前一步说道：“会被吃掉的哟。”

“被什么吃掉？”正一身形转动向侧方躲闪，同时问道。

汨子的手扒上了仓的土门：“御仓大人。”

“哎？”

正一莫名其妙，当下从仓前离开。也许是通过直觉意识到汨子所言不虚吧，总之他不想再触碰仓了。

“被仓吃掉，怎么说？”

即便如此，他仍觉得不能错过迫近秘密的好机会。嫁入水使家，身为龙玺之妻的外祖母，知道什么也不奇怪。

“这个是御仓大人？与一只眼仓不是一回事吗？”

“一只眼仓……”老婆子抬头看了一眼仓，目光似在眺望远方，“啊，是龙吉朗宫司取的名吧。竟敢不知死活地用这种名字称呼御仓大人……”

正一猜测唯有神社相关人员才知道的想法没错。不过，龙吉朗与游魔在理解程度的层面上存在着巨大差异。

“御仓大人是神？”为避免过度刺激汨子，正一兜着圈发问。

“御仓大人就是御仓大人。”

“它在做什么？”

“在这里坐镇。”

“这么说……是在这座仓里？”

“傻瓜，你这孩子……这座仓就是御仓大人！”

正一向来不愿意跟外祖母说话。不只是无法沟通，而且不一会儿他就会尝到自己的脑子变得一团糟的滋味。但是今天不同。为了救鹤子，即使理解不了也得尽可能地套她的话。

“鹤子很好啊。”然而，汨子就像读出了他的心思，突然说出了姐姐的名字，“那么受重视……扮巫女的样子……”

最近，龙玺经常叫鹤子穿上巫女的装束，还偶尔让她涉足神社的仪式。小夜子认为这是一种做给外人看的幌子，但是正一却觉得外祖父似乎另有企图，心里不由得一阵害怕。

“外祖父是打算让鹤子姐姐做巫女吗？”

话题偏离了一只眼仓，但这个问题也很重要。

“老身我呀……曾经也是。”

汨子的目光再次投向远方——这次像在眺望更远的地方。

“外祖母以前也是巫女吧。”

“正是，正是！”汨子高兴得直点头。

“鹤子姐姐也会成为巫女？”

“那个孩子啊，将来会做神的妻子，幸福着呢！”

“哎……”

“老妇我也是呢，当初身为神的妻子——”

“请、请、请等一下！”正一慌慌张张地走近外祖母，盯着对方的眼睛，“外祖母说的神指谁？”

“你这孩子真傻！”汩子表情愕然，“神就是神，哪还有别的神？”

“可、可是——”

“光宗耀祖的事哟。我要是还年轻，也想再来一次……”

从此处开始，越来越语焉不详。

天早已经黑了。虽有月光照射，但颇有由来的仓的周围，仍被浓重的黑暗所盘踞。此时此刻，与近乎疯女的外祖母持续着不解其意的交谈，正一渐渐陷入了脑髓行将溶化的错觉。

再不回去的话……

现在小夜子也许正在找自己。不能让姐姐操心。

“我，先回去了。”

有点薄情啊。但又觉得该尽量避免让龙玺或留子见到自己和汩子在一起。那两人势必会问外祖母都说了什么。虽然也没有什么大不了的，但还是该避开不必要的危险。

不同于来的时候，正一顺利地穿过竹林，若无其事地回了住处。

“我说正一，你刚才去哪了？”

小夜子很快就发现了他，靠上前来。只是，马上就要吃晚饭了。

“回头再说。”

姐姐似乎从他的表情和语气中察觉到了什么，顺从地点了点头。

水使家总是在一间较小的客厅用膳。龙玺和鹤子坐上座，此后的顺序是龙三和八重，以及小夜子和正一。汩子在自己房间用餐，所以没有出席这天的晚餐也不奇怪。

开饭前，留子进来后对龙玺耳语了几句。接着就遭到龙玺呵斥，留子低头谢罪的场面，从漏出的口风看，说的好像是汩子不见人影的事。

还在一只眼仓啊。

差点叫出声来，慌忙又咽了回去。要是说了，龙玺就会知道自己去过那里。虽然汩子也可能说出来，但至少能装糊涂。

但是，如果我不说的话……

外祖母就会一直待在那里，谁也找不到吧。这么想来就觉得她很可怜。就没有通知大家的良策吗，还在想着，龙玺猛地起身出了客厅。在外祖父回来之前，正一等人自然不能动筷子。

过了一会儿，龙玺再次就席，就像什么事也没发生过似的。

“母亲她？”

龙三一问之下，龙玺只是理所当然似的应了一声，就此开始用餐。从出去到回来的时间来看，他大概是直接从客厅去了一只眼仓。

换言之，外祖母会经常去那个仓。可能趁留子等人稍不注意就会晃晃悠悠地去那边。只是，途中竹林有那个赤线机关，所以除龙玺外怕是没人能带她回来吧。

会被御仓大人吃掉……

做神的妻子……

究竟是什么意思？虽说痴呆，但汩子为何要去一只眼仓？想要尽快跟小夜子商量的正一，快速地吃完了晚饭。但是，在龙玺离开客厅之前，谁都不许随意离席。就算先吃完，也必须等外祖父退席。

正着急上火的时候，小夜子叫他喝茶。他觉得这也未免太悠哉了，不过姐姐似乎是要他沉住气。如果被人看出自己神色有异，当然不是好事。本来两人的言行就已备受龙玺的注目。

不愧是小夜子。

正一顺从地将手伸向茶碗。一边呼呼吹气让热茶凉下来，一边啜饮着，心神确实自然而然地平稳了下来。

终于，龙玺用完饭站了起来。正一抑制住想起身的冲动，等待龙三和八重离开客厅。接着，两人把鹤子送回屋后，回了别栋。

正一首先讲述了一只眼仓的事。小夜子对此似乎也吃惊不小。不过当转达完与汩子的对话后，她关心的重点忽然又转向了这边。

“汩子，说了那样的话……”

“嗯。说鹤子姐姐将来会做神的妻子。”

“然后，汩子自己以前也是神的妻子——”

“就是说嫁到这里，嫁到这个家吧？但是，她现在不还是妻子吗？那鹤子姐姐绝对不可能当妻子的。”

“如果神指的是龙玺，倒是没错啦。”

“如果是水魑大人的话？”

“不就是做巫女的意思吗。”

汩子曾是巫女，又是龙玺的妻子。两种解释都能套上。

“不过呢，”小夜子还是拘泥于神指的是龙玺的观点，“若是站在汩子的立场，我觉得多少还能理解。”

“什么意思？”

“龙玺不止一次，而是竟有两次，可能都有三次向儿媳下手。不光如此，这次就连外孙女也要……现在她的脑子又开始迷糊了。如果痴呆也是因为龙玺的倒行逆施，又怎么样呢？自己身为妻子的意识会不会被一扫而空呢？”

正一虽然觉得有点难，但还是能理解小夜子的说法。只是，无论如何他都很在意一只眼仓。说出自己的疑虑以后——

“话虽如此，那个也不是正一要找的东西吧？”

“嗯……但是很像，或者说是接近吧。”

“你觉得跟鹤姐有什么关系？”

“嗯……”

“跟龙玺呢？”

“跟他绝对有关系啊！”

“也是。”小夜子突然做出沉思的样子，“正一，你似乎有一种奇妙的力量。”

“哎？”

“大概母亲身上也有吧。最近我常在想，也许就是因为这种能力，我们才能从满洲逃出来吧。然后，鹤姐与你都继承了力量。”

“鹤子姐姐也是？”

“不过鹤姐输给了那个力量。被影响了，或者说是没承受住吧。结果就变成了那样子。”

鹤子和自己一样，看到过世上不存在的异形之物吧。所以精神失常了。不，如果是这样的话，那她见到的东西也许比自己所见更为触目惊心。正一想着，不由得恐惧起来。

“你多半没鹤姐那么强的力量。”

也许是敏锐地觉察到了弟弟的恐慌，小夜子加了一句。但正一马上就明白了，这是在安慰他。

“不过，我没有这种力量，但你的能力能够派上用场。”

“怎么用？”

“像现在这样就行。反常啦、怪异啦……有这样的感觉，就去查找原因。虽然还不太明白，但我总觉得在水使神社里，能让正一产生‘奇怪’反应的东西，过不多久就会跟鹤姐扯上关系。”

“唔……”

“但是呢，不能因此就疏于监视龙玺。毫无疑问，他对鹤姐的执念异常强烈。”

两人又交谈了一会，但想不出什么新的方案。无非是再次认识到，除了继续看护鹤姐别无他法。

关于一只眼仓，则由正一谨慎地进行侦查。话虽如此，但全然不知该如何行动。无奈之下他去了水内神社。装作若无其事的样子，分别向龙吉朗、世路、芥路三人吐露了“奇妙仓房的存在”。

芥路只是感到不适，而世路和龙吉朗像是知道什么。不过，世路委婉地告诫他“别再靠近那种地方，否则……”，相比之下龙吉朗的态度则不同。

“你听好了。如果鹤子突然不见了，你要马上通知我！”

冷不防冒出了长姐的名字，正一惊讶之余打了个寒战。龙吉朗没再多说一句话，但显然是在惦念鹤子的安危。

果然有关联。一只眼仓和鹤子姐姐……

正一接下来去的是水庭神社。心里怀着期待。如果向游魔说明，也许能知道更多吧。

“真的有啊！”

然而，听到对方的第一反应，正一无语了。暗示一只眼仓存在的不正是游魔吗。看来这趟是白费工夫啊……就在他大失所望的时候——

“问题可能在于你听到的流水声。”游魔凝视着正一，表情严肃得让人吃惊。

“那里头是不是有什么特殊的意义？比如，那个仓也在祭祀水魑大人什么的？那个跟我在拜殿……准确地说是在本殿听到的声音很像。”

“四家神社都从深通川引水到本殿。不过，通常传不出那样的水声。更别说在是拜殿听得到了。”

“哎？可是——”

“啊，你好像能听见。”游魔饶有兴趣地凝视正一，“也许就是因为这个，你才能靠近一只眼仓。”

他似是已猜到有阻碍的口气，正一明明还没说竹林赤线的事呢。

“你还跟谁提过仓的事？”

照实回答以后，游魔非常想知道龙吉朗的反应。于是正一如实相告。

“果然啊！那个老爷子狡猾得很。”

“他是好人哦。”

“不是这个意思。我想那个老爷子以他的方式嗅出了一只眼仓，也对真相做过一番推测吧，只是没有任何证据。”

“仓的真相……”

正一害怕地嘀咕着，游魔突兀地说起了一段奇妙的往事。

“是很久以前的事了。有一天，村里来了两个香客，母亲和她十四岁左右的女儿。听说跟乞丐没什么两样，而照看她们的就是水使神社的龙玺。”

就外祖父的吝啬程度而言，这事还真稀奇了。

“不过呢，母亲和女儿都是美人。”大概是注意到了正一的疑惑，游魔脸上露出讥诮的笑容，“那个女儿啊，正处在越长越漂亮的年纪。所以村里人心领神会，想着是好色的龙玺又犯瘾了吧。而且，母女很快就没了踪影，大家都以为是发现龙玺的真面目后逃走了。”

“不对吗？”

“几年后啊，”游魔不答正一的问话，自顾自地说道，“村里出现了两个香客，老婆子和一个小鬼。两人饥渴难耐，眼看快要饿死了，样子相当诡异反常。没过多久，村民之间传出奇妙的谣言，说这两人不就是几年前来村子的那对母女吗？”

“是……是这样吗？”

“谁知道呢。听说她们很快就去了别的地方，没能经过证实。况且，才过了几年，那对漂亮母女就面目全非了？当然，村里也有很多人认为是别人。”

“唔……”

“这个事是以前听世路说的，我最感兴趣的是两人在模样上的反常。”

“怎么反常了？”

“与其说是没吃的饿瘦了，还不如说是失魂落魄，所以看上去毫无生气，身子衰弱……”

“啊……难不成外祖父一直把她们关在一只眼仓里……”

正一随之做出了可怕联想，说出了口。然而，游魔未加否定，反倒露出一脸认可的表情，提了个意味深长的问题：

“如果就像你说的那样，那么一只眼仓的目的是什么？”

要是知道的话就不用烦恼啦。这么想着，正一觉得自己听到了一个讨厌的故事。漂亮母女会跟鹤子重叠在一起。他告诉游魔后——

“听说龙三以前的两个媳妇也很好看呢。”

“……也就是说，这个……”

“虽然现在说这话有点晚。不过，你们保护姐姐的做法没有错。”游魔一脸得意扬扬，最后还向来找自己商量的正一提出要求，“又有了什么发现，要来告诉我啊。”

正一回去以后，将水内神社三人与水庭游魔的事告知小夜子，姐姐的表情极其复杂。

“龙玺染指儿媳是事实。但是背后的意义完全不同吗？”

“可是，这样的话，留子说的那些呢？”

“留子是水使家的佣人，不过我想她内心很厌恶龙玺。话虽如此，她也不想站在我们这边。简单地说，就是盼着两方能互相撕咬，家里一旦折腾起来就有好戏看啦。”

“好过分！”

“她还喜欢嚼舌根，龙三舅父的那两位夫人的事，她忍不住地想说。只是，要是说了实话，就会涉及水使神社不可触碰的部分。”

“一只眼仓的秘密……”

“嗯。当然，留子也有可能一无所知。她推测龙玺和两位夫人之间出了问题，但并不了解具体情况。于是就拿自己胡思乱想的东西，说得像真的一样，暗示给我。龙玺也不是笨蛋，才不会那么信任留子吧。”

“也就是说，没告诉她关键的内容？”

“可能吧。不过，因为是游魔说的嘛。”

小夜子不像村民蔑视地称游魔是“落魄特攻员”，同时又惧怕他。但她对游魔的评价也不高。所以不太愿意相信他吧。

但是，就算不提游魔，龙吉朗的话总不能不放在心上。自己预料之外的另一种危险，随时会降临到鹤子身上。正一明白姐姐已在考虑其他的可能性。

然而，从那以后平安无事地过了一年，不久，第二个年头也已逝去。出落成了美丽少女的鹤子，没遭龙玺的毒手，也没被幽禁在一只眼仓。其间，龙玺依旧对她厚待有加。照样让她学做巫女。但也仅止于此。

唯一的大事是在水内神社举行的增仪上，鹤子担任了刈女一职。小夜子从留子那里听说了，水使神社的龙一在以前的增仪上去世的事。因此，鹤子涉入仪式让她们担心不已。以至于两人还结伴跑到水内神社，来找世路商量。龙吉朗告诉她们刈女不会有任何危险，仪式期间他和儿子会盯紧鹤子舞蹈的舞台。就算出了什么事，龙吉朗等人也能即刻发现。反倒被劝慰了一番。

即便如此，直到增仪结束，两人都是坐卧不宁。由于被禁止参加仪式，他们只能焦急地在水使家等候。最终，如龙吉朗所言，没有发生什么变故。至于鹤子，因为能穿着巫女的装束在舞台上跳舞，很是心满意足。增仪圆满成功，没多久就招来了雨水。

不过，后来听世路说发生过一场小小的骚动。虽然只有以各神社宫司为首的少数几人能出席仪式，但为了把供品等运到二重山的沈深湖，村里的年轻人和相关人员曾在水内神社集结。据说当时有不少人都对鹤子一见钟情。龙玺就不乐意了，于是便上演了像赶苍蝇似的从鹤子身边轰开村里年轻人的一幕。

不过也就那么点事。此后，鹤子的待遇也没变。在旁人看来，无非是外祖父在照料心爱的外孙女吧。要说不同的地方，无非就是龙玺瞪大眼睛，防备那些因为鹤子的美貌而垂涎三尺的年轻人。按理说，他自己也该按捺不住色相了，可是不知为何却一点也感受不到。至少小夜子如此认为。

“我和小夜是不是想多了？”正一时而歪头发问。

“可是……”小夜子露出冥思苦想的表情，“观察龙玺的期间，我开始怀疑这家伙莫非是要再现《源氏物语》里的光源氏。”

“你在说什么？”

“你不知道《源氏物语》吗？”

“当、当然知道啦。书名的话……”

“我也没读过。只是听母亲讲过。”

“什么嘛。还不是跟我一样。”

“笨蛋，哪里一样啦。我可是知道内容的。”

“好，好，知道啦。小夜你赢了。然后呢？”正一为推进话题，干脆地认了输。

“光源氏喜欢上了一个叫‘藤壶’的女人，但这人是他的后母。”

“啊……”

“不过只相差五岁，再说又是后母，所以没有血缘关系。”

“话是这么说……”

“嗯，虽说是名义上的，但毕竟是母亲，还是不行吧。然后发生了很多事，他就领养了藤壶的侄女‘紫上’，放在身边抚养。”

“因为那侄女和藤壶很像？”

“对的对的。所以光源氏想把紫上培育成自己喜好的女性。”

“哎……也就是说，外祖父是光源氏，鹤子姐姐是紫上喽？”

“怎么说呢，就算鹤姐是合适人选，龙玺也不会是那个角色。而且这么一来，母亲就成了‘藤壶’。”

“唔……”

鹤子的父亲是水使龙玺——如同恶梦一般的疑惑在脑中苏醒了。小夜子似乎已看出正一的想法，摇头说道：“那个传闻就不要提了。我们要考虑今后的对策。”

小夜子预感到未来几年最为关键。虽然不知龙玺何时、做到什么程度才会满意，但直到成人的期间也许是重要阶段。

一年的岁月流逝，又度过了两年光阴。然而，鹤子在水使家中的处境毫无变化。小夜子与正一仍在监视长姐周边的情况，但说实话，已经比当初要懈怠得多。四年以来没有任何变化，警惕心自然而然地松弛下来亦属无奈。

说到变化，也就是水内神社举行增仪的两年后，鹤子在水分神社的减仪上担任了刈女。与增仪不同，天气十分恶劣，所以两人非常担忧鹤子的安全。不过这次仪式也顺利告终。只是，小夜子发现了一个奇怪的事。

“我是听世路叔叔说的，担任刈女的人，通常都是主持仪式的神社所在的村子里，代代出巫女的人家的女儿。”

“五月夜村的话，就是像青柳家那样的？”

“嗯。也就是说，上次水内神社的增仪本该让物种村的姑娘当刈女。这次水分神社的减仪就是青田村的姑娘。但这两次都是鹤姐在做。”

“是因为外祖父拜托他们了？”

“好像是的。”

“果然是想叫鹤子姐姐当巫女吗？”

“这样的话，不就该让她再多做点修行吗？”

正如小夜子所言。龙玺仅限于把鹤子扮作巫女的模样，偶尔涉足神社的活动。让她担当增仪和减仪的刈女，恐怕已是最重的任务。

“可游魔先生又说，鹤子姐姐的舞蹈比新手还差。”

“那种事谁来都一样。只要是年轻漂亮的黄花大闺女，谁都能当刈女啊。”

“倒是芥路哥说跳得很好……”

“碍着你的面子，随意夸夸而已。”

芥路也参加了水分神社的减仪。这是因为他将来要接世路之位吧。

“这么说，从开始就不是什么重要角色？”

“他们说就像添头一样。也就是说鹤姐也能凑合着用，可要这么说的话，村里的姑娘不也行吗？龙玺为什么要拜托他们用鹤姐呢？”

游魔也想不通这点。他似乎认为龙玺有什么不良企图，但据说鹤子只是在按流程跳舞，并无反常的地方。结果还是如以前一样，这持久不变的岁月也将一直持续下去。

然而，从这一年的夏天起，鹤子本人出现了意想不到的变化。她突然就会消失不见。而且经常是在龙玺外出时，常常踪影皆无。小夜子起初认为是龙玺所为，但发现不是这样。外祖父反倒不知情。就连那个目光敏锐的留子，也都还没察觉长姐的奇异举动。小夜子与正一能够发现，毕竟是因为有着血缘关系吧。

消失次数还不频繁，所以龙玺和留子才没有发觉，但这事相当出人意料。“自我”意识稀薄的鹤子，凭自己的意志去了某处。即使小夜子问她，也只是答一句“散步啊”。说句“我也一起去”，她就会顺从地带小夜子同行。但是，还是有一个人不见的时候。

鹤子来到波美地区之后，已经逐渐失去了体感。回归水使家以来更是如此，没有肉体上的辛劳，也不会被随意使唤，缺乏实感的现象越发严重。也许她只是觉得如今的生活，远比以前那间陋室舒适，欣喜妹妹和弟弟不用再做苦工。

然而在正一眼里，鹤子是身陷牢狱。哪都能去，也能吃上喜欢的饭菜，想要的东西都能到手，但是仔细一看，周围尽是透明的栅栏，将她禁锢于其中。封住了她的灵魂。只是她没有感觉到，至少过去是这样——

夏日之后的鹤子，从那透明牢狱的栅栏间轻巧穿过，前往只属于她自己的秘密场所度过光阴，然后归来，轻盈地回到栏中。如此往复循环。

“只要没有龙玺掺合，随鹤姐高兴也行，不过……”

正一也清楚小夜子的困惑。自满洲时起，作为妹妹的她就很坚强。

而在归国船中，鹤子的内心被渐渐侵蚀，姐妹的立场完全颠倒了。自来波美地区以来，两人的关系始终没变。而且水使家的环境非同寻常，她担惊受怕也在情理之中。

“要不跟去看看？”

小夜子没有马上同意正一的提议，她的心里还有一个念头——不到万不得已还是想尊重鹤子的选择。然而还有一点，她无法预判长姐何时会去“散步”。这比保护她不落入龙玺的魔掌难多了。

令人忐忑不安的微妙时光一天天地过去。就在晚秋的某日黄昏，正一目睹到难以置信的一幕。

那便是从背面竹林里钻出来的鹤子的身影。

8

第八章 鬼女

鹤子姐姐为什么……

正一情急之下躲入别栋背后，小心隐藏，悄悄观察。

很显然，直到经过正一藏身的最里处，以及中间的别栋，鹤子都没有任何戒备。不过，抵达他们居住的第一幢别栋前面，她稍有留意周围的动静，随之快步消失在正房中。

难道……她要去一只眼仓？

只能这么认为。正一总共去过那仓三次。基本一年一次，想着没准又有了什么变化。不过那里始终维持着原样。其中有次差点撞见汩子，幸好早就有所戒备才得以顺利逃脱。要说有什么事也就只有这件了。顺带一提，今年还没去过。

可是，鹤姐究竟为什么要去一只眼仓……

将她与仓联系起来，源于正一的个人直觉、龙吉朗的忠告，以及游魔的那些话。不过，其中有龙玺的介入。鹤子与一只眼仓之间，毋庸置疑有外祖父参与。

然而，鹤子如今却独自一人，凭自己的意志，甚至提防着不让任何人知道，去了一只眼仓。

正一急步穿越竹林。鹤子也能通过，恐怕就如以前小夜子说的，继承自母亲的力量起作用了吧。

钻出竹林，阴气森森的仓便赫然出现在眼前。虽然能从竹间隐约窥见，可是到了仓的正面，总会有一种骇人的压迫感。整体映入眼帘的刹那，就会被不祥的险恶气息震慑。

正一稍稍保持着距离，游走在一只眼仓周围。不见有何异常之处。正面一楼部分的土门也好，二楼部分的对开门也罢，如往常一样悬着牢固的挂锁。仓呈长方形，两侧唯有平坦的白灰泥墙，光无一物。背面的二楼部分有窗，对开型窗扇最初就是开着的。不过那里镶着铁格和铁网，再怎么抬头观看，仓内也只是漆黑的一团暗影。

正一回到正面，稍作犹豫后，把耳朵贴上土门。于是战栗即刻从面颊传到了四肢百骸。他忍耐着竖起耳朵静听。

没有人……

感觉不到仓里有任何动静。哗啦哗啦哗啦哗啦……只传出了流水之音，再也听不到其他响声。

不过，也许未必是人……

仓内栖息着某物。这么一想，脑中就赫然闪现出那玩意儿在土门另一侧，如自己一般窥视户外的光景。

“呜哇！”

他忍不住叫出了声，飞身从土门前退开。全身戒备起来，生怕里面会响起“咚咚咚”的敲门声。

没有一丝声音。寂静得可怕。

假如里面栖息着某物，那么鹤子姐姐是来见它的吗？

虽然想离开此地，能早一点就早一点，正一却又侧头困惑起来。那玩意儿是什么？长姐为什么要见它？她有挂锁的钥匙？换言之，龙玺已经认可了吗？

不，毫无疑问在瞒着外祖父。

小夜子也持同样的观点。这么说是偷偷从龙玺房里拿的？若是鹤子的话，倒是不缺机会。

好吧。就在别栋附近继续监视吧。

耐心等待，只要鹤子去了竹林，就悄悄跟在她身后。如果她进了一只眼仓，自己也跟着潜入内部。

正一回到屋里找小夜子商量，马上就得到了认同。小夜子说也要轮班监视，不过听正一说过竹林的机关后，虽然半信半疑但还是听从了。一只眼仓的事，姑且就托付给正一去办了。

然而，鹤子始终也没来。出门也都是在水使家外，根本就不接近背面的竹林。如今，长姐出去散步，小夜子必会尾随其后。似乎只是散步，但也跟丢过几次。从鹤子优哉游哉的样子，无法判断是不是被她刻意甩掉的。不久，时至初冬，天气慢慢冷下来后，长姐的外出也随之减少。正一问她原因，回答也是普普通通的一句“阿正，外边很冷不是吗？”。诚如所言，雪花纷飞伊始，鹤子的外出便戛然而止了。

“当真是去散步吗？”小夜子也彻底被长姐不可理喻的行为耍得团团转。所以，当她老实窝在家里的时候，小夜子的表情也舒缓了下来。

“唔，可能……”

其实从不久以前开始，正一就已顾不上鹤子。目睹她从竹林里出来，他的兴趣就转移到了一只眼仓。知道即使在别栋旁监视也毫无意义以后，正一就经常去仓那边。当然，他没办法调查内部。所以很自然地热衷于在仓的附近散步。

一只眼仓背后是岩石林立的山。找不到像样的路，有一条勉强算是兽径的窄道，几乎没有人进去过的痕迹。就在这样的地方，正一却发现了奇妙的东西。那是一根长长的竹筒，穿梭于山脚下缓坡的山白竹中。

那是什么呀?

他最初以为只是竹子倒了。但仔细一看，显然是人为所致。而且，那竹筒中途又连上了其他竹筒，向前延伸看不到尽头。他追逐着竹筒，溜下山白竹的斜坡，进入平地，竹筒便没入地面不见了。他猛地一抬头，原来正面就是一只眼仓背后的墙。

怎么回事啊?

“咚咚咚”的心跳声骤然响起，简直能把人吵死。正一预感接下来自己会有惊人的发现。

由于兴奋过度，脚都颤抖起来。他双手敲打两腿给自己鼓气，然后顺着竹筒开始攀登斜坡。脚下瞬时就被山白竹所淹没，竹筒就藏在其中。任凭怎么低头搜寻，也不见踪影。他从此处开始，时而用鞋侧触碰竹筒确认位置，谨慎前行。

不久，左手边就能看见从山脚延伸上来的兽道。爬上斜坡的轨迹差不多与竹筒平行。刚以为会在某处相交，一会儿就又分作两股，远离而去。竹筒绕过一棵大树，又向巨石背后转去。接着，眼前就出现了一个小小的洞穴。

咦……

竹筒径直钻入了咧开大嘴的洞穴。洞口的宽度和高度足以让一个成年人屈身进入。

怎么办呢……

他小心翼翼地朝洞内张望一眼。走个五六步进去试了试，转眼就什么也看不见了。

正一想了片刻。好不容易走到这里，不能什么都不查就打道回府吧。但话说回来，就这么随意地踏入暗无天日的洞穴，也值得商榷。再过一个小时天就要黑了吧。也许该等下一次。大概是被小夜子磨炼出来了，正一的判断相当冷静。就在这时——

咯咯……

从洞穴深处回荡出异常古怪的声音。

啊……呜呜呜……

既像在笑，又像在哭，既像呻吟，又像呼喊，相当奇妙的声音，听不出来是什么。

啊哈……嘶……

极度的惊悚让正一瞬间起了层层鸡皮疙瘩，接着背脊就被一阵寒流划过。

他转过身，如脱兔般逃出洞穴。绕过奇形怪状的巨岩和大树，进入白山竹的斜坡便找出兽道，一口气狂奔下去。他一边斜眼望着一只眼仓，一边冲入竹林，回到别栋才放慢了脚步。

刚才是鬼女的嗤笑吧……

脑中赫然想起重藏说的波美地区的恐怖传说。

这个地方自古以种植水稻为主，因而没有狩猎者。只是，人们不愿进山其实另有原因——水魑大人坐镇的沈深湖就在二重山中。与其说是孤立的山，倒不如说它与左右两侧的山脉联手环卫着波美地区。由此，无论去哪一座山打猎，都是对二重山的亵渎。所以，决不会有人在山里杀生。

然而，有一年天气大旱。增仪也不幸失败，稻田全毁。有四个年轻人为解燃眉之急，背起猎枪进了山。他们如愿以偿地打到了猎物，就在心满意足时，遇到了一只大野猪。其中一个开枪却没打中，大家就一起追赶，那头野猪顺势逃进了洞穴。他们就在洞口堆起松叶点上火，打算用烟把它熏出来。其中两人将腾腾升起的烟雾送入洞穴，另外两个则端好猎枪只等野猪冲出来时给它一击。

这时，从洞中传出了奇妙的声音。不像哭声、不像笑声、不像怒吼、不像呻吟，这怪声就像疯女人的嚎叫，回荡在洞穴之中。而且，声音还一点一点地向这边靠近，眼看就要从洞里出来了。

不久，烟雾中现出了一个蠕动的身影。不是野猪，而是双脚直立的东西。就在那个刹那，其中一个持枪者突然嗤笑起来。那不是笑，是嗤！其余三个慌了神，架起嗤笑男，弃下所有猎物逃走了。

嗤笑男回村子后还是嗤笑不止。第二天，另一个持枪者也嗤笑起来，翌日第三个人也开始嗤笑了。第一个男人嗤了整整三天三夜后不幸身亡。当时，剩下的那个人用火箸自刺双耳，又用烙铁塞住了两个耳孔。幸亏如此才好歹捡了一条命。

听村中老人说，那是山之女神发怒化为鬼女现身了。据说看上一眼，就会当即发狂而死。嗤笑声出于鬼女，人会不断地听着自己的嗤笑声，最终在那过程中死去。第四个男人能够得救，是因为他发自本能地悟到了这一点吧……就是这样的故事。

后来的三天三夜，是一个又一个不眠之夜。他不知何时自己也会嗤笑起来，是不是该把耳朵塞起来呢。却又怎么也下不了手。小夜子问他“你最近晚上一直哼哼，没问题吗？”，正一答说“没什么”，但姐姐好像不相信。

幸好平安无事地迎来了第四天的早晨。正一刚松了口气，小夜子突然听说了一则可怕的流言。

“好像村里的年轻人私底下在传水使神社的后山有鬼出没。”

“这……这不就是重藏爷爷给我们讲过的鬼女吗？”

“啊，是在山里出没吗？可是深通川的水还没见底，有人会像故事里说的那样进山打猎去吗？”

“嗤笑死的人呢？”

“没，现在看来还没有。不过大家都挺害怕的，一把年纪了也不害臊。”

小夜子目不转睛地盯住正一。

“你没藏着什么事吧？”

“没什么……”

“又是‘没什么’啊……好吧，无所谓啦。”

正一想找小夜子商量，想让她陪自己去洞穴。但他还是下定决心独自承担。因为不能总是依赖姐姐。

不过，正一再度前往洞穴已是翌年夏天。在夯实探险决心的这段时间，天气渐寒，步入了降雪季节。所以只好等来年开春。只是迎来春天以后，他想等暖一些吧。做着“还早”“还不到时候”的判断，转眼就到了梅雨季节。如此这般一拖再拖，雨季过后终于没借口了。

这天从早晨开始就是晴天。正一等到午后，备好木制手电、蜡烛、火柴盒、缠在竹筒上的风筝线，把它们包进油纸，向后山进发了。因为总觉得小夜子在看自己，所以没从别栋出发。尽管要绕远路，但他还是选择了出水使家正门，沿参道向东稍走几步，再向南折回往后山去的路线。

正一抵达山脚下就搜寻起兽道，可怎么也找不着。不久，他发现了一条窄道，姑且顺道爬上去试试。很快就在右方发现了簇生的白山竹。心想可能是这里，往里一扒就触到了那竹筒。接着，他沿连绵延展的竹筒继续攀爬，成功抵达了印象中的大树和巨岩。

转到背后一看，那洞穴果然还在。就像是为了吞食正一，只顾张嘴等待一般，呈现出一团漆黑的暗部。白天就已是十足的阴森。也许是位于一只眼仓后山的缘故，愈发让人心生此感。

正一将手电接到右手，深深吸了口气进入洞穴。前行五六步后，外界的光已无法照到。又前进两三步便打开手电。刹那间，左右石壁和洞顶便陡然压迫过来。这是因为洞穴被照亮后，就能体会到周围岩面的距离感了。走路不至于困难，但依然相当憋屈。身子自然而然地就会缩起来。有幽闭恐惧症的人怕是不大能忍受。

从一只眼仓背后的地面钻出的竹筒，进入洞穴后仍一直向深处延伸。在追踪的过程中，洞穴逐渐九曲八弯，不知不觉中化为了一道缓坡。应该还没走太远，却感觉已经深入内部。话虽如此，幸好洞穴没往地底沉降。然而他刚这么想着，脚底却突如其来地开始向下倾斜。虽然预感到不好，但还是迈开了步子。很快地势又平坦起来，到达略为宽敞的空间。他姑且伸手踢脚，放松一下筋骨，又开始心生不安，不知洞穴会通往何处，于是照了几下前方。

然而，光线中只映现出穴壁。整整一面都是石壁。到尽头了。而且，“屋”的深处有积水，竹筒消失在了水中。他又照照四周，只见洞顶垂吊着钟乳石，地面有石笋拱出。周遭的世界仿佛发生剧变，突然从单纯的洞穴转变成了如假包换的洞窟。

他将手电指向四面八方，终于在左边的石壁找到了一个洞。想方设法爬到了一半，就再也动弹不得。凭他的身高颇有难度。找找是否还有别的，但人类能够钻入的洞一个也没有。

到此为止了吗……

就在正一灰心丧气，当场蹲下身子的时候——

啊啊哦哦……呜呜咕咕咕……

听到了鬼女那阴气森森的声音。他能感觉出声音是从水中，从左上方洞穴的深处，从眼前石壁的彼方，从各个角度各个方位传来。比在洞外听到的声音大几倍、几十倍，“嗡嗡”地回响着。

出、出、出现啦……

正一猛地起身，拼死忍住想就此逃之夭夭的冲动。

可、可是可怕……讨、讨厌归讨厌……但是如果无法调查到底的话……

一边摇摆于矛盾的心情，一边尽力站定脚跟。母亲、鹤子、小夜子的脸一张张地在脑中掠过。他正在下意识地寻求帮助吧。

不，我一个人就行。

正一本人没能意识到，此时的他已迷失了首要目标。他已不知自己为何要去洞穴的深处，被“我要独立完成”的强迫观念所驱使了。

不过，如果让重藏说的话，一定是“因为有什么东西在召唤你啊”。

正一取出蜡烛，安置在合适的地方，拿火柴点着。随后从竹筒上解下风筝线，绑在水滩旁的石笋上。接着他用油纸包好手电准备完毕，脱掉衣服让全身赤裸。

这是为了潜入水中摸查对面的情况。

想到这个疯狂的方法时，正一几乎未作犹豫，反倒自鸣得意地觉得这主意不错。他没考虑过没有对岸的情况，也没想过水下洞窟深不见底的可能性。能够听见鬼女的嗤笑，所以对面就一定有形同的空间。

他在陋室生活的时候，曾跟小夜子学过游泳。她非常热衷于教正一凫水，简直到了执拗的程度。也许是源于归国船中看到的那次海上异象。虽说在波美的山区生活，小夜子却始终认为海怪会来抓走弟弟。说实话，正一并不认为游泳好玩，不过潜水倒是很有趣。比起在水面上划水前进，他更喜欢待在水下。姐姐笑他古怪，可这是实话，又有什么办法呢？

没想到今天在这种地方派上了用处……

试水的一瞬间，他浑身激灵打个冷战。终究是有些犹豫。水好冷。虽说是夏天，但因为在洞窟里，水温谈不上舒适。

即便如此，正一也只胆怯了几秒钟。充分濡湿全身后，慢慢地下水。接着他狠吸一口气，随即纵身钻了下去。

啊……

不等举起手电照射水中，前方闪烁的亮光便映入了他的眼。仿佛就在五六米远的水面上。

也许能从那里出水……

水道貌似很短，太好了呢。正高兴着呢，转眼亮光突然不见了。犹如被人掩去了重要道标一般，希望之火陡然熄灭了。

正一立刻陷入了强烈的不安。但那也只是短短一刻，他很快就往闪过亮光的方向游去。听说水下洞窟都不会太长，凭借这唯一的依据向前游去。一边释放竹筒上的风筝线，一边潜向水的深处。

然而，无论潜了多长距离，头上始终都是石壁。洞穴本身较大，大人也能轻松自在地游走。这一点倒是非常幸运，只是头上的粘滑岩壁连绵不绝。中间也没有能换气的地方。满满的全是水，直抵洞顶。

正一渐渐开始焦急，要往回走只能趁现在。倘若再游下去，归途中就会续不上气。他心里明白却没有回头。寄托于最初见到的光，果断地向洞穴的深处前进。

没多久，鼻子刺痛起来。这是行将气绝的前兆。不一会儿，头也开始嗡嗡轻响。危险信号已然亮起。拼命摸索洞顶，触手仍是岩石的感觉。只要有一块方寸之地，就能在那里换气。然而，洞顶没有穷尽，到处都充斥着水。

完了……要淹死了……

从心底涌起深深的战栗，满脑子都是追悔莫及的念头，正一感到了恐惧，简直无法用言语形容。

他在这个洞穴里的事，自是无人知晓。即使就这么溺水而死，也没人会发现遗体。他的尸体将永远漂流在黑暗冰冷的水下洞窟。

小夜子会担心吧……

脑海中鲜明地浮现出姐姐拼命搜寻自己的情景。鹤子的精神状态也一定会比现在更糟。

对不起……

气息已尽。哪怕吐出一口气，接下来就会下意识地吸气。大量的水就会涌入口腔，一眨眼的工夫就会淹死吧。

母亲……

他闭上眼睛的瞬间，眼睑内映出了母亲的脸庞。母亲在微笑，不知为何微微地摇着头，正低语着什么。凑上前去想听个明白，就在这时正一的脸一下子窜出了水面。

嗬嗬、嗬嗬、嗬嗬、嗬嗬……

一时之间，急剧的喘息声在漆黑的洞穴中回响。似乎是在千钧一发之际逃出生天。光是调整气息就已经竭尽全力，怎么也缓不过来。随着呼吸慢慢平复，安心感才一点一点地渗入胸中荡漾开去。

他举着手电照着周围，终于有精力观察自己所在的地方了。

正一冒头之处是水下洞窟的洞顶上开启的一个小孔。眼前平坦的岩石地面如梯田一般自左向右层层递进。共有五层，而顶层最为宽阔，像是浑然天成的。照向左斜后方，那里有个貌似人能通过的洞。从刚才所在的空间钻那个洞，多半就能到这里来。与这洞大致相对的另一侧，即左斜前方又有别的洞门户大开。看来洞窟还将一环连着一环。

正一姑且从水里出来，打算在岩架上小憩片刻。考虑是否要再往前走。这么盘算的时候，就听前方有声音传来。像在通往更深处的洞穴附近有一点动静。当即用手电一照——

鬼女……

她从黑暗中欻地探出脸，凝视着这边。

正一慌忙潜回水里，但身子一旋，突然就搞不清方向了。即便如此他仍想划水逃跑，不料洞窟竟渐渐地变窄。身子再也过不去了，正一才明白自己正在往深处走。

风筝线!

为了以防万一，正一是牵着风筝线潜进来的。只要扯着线走，就能安心地回到出发地。不过，屏气无法坚持那么久。需要再浮上来一次，吸入足够的空气。

借由手电的光找到洞顶的穴，正一从那里伸出头。然而没等吸气，他就停止了吐气。

鬼女就在头顶上打量自己……

眼睛对上了眼睛……的感觉。对方一动不动地俯视着他，尽管双眸黑洞洞的，看得并不真切。

吐出憋在胸中的气，正一几乎陷入半狂乱状态。口中溢出了不知是哀号还是惊叫的声音。眼看鬼女就会嗤笑起来，想到这里就有一种湿发根根倒立的恐怖感。他一个劲地喊叫，只为不听到那嗤笑声。

这时鬼女动了动，脸凑得更近，从左右方向伸出手，想要抓他。正一猛然醒过神来。他深吸一口气潜入水中，扯着风筝线迅速潜入水下洞窟。与来时不同，回去倒是挺快。距离也相当的短。为了慎重起见事先点上的烛火，很快就出现在了眼前。

刚从水里出来，他就当场瘫倒在地。闭住的气还有剩余，但心跳得很快。精神冲击实在太大。在山里碰到鬼女已经够可怕了，更别说是在那样的洞窟，又是在那样的状况下遇袭，稍不留神都能吓出心脏病来。不过她没有下水跟过来，真是太好了……

要是鬼女入水来追，恐怕小命不保。想必现在已经被拽下水下洞窟，活活淹死在那里，要么就是被拖回对面的空间饱受折磨吧。

当真是危险之至。

正一切身体会到了绝处逢生的滋味，就在这时他感觉听到了什么。侧耳细听，果然有声音从深处传来。竖起耳朵静听，发现那声音正渐渐向这边靠拢。

鬼女追过来啦！

正一迅速地把衣服套上湿漉漉的身体，抓起手电就往外逃。只需顺着原路跑回即可，所以不必担心迷路。他留意着脚下别绊蒜，从来时的洞穴疾步往回走。这样就不用担心被追上了。如此这般，就在他刚安下心的时候——

正一、一、一、一……

从黑暗的洞穴深处响起了阴森无比的呼唤声。正一的背心瞬时一凉，当场停下了脚步。

她知、知道我是谁……

既然鬼女是山神的化身，知道这么点事也许是理所应当。只是正一受到的冲击无可估量，险些破罐子破摔，觉得自己的一切都被洞悉，怎么也不可能逃脱了。就在思前想后的时候，那“东西”的气息已从背后的洞穴深处悄然靠近。那东西向久久伫立的他追过来了。

好笑的是，反而让正一恢复了理智。因为逼迫而来的恐惧感可比胡思乱想更加可怕。他再度动身，快步前进直到出了洞穴。然后，刚出洞外就狂奔起来。从白山竹的斜坡跑向兽道，一口气溜了下去。总之就是想尽快离开鬼女的领地——后山。

从山脚下的灌木丛出来时，正一放慢了速度。他一边走一边回头。山在看他，后山正俯视着他。也许由于自己没在山中狩猎，所以才能逃出性命，鬼女才没有嗤笑。正一如是想。

正一塌着肩膀，脚底打晃地回到水使家，一副狼狈不堪的样子。他提防着不让小夜子和留子发现，进了浴室，脱下贴在皮肤上的衣服，刚擦着身子的时候，偏偏就被鹤子发现了。

“啊……这个嘛……”

怎么也想不出来托词，正一脑中一片空白。

“咦，正一是热了要冲凉吗？”

长姐自己随意做了解释。外衣和内衣都湿了，按理会觉得奇怪。现在倒好，还给自己拿来了替换的衣服。对于长姐来说，似乎照料弟弟是再开心不过的事。事实上，鹤子的举止让他想起了患上精神疾病之前的长姐。

他暂时没向小夜子提起洞中的冒险。因为怕她会怒斥自己不许做危险的事！不找姐姐商量就是因为想让她认可自己是大人，但如今这个想法已然烟消云散。总之，现在正一只怕被骂。但也不能一直隐瞒下去。大约一周之后，他终于下定决心说了出来。

“我就觉得当时你的样子很奇怪……”

小夜子在生气之前像是早已知晓一切。只是，她很快就换上了一副严厉的面孔。

“不过正一啊，不管是仓还是后山，都不要再去的好。”

“为什么？”

“因为你可能会被抓走啊。”

“……”

“你还看到过别的怪东西吧！”

在小夜子的注视下，正一讲述了从青田村水分神社回来时，在忌田和“上桥”遭遇泥女和膨物的经历。

“果然啊。我说过鹤姐和正一继承了母亲的力量。而正一呢，能看到那一类的怪东西。”

“哦……”

“只是看到还不打紧。不过呢，要是跟那种东西扯上关系，我担心你会受波及，没多久就会被对方召唤。”

“要是跟着走的话？”

“恐怕你就再也回不来了。就算回来，也不再是以前的正一……大概吧。”

她的想法似乎承继母亲。又加入了重藏说的各种怪谈，被进一步补充完善。

正一保证不会靠近一只眼仓和后山。不说洞穴，正一觉得鹤子和仓绝对有关，但目前还是打算避而远之。其实，暂时不想踏入水使家第一幢别栋以南的区域，才是他的真心话。

正一瞒着小夜子，告诉了水庭神社的游魔。自从知道一只眼仓的事，正一就常来找他，两人自然而然地熟稔起来。说是父亲稍嫌年轻，说是兄长岁数又相差太大，两人倒是格外合得来。可谓天造地设的一对怪友。

“后山水下洞窟什么的，好厉害！不过，也亏你能在那种地方潜水。”

能让游魔佩服，正一很是得意。此时的心情就像在向同龄孩子炫耀一样。

“那个地下水，是从二重山的沈深湖流过来的吗？”

“不会错的。因为龙玺特地把那水引到一只眼仓来了。”

“果然是我家外祖父……”

“不是他还有谁？唔，龙一可能知道。现在的龙三也是。”

“可是，出于什么目的呢？”

“我想是为了悄悄祭祀水魑大人。除了本殿另有祭祀。所以水使神社才会比其他三家神社力量更强吧，我是这么怀疑的。”

“难不成龙吉朗宫司也知道？”

“那个老爷子啊，看得可就更深远了。”

“所以知道一只眼仓是怎么回事？”

提及这个问题，游魔总是语焉不详。因为游魔有一套自己的想法，但缺少支持它的证据。他打算万事俱备以后，再来声讨水使龙玺。事实上，告诉正一仓的事，也是因为觉得如果顺利，或许就能从中获取一些线索。

正一并未因此生气，反倒有心助他一臂之力。起初当然是被利用了，但现在他们已是真正的朋友。而且游魔好像喜欢姐姐，尽管本人总装作开玩笑的样子。最初只是鹤子，如今对小夜子也动了心。正一估摸着自己的推测不会有错。

“鹤子今年十九啦。”

“小夜子也十六了嘛。就差三岁，娶谁当新娘都不奇怪啦。”

“笨、笨蛋！我说的又不是这个！”

平时板着面孔的游魔，说到姐姐们的事，表情就会丰富起来。不过，这次似乎是有要紧事。

“小夜子和你住在水使家的期间，一直在担心鹤子的人身安全，不过今后两年你们要特别注意。”

“有什么不同的？”

“担任刈女的巫女，只能是二十岁以下的黄花闺女。我也说不清这个思路有没有错，总之鹤子身上要发生点什么事，恐怕就是在二十一岁之前。”

“意思是外祖父他……”

“恐怕是的。”

游魔这个类似预言的忠告，在翌年六月得到了验证。只是其内容相当意外，简直出乎所有人的意料。当然，连游魔本人也大为惊骇。

游魔发表预言的十个月后，某日在晚餐席上龙玺突然公布了此事。

“鹤子的夫家定了。是一个和我们有来往的神社，离此很远。因为家规森严，嫁过去就不能再回水使家。算是真的永别了。”

“唔……”

小夜子和正一全都张口结舌。长姐也没提过半句。不，她自己也才是第一次听说吧。

“请等一下！”小夜子提出抗议，“我们都是第一次听说，而且关键的是鹤姐本人——”

“鹤子已经应允了一切。”露出满意笑容的龙玺，说出了令人难以置信的话。

“怎么会……”

小夜子和正一不由自主地打量鹤子，只见她温柔地微笑道：“不好意思啊，瞒着你们两个。不过这门亲事，其实七年前就定了。母亲虽然反对，但我觉得不错。”

两人当晚就对鹤子进行了百般审问。然而，问她“嫁的是哪里的哪家神社，那男人什么样？”，长姐也答不周全。质问她后，她惨笑道“是以前就定好的”。弟弟妹妹却并不认可，说了一句“龙玺强拧的婚事不作数”。鹤子就回应说“我也是知情的呀”。即使再讥讽她说“你什么都不知道可就怪了”，她就会岔开话题。

“以前不都这样吗。全凭父母做主，新娘自己在结婚典礼的那一天才能见到新郎的面——”

“这种没有道理的事，我们绝对不认可！”小夜子终于怒了，“鹤姐，如果你打算为了我们牺牲自己的话——”

“不是的。”鹤子缓缓摇头，“小夜儿、阿正，你们都不用担心。嗯，可能会有点辛苦，不过我会幸福的。”

“哎……”

说实话，两人都吃了一惊。她绝不像说谎，也不像是随口安慰。说起来长姐本来就不会这一套。

“鹤子姐姐是要做神的新娘吗？”正一忍不住说出了直指核心的疑问。

“会吧……不过，还是不太一样吧。”

“什么意思？”

“这种艰深的事，我是不懂的……”

“知道一只眼仓吗？”

“名字听起来很吓人，不过我不知道。”

“嫁到很远的神社都是骗人的，其实是被关到仓里去，对不对？”

“唔，阿正是担心这个啊。不过你怎么会想到什么仓的……就跟惩罚不听话的小孩一样嘛。”

完全是驴唇不对马嘴，但也不觉得鹤子在装傻。她是真的不知道啊。换言之，正一的质询完全没问到点子上。龙吉朗、游魔和正一各有各的忧虑，结果只是妄想吗。

鹤子完全不谈具体细节，始终没有进展。小夜子似乎也不能理解长姐的诡异态度。只是她不知道再逼问下去合不合适。当夜色更深之时，两人无奈地离开了长姐的房间。

也许是成功避免了最糟事态的发生，但也不能就这样一声不吭地听之任之。这就是小夜子和正一的结论。听说婚事放在三天后。似乎没做任何准备，要让鹤子只身一人出嫁。果然还是太奇怪。两人决心无论如何也要保护姐姐。

这天晚上，正一被梦魇惊醒。好像是梦到了满洲，但完全不记得内容。总之，非常可怕。所以才会醒来吧。

为了再度入眠，他刚打算合眼，注意力就被引向了顶棚。他觉得哪里有古怪。黑暗中有什么东西在动。感觉像是大个的蜘蛛，但似乎不是。并非是某物在顶棚蠢动，而是顶棚自身正在变幻？醒悟的一瞬间，眼前就是突然开裂的洞孔。有一块板错开了，现出了正方形的孔。

一个人头赫然从洞里伸出。女人的头颅俯瞰着正一。突然，那人头落了下来。不，准确地说是拖拉下来的。扑簌簌簌……从顶棚的洞孔一下伸到正一的面前。

人头贴近的过程中，四目始终相对。所以从中途开始，有那么一刻正一在想：这不是人的瞳孔，而是爬虫的眼睛吧。然而，在证实之前他就失去了知觉。不过，在意识朦胧淡去之际，他勉强听懂了降至眼前的女人头颅所发出的低语。

姐姐，死……

第九章 水使龙玺 怒发冲天

“啊，老师！”

惊叫声刚从水使家中传出，刀城言耶便急跑过去，祖父江偲连阻拦的时间也没有。

“恕我失礼！”

言耶大声打着招呼，刚进正房玄关就脱掉鞋，往叫声传来的方向再度飞奔起来。

途中，有个年轻女佣翻起白眼，注视着这个突然冒出来的陌生男子。

“你知道惊叫声是从哪个屋子传来的吗？”言耶镇静地向她打听过后，冲向名叫鹤子的女子所居住的房间。

言耶转过廊角很快就到了那屋门洞开的隔扇前，那里有三个人，他们当即齐刷刷地看向言耶，同时吓了一跳。然而，大惊失色的却是言耶。

屋子中央，一个十八岁左右肤白如雪，楚楚动人地装着和服的少女侧身躺倒在地上。身旁有位老者叉腿站立，揪着她散乱的长发不放。此人年纪六十五岁左右，目光凌厉，身材虽然瘦削却给人一种赘肉尽消，受过历练的感觉。看这情形，老者正扯住少女的发髻拖着她在房里打转。

屋子的右角倒着一个年轻人，他与少女一般大小吧。从眼前的情形判断，恐怕是他想上前搭救，趁着老者对少女动手之际扑了过去，却被轻易撞开，无功而返。

进而，老者身后还有一位少女，像是少女的姐妹，以及十二岁左右的少年——貌似是她们的弟弟，两人相拥着倒在地上。由于老者的阻挡，最初并未看见他们。

眼前的一幕仿佛是戏剧里的场景，男女老少五人就像各自摆好姿势登台亮相一般。

“干、干、干什么，你？”

老者仍未从惊讶中恢复过来，但还是喝问了一声。

“初次见面，我是刀城言耶。不经指引就擅自闯入，实在抱歉。请恕我失礼，您是水使神社的龙玺宫司吗？”

“啊……是啊。”

“在事关重大的水魑大人的增仪前，还能得以谒见，当真是感激不尽。刚才，在拜访府上之前，我已细致入微地观赏了波美地区美妙的田园风光——啊，这样站着说话未免失礼，请随意。”

说着言耶跨入和室屈身坐下，龙玺“唔唔”低吟数声，终于放开了少女的发髻，随后条件反射式地原地落座。倒在地上的年轻人也慌忙起身，端坐于旁。那少女看在眼里，也不紧不慢地打理好凌乱的和服，重新坐正。另一名少女和少年也是如此。

“唔……对了——”

接下来该如何应付这一棘手事态呢？言耶的脑筋连轴转地活动起来。然而还没等他说出下一句话——

“喂！你们在看什么呢！”

龙玺冷不防怒喝了一声。言耶回头一看，廊下站着祖父江偲，世路和辰卅。他们身后跟着其他神社的宫司和相关人员，每个人都饶有兴味地窥视着屋内。

“你小子！喂，你小子！”

言耶回过头，才发现龙玺满脸怒容地瞪着自己。

“啊？是说我……我吗？”

“不是你是谁！冷不防地差点被你混过去。我说，你小子是谁啊？”

言耶发动奇袭之际，听见惊叫声的这群人也趁机挤进走廊来了。龙玺见到之后瞬间恢复了常态。

“那个……唔——……我嘛……”言耶瞬间没词了。

“宫、宫司，这位是——”站在廊下的世路提心吊胆地介绍了刀城言耶和祖父江偲，还将两人到来的前因后果也做了说明。

“啊，是那个呀。”龙玺似乎终于明白了，但对言耶的态度丝毫没变。可见原本就没怎么把阿武隈川的申请当回事。看来阿武隈川老家神社的威势都对龙玺不起作用。

不过，龙玺倒是对祖父江偲很感兴趣。色眯眯的眼神飘忽不定，以至于祖父江偲顿时觉得颈后一冷。不过，那也只是一瞬间。

“我现在正忙着呢。”

“但是宫司……两位是从东京——”

“喂，世路，现在是你说这些事的时候吗。”

“哎？”

“你家小子闯的祸，打算怎么收拾？”

和室里的青年似乎是世路的儿子。只是有隔扇挡着，世路人在走廊，正巧看不见他吧。

“啊，这不是芥路吗。你在这里干什么……”靠近隔扇前的世路瞧了一眼屋内，发出了惊诧的声音。

“芥路也在啊。”

这时，一位老者也走上前来，走廊的人群里属他岁数最大。于是，言耶借着给二人让位的机会，退回走廊。老者大概是世路的父亲，水内神社的宫司龙吉朗。

龙吉朗郑重地向言耶垂首致意后，正对龙玺端坐下来。只是他的脸却朝着坐在右手边的芥路。

“你为什么会在这里？”

“龙吉朗先生，你家孙子啊，做事还真了得——”

“不好意思，我是在问孩子。”措辞平和，但其中却有能令龙玺闭嘴的气势。

“好了，让我听听你的说辞吧。”

芥路望着外祖父的脸，时而又胆怯地看看龙玺，还向父亲投去求助的眼神。

“鹤、鹤子小姐……”

鹤子是那个被龙玺揪住头发的少女，这里是她的房间不会有错了。

“喔，鹤子小姐怎么了？”

“我是来救、救、救她的……”

“唔……”

龙吉朗一声沉吟，抬头看着屋顶。他一直保持着这样的姿态，龙玺好像不耐烦了。

“你孙子抢我家鹤子来了。还故意赶在出嫁的前一天呢。”

“真的吗，芥路？”

龙吉朗询问之下，年轻人摇头道：“不是的……我们要私奔。”

“什么狗屁私奔！小毛孩子说得好听！你小子就是想把鹤子拐走！”

“鹤子小姐，你怎么说？”不同于暴躁的龙玺，始终心平气和的龙吉朗打算听一听另一位当事人的话。然而，鹤子的模样就像丢了魂似的，她神情寡淡地坐在那里，根本没有答话的意思。

言耶观察了片刻，与其说是因为刚才的风波所带来的冲击，还不如说可能原本精神方面就有些许不成熟之处。

龙吉朗反复询问，比对待孙子的时候更有耐心。

“我想跟芥路一起……”鹤子这才终于低语了一句，接着满脸羞红，以双袖掩面。

“也就是说，他们两个约好了要私奔嘛。”

龙吉朗此言一出，龙玺当即反击道：“这种话，你觉得我会信吗？”

“就是所谓的自由恋爱吧？”被龙吉朗冷不防地甩过来一句，言耶吃了一惊。从年过八旬的老人嘴中听到“自由恋爱”这种词也是他惊讶的原因之一。

“是……是呢……如果两方互相有意，就属于相亲相爱，所以……”

“嗯嗯，原来如此。”

“什么自由恋爱！明明是你家孙子想瞒过我把鹤子带走。”

“好啦好啦，”龙吉朗劝解还在紧咬不放的龙玺，“私奔这种手段也许不值得赞赏。不过，鹤子是养在深闺里的千金小姐，其他的法子也行不通，不是吗。”

言耶心里“咦”了一声。因为他感觉龙吉朗说“养在深闺里的千金小姐”时的口吻中，含有某种耐人寻味的东西。而屋子里的少女和少年明确地表示肯定，也令言耶介怀。似乎别有隐情啊。

“龙玺先生，你生气是当然的。不过，年轻人血气方刚犯下的错误，这里就——”

“那个臭小子都把鹤子给玷污了！”

“又说得那么夸张……”

“哪里夸张啦！鹤子都嫁不出去了！”

龙吉朗和世路似乎都倒抽了一口冷气。和室与廊下顿时鸦雀无声，气氛尴尬之极。

看来龙玺震怒的原因多半在此。比起相亲相爱，比起企图私奔的事实，最不可原谅的就是鹤子被玷污了。诚然，倘若明天就是出嫁之日，也难怪他会这样。不过，鹤子本人是否认可这门亲事呢。不，如果认可的话，那么私奔之事也就不必谈了。对于这桩婚姻，言耶从开始就觉得很蹊跷。

而此时龙吉朗正好谈起了这件事。

“明天鹤子小姐就要出阁，我们也是昨天才知道。再怎么说也太急了吧？”

“这事早在几年前就说定了，日子是亲家根据情况选的。”

“所谓亲家，是哪里的神社，叫什么名字？”

“这个不能告诉你。那个神社情况有点特殊。”

“对我们水利合作社的人也不能说吗？”

“啊，对不住啦。”

龙玺姑且摆出道歉的架式。其实几乎等同于爱搭不理。

“但是呢，过去怎样暂且不管，如今这个年代我们必须优先尊重本人的意愿，对不对？”

“龙吉朗先生，你是想给你孙子的行为洗白吗？”

“哪里哪里，甭管孩子做了什么，鹤子小姐答应私奔才是最重要的吧？换句话说，鹤子小姐不愿意明天出嫁。”

“对我的收养之恩，你就是这么报答的！”龙玺恶狠狠地瞪了鹤子一眼。

“好啦，别说这样的话了，现在也听听他们本人的说法——”

“还不止这些。本来鹤子出嫁前，要在明天的增仪上担任刈女。但现在已经做不成啦！”

“就跟以前一样，拜托青柳家如何？”

根据阿武隈川的说明，青柳家原是五月夜村的村长，代代提供在水魑大人之仪上舞蹈的巫女。

“哼。我才不要那种冒牌巫女。”

“这话又奇怪了。”龙吉朗的口吻再度起了变化，“青柳家的姑娘历来在水魑大人的仪式上担当刈女之职，可谓出身正统。说成冒牌——”

“冒牌就是冒牌。那家的姑娘就没做过像样的巫女修行。”

“噢，你的意思是鹤子小姐修行过？”

“……”

龙玺哑口无言。看来鹤子也一样。这回，那少年和少女在摇头，像是想要作证。既然如此，鹤子为何比青柳家的姑娘更适合做巫女呢？

“龙玺先生。”伴随着意味深长的语调，龙吉朗探了探身，“首先，鹤子小姐出阁的日子偏偏选在举行水魑大人之仪的当天，就算是以婆家的安排为准，也未免令人费解。而且，在出嫁前命她担任刈女，不也很奇怪吗。你希望鹤子小姐做的，不是新娘或刈女，而是别的什么任务吧？”

啊……言耶险些叫出声来。在水魑大人之仪方面，水使神社比其他三社更具优势。龙吉朗现在要说的话，不正与这根源相关吗？

这么说是一只眼仓……

鹤子计划要在那座仓内承担某项重要任务。换言之，婚事是伪装。这项任务内容极为特殊，以至于不能托付给青柳家的姑娘。不可轻易替代，所以龙玺才勃然大怒。不过，也许是因为不能说出真正的理由，所以焦躁之气更盛，怎么也压不住火。

一只眼仓为何而存在，连水利合作社也不知其中的秘密。虽然隐约有所察觉，但对方可是水使神社的龙玺，难以追根问底吧。

然而，竟然让自己的女儿来……

担负这项任务……想到这里，言耶推测龙玺和鹤子莫非不是亲生父女，而是更远一层的其他关系？

“总之，这事没你们说话的份。”龙玺迅速恢复了气势，“由哪个神社承办仪式，决定权在水利合作社，后面的就是那家神社自己的事了。如何取悦水魑大人，想方设法搞出点创意来，难道不是波美地方神社的职责吗？”

“话是这么说——”

“别说努力创新了，最重要的宫司本人都不成器，还把重要的仪式搞砸了。这么想想，不断试验反复摸索倒是应该受到赞扬吧。”

“我说龙玺先生——”

龙吉朗想说些什么，就听背后有人把牙咬得咯咯直响。回头一看，原来是水分辰卅正紧闭双唇，横眉竖眼地怒视着龙玺。

然而，龙玺本人却佯装不知。岂止如此，他还进一步出语伤人。

“仪式倒是顺利了，可又嚷嚷着说什么水魑大人的嘴里伸出只白手啦，湖里有膨物啦。像这样的，被人说是生手也是没办法的事啊。”

廊下另有一位老者，年纪七十五左右，像是游魔的父亲水庭流虎。本以为他一定会生气，哪知反而羞愧似的低下了头。他与水分辰卅形成了鲜明的对照。

背对这边的龙吉朗看不到两人的反应。此刻他不改悠然之色：“怎么说呢，不管到多大年纪，我们也是要继续修行下去的。从这个意义上来说，我们一辈子都是生手。”

龙吉朗正面回击龙玺的责难。他的语气忽然严肃起来：“不过呢，但也不是说为了让仪式成功就可以不择手段。”

“各家神社自行判断就是了。”

“不，某些情况下必须交由水利合作社磋商。”

“觉得有必要大家商量，神社自会提交议题。”

“做不到这一点，只顾自己任意妄为的话，合作社也不能坐视不理吧。”

“这是干涉内政！”

两人你一言我一语之际，就听辰卅一声轻咳。

“死在仪式上的神男，并非只有我家的……”

龙吉朗与龙玺的对话中断了，众人一齐看向辰卅。

“据文献记载，过去的仪式里也有过在沈深湖失踪，或是仪式结束神男死亡的例子。”话至此处，辰卅再次瞪视龙玺，“最近的不就是您家龙一吗。”

“少啰唆！那一次好端端地降下了雨。仪式是成功的！而你父亲却销声匿迹，仪式也失败了。哪是什么仪式中的一次事故，被吸进了水魑大人的嘴，其实只是害怕得逃跑了吧！”

“你说什、什、什么……”

也许是怒火中烧，辰卅的身子开始簌簌发颤。而此时，龙玺则愈加发狠地说道：“拜你家所赐，害得咱村里人大热天的，整整一个星期都得戴着斗笠和面巾，还要穿上灯心草的蓑衣一起求雨。也不知道我们为啥要祭祀水魑大人呢。”

“就因为失败了这么一，一次……”

“行啦，作为波美地区的神社，你们那边本来就——”

“你们两个还不给我打住——”

龙吉朗刚一介入，龙玺的矛头就瞬时指向了老人。

“开头可是在说芥路。看起来是小毛孩，干的勾当倒跟大人似的。对了，龙吉朗先生，府上是不是有一条对咱家闺女下手的祖传家训啊？”

“说、说什么蠢话呢……”

出言否认的龙吉朗脸上也挂不住了。身旁的世路则是面色一变。这么说来，芥路的父亲世路年轻时也曾跟水使家的姑娘坠入爱河，考虑过私奔？鹤子竟是龙玺步入晚年后生下的女儿？

言耶预感自己会愈来愈深陷于眼前的风波，不知如何是好。似乎增仪不成功的话，村民们就要穿戴斗笠、面巾和草蓑祈雨。言耶知道后颇感兴趣，只是这气氛叫人怎么也没法讨问详情。必须想方设法制止争吵的局面。

抓到一根稻草也是好的，言耶抱着这样的念头向四周环视了一圈，眼睛停在了一个四十出头的男子身上。游魔正以讥讽的目光注视和室里的众人，而那男子就在游魔身边。

这是龙三先生吧……

相关人员中还没见过面的只有他了。仅从年纪来看，此人是水使龙三的可能性很大。

可是，为什么呢？

言耶感觉他的表情相当古怪。脸上隐隐含笑。虽然不知他如何看待这场骚动，但是应该没有什么引人发笑的场面。然而，不知为何他却开心似的微笑着。

这时，那位可能是龙三的男子背后，闪出一个老妇的身影。说是水使家的族人吧，倒更像是佣人。恐怕是找人有事，比如龙玺。

尽管那难解其意的笑容令人介怀，但言耶思忖如今当以收拾局面为先，于是故作大声向那妇人招呼道：“怎么了？找哪位有事吗？”

众人一齐转目向走廊后方看去，顿时惊得那妇人哆嗦一下，不过她很快就像什么事也没发生过似的，用没有起伏的语调道：“老爷，晚饭已经准备好了。”

这一句话使得围绕着鹤子发生的风波暂时落下了帷幕。后来才知道那妇人是女佣领班留子。

在言耶看来，龙玺的怒火并未完全平息，但他也不想让人探究“一只眼仓”，所以才顺着留子的话，姑且让事情告一段落。

“嗯，好吧，吃饭去了。”

尽管龙玺简慢无礼，但在他的催促下众人还是移步去了大厅。途中，龙玺在走廊里和那个先前一直在笑的男子说了什么。根据两人的神态，言耶再次确信男子就是龙玺的次子龙三。

由世路指引，言耶和祖父江偲在大厅的中段落座。很快手捧豪华套餐的妇人们便一个接一个地出现了。她们熟练地在众人面前摆上饭菜，转眼就备好了宴席，不过居于上座的龙玺身边却是空的。正想着那是不是夫人坐的，就听下座传来嘈杂之声。

当时，大厅的上座坐着各神社的宫司水使龙玺、水内龙吉朗、水庭流虎、水分辰卅四人，接着是刀城言耶和祖父江偲二人，随后是世路当场引见的水使龙三——那个在走廊里笑个不停的男子、水内世路、水庭游魔三个晚辈，而和室里的那对少男少女，以及鹤子与芥路的身影则出现在最后面。人声嘈杂的原因是正要给鹤子和芥路安排座位。

见此情景言耶顿时恍然大悟。龙玺身侧原本是鹤子的座位。换言之，他对这位鹤子姑娘曾经是如此看重。

转而看向龙玺，只见他一动不动地观望着下座的情况。眼神锐利，直让人提心吊胆他是否就要发怒。然而不可思议的是，龙玺只是在静观。不，并非默默注视，投向鹤子等人的目光中似乎藏有什么企图。

言耶不露声色地观察着，坐在旁边的祖父江偲轻声道：“那个叫龙玺的人，盯得人家直打寒战。”

“刚才的风波不会就这么完了。”

“还会再起冲突吗？”

“不，看来不会……”

否则龙玺早该乱骂一通了。

下座终于设好了两个新座位，由世路带头举杯，言耶与祖父江偲的欢迎会开场了。只是，完全没有气氛的宴会还真是少见。只有世路和言耶会扯点话题聊聊，余下能说几句的也就是龙吉朗和祖父江偲。换言之，差不多所有的交谈都是在水内神社的父子与言耶和祖父江偲之间展开的。

不过，众人的模样各不相同。水使龙玺绷着脸，但又时不时地瞥上几眼鹤子等人的方位。这举动让言耶感到了极大的不安。不瞧下座的时候，他常常目不转睛地盯着祖父江偲。也许是因为明天就是仪式，龙玺没有喝自己酷爱的酒，但他那投向祖父江偲的恍惚眼神，却始终是好色猥琐的感觉。以至于祖父江偲也明显流露了嫌恶之色。

水庭流虎和水分辰卅几乎不开口，但流虎还会注意倾听言耶等人说话，要紧的地方附和几声，相比之下辰卅的态度就是漠不关心。同样的寡言少语，却也是相映成趣。

要说对照鲜明，龙三与游魔也是如此。两人都不作声，但龙三是耷拉着脑袋陷入了自我世界，而游魔则是跟父亲一起听别人说话，不同的是他只是冷眼旁观，完全不会参与交谈。

龙三先生到底怎么了？

直到刚才为止，他脸上还挂着笑容。现在却像血气衰败一般脸色发青，全然感觉不到生机。也不怎么动筷子，耷拉着头。这急剧的变化到底是出于什么理由？他的样子为什么会突然大变呢？

此时，言耶忽然忆起阿武隈川曾提过龙一在仪式前的状态，于是想到了一种可能。

明天主持增仪的不是龙玺，而是其子龙三吧。

话说刚才离开鹤子的房间，前往大厅的途中，龙玺还对龙三讲了什么。如果他是在交付执行仪式的重任……

所以龙三也像龙一似的，在害怕着什么……

前后对上了。这关键的“什么”是不是水魑大人尚不清楚，但可以解释龙三的突变。只是，他在走廊里露出的笑容有何深意，仍是未解之谜。

下座那边，芥路不停地找鹤子攀谈。就像在唱独角戏。不过，鹤子的妹妹——少女小夜子正替姐姐代为应答。那名少年叫正一，是三人中的弟弟。鹤子二十岁，小夜子十七岁，正一十三岁。鹤子显得比实际年纪幼小，毕竟她有那么一点异于常人之处吧。也许是强迫自己坚强起来，才能弥补长姐的缺失，小夜子倒是一副大人的模样。

姐弟三人的母亲叫左雾，似已故去。她算是龙一和龙三的姐姐，不过据说是养女，所以没有血缘关系。只有在谈到她的时候，世路会略显痛苦之色。听说战前左雾和京都的男子宫木结婚去了满洲，莫非她与世路有过恋爱关系？从龙玺的话和世路的态度，能够做出以上想象。换言之，对龙玺来说鹤子等人虽然不是血亲，但也算是他的外孙和外孙女。

如此还要让鹤子进一只眼仓吗……

母亲左雾的情况令言耶挂心。为了继承神社，收男孩为养子还好理解。可龙玺却招来了一个女孩。这究竟是为什么？总觉得这个秘密一旦揭晓，鹤子和一只眼仓的问题也就迎刃而解了。

宴会期间，言耶不露声色地观察了所有的人，其间与正一对视过好几次。言耶起初是想也许是乡下很少能看到外地人，而且作家这类人又不常见，而且还穿着牛仔裤，所以对方才会注视自己。然而，没多久他就注意到少年的目光里蕴含着一种奇妙的期待。怎么看都像是有事相求的样子。

什么事呢？为什么要向素不相识的人求助？

言耶踏入波美之地不过数小时，各种疑问、疑惑、疑惧却早已在脑中团团打转。

这一晚，水使家给言耶和祖父江偲在别栋各安排了一个房间，乃是建于正房南侧的那三幢别栋的中间那一幢。龙玺显然不欢迎他们，但也不愿把东京来的稀客让给其他神社。这点小肚鸡肠一眼就能看透。

名不副实的欢迎晚宴结束，等到龙吉朗一行人告退，龙玺和龙三就没了踪影。鶴子等人也走了，这让打算找正一寻求对话机会的言耶略有失望。如果少年有什么为难之事，自己是很想帮他的。

洗过澡，言耶出门纳凉，顺便进了庭院。入浴对于恢复长途跋涉后的疲惫身躯效果最好，只是刚从浴盆出来，汗就止不住地往外冒。据说在干旱的梅雨时节，此地会接连出现高温闷热的天气。眼下夜夜难眠的情况将持续一段时间。

“啊，有夜风。呼……泡完澡出来散个步真是舒服啊。”

蹬上女佣领班留子拿来的草屐，言耶一边喃喃自语，一边悠闲地在别栋和正房之间溜达。嘴上说的倒不是假话，听起来有那么一点辩解的味道，实则是为了借此化解被人发现时的尴尬，装腔作势罢了。因为他别有目的。

一只眼仓……

只是不太清楚在哪里。抵达水使家时言耶就已看出，正房背后即西面有成群的仓。不过，一只眼仓名为仓，却不是普通的储物仓，而是极为特殊的建筑。不可能跟其他仓挤在一起。既然能像神社一样从深通川引水，那么建在神社与正房之间的可能性就很大了。

但是，这么一来会很显眼吧。

去神社也好，到正房办事也好，中间有那么一座仓，来访者即使不想看也会看到吧。选址再怎么深僻也无区别。

这么说是在反方向？

言耶掉头，踏步向别栋后方，南面的山疾行。如此一来，他想趁正房里的人看到自己之前，快点躲入别栋的阴影。

路过自己的房间，顿时就没了灯光。要说幸运，那就是今晚月明当空，所以不用畏惧黑暗。不过原本就有阴天的话，也用不着举行水魑大人之仪。得蒙月光惠顾，可谓顺理成章。

言耶转至第三幢别栋的背后，苍翠的茂密竹林便出现了。刹那间他的心里有一种被拒之门外的感觉。事实上，此处也散发出“前方禁止入内”的气息。即便是喜好怪异的言耶，若只是散步的话也许已经打道回府了。然而，不管怎么说，眼前的景象都透着诡异。他强烈地想去里头调查一番。

他注意着脚下步入竹林。视野顿时阴暗下来。他伫足片刻等着眼睛适应环境，随后向深处行进。然而，无论过了多久也没能从另一侧穿出。以为终于出来了，却是原先的第三幢别栋的背后。不知为何回到了出发地。

奇怪……有什么机关的吧。

此地恐怕设下了结界一样的东西。虽然这么判断，但言耶没有驱除它的能力。如果知道结界的种类或手法，还能想想对策，但这不是能轻易辨别出来的。

“这可如何是好……”

好不容易找到了可疑的地方……第三次回到别栋背后的时候，言耶深感遗憾。虽然要耗些时间，但也只好改日找到设置的机关奥秘，找出破解之法了。

他心下沮丧，没精打采地返回别栋，途中好几次回头看那竹林。如此三步一回头的期间，言耶想起了一件东西。他不禁“啊”了一声。急忙回房打开包，取出阿武隈川在京都站交给自己的竹筒。

竹筒一侧的断面上有孔，塞着木片栓。里面有液体，看起来就像陈年的水壶。他预感到这东西能派上用场。

言耶端着竹筒再次赶赴竹林，第四次发起了挑战。结果，竟然顺利地来到了对面。

筒里果然——

是沈深湖的水。毫无疑问，要么就是封装着流升之瀑或更上游的源流之水吧。

言耶想得出神，但也只在片刻之间。他刚穿过竹林，一座老旧的仓便出现在眼前。

这就是一只眼仓……

或许是心里在这么想，他慢慢地觉得被关上的二楼窗户的对开门恍若一只眼睛，正死死地盯着自己。建在距离神社、正房都如此之远的地方，是因为筑造伊始就有什么可怕的目的吗？或是将原先另有用途的仓改造成了这样的咒术装置？

水从何而来?

如果阿武隈川的话没错，那么水是从深通川引至一只眼仓的。仓差不多位于南面的山侧，离河相当得远。环顾地面，目之所及没有发现像是管道一样的东西。

可能是埋在地下了。

艰难的工程，不过考虑到仓的秘密，可以说也是理所当然。况且神社与村子隔着一条河，所以这么一点小动作肯定能做到隐密行事。

慢慢靠近一只眼仓的言耶忽然有个想法，里面没有人吧……他怀疑龙玺曾经打算把鹤子关进去配合明天的增仪，那么现在仓里想必无人。然而，“求求你放我出来……”的吼声，“咚咚咚”敲打土门的闷响，“咯吱咯吱”抓挠墙壁的杂音，似乎就要从仓里传出来了。

在月光的照射下，妖异无比，浮掠出微污白壁的仓被难以言喻的惊悚气息缠绕。乌黑沉郁的某物在仓内日积月累，一点一点地侵入墙中向外渗漏，不知不觉中已绽满整个外壁——给人这样一种不祥之感。

他走到土门前，就见那里插着硕大的铁闩，铁环上悬着坚固的挂锁。他耳朵贴住门扉凝神静听，身子一动也不动，片刻后隐隐地能听到“哗啦哗啦”的流水声了。

不，不是……

水声太过微弱，以至于言耶难以做出判断。只是觉得有水声。可能是幻听吧。他知道从深通川引水一事，也许是先入为主的观念所致，才让脑中擅自回响起了水流的声音吧。

他继续竖起耳朵极力倾听，有别的声音传来。喀沙……喳喳……感觉有什么东西在动。

仓里有人！

他的上臂激起一阵鸡皮疙瘩。不是没有人吗？要说里面有什么，只可能是水魑大人啊！

哪有这么荒唐的……

明明是自己的想象，却又没法一下子相信。但身体已做出不同的反应，眼看就要转身逃跑。

耳朵不由自主地离开了土门，不过还是驻留在了当场。

好想瞧一瞧里面的情况……

他喜好怪异的癖性涌了上来。不能就这样逃走。这么想的时候，他觉察到一个奇妙的现象。仓内仍在作响，他耳朵明明没贴着门，却听得真真切切，而且还来自背后的竹林，喀沙……喳喳……声音越来越近。

咦？不是一只眼仓里的声音啊。

他的注意力似乎过分集中在仓内，引发了错觉。这么一来，从背后走来的究竟是何方神圣……

他颈后寒毛直竖。无论关在仓里的是什么都还安全。但要是从背后的竹林靠过来的，却是无处可逃啊。

他战战兢兢回头一看，那玩意儿就在竹子之间的阴影处。朦朦胧胧，白乎乎的某物突兀地伫立着，一动不动地窥视这边。最初以为是幽灵，他吓得一哆嗦。不一会儿，就见影子“嘶啦嘶啦”地从竹林现形，他不禁战栗起来，莫非是从墓地里爬出来的尸人？很快，那东西的全身沐浴在了月光底下，言耶终于认出好像是位老婆婆。话虽如此，却还是放不下心。因为她明显异于常人，头发蓬松不堪，衣衫不整杂乱无章，甚至还赤着脚，而那双目中蕴含的暗光，可以说正是证明她是疯女的最大凭据。

言耶凝视着一步步逼上前来的老婆子，心想她是不是龙玺的母亲呢。说是吧，觉得稍显年轻。也可能是妻子，但又未免上了点年纪。无论是哪种身份，此时……出现在这种地方……言耶都不想跟她打交道，而且还是两人独处。

“晚、晚上好……”

姑且问候一句。幸好，老婆子马上就停下了脚步。

“你……是什么人？”

“我、我么……”

“在山里迷路了？”老婆子认定言耶是从南面的山里出来的。大概误以为他是一个迷路至此的旅客。

现在的言耶倒也像是行路的客人。

也不知做上一番自我介绍，她到底能不能听明白。还是顺水推舟这么回应更好些呢。他正自犹豫该如何回答，老婆子“蹭”地一声突然逼近。

“逃啊！”

“啊……”

“我不会害你的。快从这里逃走。”

“为……为什么？”

事出莫名不免有些恐惧，但言耶对理由更加介意。

“因为你会被吃掉。被吃得一干二净。”

“是……是说被水魑大人吗？”

老婆子圆睁的双目顿时眯成了一条缝。

“你怎么会知道水魑大人的名字？”

眸中的暗光里，射出了一抹锐利的光芒。

“哎……”

“不是一般的外乡人啊。你……是什么人？”

他觉着对方是疯女人，完全放松了警惕，发现不妙时已经晚了。

“不，不，是这样的，水魑大人在这里可是非常有名的。”即便如此，言耶仍出语掩饰，只见老婆子满腹狐疑的眼神略有动摇。

“当真？”

“是的。我还听说由水使神社主持的水魑大人的增仪尤其灵验无比。”

“可不是吗，可不是吗！”

老婆子开怀一笑，突然当场跳起舞来。甚至还用鼻子哼曲伴奏。以郁郁葱葱的竹林为背景，在月光的掩映下翩翩起舞的疯女，这一幕着实诡异。如此阴森恐怖，足可称之为恶梦中的一幅场景。然而，目睹了眼前光景的言耶不禁陡然清醒。

这女人难道曾经以刈女的身份参加过仪式？

“对、对不起。”

言耶慌忙向舞得兴起的老婆子招呼一声。假如此人原为刈女，因这层缘份嫁入了水使家，那么她也许会知道什么，比如……瞒着其他神社的秘密。

“怎么了？”

况且，从她那惺忪双目中透出的混浊，也能明白她的状态有异。

老婆子很可能会泄漏原本绝不会说出口的秘事，虽然这么做不够光明正大。

“您说不逃离此地就会被水魑大人吃掉，是吗？”

“哦……是这样吗？”

“是的。您是这么忠告我的。”

“不对，我说的是御仓大人。”

“啊……”

所谓御仓大人，是指这个一只眼仓吗？不过，说出“一只眼仓”到底行不行呢？言耶很是困惑，担心又会打草惊蛇。对话还是稳妥地进行下去比较好。

“跟水魑大人不一样？”

“什么一样不一样的，水魑大人吃的是……一只——”

喀沙、喀沙……从竹林那边传来了新的动静。有人在林间行走，而且那声音正渐渐往这里靠近。

“嘘……”言耶急忙向老婆子做了个在唇前竖起食指的动作，示意她别出声——同时也有另一层意思，即不要说出自己的事。随后他敏捷地躲进了一只眼仓的左侧。那里照不到月光，不在竹林中来人的视线范围内。

脚步声径直到了老婆子面前。

“又溜出来了，下次我要把你关进禁闭室！”

言耶听到了龙玺那半是焦躁半是认命的声音。棘手之时，偏偏来的又是棘手之人。倘若被他发现，一定会被赶出水使家吧。

“而且我都说了不许来这里！”

“刚才……有一个行路的年轻人。”

“什么？”

老婆子干脆说出了口，言耶的愿望落空了。

“那是一个好得很的男人……”

言耶一阵心惊肉跳。要是问起具体长相，龙玺肯定会想到自己，然后搜查四周。绝对会去查看仓的侧面和背面。这么一来，就要藏不住了。只能往山里走，但身着浴衣的自己又能逃到哪去呢？最关键的是，就算策划了这样一起逃亡，只要查下别栋就全完了。

“所以呢，我就想怎么也要留住他。”

老婆子的话和实际情况相反。莫非已经忘了自己所说的话，还是因为当着龙玺的面要做一番掩饰呢？

“男人不行。这个你也……”

应该知道……龙玺说了一半就住了口。也许是认为现在的老婆子理解不了。

“好了，那男的怎么了？”

“我想留住他。请他到我们家来，等到什么时候——”

“话说那个男的是从哪里来的？”

“……从御山。”

听着两人的对话，言耶轻手轻脚往后退，他打算姑且移到一只眼仓的背后。如果龙玺搜查仓的左侧，自己就能趁机从右侧逃进竹林。不过无法预测老婆子那时的行动和反应，所以着实没有把握。但总比什么也不做要好。

“从山里？在这时候？”

“旅客嘛，在翻山的路上迷了路。”

“去哪了？”

“仓的对面。”

听见老婆子微弱的回答声时，言耶正好来到仓的拐角。只能不管不顾地绕过仓的背面，冲进竹林了。

就在躲进仓背面的同时，龙玺像是瞥了一眼左侧。

“那家伙是什么装束？”

“啊……和服。”

“和服？”

“像浴衣一样的……睡衣一样的……”

“哪个傻瓜会穿着浴衣进山！”

龙玺似乎至此才断定不过是疯女人的胡言乱语。老婆子还想说些什么，龙玺时而劝解，时而发火，好说歹说劝她回了正房。

“呼……好险！”

言耶长长地吐出一口气，从仓背后窥视了一会儿竹林。这是为了以防万一，龙玺没准会独自折返。有点警惕心还是好的。

言耶判断没有风险后，急步赶回别栋。由于距离主屋有段距离，言耶没被任何人发现回了房间。刚刚安下心来，还没等他开灯，隔壁的门就“刷”地一声被打开，一条人影冲了进来。

见鬼！被人抢先了一步！

钦佩对方技高一筹的同时，言耶拼命思索着该怎么搪塞过去。就在此时——

“搞什么嘛！你到哪里去了？”是祖父江偲的声音，“洗完澡回来，就发现屋子里空空的。”

“是祖……祖父江小姐？”

背对着灯光浮掠出的人影，的确是女子的形态。言耶慌忙打开房灯，就看到了祖父江偲担心而又恼怒的脸庞。

“不是我还有谁？还是说有人约好入夜以后就会摸进这里来啊？”

“怎、怎、怎么可能嘛！”

“哼。但是《猎奇人》里不是说你有过好多这样的事吗？”

“我说你……说那个报道不可信的人不就是你吗？”

“人家当然是相信老师的。”

“呃，这可多谢你了……不，不是这个事，其实……”

言耶讲述了夜探一只眼仓的经历，祖父江偲抱怨了一通为什么不叫上自己后，告诉他那老婆子是龙玺的妻子汩子。祖父江偲说是她在宴会后帮忙收拾的时候，从水使家的女佣和村里来打下手的媳妇们那里打探来的消息。汩子是原村长青柳家的女儿，果然做过刈女。

“传言当时龙玺说她会成为超越刈女的存在，最后把她娶进了门。”

“感觉她有点痴呆……”

“好像很久以前就开始啦。所以不是岁数的关系，而是因为在这个神社长期操劳的缘故吧。”

“多半是的。作为过去的刈女，龙玺的妻子，多半是知道了不少秘密。”

“嫁入了一个可怕的家啊。”祖父江偲打从心底这么想着，只见她继续说道，“听说最近她的痴呆情况很严重，一直被关在仓里什么的。”

说起来，龙玺好像是威胁过下次要把汩子关进禁闭室。言耶道出此事后，祖父江偲更加在意起那座仓。

“那么，难道是一只眼仓里……”

“不，我觉得里面没人。只是……从汩子夫人的言行举止推测，那仓里藏着惊人的秘密是不会错的。”

“明天的仪式……没问题吗？”

祖父江偲不是担心仪式成功与否，而是如同预感般的有另一种恐惧——也许会发生什么不祥之事的恐惧。

祖父江偲软磨硬泡，说一个人睡害怕。言耶好不容易把她打发回隔壁的屋子，立刻钻进了被窝。然而，睡意迟迟没能到来。每隔五分钟隔壁就会传出祖父江偲的声音“老师你还在吧？”，但即便没有这一因素，他也是辗转难眠。

不久，祖父江偲问话的间隔变长了，直到彻底变为“老师，稿子呢？”“老师，你好过分！”之类的梦呓，言耶仍然神智清醒。

并非因为邻屋的吵闹。而是他自己也有预感——明日水魑大人的增仪怕是不会风平浪静。

10

第十章 神男命丧水魑大人之仪

“老师！有案子啦！”

次日清晨，刀城言耶被邻屋的吼声惊醒。

“什、什么！”

言耶想也没想就一跃而起，拉开隔扇，原来是祖父江偲正在被窝里叫唤。

“服了你了……”

言耶洗漱完毕，溜达着去了神社。今晨的天空也是晴空万里征兆的模样。重藏正在境内打扫，就找他谈了几句。这才知道仪式前水利合作社的人会聚在一起吃早饭，便不由得担心别大清早就发生什么冲突。

言耶在周围随意走走就回到房间，祖父江偲仍在酣睡。见此情景，言耶悄悄坐到她的枕边，耳语一般说起了怪谈故事。

“三叉岳上，有一个关于怪物‘追踪小僧’的故事。”

没多久，祖父江偲嘴里漏出了“唔唔……”的哼哼声。发觉她有醒转的迹象，言耶就迅速回到邻屋，隔着隔扇若无其事地呼喝道：“祖父江小姐，天已经亮啦。”

“唔……哎？老师已经起来了吗？”

“早就起来了。”

“啊，那我也起来了。昨晚明明觉得会怕得睡不着，可是不知不觉地就睡过去了。老师睡得好吗？”

“唔……马马虎虎。”

“我好像睡得挺沉的。而且好像还做了挺好玩的梦……”

“还不错。”

“可是，不知道怎么搞的，今天早上……做了个很可怕的梦，不，是有人在梦里说话，好像……”

“噢，很有趣的体验嘛。”

“一点也不有趣，被小孩子似的怪物追着跑……”

言耶苦苦忍笑，打了声招呼说自己要先赴早餐的会席，就此离开了别栋。

“早上好。”

他步入昨晚的那间大客厅，只见全体人员都已经到齐。

“啊啊，早上好，睡得好吗？”

“早上好。昨天让您受了不少累。”

水内父子——龙吉朗与世路马上亲切地打声招呼。但其他人都保持着沉默。不过，流虎微微一笑还礼，游魔则面无表情地以他独特的收下巴方式回以问候，当场有半数以上的人给了回应。

会场没有见到鹤子等人。大概是与昨天的晚宴不同，今晨是水利合作社的聚会吧。话虽如此，大家却也不怎么交谈，只是默默地用着早饭。

言耶不露声色地观察龙三，他的脸色还是很差。估计没怎么睡好觉。然而，奇怪的是没有人在意他的模样。全都没放在心上。世路问过一次“你还好吗？”，但也只有很平常的对话。

增仪不是由龙三先生执行？

言耶侧头不解，莫非是自己推测错了？就在这时——

“早上好！”祖父江偲精神抖擞地进了大客厅。不过跟她打招呼的果然只有龙吉朗和世路。

众人用完早餐的时候，龙玺缓缓地开了口。祖父江偲还在吃，不过龙玺根本就没有在意她。

“这次的水魑大人增仪，将由龙三主持。”

瞬间全场哗然。言耶心道“果然如此……”，但其他人都明显流露出了震惊之色。换言之，直到前一刻为止，水利合作社都不知情。

“胡闹！”昨日发生争端时也岿然不动的龙吉朗，有点着慌，“到了当天早上，才突然说这样的话，再怎么说也太乱来了吧。”

“以前聚会时，你好像一句都没……”

世路接着叙述意见，但话到一半龙玺就以不容分说的态度道：“水使神社承办今天的增仪是水利合作社正式决定的。我们不是已经接受下来了吗？”

“话虽如此，随便更换神男会让我们很难办。”

“为什么不提前说呢？”

“我是昨天晚上突然决定的。”龙玺也应了世路的质询，只是他的回复未免太目中无人。

“怎么能……”

“总之，龙三将担任神男。”抛下这句如同宣布“此事已定”，龙玺匆匆地离席而去了。

“龙三君，这么突然地变更人选，你可知情？”

世路质问当事人。虽说龙三是水使神社的继任人，但比自己年少，因此更好开口。

“没问题的。我已经正式做过祓禊。”

“哎？也就是说……”

“别看父亲那么说，其实决定由我家主持增仪后没过多久，他就说了由我来担任神男。”

“为什么不在聚会的时候告诉我们知道？”

龙吉朗一问之下，就见龙三面露为难之色。

“这次的旱情非同小可，增仪必须成功。父亲很早以前就在等待这样的机会。他想趁严重干旱的时候硬让我来担任神男，让我立功，接下所有人都认可的水使神社的下任宫司……只是，因为哥哥龙一的那件事。”

“是怕水利合作社反对啊。”

“是的……大家都觉得这次无论如何也得父亲出马吧……”

“那是自然，深通川都已经是那样的情况了。”

“同样的机会，不知道要等到几时了。”

“话虽如此……”龙吉朗长叹一声，“水魑大人之仪为何而举行？龙玺已经迷失了最重要的东西。既不是为了承办仪式的神社的成长，也不是为了让神男积累经验。一切都是为了波美地区的安宁和丰登不是吗？”

“如您所言……”龙三深深垂首。但无论如何也不认为他会因此卸下神男之职，由龙玺代为执行增仪。

“唔……”想必龙吉朗等人也明白这一点。水利合作社的众人虽然绷着脸，但已呈现出不得不接受龙玺擅自决定的氛围。

“没有意义了！”这时游魔突然啐道，“都已经忘了仪式本来的意义，只拘泥一个形式，这种增仪还能指望它有多大效果？”

“话是这么说，但不能不做啊。”

“说起来，我们这个水利合作社早就不起作用了。”

“喂，怎么跟龙吉朗宫司说话的？”沉默寡言，看上去为人温和的流虎，口气严厉地责备起儿子。

“哪里哪里，流虎先生。游魔的指摘也十分在理。今后的时代，古老陈规将会变得难以通行吧。这一点我等也必须多做思考，另外还得请下一代的他们也多多努力。不过呢，如今最大的问题是眼前的这场增仪该怎么办。”

最后的话，龙吉朗是对着游魔说的。然而这位当事人却突然站起身来：“我要退出。”

“你……你在说什么……”

面对吃惊的流虎，游魔举起右手，像是在说还有话要讲：“我不是要退出水利合作社。番水制度是有必要的。但我没有兴趣参加一个形同虚设，或者说是私物化的仪式。”

“等一下！番水制度和水魑大人之仪可是藕断丝连的关系，所以——”

“这话没错。可我们却在藐视仪式原本的意义。这样的仪式究竟还有多少价值？”

游魔将疑问抛给所有人，正要走出大客厅。

“等、等一下，游魔……”

刚到走廊，游魔回过身来。但这决不是对于父亲的反应。只见他望着世路：“我去看看鹤子的情况。芥路一定也很担心她吧。”

“啊啊，是吧。拜托了……”

“明白了。”游魔向垂首的世路点了点头，消失在门外。

“龙吉朗宫司……”

流虎似乎就要下跪谢罪，龙吉朗宽慰他说没什么。随后又道：“不说这些了，流虎先生，辰卅先生，这次就交给龙三吧，你们以为如何？他也不是一个完全没经验的生手嘛。我想听听你们的意见。”

流虎和辰卅不约而同地看着龙三。而龙三本人则依旧脸色不佳，略微低着头一声不吭。

“没问题吗……”流虎低语道，听口气也不知是在问龙三，还是在问在场的所有人。

“龙玺宫司好像很自信呢……”相比龙三的态度，辰卅似乎更关心龙玺的反应。

“确实啊。不过，归根结底还是要看龙三本人的意愿。”

“我没有跟流虎先生唱对台戏的意思。但我还是认为这是水使神社的问题。”说出此话的辰卅，脑中浮现出的也许是在二十三年前的增仪上误入水魑大人之口的父亲辰男。

“唔……总之你的想法就变得至关重要了。”

听到龙吉朗的问话，龙三缓缓地抬起了头：“说实话，我很不安，也有犹豫。其实祓禊期间还在烦恼。但是……这原本就是我们水使神社渊源流长的重要仪式。所以我必须去做——不，就由我来做！”

最后的话斩钉截铁，仿佛是要摆脱直到当日都残留不尽的迷茫。但言耶却忍不住觉得，在这决心的背后，龙玺更为强大的意念所起的作用，较他本人的意志更多。

然而，听了龙三的表态，龙吉朗似乎心下略安：“好吧，既然如此那就这么办了。仪式结束之前都不要放松，好好干！”

此时，重藏露面了。说是快到村里人搬来水魑大人的供品的时候了。

“我也同行可以吗？”

言耶提出申请，龙吉朗爽快地答应了。

出了正房，一行人前往建在拜殿侧的形似工场的小屋。奇怪的地方就会有奇怪的建筑呢，言耶觉得不可思议，瞥了一眼内部不由得吃了一惊。因为里面正在制作用于仪式的樽。

“这里是……”

就在他感慨地环视屋内时——

“工房殿。”冷不防从樽背后冒出来的龙玺得意扬扬地答道。与之前的他相比，气质上像是换了个人。

“很辛苦啊。全都是手工制作的吗？”

“那是当然。沈深湖的舞台、看台、码头，还有游船，所有东西最初都是在我们水使神社做的。”

“啊，是这样啊。”

“我们就是如此重视水魑大人的仪式。”

“这么说，大家也都是——”他的目光扫向其他宫司，只见龙吉朗在苦笑，流虎低着头，辰卅则把头扭向一边。看这反应，言耶觉得自己问了不该问的话题。

“不，水内神社光是制樽就已经耗尽全力了，其余东西都是托这里办的。”龙吉朗满不在乎地道出了实话。

“水庭神社没有这等程度的设备。”流虎自嘲似的嘀咕了一句。

唯有辰卅揶揄道：“远在十多年之前，水使神社就没法再向其他神社的仪式提供樽了。”

“你说什么呢！”龙玺当即反击道，“你家明明都集不齐樽，全是依赖的我们！”

“久已有之的传统罢了。能自力更生备好樽的水内神社另当别论，做不到的水庭神社和我家则要以高价从你那里买樽，就是这么规定的。其实请村里的工匠，还能更便宜一点呢。”

“这樽不一般，不是谁都做得出来的。堂堂一个宫司，难道不晓得制樽本身就是仪式的一部分吗？”

“既然如此，如果不妥善供应这些重要的樽，我们可就难办了。还是说光顾着做酒樽了，完全没时间制作米樽、海樽、地樽、山樽、宝樽？”

辰卅嘴里这句“光顾着做酒樽了”，恐怕是对龙玺嗜酒如命，好耍酒疯的一种讽刺。

“你……你……你在胡扯什么！”龙玺勃然大怒。刚进门时感受到的“不一样之人”的气质，已然完全淡去。

水使龙玺与水分辰卅二人，多半平日里就是冤家对头。不仅因为两家在水利合作社中的地位有高低之别，想必以往还有过什么芥蒂。大概还是辰男的那件事。

“你们两个差不多就行了？这可是在重要的仪式之前！”

临时担任起仲裁的龙吉朗也表现出难以应付的样子。也许是想马上进行准备，转移二人的注意力，他向重藏问道：“村里人还没到吗？”

不久，满载水魑大人供品的拉车，开始一辆接一辆地来到工房殿前。从清酒到谷物、蔬菜、野味、山菜、鱼虾，以及村民们的手制生活用品，摆得车上满满当当，从中再次窥见了人们对水魑大人的信仰之深。

龙玺一样一样地确认，进行拣选工作。酒分几种，他仔细地品尝一番。至于蔬菜和鱼虾，则要检查新鲜度和破损情况。其中经过严选出来的东西，被收在一个带盖子的，像长匣一样的箱子里。蔬菜里重点挑选的是南瓜和萝卜，鱼介类则是鲍鱼和海蕴，言耶心想这些就是神馔吧。

此时，龙吉朗开始干涉，多嘴多舌起来。

“南瓜太小了，没看见芜菁的根大小不一吗？”

“裙带菜少了点啊。”

“萝卜的根都太细了，必须挑更粗的过来。”

“葫芦是越大越好，但这个色泽不佳。”

意外的是，龙玺没有发火说“吵死啦”。他就按龙吉朗的指示，老老实实地重新挑选神馔。话虽如此，要说因为是经验丰富，年纪最长的宫司提的意见，所以才对其敬重有加，却也不是这么回事。总给人一种不负责任的感觉。

难道神馔没有放在樽里的供品重要？

言耶侧头不解。热心尝酒也许是因为他好饮。但含进嘴里的酒，可都好端端地吐出来了。自己又不是神男，不能喝下去是理所应当的。五个樽里的物品，似乎都做了严格的筛选。然而对待最关键的神馔，他的态度就像全权委托给了龙吉朗似的，这究竟是为什么？

反过来说，龙吉朗为何要强势干涉呢?

猛一回神，言耶发现重藏在工房殿的角落里一动不动地守望着两位宫司。说起来，昨夜风波之时，老爷子也是不知不觉就站在了走廊的一角，静观一切。决不出头生事，但对水使家发生的一切都了若指掌。也许他就是这样的一个人。

长匣装满以后，龙玺指示村民从酒樽到宝樽的顺序，将另行分拣出来的供品放入其中。待六个樽被充分填满后，由他自己钉上了盖子。接着龙玺把村民分成两人一组，一组分配一樽，让他们小心翼翼地运入拜殿。

拜殿的大祭坛前，村民们先在中央一右一左放下酒樽和米樽；随后在酒樽的右边摆上海樽，米樽的左边摆上地樽；进而又在海樽的右边安置山樽，地樽的左边安置宝樽。向神纳贡时有这样一种礼法：贡品数量若为奇数，就把最顶级的置于正中央，次一级的置于在神看来的左侧，更次一级的置于顶级贡品的右侧，如此这般交替摆放；若为偶数，则把最顶级的置于在神看来的左侧，次一级的置于右侧，更次一级的置于顶级贡品的左边，如此这般轮番纳贡。此处看来也遵循了同样的礼法。

六只樽全部安置完毕后，樽前摆上了龙玺自己搬来的长匣。匣盖被慢慢地打开。感觉那盖子就像釜盖或锅盖，附有两个细长的把手。因此，倒过来一放，把手就成了支撑腿，正好变为一张状况良好的置物台。

从匣中取出的神馔被细心地置于台上，蔬菜有粗细各一的两根白萝卜，一只大南瓜，形状圆溜溜整齐划一的两个芜菁根，鱼介类则有大量的裙带菜，一把海蕴和优质鲍鱼，山珍则有猪肝，以及村民做的巨型葫芦瓢。最后还供上了高脚食案，其上摆着一合清酒的酒壶，米按照定量堆作山形，另外还有装盛盐的盘子。龙三则捧着一把大菜刀坐在高脚食案前。

到目前为止都允许参观，但接下来将由宫司和神男诵咏祝词，言耶等人被请出门外。

“别看龙玺那样，每逢仪式上就大不相同。”龙吉朗感慨说道，也不知是对谁说的。

于是言耶接下话说道：“是因为精于此道吗？”

“啊啊，就是如此。气质跟平时完全不同呢。”

听对方这么说倒是如此。在工房殿遇见龙玺时，浑身都散发出威严感。尽管后来跟辰卅吵了几句，又变回相当鄙俗的状态，但毫无疑问，他与龙三闭关之前，又恢复了那种独特的气质。

“相比之下，龙三先生好点了吗？”

“唔……到了挑选神馔和供品的具体场面，一下子紧张起来了吧。”

“说到那个神馔，比起供品，龙玺先生挑的时候，唔……有一点……”

“马虎吗？”

“不，不，当然还没到那个程度——”

“刀城言耶先生……你是叫这个名字吧。”

“是，是的……”

龙吉朗凝视着言耶，微微一笑：“年纪轻轻，观察力倒是很敏锐啊！”

“哎……不，没有……啊哈哈，谢谢您的夸奖。”

“哈哈哈，你是个老实人啊。”

见龙吉朗笑得开怀，刚才没有出声，似乎还没睡醒的祖父江偲突然要开讲言耶的侦探故事。

“正是正是。凭借那敏锐的观察力，刀城老师——”

“祖父江小姐，现在不是说这个的时候……”

“完美地解决了形形色色的疑案。”

“我都说啦，不要说这个话题……”

“在好多好多的案件中，我个人推荐——”

“好多是多少啊？再说，你哪有知道那么多，还能给别人推荐？”

“啊，这么说，老师你还有没说过的案子吧？”

“呃……”

“嘻嘻嘻……真是不打自招啊，刀城言耶！”

“你是在学谁啊？”

“那我就在今天晚上，听你细细分解吧。然后，如果故事有趣，就在《书斋的尸体》上开始连载，请您多多关照啦！”

“我说你……”

龙吉朗呆呆地望着拌嘴的两人，再度愉快地笑出声来。

“听说这闺女是编辑，唉呀呀，明明是个姑娘，倒是很能干啊。”

“哪里哪里，还没到那个——”

“您别太夸她了。这人会蹬鼻子上脸。”

“老师，你刚才说什么呢？”

“……呃，不是……”

“啊哈哈哈！”龙吉朗开怀大笑，这次轮到言耶和祖父江偲发愣了。

“简直就像小两口说相声嘛。”

龙吉朗的话一出口，祖父江偲就满脸通红低下了头，嘴里说了几句托词，当即转身离去。

“你怎么啦？”言耶望着祖父江偲的背影摇头不解，接着他猛一回神，再度面向龙吉朗，“抱歉啊。这人突然就跑了……啊，我想肯定是上厕所去了。”

这推测实在是驴唇不对马嘴，祖父江偲要听见会不假思索地痛殴他一顿。

“呼……”龙吉朗饶有兴趣地打量着这位刀城言耶。

“那姑娘也够辛苦的啊。”

“嗯？您说什么？”

“啊，是说我们这边的事。”此时，龙吉朗的表情转为严肃，“你在民俗学上似乎颇有造诣，那是否对波美地区也做过调查？”

“我没有自己研究，而是当初预定要来此地的阿武隈川前辈告诉我的。前辈似乎也是从经常见面的宗教人士那里听来的。”

“哦，那个京都神社的后人啊。”

“您知道阿武隈川乌？”

“啊，我不认识。他是通过中介人和水利合作社交涉的。”

得知对方与阿武隈川并无私交，言耶姑且是放下了心。

“强人所难了，实在抱歉。如此事关重大的仪式，我们这些毫不相干的外人却要来参观——”

“哪里的话，没关系的。偶尔有外人观摩，我们也能受到些启发。”

“越是代代传承下来的仪式，就越可能流于形式。您是这个意思吗？

“从远古流传下来的陈规，各有各的意义。当然，随时代的变迁，也会有一些不得不做出改变的部分。但是，藐视原来的规矩，任意妄为的话，就不是本末倒置那么简单的了。”

很抽象的说法，但多少能听出他在警告水使神社的一只眼仓。那么接下来该如何打探情况呢？言耶正盘算着，龙吉朗已迅速转换了话题，大概是觉得刚才起的话头不太妙。

“你可知道，执行水魑大人之仪的神社是由水利合作社决定的？”

“知道，我听说是轮流担当。”

“不过，四家神社并非公平友好地依次轮流。而是根据当时所要求的增仪或减仪的内容，决定最合适的神社来承办仪式。水使神社可以说是本社，为什么本社的宫司不代表大家来担任神男一职呢？对此你没有疑问吗？”

“最初我是觉得奇怪。四个村有四家神社，掌管番水制度的水利合作社又介入其中，自然而然地就形成了分担制，这一点我能理解。然后——”言耶吞吞吐吐起来，龙吉朗则点点头，像是在鼓励他“没关系说下去”。

“我想，莫非是水魑大人之仪也存在一定的生命危险，所以才会有此用心，不让危险集中于一家神社……”

“你说的是有时要在暴风雨中执行的减仪吗？”

“我听说，减仪时是自然的威胁，增仪时则是来自超自然的恐怖……”

“噢，你连这个也知道啊。”

龙吉朗的眼神锐利起来。八十来岁的年纪，加之慈祥老爷爷的气质，四位宫司中属龙吉朗最令人亲切。但毫无疑问，他毕竟是“那边”的人。

从黑哥那里得来的信息还是别说太多的好。

言耶反省了自己的疏忽大意。不只是阿武隈川说的那些，根据到此之后所见所闻的各种事情，也足以觉察出四家神社之间有隙。

自己要更谨慎一些啊。

他正这么想着，龙吉朗表情略显凝重的脸上忽然绽放出笑容：“水魑大人之仪一直做下去的话，身子会吃不消，的确是有这样的理由。不过吃不消的不只是身体，还有家产。”

“嗯？这是什么意思？”

“如你所见，那六只樽很大吧。”

“是啊。能放好几十升的酒。”

“不过，酒量超大的龙玺，不用一个月就能喝完。”

“喔，好厉害！”本想问“听说他酒后无德会耍点酒疯吧”，瞬间又咽了回去。

“这酒产自滋贺有名的藏元，另外鱼介类来自和歌山的渔夫镇，山菜和兽肉来自邻近山村，全都是专门从外面采购来的。米和蔬菜是波美的，但也反复进行了精挑细选，可是很吃力的。”

“啊，出这个费用的莫非是……”

“正是，举行水魑大人之仪的神社必须负担所有的费用。”

到底要多少钱呢？况且，物品数目不止那六只樽的容量。仅是粗眼一瞧，就能发现拉车运来的东西比实际的供品多出一倍。如果这些也都是精心挑选出来的，开销一定不菲。

“当然啦，四个村子也会有捐赠。但神社方面的负担还是很大。”

“那么大的量，质量又要很好的话——”

又不是要言耶付帐，可他却害怕起知道开销额度。

“不是所有东西都会作为供品奉上，所以剩下来的可用于日常生活。但是如同一次性买回来很多东西一样，怎么吃都吃不完。结果，差不多都会分给村里人。”

“也就是说神社留不下多少喽？”

“也是出于这方面的原因。所以呢，就变成了由水利合作社商议决定每一次由哪家神社来执行仪式。”龙吉朗轻叹一声，“以前啊，只有神馔，没有什么樽里的供品。”

“与时俱进变得奢华起来了吗？”

“怎么说呢，也有各种内情吧，不过是有点多了。”

颇有现实感的隐情都告诉了自己，言耶十分欣喜有了新收获。而另一方面，对方高明地避开了不方便谈的问题，则又令他不满。

被对方巧妙地控制着节奏？

感觉如此，但奇怪的是自己并不生气。大概是龙吉朗的品德吧。况且，四位宫司中最为配合的人就是他，也只有他。如果找流虎攀谈，他也一定会回应，只是那沉默寡言的样子似乎很难打听出有用的信息。

这时，龙玺从拜殿现身了。

“已准备就绪。”

龙玺看上去都有些紧张。不过，在重新将待命的村民两两分组，指示众人把长匣和六只樽搬出拜殿的期间，他又恢复了傲慢之态。

言耶与龙吉朗交谈的期间，有位年轻姑娘和三十多岁左右的男子走来。龙玺正要叫那两人过来，结果稍稍有些异常。

“你小子为什么在这里！”

“岳丈他也快上年纪了，所以想让他退隐江湖——”

“我可什么都没听说！”

“不好意思。老人家好像落枕了，今早一个劲地说脖子痛，所以就由我来代替了。”

“喂，突然去干船夫的活……”

“您的担心理所当然，不过一点也没问题。我想岳丈的活迟早是要接的，所以相应的练习已经做了很多。务请您多多关照。”

男子深深垂首，龙玺脸色虽有不满，但也许是一时间无语以对，罕见地支吾起来。

“那两位是？”

言耶一问之下，龙吉朗答道：“那姑娘是青柳家的富子，这次担任刈女。青柳家呢，是以前的村长。家里的姑娘代代出任刈女。男的是村里经营酒铺的清水家的赘婿，名叫悟郎。这家的男人呢，代代负责船夫之职。本来该由他岳父出面，看来是换代了。”

“龙玺先生好像不太满意啊。”

“事先没接到通知让他很不愉快吧。而且呢，还是那个男人。”

“悟郎先生有何不妥吗？”

“啊，不……不过现在再因船夫的人选掐架，让仪式延迟是不行的，都准备到这个地步了。”

龙吉朗的措辞令人介怀，不过情况正如他指出的那样。

龙玺一脸不痛快地让青柳富子和清水悟郎列于身侧，又指使两个村民抱起长匣排在后面。其后又有一个两人组，手上抱着别的匣，言耶问道：

“那里面是什么？”

“水利合作社演奏用的各种乐器。”

在那六人队列之后，龙玺从酒樽开始，依次排好分别被装在一辆拉车上的六只樽。然后，龙玺本人和龙三在前方领头，水内龙吉朗与水庭流虎跟随，接着是水分辰卅与水内世路，各自两两并行。

言耶跟在最末尾载有宝樽的拉车后面，祖父江偲忽地冒了出来，也不知是何时回来的。

水利合作社六人、刈女和船夫、手持神馔长匣和乐匣的四人，六辆拉车两人一辆，言耶和祖父江偲，一行共计二十六人离开神社，开始逆深通川而行。

走在曲折重重的河沿小道上，二重山的山貌逐渐变得清晰可见。奈良的三笠山正如其名“三笠”一般，叠了三层山。然而二重山却不见此特征。从这层意义而言，就是一座普通的山。不过，险峻的山体表面满是凹凸不平、粗糙不堪的岩场，这景象轻易就制造出了一种令人望而却步的独特氛围。从不久便在深通川上游出现的如屏风般耸立的数块巨型奇岩，就能深刻地感受到这一点。

奇石所在之地是河的终点。再往前便化为了沿山斜面而下的急流，而山道则向川流的左方继续延伸着。

“这个……可不好办啊。”仰望着浮于眼前的陡峭山道，言耶不由自主地嘀咕道。

“第一个酒樽，一定要留神注意！”上坡没有多久，龙玺便特意回头提醒道。

同行人中最受累的应该就是两人一组运樽的那十二位村民吧。如果头一个樽滚下来，其余五个樽也难保。搬运人员中自然也会出现伤者。

“如果是减仪，可就更要当心了。”

“减仪的时候，多半都是在下暴雨吧。”也许是想象出了具体的场面，祖父江偲的脸上现出了难以置信的表情。

“想必从沈深湖里溢出的水量也非同小可，搞不好水流还可能蔓延到这条山道来。”

“在那种状况下还要搬这样的樽……简直是不太正常……”

“喂喂……”

尽管两人拖在后面，但也可能被抬宝樽的村民听见这话。言耶慌忙责备祖父江偲，祖父江偲则压低了声音：“说起来，黑前辈曾经讲过增仪比减仪还可怕。”

“嗯。不过，终究是站在神男立场上来看的吧。对于抬着匣和樽上山的村民来说，情况相反。”

“说的也是。”

“小心起见，还是稍稍拉开点距离比较好。”

然而，由于其他原因，言耶的不安变成杞人忧天。

起初还跟言耶搭话的祖父江偲，不久便陷入沉默，一点点地掉队。

言耶等她赶上来后再接着往上走，但渐渐地间隔也长了起来。换言之，就算不故意远离樽，两人也是不断地被越甩越远。

“老师……我已经……”

也不知是在第几次，等祖父江偲爬上来后，言耶刚要迈步，就听她上气不接下气地发火了。

“人家好不容易才跟上来……老师就又要往上走了……真是太过分啦……”

“哎？说是那么说，要是一起在这里休息，就永远也爬不到顶啦。”

“老……老师……”

“怎……怎么啦？”

从祖父江偲的表情和语气，言耶预感她会说出耸人听闻的话，当即摆好了临战的架式。

“人家比那个樽要轻吧？”

“不……不行的！背着你往上爬什么的……”

“啊，老师果然是这么想的呀。”

“哪……哪有……”

“不是都已经爬完一半了吗？”

“既然如此，后面也就一半路程了，加油加油。”

“哎……”

“祖父江小姐，这可是采访旅行。是工作吧？”

“但不包括这样的登山活动！”

言耶叹了口气，仰望山道。队首的龙玺等人已经越过了三分之二的地方。如此下去会被越拉越远。

“那好，你就在这里等着怎么样？”

“唔……”

“那些村民不参加仪式，很快就会下来。你说明下情况跟着他们一起下山，不就放心了吗。”

“可……可是，在村里人下来之前……”

“再拖拉下去，可就不太好办了。”

“在这……这么荒凉……”

“等赶到沈深湖那边，仪式可能都已经开始了。”

“恐怖的地方……”

“无论如何我都不想错过。”

“我一个人……”

“如果不从仪式开始就参加，到这里来就没意义了。”

“不得不这样等着……”

“好了，就这样了。我去去就来。”

言耶举了举手，向祖父江偲微微一笑后，精神抖擞地沿山道飞奔直上。

“刀城言耶大蠢驴！不是人！大恶鬼！”

身后响起了怒吼声，但言耶几乎充耳不闻。他的大半意识已然投向了水魑大人之仪。

他攀完陡峭的山道，眼前豁然开朗，现出了如湛满浓绿水体的沼泽一般的沈深湖。他进入的地方刚好对着码头，正在往游船上装最后的宝樽。

“赶上了……”

刚要径直向船走去，就被指挥载樽的龙玺逮个正着，他轻轻一扬下巴，像是在说“你给我那边去”。

放眼寻找龙吉朗等人，发现所有人都已抵达看台，而刈女则端坐在舞台上。船侧除龙玺外还有船夫，稍远处可见龙三伫立的身影。

“就要开始了呢。”言耶若无其事地开口道，就见龙三的双肩猛地一颤。看来直到上前搭话为止，龙三都没有注意到言耶的存在。

“嗯……”

“像这种仪式就算再有经验，也还是会紧张的吧。”

在水利合作社里，只有跟龙三没怎么交谈过。在水使家的时候，倒也不是没有说话的闲暇，但由于这人神经太过敏感，多少有点顾虑。即使是现在，其实也没多大变化。只是，言耶不愿放过在仪式前能找他说上话的唯一机会。

“不过，像祭神仪式这种事，始终就该怀揣初心，而不是用已经习惯的心态来面对呢。”

“水魑大人之仪，更是如此。”龙三语气冷淡地低声道。

“我听说增仪比减仪更可怕——”

“这次的增仪尤是如此。”

“因为深通川的枯水期很严重啊。据说跟往年的干旱相比，今年也算是非常严重的……”

然而龙三没在听言耶讲话。

“性命攸关……”

“哎……”

“这场增仪……”

“所谓性命攸关，其中是否有什么比‘增仪中的水魑大人很可怕’更为深层的意义？”

“嗯，以我的命——”

“龙三！你在干什么！”这时传来了龙玺的呵斥声。言耶转眼望去，见龙玺正在游船前瞪自己。

“神馔和供品已经准备就绪，身为神男在这种时候磨磨蹭蹭的，还做不做事了！”

“是。我这就去。”

龙三轻施一礼，急步向船走去。

“你听好了。仪式流程什么的，现在已经没必要再说了——”龙玺催儿子上船，一边对他说起话来。趁此期间，言耶打算找船夫攀谈几句，不料对方明显流露出嫌烦的表情，迅速地从船侧逃开了。

“好了。可以了吗？给我好好干！”

不一会儿龙玺从船上下来，船夫像是与他换位一般，上船去了。

“你还在这里闲逛啊！”

龙玺看到言耶，好像有些气结。接着，他神情无奈地抬抬下巴，好像在说“你跟我来”，然后走向设于沈深湖南侧的看台。

阶梯状看台的前排坐着水内龙吉朗和水庭流虎，中排则是水分辰卅和水内世路。见龙玺在龙吉朗身边就坐，言耶正要往世路旁边坐，龙玺头也不回地说了句“给我去最后一排”。

如此对待外来人员也算正常吧。

言耶挠着头刚在第三排坐下，水利合作社众人就奏起了各自的乐器，就像在等待这一刻似的。龙玺弄箫，龙吉朗吹横笛，流虎打鼓，辰卅击钲，世路则弹响了马尾琴。言耶心想如果水庭游魔在此，不知会负责哪件乐器。但他在不在似乎都对演奏没有影响。

老实说，即便是献上恭维之词，水利合作社演奏的曲调也难称优秀。而且，伴随曲子在台上起舞的刈女的舞姿也十分业余，让人看不下去。然而，就在如此怪异的乐声和舞蹈下启航的游船始行于湖面之上，就忽然化作了一幅难实言喻的奇妙风景画——不，宛如电影中的场景，映入了言耶的瞳孔。他已迷失在只顾欣赏眼前景色的心境里。

建于沈深湖东侧的舞台和码头，从那里出发在浓绿色湖面上滑行的游船，在行驶前方等候的流升之瀑——眺望奇景的绝佳场所莫过于看台。况且，言耶位于最高一阶，所以视野非常地好。

若有人俯瞰包括看台在内的沈深湖全景，眼前必然是悠闲宁静，田园诗般的画面。事实上，不知何时言耶竟也产生了悠哉的心情。相比粗鄙的二重山给人的印象，藏于山中的沈深湖则有着世外桃源般的氛围，愈发使人陷入那样的感觉。

然而，这平静的湖面下却栖息着水魑大人……

虽说水量少了，但船板下仍是深邃的湖。不透明的绿色，粘稠到紧紧贴着肌肤的水，满满当当地充盈其间。不仅是观感方面，还要感受着船的摇晃，嗅着淡水湖独有的腥气，向流升之瀑前进。一边心无旁骛地思考仪式的事，一边接近水魑大人。

言耶闭上眼睛，想象自己正乘坐于湖面上行进的船中，在脑海中让自己彻底进入神男的角色。刹那之间，他感觉到了湖中某个庞然大物。某个巨型物正从深之又深的地方悄然注视着自己。识出此物的下一个瞬间，恶寒“嘶嘶嘶……”地从脚底匍匐上来。与此同时又觉得连船也要一起被湖所吞噬，不由得陷入了无尽的恐惧。

呜哇哇哇！

言耶的心里发出了惊叫，他急忙睁开眼，拼命地确认自己所在的地方。没错，这里是看台的最高一阶。然而言耶仍是忐忑不安，以至于怀疑那水是否正在向看台底下涌来。

刚才是怎……怎么回事啊……

是水魑大人带来的幻象吗？仅仅身处湖岸就已是如此，要是在湖面上或潜入湖中的时候，天知道会遇上什么事。

增仪更可怕……

总觉得此中真意，已经窥探到了些许。

言耶从恶梦般的世界中醒来，正是游船抵达流升之瀑前的时候。可以看到船夫已停止划桨，多次试图让船安定下来。此举甚是奏效，虽然前面就是瀑布的流水，但船停得十分稳当。

这样的状态持续片刻，船突然剧烈地晃动起来。四周的湖面波纹起伏，不久水波平息下来，但很快船又摇了起来。如此循环往复。

是在投放供品樽吧。

想必龙三正从船底的洞穴，把六个樽一只一只地抛入湖中。虽说是在舱内操作，但扔的可是塞满东西，分量不轻的樽，所以无论如何都会掀起波澜吧。

言耶留心计数，船总共晃了六回。从酒樽到宝樽，龙三多半已抛完全部供品。接下来就只管静观会不会浮起来了。如果言耶担任神男的话，大概会拼命祈祷樽别浮上来吧。因为涉及要不要潜水入湖……

格外响亮的击钲声过后，水利合作社的演奏戛然而止。舞台上的刈女也随之停下舞蹈，面对流升之瀑端坐下来。

周围急速安静下来，显得十分凄凉。也许是因为合奏的曲调消失了，映入视野边际的舞姿不见了，眼前的风景也变得虚幻了。浮于沈深湖流升之瀑前的游船，恍若无声电影里的分镜头。

“差不多可以了吧。”龙吉朗轻声道。似乎想说花这么多时间观望樽的情况已经足够。

“再等一会儿。”

然而，龙玺却唱起了反调，就差没说“再怎么谨慎都不为过”。当然，游船上的龙三是怎么也不可能听到他们的对话。

就在这时，船看起来稍有摇晃。

“嗯？神男潜水了？”

言耶从龙吉朗的话中得知，龙三可能经由船底的洞穴跳进了湖。

“樽浮到船的北面去了。”

这一点无须龙玺指明。另外三个方向的湖面不见一物，所以假如有樽浮上来，神男潜入了湖中，只能认为是在言耶等人视野死角的船的另一侧。

此后，时间再一次静静地流逝。船已不再摇晃，众人只是安静地等待着神男归来。

“那个……”言耶谨慎地开了口，世路闻言转过头来。

“神男回船里来的时候，也一样会摇晃吗？”

也许是想回答却又没自信，世路有些不知所措。

“要看回来时的情况。”龙吉朗做出了回应，“如果从湖里上来时，找不到船底的洞，就会大动干戈地摇船。要是一下子回了洞口，就能轻松上船。”

“原来如此。不过沈深湖里的能见度好像很差啊——”

“不不，跟我们从这里看的不一样，实际潜下去试试，就会发现视野还算清晰。要不，这仪式怎么做得成？”

这么说倒也没错。换言之，龙三多半没有迷失方向，好好地从船底的洞穴回来了。

然而，游船一直没动。所有仪礼应该都已经结束了，可是船仍逗留在流升之瀑前面。从刚才开始，船夫清水悟郎便频频转头望着看台，又回首望着湖面。其实是想确认舱内的情况吧，但他曾被告知“瞧了会瞎眼”，所以怕得不敢看吧。

“这是在干什么？”龙吉朗疑心地侧了下头。

“会不会是……还在湖里？”

言耶一问之下，龙吉朗摇了摇歪着的脑袋。

“不可能吧。再怎么说气也接不上了。”

“回船以后，还有什么要做的仪礼吗？”

“最后要念诵祝词，可是很快就能完事。”

“这么说，老早以前……”

“增仪就结束了。”

“啊！”龙玺冷不防站起身，随即喝道：“干什么呢！”

言耶将视线移回游船，恰好看到了悟郎的身影在船内消失的那一幕。

“发生什么事了？”想着船夫悟郎是不是觉出了什么异变，就见他慌里慌张地冲出来了。

“不、不、不好啦！神……神男他……死、死、死了！”

11

第十一章

沈深湖化为密室

水使龙玺向码头奔去，刀城言耶紧跟其后。接着，从背后传来了水内世路的声音。

“难不成像龙一先生一样？”

“还不清楚。不过情况很像吧？”言耶一边回头一边反问，就见世路微微点头：“一模一样。”

龙玺到达码头，解开拴在短栈桥上的小船的缆绳，想径直撑船出湖。

“请等一等。这种场合有外人在场的话会比较——”

“吵死了！快放手！”

龙玺回过桨作势要打扶着小船的言耶。

“龙玺先生，危险！请住手！”世路拼命呼喝，但完全不被理睬。

“喀……”这时，三人背后突然响起大声呵斥的声音，三人一下怔住了。

“蠢货！都什么时候了，你们在干什么呢？”同样赶到的水内龙吉朗，怒喝着走上前来，“龙玺先生，不如带这个人一起去吧。”

“不，这个……”

“那边船里发生了什么，根本无从知晓。而且又有龙一那桩事，虽然我不想说这话。听说这人经历过一些奇妙的案子，关键时刻也许能派上用场。”

“可是……”

“我觉得就算为今后考虑，也是有个局外人在现场比较好。”

从这话里，言耶明白龙吉朗已对未来的事态有所预见，说不清心里是什么滋味。

“好了，我们走吧。由我来划桨。”言耶赶在龙玺反驳前，将小船推入湖中，身手敏捷地跳了上去，“您不必担心。操作船桨这点事我还是行的。”

他在小船启航的同时说了这句话，但龙玺只是面向游船，沉默不语。

湖中船上，悟郎频频招着手。脸部时不时地向后一晃，可能是透过格子板在窥探仓内的情况。

划过大约半程时，言耶瞧了瞧码头，龙吉朗和世路正专注地往这边张望，舞台上已结束刈女任务的青柳富子则在呆然伫立。另一边的看台上，留在那里的水庭流虎和水分辰卅视线分别投向了游船和小船。流虎看来心平气和，相比之下辰卅则显得很兴奋，大概是想起了二十三年前父亲的事吧。

言耶划着船望着湖面。突然，在看台时体验到的恐怖差点复苏。他慌忙挪转视线盯着游船。然而，不知为何自然而然地就俯视起水面来，而且，眼睛对上水面，就会一直凝视下去。他静静地注视着，不久就觉得要被从头到脚吸入其中了。不，是自己想这么做，想跳进去。

荒唐……你在想什么呢……

如今自己正向发生怪事的现场靠近。据说那里死了人。可我为什么要关心湖呢？意识为什么飘向湖里去呢？

是因为水魑大人吗……

尽管难以理解，但只能这么认为。不过言耶转念一想，自己还算是好的。明明觉得必须尽快赶去游船，但回过神时却已被湖蛊惑。如果精神上没有任何束缚，就这么独自驾船来这沈深湖上，天知道会发生什么事。

难怪神男会畏惧增仪……

推己及人，他明白了，没有过硬的精神力是当不了神男的。

“喂！快给我划！”

龙玺一声大喝，令言耶醒过神来。他握桨的手似乎不自觉地开起了小差。

“啊，非常抱歉。”

他强迫自己抬头不看湖面，视线锁定前方游船，一瞬间，他吃了一惊。

“这，什么时候就……”

从早晨起就很晴朗的天空，云层翻卷。而且还是黑压压，犹如在墨汁中浸过似的云，就要瞬时布满整个苍穹——苍穹之上展现的正是这样的画面。

“增仪成功啦。”

的确像是快要下雨的样子。

“也就是说龙三先生圆满完成了神男的重大使命，是吧？”

“嗯。”

其结果就是有什么事降临到他身上了。言耶心里这么想，嘴上没说。

不久，到了停泊的游船旁，言耶把小船的缆绳抛给悟郎。然而，也许是出于发现神男尸体后的惊恐，悟郎异常亢奋，几次都没接住。

“干什么呢，赶快！”

“没关系的。请镇静。”

悟郎一边受到龙玺的催促，一边向宽慰自己的言耶点头致意，总算抓住缆绳，牢牢地绑上了船尾。

“龙、龙三先生他……”

龙玺刚乘上游船，毫不理会正欲解释的悟郎，反倒推开他立刻进了仓内。

“您可受累啦。”言耶虽然搭了句话，但也径直随龙玺鱼贯而入。

“喂，你不能进来！”也许是察觉背后有动静，龙玺回头的同时话也出了口。

“可能还有救。”言耶回完话，迅速向倒在船仓中央的男子身侧靠近。

“你小子——”

“现在不是拌嘴的时候。”

一个身着神男装束，疑似水使龙三的人俯躺在二人眼前，上半身倒入了船底的洞穴，几乎没到腹部一带。

“您能不能扶住另一侧？”

在洞穴右侧蹲下身的言耶，抱住了神男的右肋。似是被他的行为所带动，龙玺在左侧也依样画葫芦。于是话音刚落，两人就把神男架了起来。

“啊……”龙玺张口结舌。

“这究竟是……”

神男是龙三没错，但他的左胸插着一件奇怪之物。如兽角般，细细长长的圆锥形棒状物，深深地嵌入了他的胸膛，还被他的双手紧紧握着。

“没想到龙三都能成水魑大人的活祭……”

“哎？”言耶差点儿想追问龙玺这句话的意思。听起来就像他从多少开始就预见到了儿子的死。只是，就在同时言耶想起了别的事，便先说了出来：

“莫非这……就是水魑大人的角吧？”

“你怎么知道的？”

相比发现儿子尸体时的打击，言耶察知凶器真身一事似乎令龙玺更为震惊。

“来这之前，我就听说过七种神器。”

“……”

“这个不重要，重要的是……”

究竟是怎么回事——言耶说到一半，就见龙玺突然从尸体上松开手站了起来。

“不、不好……”拜其所赐，尸身险些掉进洞里，言耶大为慌乱。不过，他在察觉龙玺打算做什么的一刹那，更是慌了神。

“不、不能这样！还什么都没弄清楚呢！”

言耶拼命拉起正往洞中滑落的龙三尸体，把尸体恢复到发现时的状态，然后急忙赶向船尾。

“为什么要杀他？”

“哎……不、不、不是我。”

“除了你，还能有谁？”

“您这、这么说，我也……”

正如言耶担心的那样，龙玺怀疑儿子是被船夫清水悟郎所杀，不，是完全认定了。

“龙玺先生，请等一下，现在还没有一条证据能证明他就是凶手。”

“蠢货！上这条船的只有神男龙三和船夫悟郎两个人。谁看了，都会明白是这家伙干的！”

“特地选在这种在谁看来都是显而易见的情况下杀人？”

“……”

“仪式中，游船一直处在水利合作社众人与刈女富子小姐的视野内。对这一事实认识最深的不就是划船的他吗？”

“这家伙是头一次当船夫。不可能了解到那个程度——”

“也许开始不知道吧。可实际划起船，恐怕就会深切地感受到大家的视线。做个假设啊，要是他事先就打算在仪式中杀人，但在认清形势的那一刻就会中止计划，不是吗？”

“唔……”

龙玺沉默不语，他身边的悟郎则频频摇头：“我……我没有这样的计划……”

“啊，对不起。我只是打个比方。”

“喂！”龙玺发出低沉的声音，“那你说龙三到底是谁害死的？这个凶手藏在船上的哪个角落？”

“比如说，凶手一直躲在某个樽里……”

龙玺张大了嘴，片刻之后：“你是傻子吗？”

“啊……”

“樽里放了很多供品，你也见到了吧？”

“是……我见到了。”

“后来在拜殿做仪礼时，樽就一直摆在我和龙三面前。接着村里人把所有的樽都运到了沈深湖。”

“我在后面也看得一清二楚。”

“那我问你，凶手是什么时候躲到樽里去的？好吧，就算我一不小心看漏了，那么凶手从樽里出来杀掉龙三以后，又逃哪里去了？”

要说能从游船逃去的地方，也就只有沈深湖里了。可若是潜入水里，迟早都得浮出湖面呼吸。要是这么做，必然会被看台上的人或舞台上的刈女发现，早就引起骚动了。

“这个么……我不知道。”

“你……你小子……”

“这事以后警方会调查。现在我们必须要做的是，尽量不搅乱现场，赶紧去报警。但话说回来，就现在这个样子也不行。我想让船回码头，可以吗？”

言耶征求许可，龙玺以哼声作答。言耶视其为默许，请悟郎驶动船只。

游船在流升之瀑前缓缓掉头。由于瀑布水量减少，祀于侧旁岩架上的石祠堂清晰可见。只是，不单祠堂本身，就连里面的石像也因长年不断地受水花冲刷，损耗殆尽，水魑大人的刻像已相当模糊。

随着游船远离流升之瀑，大颗的雨滴开始“嗒嗒嗒”地往下落，抵达码头的瞬间已然化为暴雨，仿佛老天爷的底子被揭开了似的。

言耶简短讲述了在船中所见到的龙三的情况，引得龙吉朗等人一片哗然，刈女富子则低声惊呼起来。言耶说希望赶快联络村里的派驻警察，于是龙吉朗当下就想派遣船夫悟郎去做。然而，龙玺早已面授机宜，悟郎没有理会龙吉朗的吩咐，只朝水使神社的宫司微微颔首，便向山道奔去。

言耶看着清水悟郎的背影，有种不祥的预感。也不知龙玺给了什么指示，想到这里就觉得忧心忡忡。

“待在这里只会被淋得透湿。不如去舞台下面。”

在龙吉朗的催促下，众人往舞台地板下躲去。龙玺也顺从地跟在后面。舞台上虽有顶棚，但风雨一大似乎就不怎么管用了。

“水魑大人的七种神器如今是由水使神社在祭祀吗？”言耶问话时交互打量着龙玺和龙吉朗，虽被龙玺无视，但龙吉朗替他回答了：“应该被安放在本殿。”

“偷出来不难吗？”

“是在说凶器啊……”

“容易。”龙玺满不在乎地承认了。但龙吉朗较为谨慎：“话虽如此，也不是谁都能轻易办到的吧。”

“是通晓神社内部情况的人？”

“是吧。”

“水使神社是从什么时候开始祭祀七种神器的？”

“水利合作社决定由水使神社承办这次增仪是在九天前。第二天就从几年前举行减仪的水分神社接过了神器。”

“这么说来，直到下次需要办减仪或增仪为止，都由最后执行过仪式的神社掌管？”

“是的。水分神社之前，我家办过增仪，一直在祭祀神器。再往前也是，对了对了，就在水使神社，所以——”此处龙吉朗大概想到了什么，突然支吾起来，不过很快就若无其事地续道，“唔，说穿了，就是转着圈地在四家神社的手中传递。”

“七种神器上一回在水使神社的时候，不就是十三年前吗？”言耶抓着老人含糊不清的地方不放。

“啊，是这样……”

“是龙一先生去世的那次仪式吧。”

“你想说什么！”龙玺插嘴道。

“当时，七种神器有没有被妥善地供奉在水使神社里？”

“那还用说！归根结底，龙一是死于心脏病突发。跟水魑大人的神器一点关系也没有。”

“刚才你见到龙三先生的遗体时，脱口说了一句‘没想到龙三都能成水魑大人的活祭’，这话是什么意思？”

“哥哥之后，连弟弟也在增仪执行过程中死了。我发出这样的感慨有什么好奇怪的？”

“可不是嘛，非常抱歉。”言耶坦然认了错，但仍显出沉思的模样。

“难不成你的意思是……”这时，龙吉朗以难以置信的语气说道，“龙三的死和十三年前龙一的死有关联？”

“不，还不好说……”

“唔……”

在龙吉朗的沉吟声中，言耶向沉着脸的龙玺提了个关键的问题。

“你早上是否去过本殿？”

“嗯，这是每天的惯例。”

“那时七种神器——水魑大人的角还在吗？”

“……在。是的，在。”

“仪式准备完毕后呢？”

“……呃，当时我在拜殿念祝词，没有特地去本殿。”

龙吉朗听着二人的对话插言道：“也就是说，水魑大人的角是龙玺今早从本殿出来后被偷的？”

“恐怕是的。而且我认为是在准备仪式之前。因为一旦开始准备，就会有相当多的人出出进进。尽管大家不会靠近本殿，但应该会聚集在工房殿和拜殿周围。”

“在这种状况下进入本殿，绝对会被人发现吧。不过呢……”龙吉朗露出疑惑的表情，“最近这一周的时间，七种神器就供奉在水使神社的本殿，直到今天早上也没有下手，是怕被龙玺发现吧。也就是说，凶手知道他每天的习惯。不，不必知道他的情况。只要知道波美的神社每天都在做什么参拜就行了。”

“是的。”

“换言之，你是想说凶手在我们这几个相关人员当中？”

骤然鸦雀无声的舞台下，急雨击打头顶地板时发出的声音，听起来格外响亮。

“怎么会……”世路嘴张了一半，再无后续。

“我们是嫌疑人啊。”辰卅讥讽似的咕哝道。

龙吉朗则始终语气严肃：“而且还跟十三年前龙一的死有关？”

“现在当然还无法断定。只是情况太过相似了。”

“……”

龙吉朗哑口无言，这时辰卅态度大变，换上了一副认真的模样：“这样的话，二十三年前水分辰男的事，不就也跟龙一与龙三的死有关了吗？那父亲就不是因为仪式失败……”

“你是想说被人害死的？”一脸惊愕的龙吉朗发出质询，“然后这凶手又杀了龙一和龙三吗。”

“唔……”

“有什么必要花上整整二十三年干这种事？最关键的是，这期间主持过仪式的我们几个为什么没被盯上？”

“唔……”

“辰卅先生，你心里的苦我很清楚，但我想辰男先生还是事故。至于龙一，是事故的可能性也很大啊。好吧，光看死因，也许属于病故的一种。但龙三可是被杀害的，对不对？”

“啊，如果不是自戕的话——”

“你……你说什么？”

不光是龙吉朗，所有人都被言耶的话吓了一跳。

“刚才所说的嫌疑人，当然也包括龙三先生自己。”

“没有神男会偏偏选在仪式上自杀！”龙吉朗气鼓鼓地回应道，精神上似乎受了不小的打击。不过他细细打量言耶后，突然改换了语调，“还是说你心里有数？”

“是刚才说话之间想起来的。我跟上游船之前的龙三先生稍微谈过几句，当时他说要豁出自己的命。”

“这个啊，意思——”

“嗯，我知道您想说不是那个意思。减仪是受的自然的威胁，增仪则是受制于超自然的恐怖，所以担任神男的人要冒生命危险——原本是这个意思吧。”

“嗯，怎么说呢，虽然是你个人的理解，但也差不多吧。”

“换言之，生命会受到威胁，但不是自己豁出命来。”

“你……”

“但是，听龙三先生当时的口气，可以理解为是性命攸关。虽然没能深谈，但他还说过一句‘以我的命——’。”

“你想说他不是自杀，而是为了让增仪成功，献出了自己的生命？”

“龙三先生最近的情况如何？”言耶想与其问龙玺不如问别人，便向世路打听。

“我不知道他要担任神男，所以也没去阵前慰问……现在回想起来，做祓禊的那一个星期，样子确实有些奇怪。”

“啊啊，是真的吗？你可不能张口就来啊。”龙吉朗吃惊之余，给儿子提了醒。

“是真的。那样子……可能是在烦恼什么。”

“如此一来，那件奇妙的凶器也就好理解了。因为那可是水魑大人的七种神器。”

“嗯。”

“是否跟水分辰男先生的事有关，说实话现在还不清楚。不过，龙一在增仪过程中死去，可能构成了一股相当执拗的强迫观念。”

“龙玺先生你怎么看？”龙吉朗试探道。

龙玺摆出难以言喻的惊异表情打量言耶：“本来觉得你这男人十

分古怪……不过跟印象里的不一样，你其实是个很可怕的家伙呢。”

“可……可怕……”

“这里说的‘可怕’是指‘优秀’或‘能干’之类的意思。”世路给不知所措的言耶做了补充说明。

“哪，哪里，我什么都没……”

这时，先前跑下山道的悟郎回来了，还带着年纪四十多岁的坪束巡警和六十岁左右的村医高岛，言耶姑且是安下了心。

“听说龙三在游船里去世了，真的吗？”尽管淋在雨里，坪束仍是直挺挺地站着，看看龙玺又看看龙吉朗。

“啊，正要请你确认。龙吉朗先生也来一下好吗？”

龙玺与龙吉朗从舞台下钻出，催着坪束和高岛正要往游船去。这时龙玺突然一回头：“你也过来。”

最初不知他在对谁说话，不过视线显然是盯住了言耶。

“哎……我……我吗？”

“除了你还有谁！”

“是……”

“快点过来！”

被呵斥的言耶从舞台下跳了出来，冒着倾盆大雨向游船奔去。

最先上船的是龙玺，但他在船尾站定后，首先让坪束和高岛入舱，随后再让龙吉朗和言耶进去。

船的房形舱入口是对开的门，里面是长方形的空间，左右是像座位一样的长板，两板之间则是通道般的船底。仅此而已的话，也许就像可以对坐的渡船。然而，其中如同通道一样的船底近中央处，围着一个四四方方形似浴桶的木架子。从那里望去，能透过长方体的开孔，看见底下的湖面。

“两侧的长板部分，是放供品樽的吗？”言耶小声问道，龙吉朗点点头。

如果从左右两条板的最里处开始一个紧挨一个地放上樽，少说也能摆十只。当然现在一只也没剩下。唯有放置神馔的长匣还在洞右侧的板上。保险起见查看了下内部，里面收着已完成使命的一合酒壶、一合枡、高脚食案和菜刀。

坪束和高岛来到船舱深处，分别在洞穴木架与左右两板之间的狭小场地蹲下身，一边向龙玺打听案发时的情况，一边检视起龙三的尸体。

“呃，我们曾将遗体拉上来过，但又恢复了原样……”言耶觉得还是慎重为好，补充了一句，就见坪束一脸怒气。

“你这外行竟敢如此任意妄为！”

“对不起。如果人还有救的话，我是想救一救的，所以——”

“都这个样子了，救不了啦。”仔细观察尸体胸口附近的高岛淡淡地回应道。

“你给我听好了，保持现场是搜查的铁律——”

“我也帮着一起弄了。”

“什么……”

龙玺一语止住了坪束的势头。

“我当时跟他一起托住了龙三。有人倒在船上，想去看看也没问题吧，不是很正常的事吗？”

“正……正如您所说。”坪束当即予以肯定，他目视着言耶，满脸惊疑交加的表情，“话说，这男人究竟是……”

“我家的客人。”

“啊，是水使神社的贵客啊。”

龙玺能称自己是客人已令言耶诧异，而坪束的态度因此来了一百八十度的大转弯也让他吃惊不小。

“这可太失礼了。有劳您发现了遗体。”

“哪……哪里……”

您太客气了。话到一半没说下去。因为实在太不合时宜了。

“这位先生名叫刀城言耶。”也许是看不过眼，龙吉朗帮忙做了介绍，“他从东京过来观摩水魑大人之仪，是一位民俗学造诣很深的作家。同时还是名侦探的奇男子。”

“名、名、名侦探吗？”

“不是的。”言耶赶紧向眼珠乱转的坪束澄清。除了水分辰卅，游魔还把错误的“刀城言耶人设”告诉了别人。

船内流淌着无比微妙的空气。不过，只要龙玺和龙吉朗二人认可言耶同席，坪束似乎就不会有怨言。另一方面，高岛一开始就只对尸体感兴趣，知道了他的真实身份，态度也没有丝毫变化。

坪束以龙三的尸体为中心，拍了几张现场照片后，与高岛合力把尸体从洞里拉出，使其横躺在船底上。

“这可是一击直指心脏啊。刺得相当深。”

“这么说，医生，凶手是男人吗？”

高岛连眼睛都没离开尸体的胸部，回答了坪束的问题：“是啊，要想造成这样的刺伤，需要一定的力气。”

“也就是说是成年男性了？”

“不过呢……”说到这里，高岛终于抬起脸，“问题在于人是在哪儿被刺的。”

“你的意思是？”

坪束继续寻求解释，然而高岛的意识似乎又一次移向了尸体，仔细观察着胸部的伤口。

“你给坪束巡警说明一下怎么样？”

龙玺冷不防地丢来这么一句，把言耶吓了一跳。

“我……我吗？”

“是啊，把你的想法告诉人家就行。”

“恳请赐教。”坪束也乖乖低下了头，不过这是因为龙玺的意思。

“呃，或许只有我留意到……”

“这样就行。”

“这个……龙三先生被一击刺中心脏。也许凶器发挥了栓的作用，根据伤口推测，似乎流了不少血。但是，出入口侧的通道上看不到任何血迹，由此可知不是在入口遇刺的。”

“是这样。”

“而且，在出入口侧被刺的话，假设凶手当时位于对开门和被害者之间，那么龙三先生就是刻意转身回到舱内，倒在了那个洞穴上。”

“不过，若是这样，他大概是想逃离凶手——”

“粗看之下可以这么认为，但考虑到这艘船的特殊情况，反倒显得不自然了。对开门外面就是船夫清水悟郎。更重要的是，能求救的对象只有他。我怎么也想不通，龙三先生会往救星的反方向逃去。”

“慌不择路的可能呢？”

“当然有，但不是应该会呼救吗？”

“啊，还真是的。”

“不过，悟郎先生本人就是凶手的话则又另当别论。”

“你、你说什么？”

“我们从湖岸亲眼看到他进过一次船舱，然后出来大叫‘神男死了’。如果那时悟郎先生在舱内实施了瞬间杀人又当如何？突然冲入刺杀了惊讶的龙三先生。被害者向凶手的反方向逃去。然后凶手马上回到船尾，大声通知我们。”

“完全能说通嘛。”看坪束的势头，没准真会冲出船去逮捕悟郎。

“不，只是能解释舱内的情况而已。”

“而已……什么意思？”

“就凭这套说辞完全解释不了动机，最关键的动机。这里的动机不是指悟郎先生为什么对龙三先生怀有杀意，而是他为什么要特地在正举行水魑大人之仪的游船中，在多名目击者的注视下，明知自己会背负最大的嫌疑，还要杀人呢？动机完全没法解释。”

“唔……是这样啊。”坪束认可言耶指出的问题，不过看他的表情像是在想：清水悟郎要是凶手，不就能结案了。

尽管如此，言耶还是接着往下说：“放在如下场合也同样适用，无论凶手在出入口侧的通道、被害者与船底洞穴之间都差不多。”

坪束也赶紧参与进来：“因为这样的话，被害者就会转身从对开门逃走了。不可能去凶手所在的洞穴方向。另外，我也不认为凶手会闪开身让他通过。”

“但话又说回来，根据被害者的姿态，这场惨剧也不可能发生在出入口相反一侧的通道。”

“因为那样的话，就相当于是凶手把被害者移到了洞穴的另一侧。毫无意义嘛。”

“首先可能发生的情况是被害者站在出入口侧的通道上，面朝洞穴方向，凶手在另一侧隔着洞穴刺击。紧接着，凶手放开了凶器，然而，由于是在握着凶器的状态下缩回的手，龙三先生向前倒了下去。呼救声也闷在洞穴里传不出来。”

“噢……”

坪束发出了钦佩的声音，使得言耶慌忙摇头道：“可如此一来，我想凶器就不会刺进去这么深。”

“嗯？”

“凶器长约三十厘米左右吧。洞穴从这头到另一侧的远端有八十厘米。算上凶手的臂长，隔穴行凶是可能的。不过无法刺得那样深。”

“大夫，这位先生说的对吗？”

坪束一问之下，高岛仍然没有移开眼神，头也不抬地答道：“我也正想说一样的话呢。”

“那被害者到底是在哪里遇刺的呢？”坪束的视线从医生移回言耶身上，同时脸上浮起了一筹莫展的表情。

“如果说可能性的话，还有一种解释，即在船尾遇刺的被害者逃进船舱，走到洞穴处倒下了。不过在这种情况下，凶手就又变成了清水悟郎先生。但是，以龙吉朗先生为首的我们都能证明他没有刺杀被害者。说起来龙三先生就没从船舱出来过。而且，被刺中心脏的龙三先生也不可能走那么长的路。”

“那就不予考虑了。”

“我认为刚才提到的动机问题若得不到解决，‘悟郎先生是凶手的假设’就只能搁置一旁。”

“可是，被害者遇刺的现场既不在舱内通道这一边，又不在那一边，舱外的船尾也不是。这样的话……就没别的地方了。”

“不，还剩下唯一的一处。”

“哪儿？”

“那个洞穴里。”

“什么！”

言耶指了一下船底的洞穴，于是不光坪束，龙玺和龙吉朗以及沉迷于尸体的高岛都将目光投向了那个洞。

“所谓的‘洞穴里’是指在沈深湖的水里吗？”

“哪都没有龙三先生潜过水的痕迹。”言耶出言否定。

高岛一边检查尸体的头发一边说道：“从湿润程度来看，我不认为他下过湖。肯定是把樽扔下去的时候沾了点水吧。”

“这么说，是凶手从洞里……出来的……”

“当然，只是说可能性，现在还不好否定。不过想想事发当时游船的状况，我们就明白了，这是不可能的。”

“不可能……可是刚才你还……”坪束一副摸不着头脑的样子。

“我是说凶器是从这个洞里刺入被害者胸口的。”

“……”

“也就是说，龙三先生两手捧着水魑大人的角，然后探身到洞穴上方戳自己的胸口。其结果，由于他本人的体重使得凶器深深地刺了进去。”

“自、自杀……”

言耶讲述了曾在舞台下提过的假说，接着就听龙玺道：“我还当你要说什么呢，如果只是为了导出那个结论，完全没有意义！”语气中半是恼怒，半是愕然。

看来他极少会这么耐心地听别人说话。

“龙玺宫司也认为龙三先生是自杀？”

面对坪束的问话，龙玺默然点头，接着派驻巡警又瞧了一眼龙吉朗，于是老人若有所思地答道：

“我啊，一下子很难相信。不过呢，听了不可能是他杀的分析之后，然后又明白了水魑大人的角扎得很深的原因，我也开始觉得真相可能就是这样。”

“医生，你怎么说？”坪束征求意见。

“这个解释不坏。”高岛爽快地表态支持言耶。

由于水使神社宫司——被害人之父龙玺、长老级别的龙吉朗，以及医生高岛都接受了言耶的解释，坪束似乎也没有任何不满。

“不过，我有点在意的是，为什么要在洞里做这样的事？”

“只是我的想象啊，龙三先生是想把自己的血注入沈深湖吧。”

“为、为什么？”

“祈雨仪式各地都有，其中有一种方法是故意弄脏龙神栖息的水池，激其发怒而降雨。在民俗宗教中，血常被视为污秽之物。在奉神馔与供品给水魑大人的洞穴里，自刺胸膛流出鲜血，献出生命的行为本身，同时也会触怒水魑大人，这可是一举两得啊。”

“噢，原来是这样。”坪束终于是完全释然的样子，频频表示钦佩。

“那个……可能是我多管闲事了，要不要通知县警？”

就在言耶向派驻巡警询问时——

“坪束巡警，高岛医生，现在可以让村里那些小伙子进来了吧？”龙玺的问话十分奇妙。

“医生，可以了吗？”

坪束向高岛确认完后出了门，不一会儿就领着两个年轻人回来了。看来是悟郎叫派驻巡警和医生的时候带回来的。

“哎？请、请等一下！”

船内因突然多了几个人而变得狭小，言耶这么慌张也是理所当然。小伙子们竟然在龙玺的指示下，用毛毯包住龙三的尸体正要往船外搬。

“在县警来之前，该尽可能地把现场——”

“话是没错，不过就像你说的那样，这是自杀啊。”坪束已完全认定了。

“不不，这只是我的个人猜测。就算是再明显不过的自杀，县警也不会怠慢搜查工作。”

“不要紧的。”

“可是……无论如何，巡警先生都会是第一个被斥责的人啊。”

“没关系的。”

“可是……”

“我们没通知县警，所以没又问题。”意外的话，出自龙玺之口。

“哎？没通知吗？”言耶不由自主地追问道。

“是啊，没通知。”坪束理所当然地承认道。

“为……为什么？”

“当然是因为听了龙玺官司的话，说是没那个必要。”

“……”

“龙三先生是自杀，可见官司的判断很正确呢。”

言耶脑中一片混乱。在游船里和龙玺一起查看龙三的尸体时，官司曾觉得悟郎是凶手。换言之，他认为儿子是他杀。尽管言耶说悟郎不可能是凶手，平息了当场的事态，但他可不认为龙玺会改变想法。现在想法变了是因为言耶在舞台下试着做出的推理。然而，在此之前龙玺就已经派出了悟郎。谁知他是去让坪束巡警不要联络县警，还让悟郎带村里的小伙子来搬走龙三的尸体。

儿子被害身亡的事就这样结束了吗……

只能这么认为了。起初他就想大事化小，小事化无。但是，这么说来，他紧咬悟郎不放又是为什么呢？

自相矛盾……

全然不懂龙玺的想法，有何打算。不过，言耶后知后觉地意识到了一件事：龙玺似乎对他的龙三自杀说十分“推崇”。甚至把先前不屑一顾的言耶叫进游船，则是为了让他把自杀论说给坪束和高岛。所以，龙玺才没插一句话。

总之，不管他杀还是自杀，都打算偷偷抹杀儿子的死吗？

可是究竟是为什么……就在言耶左思右想之际，被裹入毛毯的龙三尸体已被那两个年轻人抬出了游船。龙玺陪伴在侧，坪束和高岛也一起同行。

“龙吉朗先生，这样可不太好吧。”

能对水使神社宫司提意见的，只有这位老人。这么想着，言耶赶在对方出舱前说了一句。

“是啊，我也觉得不好。不过，龙三为了村子，还有水使神社，已经舍弃了自己的生命。托他的福仪式成功了，如你所见也下了雨。”

“嗯，话是这么说……但在世间看来，龙三先生可是自杀。但凡不是病死或自然死亡，不管何种死法都该向警方申报。”

“问题就在这里。”龙吉朗边叹息边道，“如果通知警方，龙三的崇高之死就会降格为单纯的自杀。对于所谓的波美地区的功勋，怎能如此残忍相待呢？”

“这个和那个——”

“所谓这个和那个不是一回事，只是村子外界的看法。当然，波美地区也是日本的一部分，必须遵守国家的法律。不过呢，向政府机关通报说龙三是病死的，又能为难得了谁？毫无不妥之处不是吗？”

“高岛医生会写那样的诊断书吧。”

“刀城先生，你是否能否睁一只眼闭一只眼呢。别看龙玺人那样，作为水利合作社的代表，水使神社的宫司，神男的父亲，他希望龙三能这样安静地睡去，不暴露在世人好奇的目光下。这份心情我也感同身受。事情就是这样。”

望着深深颔首的龙吉朗，言耶再次痛感到，此处存在着这边世界独有的“规矩”。今日的事可不是随便就能解决的。讨厌的预感正“突突”地从他的心底涌起来。

“如果龙三先生的死是他杀，又会怎样？”

“……”

“难道也要说一句因为仪式成功了，当病故处理吗？”

“你说什么呢。”龙吉朗难解其意的样子，“假设又有何用。这话对龙三就很失礼。”

“不，说是假设，还不如说是假说。其实——”言耶当下讲述了自己的想法。

“呃……”龙吉朗一阵沉吟后，“是很奇妙啊。”

“我只能认为，龙玺先生是打算秘密处理龙三先生的死。”

“而且还不是因为我说的理由吗？”

“是的。注意到这个疑点再回过头来想想，就觉得龙玺先生对龙三先生之死的反应难以理解。”

“是怎样的反应？”

“初见遗体时非常吃惊，这个反应是真的。但后来他马上就……也不知是接受了现实，还是做好了心理准备，认为发生这样的事态也是有可能的……可能正是因此，他才会脱口说出‘没想到龙三都能成水魑大人的活祭……’这样的话。”

“你是说，龙玺预测出连龙三也可能步哥哥龙一的后尘，在仪式中死去？”

“这个地方还需探讨……这么讲吧，他给人的感觉，与其说是预感到龙三参加仪式可能会死，倒不如说是见到龙三的死状后，再次认识到还真的会有这样的命运存在。”

“你想说的意思我理解了，可这又意味着什么呢？”

“我想意味着一件事实，即龙一先生的死恐怕不是单纯的事故。”

“龙玺明白了这一点。所以对龙三的死也轻易接受了……是这样吗？”

“这么一想就于理相合了。当然，我不清楚两人的死是怎么回事，而龙玺先生的态度么，也……”

“至于后者，应该能预想到吧。”

“此话怎讲？”

“跟我刚才说的基本是一个意思。龙玺重视水使神社的体面高于一切。他想的大概是，儿子们死亡的真相一旦公布于众，会给神社带来伤害吧。”

“怎么会……，死的可是自己的孩子啊！”言耶忍不住叫起来，“即使同在日本，根据地方或村落不同，自会衍生出当地独有的文化和习俗，并被传承下去。而且代代将其守护下去也是很有必要的吧。结果就是，独特的世界观被建立，也不知是好是坏，当地的居民也会受到影响。我想这也是没办法的。但是，凡事总要有个限度不是吗？”

“是这个理，但刀城先生——”与亢奋的言耶正相反，龙吉朗语气淡然，“即使父亲儿子死了，兄弟手足丧了命，也不哀叹悲伤，还高兴地说一句‘为国捐躯可是好样的’，这难道不是前不久的事吗？”

“唔……”

“从心里高兴的家人，自然是没有的。但是，当时的风气是不这么说不行。不，或说是建立起了那样的世界观。日本这个国家，本身就是一个被可怖而又愚昧的风俗禁锢的大村子。”

“……”

“龙玺的所作所为，也不好说是如何特别如何异常吧。”

“但是……”

“正如战时疯狂的日本一样，波美地区也有一些奇特之处吧。不过呢，这个才体现了度的问题。我刚才也说了，并不会给任何人带来麻烦。相反的，这地方若能由此而大治，又何必硬行声张呢。”

“战时的日本没有‘个人’的概念。”

“啊，可不是吗。”言耶措辞唐突，但龙吉朗受之泰然。

“这样下去，龙一先生和龙三先生的‘个人’会被无视。如果两人是自愿向水魑大人献出生命，那么我个人可能也会赞同龙玺先生那套事后处理的方式。但如果是被第三者，并非出于本人意愿地夺去性命，我还是不能置而不问。”

“这个么……”龙吉朗略有为难之色，“我也承认龙玺的态度很奇怪。但因此就说龙三的死并非自杀，还认为龙一的死也有疑点，怎么说呢，我觉得没什么不妥当。”

“太好了……最关键的部分就在这里！”

“不，你等一下。”龙吉朗的神情越发显得为难，他凝视着刚要放宽心的言耶，“如果你的担忧是对的，那么水使神社的兄弟究竟是怎么被害的呢？两次增仪，都只有神男和船夫两个人在沈深湖上。一般会认为凶手是船夫。但龙一那时候，我们都看到了，船夫一步也没离开过船尾。而且我们知道龙一似乎是死在湖里的。至于另一边的龙三，悟郎倒是进过船舱。但他今天早上能否偷到水魑大人的角？就算有可能吧，那为什么要在增仪的过程中杀人呢？更何况，如果悟郎是凶手，那杀害龙一的就另有其人了。”

“为什么？”

“那个叫悟郎的男人大约是七年前从外地入赘到清水家的。也就是说，十三年前龙一死的时候，他还不在这里。”

“这么一来，他离嫌疑圈是越来越远了。”

“凶手毕竟不是同一个人吧……”

“现在我们没有任何凭据。还不敢说这两人的死是不是相隔十三年之久的神男连环杀人案。不过，接连发生了两起情况相似的命案，可以说各存有一名凶手的考虑反倒不自然。”

“确实啊。不过……”

“是的。事发当时，游船——不，沈深湖本身就是一个巨大的密室。谁都无法出入。不解开这个谜，一切都是枉然。”

12

第十二章

一只眼仓现出原形

刀城言耶和水内龙吉朗离开游船回到舞台下，那里只有水内世路，水庭流虎和担任刈女的青柳富子三人。

“大家都下山了吗？”

“是的，与龙三君的遗体一起。听说今晚会办临时守夜，龙玺先生好像打算明天就举行正式葬礼……”

世路一边回答，一边等着父亲的态度，脸上的表情仿佛在问“如此率性而为没问题吗”。

“呼。不过也不好阻拦他啊。”

“你们在游船里说了些什么？龙三君是自杀，然后坪束巡警也接受了，是吗？即便如此，随便搬动遗体，甚至还要出殡，我想即便是水使家，这事也不妙吧……”

“这些事以后再说吧。跟刀城先生说好的事，以后还要在水利合作社内部进行讨论。”

龙吉朗所说的两人说好的事是指由龙吉朗全力调查龙一和龙三的死，并不加隐瞒地告知言耶。然后两人视情况，寻求水利合作社其他人员的协助，努力查明真相。若有证据能判明他的死有问题，水利合作社就要负责处置。离开游船前，两人就达成了共识。

“知道了。”

世路似已察觉另有隐情，他应过一声后，流虎也点头表示明白了。

“难为你一直留在这里，”随后龙吉朗又跟富子说起话来，“你没跟大家一道走吗？”

“唔……与遗体一起下去，觉得有点害怕……啊，虽然这么说很对不起龙三先生……”

“哪里哪里，女孩儿家的也难怪，不用这么上心。”龙吉朗语出柔和，让她放心，“对了，水使家到你们那里商量刈女的事，是在什么时候？”

“八天前。重藏先生受龙玺宫司的指派，光临寒舍，说水利合作社已决定举行增仪。”

“然后就定下让你来了？”

“是的。虽说这项任务的重要程度不比神男，但刈女也要自发地做祓禊，所以还是要赶在一周前决定下来。”

当时龙玺说由鹤子担当刈女一职，果然是信口开河。

“原来是这样的。真是辛苦你了。那么说说今天的事，你在舞台上时，一直都看着游船那边吗？”

“是……是的。跳舞时，有时会面向侧方，有时会背着身，不过也只有瞬间，所以……”富子神情诧异，但还是顺从地回答了问题。

“游船一直都在视野范围内吗？”言耶问道。

“是的。”

“不光是船，四周的湖面也是如此吗？”

“哎……啊，我想是这样的。”

富子不安地盯着龙吉朗，老人介绍说言耶是前来采风的作家，希望她被问到什么就答什么。

“只有船头的方向看不到吗。也就是流升之瀑和船之间的那段距离。”

“是，那里确实……”

“但我们看得非常清楚。”言耶确认之下，见龙吉朗，世路与流虎全都用力点了点头，接着马不停蹄地继续提问，“那么在仪式过程中，有东西漂在湖面上，或是从湖里出来吗，哪怕只是一眨眼的工夫。”

“是说樽吗？”

“当然也包括樽，不过其他东西也行，什么都行。总之就请你回忆下，你在湖面上看到的所有东西。”

“没有……”

“慢慢来也没关系，所以请你好好回忆。不用着急。”

言耶的口吻就像催眠师，而富子也真的闭起眼睛，然后她歪下头，保持着这样的姿势良久未动。

“不，我什么也没看见。”不久她睁开眼睛，清晰地断言道，“问的是仪式期间，但其实从开始前到游船返回为止，我一直有看沈深湖。可是，浮在湖面上的东西，或是从湖里出现的东西一概没有。”

“是这样啊。再请教一个问题。在舞台北侧，有一个从湖中流出水的地方吧。经二重山而下，变成深通川之水流的源头——”

“对，有的。”

“那地方也在视野范围内吗？”

“嗯，能看见的。不过，并没有什么奇怪之处……”

“要是有什么东西从那里侵入湖中，你会看到吗？”

“我不敢说绝对能，但差不多能知道吧。”

“多谢。”

言耶谢过富子，似乎是为保险起见，又向龙吉朗等人提了同样的问题。

“我什么也没看见。”

“我也是。”

龙吉朗和世路予以否定，旁边的流虎也摇了摇头。

“我也是。跟着龙玺先生坐小船向游船进发的时候也是如此。当时，船的北侧也已进入视野，但未见异常。换句话说，从仪式开始前到结束后，湖面上不存在死角，而且没有一个人目击到任何东西。”

言耶对案发当时的现场情况做了一番小结，这时世路小心翼翼地问道：“刚才的问话是为了确认‘本次增仪中不存在与我们毫不相关的第三者’吗？”

意识到富子在场，所以才这么绕着弯地说话吧。或许他是在想，富子回村以后，要是传出了什么奇怪的风言风语可就难办了。

“嗯，算是吧。”

由于龙吉朗也没做具体回应，言耶正想着不如姑且告一段落，就听富子直截了当地问道：“您是说在我们的眼皮底下，既没有人进入沈深湖，也没有人从那里离开，绝对没有……是吗？”

“是的，我想确认这一点。”

“这么说来，龙三先生还是自杀……”

“是啊。”

就这样让富子以为龙三是自杀比较好吧——言耶如是判断。然而，她的思考并未停留在这一步。

“要么就是被湖里出来的东西害了……”

“你说的这个东西是什么？”

“……膨物。”富子稍事犹豫后低声道，“什么都没看到是千真万确的，不过船好像微微摇了一下……”

“是什么时候的事？”

“六只樽被抛下去之后。”

言耶想起自己当时也有同样的感觉。他向龙吉朗求证。

“这么说来……”不光是龙吉朗，连流虎也承认有这事。

“那时可能是膨物从湖里……”

富子正要往下说，世路朝她猛地摇头：“不会，不会，再怎么说也是不可能的吧。”

“可是……”

“船晃过可能是真的。但一下子扯到膨物就太乱来了。”

世路全盘否定。另一边的龙吉朗与流虎则既不肯定也不否定。两人保持沉默，着实给人一种阴森之感。

“可是，听说担任过神男的宫司亲眼见过……”

富子知道她说的宫司就是眼前的这两位吗？言耶瞬间有些怀疑，不过从她的态度完全看不出那种迹象。本该秘而不宣的目击证词不知何时已在村民间传开，这是确凿无疑的了。

“那……那个——”

世路大概想说“不是看错了就是幻觉”。不过，面对着当事人，他终究还是把话咽了回去。

“如果是膨物干的，那么他哥哥龙一先生遇难时肯定也发生了同样的事。”

“是啊，龙一君的死相当诡异，就像在湖里和膨物碰到似的。龙三君这边是心脏被水魑大人的角扎了一下。就算存在膨物，又怎么会使用凶器呢？”

“这倒也是……”富子似乎是无法回应世路的指摘，低下了头。

“仪式前后及执行期间，没有一个人潜入过沈深湖。说是膨物干的又很牵强，如此看来龙三的死只能是自杀吧。”世路的脸转向父亲龙吉朗和言耶，语气中含着“不可能有其他解释”的意思。

“那么，有没有可能在我们来湖之前，已经有人潜伏在下面了？”言耶问道。

“你……你说什么？”世路看来十分震惊，比富子提出膨物时更加强烈，“但……但是，这样会接不上气吧？为了换气就要一次又一次地把头伸出湖面，这样的话倒有可能会被人发现。”

“无装备潜水的话，有可能是这样的。”

这时，言耶脑中已有某物的存在。而听了他的话，世路的脑海里多半也浮出了同一件事物。不过，不能在这里详谈。世路似乎也明白这一点，两人只是对了一眼就完成了沟通。

“就快晌午了。我们还是快点回去吧。”

大概是已经觉察到言耶与世路之间的无声交流，龙吉朗说着站起身来，“刀城先生，方便的话到我家来吃饭吧。水使家正乱着呢，回那边去也不一定能吃上饭。”

“多谢多谢。不过，我有点挂念举行仪式的期间，神社那边有没有发生什么怪事，所以——”

“对啊，还有鹤子的那桩事。”

“关于她的事，待会儿我有话跟您说。”

言耶打算直截了当地问龙吉朗一只眼仓的事。再怎么说两人已经达成协议，但龙吉朗毕竟是波美地区的人，还是水利合作社的长老级人物，身为水内神社宫司的他究竟能配合到什么程度呢？言耶非常不安。

他认为那座仓的秘密不可能与仪式无关。

言耶甚至觉得不止龙三，就连龙一的死亡之谜也跟一只眼仓息息相关。既然指望不上龙玺的协助，就只能依赖龙吉朗。不过，倘若言辞不当，只怕他什么都不会说。

言耶寻思着如何在归途中开口，直起身站了起来。就在这时，他听到了一个弱如蚊鸣的声音。

“老师……”

抬眼一看，只见全身湿透的祖父江偲正站在舞台外。

“祖……祖父江小姐……你怎么会在这里？”言耶慌忙把她接到舞台下面，吃惊地问道。

“还说呢……搬樽的村民完全忽略了我……跟他们一起下山是没啥指望了……刚想着一个人爬山很害怕，就见船夫小哥气势汹汹地跑下来。问他怎么了，说是神男死了……后来船夫小哥带着四个男的上来了，哪知这回又带着包在毛毯里的尸体一起下来了……每次我问他们老师的情况，没一次回答清楚的，所以人家就担心起来啦……再说，一个人待在那种地方，不知怎么都很害怕……所以人家就……”

“对了，祖父江小姐，除了最初下山的村民，通过这个山道的是不是只有后来下山的船夫清水悟郎，以及随他一起上来的四个男人，还有水使龙玺先生，水分辰卅先生和毛毯里的遗体？”

“……嗯，是没错啦……”

“刀城先生，这是什么意思？”

龙吉朗一问之下，言耶略显兴奋地答道：“仪式开始前留在山腰的她，碰巧起到了监视的作用。”

“也就是说，根本就没人上过二重山，更别提潜入沈深湖了？”

“是的。保险起见我问一声——”言耶再次面对祖父江偲，“你也没见到什么人顺着流下来的湖水逆流而上吧？”

“这不是明摆着的事吗。就那点不上不下的水量，根本无法潜水，不能潜水就没法藏身。不对，就算能潜水，那么陡的坡度怎么上得去？”

“嗯。光是爬个山就够累人了，何况还有水从上面流下来……不过可能性还是有的，所以你的证言非常关键。谢了。”

“看来人家是立大功啦。”

“不愧是祖父江小姐，出人意料地一锤定音。”

“不、不，哪里……”

“好了，我们走吧。”

“哎？走什么，要去哪里啊？”

“还用说当然是水使神社了。”

“什……什么！人、人家……才刚爬山上来……”

“具体情况待会儿再讲——”话音刚落言耶就跟龙吉朗从舞台底下出来往山下走去。

“死鬼……不是人……恶魔……没人味……就知道跟怪物好……冷血动物……”

从背后传来祖父江偲的骂声，无精打采却唯有满满的恨意饱含其中，不过因为雨声而没能追近他的耳边。

“不要紧吗？我们慢慢往下走吧。”

祖父江偲听着世路的软语温言，在富子的搀扶下，无奈地再次从舞台下走入雨中，随后由流虎前头带路，开始移步向山下进发。

早于四人出发的言耶和龙吉朗已开始沿山道下行。

“丢下那位编辑大小姐没问题吗？”

“哎？祖父江小姐吗。没事，别看她那样其实人很坚强。”

没等言耶开口提一只眼仓，走在他前面的龙吉朗倒先担心起祖父江偲。

“不过，这山道她走不惯吧。再加上这瓢泼大雨的。你真的不担心吗？”

“但要是陪她下来，女孩子会自然聚在一起，富子姑娘可能也会跟我们同路。富子姑娘目前还认为龙三先生是自杀。如果我们在下山途中说些凶险的话让她听去了，她会一下子变得疑神疑鬼吧。”

“于是，风言风语不光在五月夜村，还会波及整个波美地区吧。”

“像这次这样的案子，带有迷信或风俗特色的流言往往会阻碍我们逼近真相。”

“原来如此。是从过去的经验中学到的吗？你还真是个名侦探呢。”

“不不，我真的不是！”言耶当即否认。

龙吉朗好笑似的莞尔道：“说是经验丰富，但你还很年轻，却已能审时度势作出应对，了不起啊，了不起！”

“多、多谢夸奖。”

“不过呢，我觉得你的洞察力啊，别光用在案子上，最好也多关注下身边的人吧。”

“呃……怎么说？”

“啊啊，我多管闲事了。看来对方已经十二分地了解刀城先生，所以才会那么顺利吧。”

“对方？”

言耶纳闷不知这话在说谁呢，而龙吉朗此时却显得异常欢快，于是言耶判断要提及一只眼仓的话题就得趁现在。

“我有一事相询。”

“什么事啊？”

“在水使神社的南端，不是有那么一座孤零零的，离得比较远的仓吗。那个仓到底是派什么用的呢？”

只能望见后背，因此无法窥知龙吉朗的表情，即便如此言耶仍能看出刚才还很欢快的状态，转眼已经消逝殆尽。

“看来你已经知道这个事了。”

“什么时候开始有的？”

“我也不清楚，不过我想至少是在龙玺的上一代或上上代吧。”

“大家都管那个叫一只眼仓吗？”

“唔……你已经知道那么多了吗？其实是我这么叫的。”

龙吉朗此言令言耶大为振奋，他一口气说出了从阿武隈川那里听来的话，以及自己的想法。

“咒术性的装置啊……我对那个仓也有类似的判断。”

“水利合作社并没把它当问题？”言耶刚说出口就发现这话听着

像责备，瞬间意识到糟了。

不料龙吉朗却语气淡然地反问道：“关于这个咒术性的装置，你具体是怎么想的？”

“在拜访这里之前，唔……”

言耶犹犹豫豫地说明了自己当初的见解。比如仓内饲养着被当作水魑大人对待的生物。

“噢！你果然是个很有趣的人呢。”

言耶心想他是不是在取笑自己呢，不过龙吉朗的精神倒是略有恢复了。

“那么亲眼见到一只眼仓后，想法是不是变了呢？”

“是的。不过在实际见到仓之前，我在鹤子小姐的屋里听到龙吉朗先生和龙玺先生的对话时，有了更为现实的想法。”

龙吉朗沉默不语，背影再度凝重起来。

“如果一只眼仓和本殿一样是从深通川引的水，那无疑就是一件宗教性的装置。可是有人却声称仓里有东西，此话显然透着怪异。如果是人，很可能一直就生活在仓里。如果这是真的，那就如同在本殿里住人一样，怎么想都是不可能的。”

“所以刀城先生才曾经猜测是动物化的水魑大人。”

“然而，果真如此的话，讨论是否真有其物之前，首先要说的是波美理应有关于此种生物的传说，就如犬神和管狐一样。”

“嗯。就我所知，没有。”

“那好，假设仓里的是人，而且从开始就是坚信不疑地进入，或是被放入其中的话，又当如何呢？我倒是想到了一种可能。”

“什么？”

“取名‘一只眼仓’不会是毫无理由的吧？如此一来，就显现出了令人毛骨悚然的暗合。”

“此话怎讲？”

“不就是祭品吗。”

“唔……”

“活人祭祀。”

“嗯……”

“龙玺先生对鹤子小姐失身的事大为光火，难道不是因为只有黄花闺女才有活祭的资格吗？”

“唔……”

“大正六年，柳田国男老师在《东京日日新闻》上连载了题为《独眼小僧》的论文。老师在文中做了大胆而有趣的考察，认为远古时期曾有过‘一次祭典杀一名神官的风俗’。”

“论文的题目为什么会是《独眼小僧》？”

“日本传说中经常出现一只眼的神或妖怪，而柳田老师认为这是‘过去曾有被毁去一只眼睛的人们’的事实流传下来的残影。至于为何要弄坏一只眼睛，是因为他们是神的代理人——神官，也是为了甄别。”

“这样就跟‘一次祭典杀一名神官的风俗’的观点联系起来了吧。”

“嗯。不过呢，以上说明其实是不需要的。您当然知道‘独眼小僧’，也意识到了水使神社那座怪仓的秘密与此相关，但又不能公开谈论这个话题。于是您援引曾经读过的《独眼小僧》，把仓命名为一只眼仓。

然后这个名字自然而然地就在水利合作社内传开了。不是吗？”

“也就是说，每次水使家执行减仪或增仪时，都会有一个人被关进一只眼仓作为水魑大人的活祭，然后被杀喽？”

“难道不是？”

“说是每次仪式也太困难了吧。水使神社在波美地区的权势再大，也是隐瞒不住的。最关键的是，这活祭要从何处筹备？结束使命的尸体又该如何处理？可能会出现各种各样的问题不是吗？”

“话虽如此——”

“原本，使用活祭的仪式是否真的存在，都很难下结论啊。”

“柳田国男老师在写出《独眼小僧》的第二年，发表了《关于农耕的民俗》，进一步考察了农耕仪礼与献祭的关系。估计当时柳田老师曾确信活人祭祀的存在。然而，不久他就渐渐走向了相反的立场。其中有当时的——啊，果然这事您知道的，对吧！”

言耶出言抗议，龙吉朗则一声坏笑。不过，他立刻正色道：“问题在于本地是否有过这样的风俗，不是吗？”

“突然就认为这风俗是从水使神社而来，确实有点武断。那么，有没有诸如这样的传说呢？”

“到这里的途中，有没有经过上桥？”

“经过了。从川道进入参道的时候渡过桥。除了五月夜村的那座桥，似乎就只有架在佐保村东头的下桥了——”

“其实，那个上桥过去好像也一直没能造起来。”

“因为会被水冲走吗？”

“所以呢，传说后来立了个人柱。”

“啊……”

“啊啊，其实有没有立我也不清楚。上桥的桥畔不是有座水神塔吗。有人说这是为泥女之夫的膨物造的，但有民间传言说其实是为了祭祀人柱。其他的水神塔同时又是村界的标识，只有这一座显得特立独行。”

“既然有这样的历史背景——”

“虽然缺乏确凿证据。不过我想一只眼仓是向水魑大人献活祭的场所，这一点至少没错。”龙吉朗说话有些吞吞吐吐。

“有些地方不一样是吗？”

“普通的……这么说有点奇怪啦，应该说是跟我心里想的那种活祭不太一样，称为‘缓慢的活祭’比较好吧。”

这通奇妙表述令言耶侧头不解，这时龙吉朗突然讲起了一桩奇事。

很久以前，有对漂亮的母女香客出现在波美地区。两人形同乞丐，而龙玺却很照顾她们，于是村里人认为他又犯了色心。然而，没多久两人就不见了，大家都偷着乐，说她们是逃离了好色的龙玺。数年后，又来了一对老婆子和小鬼的香客组合，那模样就像快要饿死了似的。当时有个可怕的流言在村民间传开了。说是那对漂亮的母女就是现在的老婆子和小鬼……

“所谓‘缓慢的活祭’……就是这个意思吗？”

“这下你明白了吧。”

“水使神社当时的宫司，把一只眼仓给母女当住处用了？”

“差不多在上一代的时候。”

“而且还提供伙食和衣物吧。不过条件是绝不能出仓，与外部的接触也一律禁止。想必母女一直都是以行乞的方式行走全国，虽说是土仓，但我想衣食无忧的生活对她们来说一定很具吸引力。所以应承了下来。其结果就成了面目全非的老婆子和小鬼。”

“恐怕是这样的。”

“没能证实吗？”

“人很快就去了别处，所以最后没能搞清楚。而且，才几年那对漂亮的母女就完全变了样，也有不少村民认为是别人。这也难怪。就连知道有一只眼仓这回事的我，当时也没能把两者联系在一起。”

“所谓两人模样奇特，是怎样的感觉呢？”

“与其说是饿得骨瘦如柴，不如说就像三魂七魄被抽走了，所以毫无生气，衰弱至极。”

“唔……”

“你认识龙玺的妻子汩子吗？”

“嗯。见过一次，说过几句话……”

“汩子叫一只眼仓‘御仓大人’。也就是说，她从这座仓身上感受到了神格。”

“整理一下，就是这么回事吧。住进一只眼仓里的人，与水魑大人之仪没有关系，平日就充当着祭品。日复一日，被水魑大人一点点地吞食。仓则是达成这个结果的装置。当然，此处的‘吞食’是一种比喻。并非古老故事或传说里说的那样，当真被吃掉了。成为祭品的人，怕是某种精神方面的，我们肉眼难见的东西，每天都被水魑大人吸走了一点点吧。水使神社对增仪和减仪握有绝对的自信，大概就是因为有这个一只眼仓的机能。因为除了神馔和樽的供物，他们平时就一直在供奉更有价值的祭品。而完成媒介功能的则是深通川的水。”

“我怀疑引进仓内的水不是深通川的水，而是直接取自沈深湖。或者也可能来自更上游的地方。”

“啊，原来如此。这样倒是更直接了。可是，太残酷了，一点一点地把人整得半死不活。”

“确实。”

“龙吉朗宫司——”

也许是从言耶的语气中察知他要说什么，龙吉朗的后背一滞。

“没有证据。一切都只是想象。这些我懂。但是，既然已经如此迫近一只眼仓的秘密，您和水利合作社竟没有采取任何措施吗？”

“水利合作社的各位什么也不知道。不，说什么也不知道可能言过其实，但至少没我那么疑心。水庭神社的游魔充其量也只是独自在调查。当然，龙一和龙三也知道吧，大概是龙玺找了个时机告诉他们了吧……”

“可您不是觉察到了吗？”

“虽然听着像借口，但正如刀城先生所言，没有任何确凿的证据。即使查明那对母女曾在仓里住过的事实，也会如你之前所言，人家只要答一句‘我是给她们提供住处’，便无话可说。况且这十多年来，一只眼仓似乎从没被使用过。”

“不能因为这样就——”

“是啊，不能因此就置之不理。你要是指责我‘最后还不是睁一眼闭一眼’，我也无话可说。”

言耶明白龙吉朗的这番话相当直率，发自肺腑。然而，他心中还是涌出了一个疑问，假如被关入一只眼仓的不是外乡人，而是波美地区的哪个人，想必龙吉朗也不会保持沉默。不过，就这样逼问他是不妥当的。

“您知道什么时候使用过仓吗？比如，从哪年哪月到何时为止，这个期间有没有用过什么的。”

“啊，这个可就难了。女佣领班留子，负责准备饭菜，可能更清楚这方面的事。”

“就算问了，她也不会告诉我吧？”

“是吧。不过那女人性格比较别扭，说起龙玺的坏话来满不在乎。”

“这么说，只要问得巧妙，就有可能打听出来？”

“是吧。不过她自己也有参与其中，还是会有戒心吧。问题在于那个女人对仓的秘密了解到何种程度……”

“没有觉察到与仪式有关吗？”

“就我看来，龙玺像是在故意误导。简而言之，让人以为他在仓里——”

龙吉朗一下子支吾起来，言耶当即接过话头道：“让人以为他在仓里藏着女人。所以留子女士对准备伙食的事并不起疑。因为她深知龙玺先生是何等好色。”

“你……不会真的开了一家侦探事务所吧？”

“为……为什么这么说？”

“因为你收集信息的能力很不一般。”

“啊啊，不是我能力强，而是告诉我水魑大人之仪的阿武隈川前辈的力量——其实也不是啦，靠的是他老家神社的威力。”

“唔，了不起。”龙吉朗一个劲地表示钦佩，突然他又侧首道，“不过呢，龙玺也许做过几件无法那样遮遮掩掩的事。”

“哎……”

“我不是说过担任船夫的悟郎是清水家的上门女婿吗。”

“是的，听您说了。”冷不防地也不知对方在说什么，但言耶还是老实地应了一句。

“那人是七年前来的波美。老家是在大阪一个名叫‘樽味’的酒铺。名字跟他家的生意很般配，长兄市郎继承了樽味家，但听说‘二战’时他曾为躲避兵役逃走了。”

“啊啊！这可是大事啊！”

“家属自然也被当局盯上了，还被左邻右舍视为非国民，遭了不少的罪。幸好哥哥没被抓住，逃哪去了连家人也不清楚。不久战争结束，再次经营老家酒铺的时候，他们开始寻找长兄。追着传闻走访四方，悟郎最终抵达的地方就是我们波美。”

“是收集到了什么情报吗？”

“你可能没有注意到，沈深湖的西北角有个洞窟。战后，那里发现了一具尸蜡化的男尸。”

“那人是……”

“根据遗留物判断多半是个逃兵役的人，于是悟郎闻风而来。虽然最后那人并不是他的哥哥。”

“悟郎先生的兄长市郎先生是何时离家出走的？”

“悟郎来五月夜村的时候说是在六年前。”

“换言之是十三年前……也就是说，跟龙一先生执行增仪的时期相重合了。”

“是这样呢。”

“你说市郎先生当时住在一只眼仓？”

“没有什么证据啊。而且村里谁也没见他出入过水使神社。就算有人看到了，光凭这一点又能如何？”

“但是，无论时期、人选、事件，还是证据方面都合得上。因为如果是逃避兵役的人，反而会主动往仓里躲吧。”

“确实呢。”

“顺便问一句，男人也可以当一只眼仓的活祭吗？”

“你问我，我也答不上来。不过我想龙玺做过试验吧，趁着眼前恰好有合适的材料。”

“啊！”言耶突然大吼一声，使得龙吉朗停下脚步。

“怎么啦，可把我吓着了。”

“不……不好意思。不，其实是这样的——”

于是，言耶把昨晚在一只眼仓的经历说了一遍。

“你和汨子谈了那些事啊……那个龙玺，时不时地就会想出恶魔一样的荒唐主意。十三年前逃到此地的市郎大概就不幸遇到了这个恶魔。”

“然而，龙一先生却在仪式过程中不可思议地死去……对啦，龙玺先生牢牢抓着鹤子不放，我多少有点明白理由了。”

“哦，是吗。”

“男人何止不适合当一只眼仓的活祭，简直完全是不合格。这一点从市郎身上就能判明。从过去就拿女子做试验。但龙玺并不满足，始终在追求更完美的活祭。于是他就再次尝试，研究更适合担当活祭的人应该具备的新条件。结果他想出来了，与神职相关的处女不就是最高级的素材吗。”

“你果然不是等闲之辈！”

言耶完全沉浸在自己的解释中，以至于都没听到龙吉朗的赞美之词。

“而且他认为这活祭若是自家人，便会更增威力。”

“所以就把自己的外孙女……”

“这里有个问题，即鹤子小姐的血统。听世路先生说，她的母亲左雾女士是养女。也就是说，与龙玺先生并无血缘关系。心里不免会涌起疑问，她也适合当活祭？不过相比之下，有一个疑问更大，即龙玺先生为何要领养左雾女士，而不是收一个能成为继承人的养子呢？”

“龙玺一直在隐瞒左雾的出身。”

“不管怎么说也是出身知名神社，是因为这个吗？”

“倒不如说是正相反吧。”

“正相反……”

“如果是正统神社的姑娘，龙玺那样的人，还不大肆炫耀？不过呢，从那种地方招养女可不是那么容易的。”

“也许对方有不得已的苦衷。”

“就算如此，也至少会对我们公布神社的名字，绝对会炫耀一番，这才像龙玺的样子。”

“甚至都没告诉水利合作社和龙吉朗先生？”

“嗯。所以说是正相反。最初我猜测左雾莫非来自民间的某个来路可疑，却又拥有莫大权势的修行者家族。”

“是这个意思啊。”言耶释然的同时，对左雾的出身在意起来，“详细情况至今未明吗？”

“也不是。没多久啊，我多少也有点明白了。如果把一般民间信仰也包括进来，侍奉神佛之人的世界其实相当宽广。也正因此，信息才得以传递。就算短时间不行，过了几年，几十年，也终有一天会变成传闻流入耳中。”

汇集于阿武隈川老家的大量信息也许就是证据。

“刀城先生知道苍龙乡一个叫神神栉村的地方吗？”

“请等一下！好像听说过……”

“唔，如果是你的话，自然是听说过。那地方有一个异类附体家族，代代相传，生生不息，似乎在那个圈子里非常受人忌惮。”

“听你一说，好像还有个别名叫附体村……”

“嗯，听说有各种各样的叫法。然后，那个家族代代都会生出双胞胎的女孩。而且全部被取名为‘左雾’。”[1]

“那么左雾女士……”

“不过呢，双胞胎的任何一个都是那个家族重要的继承人。”

“双胞胎不吉利，所以要把其中的一个送到外面去，这是地方上的世家常见的风俗。您的意思是并不是因为这个才送给人家当养女？”

“肯定是有其他的特殊情况吧。不过，左雾生来就具备特殊力量，无论如何是不会改变的。”

---

1. 左雾，“さぎり”的汉字写法，原文是假名。关于神神栉村异类附体家族之事，请参见刀城言耶系列之一《如厌魅附体之物》。

“什么样的力量？”

“怎么说呢，我也不知道详情，而且左雾也不是在那里长大的。”龙吉朗的措辞意味深长。

“此话怎讲？”

“如果是在那家长大的，身为继承人自会接受相应的教育。在那个过程中，不光是如何使用自己的力量，恐怕还会学习驾驭之法吧。因为那家人很了解两个女孩所持力量的本质。”

“然而，由于左雾女士成长的地方是五月夜村，所以谁也不知道该如何培育她的力量，是吗？”

此处，龙吉朗突然说起了左雾一家在满洲的生活，以及归国时的情况。似乎不是从本人那里听来的，而是小夜子和正一偶然告诉世路后，世路再转述给龙吉朗的内容。

“比如说，在家中遭机枪扫射，被露西亚人侵袭之前，左雾表现出来的行为就像能预知未来。而这力量得到了最大限度的发挥，我想是在归国途中。尤其是在归国船上，鹤子、小夜子、正一这几个孩子相继病倒的时候……不，在这之前左雾肯定已经使用了自己的力量。”

“难道说……”此时，言耶产生了一个骇人的想象，“隔壁那位佐用夫人……除婴儿之外的三个孩子……”

“正是。我怀疑她已事先给那三个孩子设下某种类似咒术的机关，以备自己的孩子遭遇生命危险时能拿他们当替身。在食物供应紧张的情况下，不给自家孩子，而是分给别人的娃，怎么想这行为都很反常，不是吗？”

“嗯……”

“不过，左雾有多少是出于自己的意志，自发性去做这件事的，我并不清楚。也许是自然而然，或者说是出于本能的行为。”

“因为……她没有受过任何指导吗？但她知道自己拥有奇妙的力量。说起来龙玺先生所关注的也是这一点吧。”

“嗯。”

“但如果是这样的情况，龙玺为什么偏偏要领养这种家庭的女儿呢？”

“现在你心里有一个可怕的想法是不是？”

“是的……”

言耶才刚作答，龙吉朗便站住身回过头来。

“能否告知一二？”

“想必龙玺先生在紧盯鹤子小姐之前，早就想到一个极为可怕的企图。他的计划是在自己身边……从零开始培养一只眼仓的活祭……”

13

第十三章

替代

小夜子不见了。

正一找着姐姐，心里乱成了一锅粥。

难道说……

一个极其不祥的念头浮现在他脑中挥之不去。

吃过早饭后，为了不让大人们发现，正一躲进暗处，窥视正在工房殿内进行的水魑大人之仪的准备工作。

无论是增仪还是减仪，离上一次水使神社执行仪式已有十三年之久。听说在上一次仪式中龙一死了。死因是心脏病发作，所以多半是意外事故。但是村民们至今还在背地里传，说是被二十三年前在沈深湖失踪的水分辰男的膨物召唤走的。

他自从在此生活，就听说了各种各样有关仪式的故事。因此，不知从何时开始也产生了非比寻常的兴趣。四年前水内神社执行了增仪，两年前水分神社也办了减仪。但是，别说仪式，他连准备过程都没能见着。所以，这次水使神社的增仪使他格外兴奋。不过最大原因并不在此。

想必龙玺一直在等待这个时刻。

一只眼仓终将启动，鹤子会以某种形式与仪式发生联系吧。

正一和小夜子都有这样的想法。就像是为了证实两人的猜测，即将举行仪式的三天前，龙玺在晚餐时突然提了鹤子出嫁的事。这显然很反常，极度可疑。然而令人诧异的是，鹤子本人却接受了。无论正一他们怎么逼问，她只是一个劲地说不要紧，完全没法沟通。

昨日傍晚，事态竟有了惊天动地的发展。水内芥路企图与鹤子私奔。小夜子和正一，还有龙玺，以及所有人都很震惊。因为没有一个人发觉他们的计划。不，甚至都无人知晓他们之间的关系。

据说是女佣领班留子敏锐地发现了潜入水使家正房的芥路，觉得可疑就报告了龙玺。龙玺与世路素有芥蒂自不待言。所以芥路也很少在水使家露面。这次又是遮遮掩掩地侵入私宅，留子觉得古怪也是理所当然吧。龙玺当即来到鹤子的房间，与其说是第六感驱使，还不如说是因为仪式就在明天，鹤子比什么都重要，仅此而已。

听到长姐的惊呼，小夜子和正一赶紧奔赴现场，只见龙玺凶神恶煞般抓着鹤子的头发，拖着她在榻榻米上打转。两人想上前阻止，却被一把甩开。芥路倒在屋子的角落里，像是受了同样的待遇。最初完全不明就里，听了龙玺和芥路的对话后，才总算看出了一些端倪。

芥路被父亲世路带着到访那间陋室时，就对鹤子一见钟情。当时，女孩十三，男孩十一。岁月流逝，而芥路始终抱着那份心意，不久鹤子等人搬到水使神社生活，两人相见较之以往更为不易。据说，芥路下定决心是在鹤子出任水分神社减仪刈女的时候。在前去帮忙准备仪式时，芥路瞧见巫女装扮的鹤子，又一次醉心于她。

减仪之后，芥路为了见鹤子索性偷偷摸进水使家。他得偿所愿以后，听说又溜进过三回。不过，由于险些被留子发现，遂决定约鹤子去外面。这就是长姐从去年夏天开始频繁外出的原因，后知后觉的小夜子和正一释然了。只是，听说两人约会的地点后，正一顿时张大了嘴，呆了半晌。

原来芥路和鹤子是在水使家后山的洞穴里私会。此外，据说是为了被村民发现的时候留个后手，两人都戴上了鬼面具。从村里的年轻人吵吵“有鬼女出没”也能看出，这招奏效了。那次，鹤子决不是想吓唬正一。感觉有人进入了洞穴深处，所以戴上鬼面具躲了起来，很快就有个人从水里冒出来，把她吓了一跳。芥路刚想确认来者何人，鹤子就认出是正一。于是想叫住他，不料正一飞也似地逃走了。鹤子心下不安，回家探查情况，看见弟弟正在浴室。人没受什么伤，似乎也没发现她们的身份。话虽如此，两人还是减少了幽会的次数，不久冬天到了，天下起雪来。无奈之下只好等到今年开春。

结婚的事当然认真考虑过，但想到两家的关系，也就是龙玺和世路的恩怨，就觉得很绝望。不过，他们还是打算从长计议。就在要找外祖父龙吉朗商量的时候，哪知突然爆发出了鹤子嫁人这档子事，不免大为着慌。鹤子被告知此事是在仪式的四天前。她即刻通知了芥路，但时间所剩不多。芥路决定在仪式前一日的午后接鹤子出来，两人姑且先私奔再说。各种事情费了不少工夫，等他赶到水使家已是薄暮时分。而且还被留子发觉，紧急报告了龙玺。结果就引发了那场风波。

婚事公布的当晚，鹤子之所以对弟妹说“别担心”“没问题的”“会有点辛苦但我能幸福”，就是因为她已决定跟着芥路一起私奔。正一问她“鹤子姐姐是要做神的新娘吗？”，当时鹤子答道“会吧……不过，还是不一样吧。”，则是出于长姐对水内神社继承人妻子身份的个人理解。

关于鹤子与芥路的事，会由龙吉朗介入两家——龙玺和世路之间，设法斡旋。由于宫司是水内家那边的人，大家认为这事很不好办。但是，又没有合适的人选。关键的是，在这波美之地能向龙玺提意见的，找遍所有角落也只有龙吉朗一人。

小夜子和正一暂时松了口气。不过，唯一的好消息是龙玺对鹤子的异常念想已然云消雾散。基本可以判明，龙玺多年以来一直照顾长姐，只不过是为了在执行特殊的增仪之际，让她担负某种使命。然而，已非完璧的鹤子如今已经做不到了。况且，水使家究竟何时再能主办像今天这样的增仪，谁也无法预测。龙玺心里在想什么，至今不明，但这样的机会恐怕不会再有第二次吧。换言之，龙玺的图谋已然彻底破产。得出这个结论的小夜子和正一非常高兴。

然而，小夜子不见了。就在仪式将要举行的清晨，没了踪影。

起初正一按部就班地搜找，但渐渐地也开始着急了。不在正房也不在别栋。保险起见看了拜殿和本殿，也都不见人。参加仪式的一行人早已出发，但小夜子不会跟着一起去。她原本就对水魑大人之仪不感兴趣。只是因为鹤子一会儿被扮成巫女的样子，一会儿又去当刈女，才会有所关注。如今长姐安然无忧，她不太可能还会在意这个事。

我们可能低估外祖父了……

正一后悔了。鹤子不成，找小夜子替代就行了。龙玺像是会这么打算的人。为什么事先就没想到呢？即使是水使神社，也不能擅自执行水魑大人之仪。一旦错失这次机会，下一次还不知道是什么时候呢。鹤子的替代品倒是不难找，眼下就有她的妹妹小夜子。

姐姐，死……

拜私奔风波所赐，他把那句谕示忘了一干二净，莫非指的不是鹤子而是小夜子？

正一匆匆赶往覆盖别栋后方的竹林，同时因极度的恐惧而颤抖。

小夜子会死什么的……

如果这事真的发生了，他会产生比母亲去世时更为强烈的丧失感。光是想象，身体的颤动就剧烈起来。他来到竹林跟前，颤动戛然而止。因为有两个村里的年轻壮汉，像在把守关卡一样站在那里。

“你到这里来干什么？”

怎么看都像是来当看守的。自然是龙玺指派的吧。如此说来，就像正一猜测的那样，小夜子作为鹤子的替代品，被关在一只眼仓里的可能性极大。

“没事的话，赶紧给我回去。”

正一被两人轮番恐吓，掉头就跑。他并不是逃走。而是从水使家宅院外进入后山，经由那个山白竹丛生的地方潜入一只眼仓。

不料后山的山脚也有两名看守。他在附近走走转转，寻找潜入的机会，可惜哪都进不去。没多久其中一个看守发现了正一，气势汹汹地把他撵走了。恐怕他们是受了龙玺的严令，绝对不能放任何人进山。

怎么办……

逃到上桥附近的时候，正一止步思索起来。龙吉朗和世路参加水魑大人之仪，不在这里。要是等他们在增仪结束后下山，肯定就迟了。现在必须马上救小夜子出来！

啊，芥路哥哥——

芥路没参加仪式。正一刚要高兴，就想起他连龙玺都敌不过。根本不是村里年轻人的对手，更何况还有两个。找鹤子说吧，又只会让她担忧。他正在束手无策之际，脑中浮起了一个合适的人选。

游魔先生！

今天早上，水利合作社的早餐过后，他还去看望过鹤子。鹤子跟芥路私奔的事，就连他也吃了一惊。没准伤心了一小下也不一定。不过，游魔坦然认可了两人的关系，这还真像他的作风。对鹤子也是言语温柔，说要是有话嘱咐芥路就跟他说。记得他当时说过不参加增仪。

正一撒腿向佐保村的水庭神社奔去。总之现在只能靠他了。游魔可能会来一句“跟我没关系”而拒绝帮助。不过，不只是对鹤子，他对小夜子也是很关心的。而且，游魔还厌恶龙玺。只要说明情况，他不会坐视不理。

抵达水庭家之前，希望与不安始终不断地占据着正一的内心。如果游魔的助阵指望不上，那就独自一人去面对吧。他已经抱定了这样的决心。

然而，一切都是杞人忧天。

“小夜找不到了。”只说了这么一句，游魔就冲出了水庭家。

“我也糊涂了！”

“怎……怎么说？”正一问道。他没有停下歇息就不得不跟着原路折回，为了不被游魔拉下而奔跑，大口喘着粗气。

“鹤子不行了，目标就会转向小夜子。龙玺会这么做，至少这一点我们应该能预计到啊！”

“果然是这样啊。”

正一想说四个看守的事，但必须停下脚步才说得出口。他拼命喊住游魔，尽可能简短地做了说明。

只见游魔稍作思考。

“要突破的话，就是竹林那边了。”

“为什么？”

“上次你说过，竹林里有奇妙的机关。”

“啊，是那个呀。”

“那两个人交给我对付，你趁机往竹林里冲。要是我不小心放跑了一个，这个人来追你的话，搞不好我会被另一个人缠住，抽不出手来。这个时候，竹林里的机关不就能帮上忙了？”

“因为我穿得过去，但村里的男人可能不行？”

“也许吧。要这样的话，对龙玺来说可真是讽刺啊。”

“要是在竹林被抓了的话？”

“笨蛋，你就不能豁出命跑吗！”

“嗯，我知道了。”

“保险起见我问一句，从竹林到一只眼仓的距离，与后山到仓的距离，哪个近？”

“那当然是竹林到仓了。后山的看守距离仓有点远。”

“果然啊。这样的话就更好了。就算在仓门前闹起来，后山的看守恐怕也不会注意到，但反过来就不同了。”

正一点了点头，游魔随即再次飞奔起来。不过，在跑到能望见水使神社鸟居的时候，他去了一次后山。说是为了确认谁在监视。因为那边的看守不好对付，而这边的容易撂倒的可能也是有的。听他这么一说，正一心里很是佩服。

正一到了水使家，就被吩咐去准备绳子和手巾。找的时候，游魔去探查一番竹林前的看守。两人在第一幢别栋前会合后，游魔告诉他，看守的强壮程度和后山的两个差不多，所以就按原计划行事。

“你就躲在最后那幢别栋的背阴处。我呢，会一边跟那两人搭腔一边找机会，抓住时机就把他们打趴下，这时你要马上冲进竹林，跑到一只眼仓那里去。”

“可是，仓的门上有锁——”

“虽然不知道是什么样的锁，但估计很难撬开，而且也没那个时间啊。这样，你听好了，首先核实小夜子的位置。看看她是不是被关起来了。只要能确认这一点，我们就方便行动了。现在只是怀疑小夜子可能被幽禁在仓内。如果对方装糊涂就没辙了。但要是搞清楚了，而且她也在向我们求救的话，闹个天翻地覆也没关系。”

最好还是不要把事情闹大……但很快正一就改变了主意，觉得现在可不是慢条斯理的时候。

从三幢别栋的背后穿过，正一来到约定好的地方待命。然后，几乎没怎么等，就响起了游魔的声音。

“啊，你们辛苦啦。”

“游、游魔先生……”

“你们怎么会在这里？”

两个看守明显有些疑惑。

“咦？你没听龙玺宫司说吗？”

“嗯？他说什么了……嘿！”

“你……你干嘛……呜哇……”

说是边搭话边找机会，其实是上来就打。游魔先是照右边男人的股间抬起一脚，接着就给左边那位的脸上捣了一拳。随后他用绳子把男人们的手脚捆上。叫他们动弹不得后，又拿手巾堵住了两人的嘴。

“喂！你还在等什么！”

游魔熟练的手法把正一都看呆了，被这么一吼，他才慌忙从别栋的背阴处蹦了出来。

虽说是白天，但在昏暗的竹林里奔走，总要被那赤线的结界挡个一两次吧。本来是做好了这样的心理准备，不料却干净利落地穿过竹林。然而，才刚松下口气就发生了变故。当他走近一只眼仓时，从仓的侧面冒出另外两名看守的身影。

“哈，这不是那个‘外道’的小毛孩吗。”

“你到这里来干什么？”

相比竹林和后山的看守，眼前这两个男人更是低俗鄙陋，而且看起来还很厉害。

“喂，趁我还没动手之前快滚！”

被胡子脸的男人一唬，正一吓得浑身哆嗦。但他还是勇敢地答道：“我是来救小……小夜的……”

“小夜？你姐姐吗？现在可是大美女啦，以前谁能想得到啊。”

听了胡子脸的话，另一个秃顶男脸上浮出了猥琐的笑容。

“反正宫司迷恋鹤子，要能把小夜子转给我们，那该多好。”

“可不是吗。他心情好的时候，顺势求求看吧。”

小夜子要是听了多半会勃然大怒，而两人的这番对话则令正一有些疑惑。

“小夜是在这里吧？”

“啥？是说在这仓里吗？”

“所以外祖父才要你们看着不是吗。”

男人们显然是吃了一惊。看来他们也不知道详情，只是听从龙玺的吩咐，执行看管一只眼仓的任务。

“不是鹤子吗？”

“可能是换人了。”

“不过小夜子是不会听话的，所以就把她关进去了吧。”

两人压低了声音，气氛热烈地交换各自的想法。

“啊，你们辛苦啦。”

就在这时游魔来了。右肩上担着一根趁手的竹竿，大概是从竹林里搞到的。他能轻而易举地穿过来，恐怕是因为龙玺考虑到要让看守进出，事先解除了竹林的结界吧。

“佐保村水庭神社的人，到这里来干吗？”

“今早不是要办水魑大人之仪吗。放着那边的事不管，你这是在干吗？”

从竹林前的看守身上，还能觉出他们对游魔的畏惧之心。或许是对“水庭神社继承人”和“落魄特攻员”这两种不同的身份抱有的复杂思绪吧。然而，胡子脸和秃头男不同。他们本就不认同游魔，甚至憎恶，至今仍把他当外人拒绝接受……这些负面情感一阵阵地奔涌而出。

“巡视啊。”不过游魔本人倒是满不在乎。

“为什么你要来水使家的宅院巡视？”

“还不是为了监督你们有没有好好守着仓？”

“嗯……”

两人迅速对视一眼，不过胡子脸很快就一瞪眼。

“是谁托你办这事的？”

“喂喂，除了龙玺宫司还会有谁？”

“宫司请谁不好偏来请你？不可能！”

“是吗？那好，你们知道这仓里有什么吗？知道自己在看管什么吗？”

“嗯……”

胡子男一下子说不上话来。秃顶男似乎也没法回答。

“你看，还不是什么都不知道。”游魔夸张地端起了架子，“在五月夜村的小混混里头，你们几个也算是格外受龙玺关照的人吧。但他什么也没告诉你们。就是因为你们还不可靠啦。”

“你说什么！”秃顶男上前逼近一步。

“对我生气有什么用？实话实说吧，巡视还是次要的。宫司委托我的最大目的是仓里的东西。”

“仓里……”向游魔询问着实叫人窝火，胡子脸语气犹豫，“真的关着小夜子？”

“唔……挺想告诉你的。可是宫司吩咐过不许说。”

“你也参与了？”

“算是吧，我不方便细说。好了，这里已经没事了，跟后山的几个家伙一起回去吧。竹林的那两个，我早就打发他们走了，所以没问题。啊，对了，虽然被这小子探到了他姐姐的下落，不过我会处理的，你们不用担心。”

“可……可是……”

与其说是半信半疑，不如说胡子脸根本不相信游魔的话。只是游魔的态度太自然了，也不好说一句你撒谎，断然抗拒。万一是真的，恐怕会招来龙玺的一顿臭骂。

“喂，喂喂……那边……”

这时，秃顶男指了指正一等人的背后。回过头去，只见本来被游魔捆住的那两个男人和青年团代表久保，正好从竹林里出来。

“久保先生，怎么回事？”胡子脸搭话道。

“你们两个不是回去了吗？”秃顶男问竹林看守。

“被游魔摆了一道……”

“后来我就来了。”

“想不到还真有来巡视的人——”听久保讲完两人倒在竹林前的事，胡子脸和秃顶男顿时一脸凶相地怒视游魔，发出了语不成声的低吼。

然而，游魔倒是对久保的登场表示了由衷的钦佩：“不愧是龙玺嘛。也好，正好说明他对你们几个就是那么不信任。可惜啊，大胡子和这个秃头挺蠢的，差一点就骗成了。”

“说什么呢……你这个落魄特攻员！”

秃顶男上来就打，但游魔更快，抡起竹竿砸中了对方的脑门。接着，他屈身躲过猛扑上来的胡子脸，旋即一变竹竿的握法，狠狠击打男人的颈项。如此这般，游魔频频出棍，接二连三地攻击对方的胸部和腹部。另一边，爬起来的秃顶男正欲加入战团。

“还不给我住手！”久保吼道。

三人虽然停了手，但满是马上就想重新开打的架式。不过，竹竿已折，估计是派不上用场了。若是徒手搏斗，看起来一挑二对游魔不利。

更何况，身后还有两个曾被他突袭得手的男人。

正一非常不安，甚至还下定了决心。一旦形势吃紧，自己只好冲进竹林，找根能当武器用的东西，助游魔一臂之力。然而，久保阻止了争斗。他是龙玺那边的人，所以不可掉以轻心，不过似乎很冷静的样子，或许还有希望。

“同伴栽了，我们要报仇！”

“就是！不能就这么放过他。”

胡子脸和秃顶男嘴上说着话，视线始终没离开游魔。

“龙玺宫司的命令是不让任何人接近这座仓。可没说要跟这个人打架。”

“你们两个是突然被游魔揍了吧。”胡子脸向那两名竹林看守证实后，瞅了久保一眼，“都这样了，你还叫我们住手？”

“我们已经把他逼得走投无路了，这就够了。”

“谁说的，不打回去怎么行！”

“笨蛋！你想对水利合作社的人动手？”久保的表情阴沉下来。

“这家伙不是外乡人吗？”

“就算以前……可现在他是水庭家正式的养子。将来还会成为流虎宫司的继任者。”

“不不，这家伙可不是什么外乡人。”秃顶男脸露坏笑，“听说他母亲是佐保村的人。水庭神社上一代宫司的——”

游魔的拳头嵌入了秃顶男的面门。与此同时，胡子脸从侧旁扑来，两人在地上扭作一团撕打起来。

“两个人都给我住手！”

久保亲手摁住滴滴答答流着鼻血，爬起身来的秃顶男，一边指示身后的两人强行把游魔和胡子脸拉开。

“你到底是帮哪边的！”

胡子脸怒喝连连，而久保则以平淡的语气道：“这事要传入龙玺宫司的耳朵，他会大发雷霆，呵斥你们没能好好完成任务。”

“这……这两位才是吧。”胡子脸朝竹林看守努了努嘴。说什么给同伴报仇，看来只是借口。

“宫司说的是不让任何人接近仓。所以你们也一样。”

“你说什……什么！”

“百忙之中打扰一下。”游魔轻巧地插了进来，“既然如此，就当什么也没发生过，这就成交吧。”

“混，混蛋……”

胡子脸满脸通红，秃顶男也摆出要重燃战火的架式。

“我也赞成就当什么也没发生过——不过游魔先生，我也不好就这么让你打道回府。”

“哦，为什么啊？”

“因为在龙玺宫司回来之前，我们必须看住你，不让你再任意妄为。”

“唔，你的意思是不让我回去？”

“姑且请你老实地待在这里。”

“如果我说不行，要回家会怎样？”

“我们这边有五个人。你再厉害也敌不住。而且，如果你还要保护他的话。”久保说着，目光投向了正一。

“话说，你知不知道仓里——”

“一概不知。倘若需要我知道，官司应该会事先告诉我。所以呢，我只是奉命行事罢了。”

久保也许早就看出了游魔精神上的动摇，他坦率承认自己并不知情。

“好吧好吧！本来嘛，尽是笨蛋的话我也乐得轻松，只是没想到还有你这家伙。”

“游魔先生，请不要说这种挑起争端的话。虽然也许是你的战术，想在吵架的时候趁机逃跑。”

“丢开这个少年自己逃吗？”

“你是打算带着援兵回来吧。”

“波美地区可没人支持我。”

“啊啊，可不是吗。谁会对你这种出身下贱的外乡人——”胡子脸立刻对游魔的话做出了反应。

“没有这回事。”久保自然地接下话茬，“就算这样，一旦你拿出从军时的手枪，人再多我们也赢不了。”

“哈，你是说我有那种东西？”

“以前你跟五月夜村的人起纠纷的时候，曾经暗示自己有手枪。”

“什么时候的事？好吧，无所谓了。那么，你要绑我？”

“能否允许我这么做呢？”

话音刚落，久保就用曾经让看守动弹不得的绳子把他反绑了起来。

“待在仓旁边不太好，我们回竹林前吧。啊不，你们是这里的看守。不能擅离职守。”

久保呵斥正要一起动身的胡子脸和秃顶男，命令他们继续看管一只眼仓。

穿过竹林来到别栋背后，久保在附近挑了一棵结实的竹子，把绑游魔的绳子的一头系在上面。他吩咐原先的两名看守去中间那幢别栋守卫，于是竹林前就剩下了游魔、久保与正一他们三人。

“你家和水使神社是有什么深交吗？”游魔倚在被绑的竹杆上，闲聊似的开口道。

“要说关系，几乎每一家都是这样吧。你们佐保村不也是？有跟水庭神社没关系的家族吗？”

“话虽如此，但问题在于程度。五月夜村的青柳家，女儿代代都出任水魑大人之仪的刈女。同样，清水家的男人代代担当游船船夫一职。这些跟水使神社的联系要比其他人家深。而另一方面，看守仓的那群蠢驴就不是神社和家族的关系，他们跟龙玺只是私人交情。上一代和上上代宫司恐怕没用过那些人吧。”

“没错。因为当时是久保家的人在做事。”

“听起来就像德川吉宗[1]家的护院嘛。”

“可能差不多。”

“不过，照这么说的话，不是还有重藏吗？”

“听说水使神社上上代宫司在某地捡来个人，就是当时还是孩子的重藏先生。从那以后，他就一直为水使家做事。”

“还立誓效忠过吧。不过因为左雾的出现发生了动摇……”

“哎？”正一不由得叫出声来。话中突然出现母亲的名字让他吃

1. 德川吉宗，德川幕府的第八代将军。

了一惊。

“没问题吗？在他面前说这些？”

所谓的“他”当然是指正一。

“没事，他不是小孩子了。再说这小子也已经隐隐有所了解。”

“是吗？”

在久保的注视下，正一迅速点了点头。

确实，随着在村里生活的时日渐长，他开始听到各种关于母亲的传言。例如，母亲的出身含有某项重大秘密，某个有名的异类附体家族似乎与之相关，母亲拥有与生俱来的特殊能力，所以龙玺才希望收她当养女。

现在想来，村民厌恶母亲就是因为这个关于异类附体家族的流言。然而，要彻底断绝来往又犹豫不决。因为害怕报复。某些附体异类常常不按本人的意志，就带去灾祸。换言之，即使受村民虐待的母亲自己无怨恨之意，附身物也会擅自展开复仇。出于这种恐惧，他们才把工作给母亲的吧，虽然都是零碎的活。至于小夜子和正一，则是觉得孩子会好一些。即便如此，大家仍断定孩子们继承了这股力量。尤其是同为女性的小夜子，似乎被误认为深受母亲的影响。

偷偷给小屋送食物的，其实是不固定的多位村民吧。不知从何时起，正一有了这样的想法。并非出于亲切心或罪恶感。而是对自己的诸多行为，譬如对母亲恶语相加、冷酷对待、阻扰工作、糊弄酬金……的赎罪方式。害怕遭报复，害怕被作祟或是附体，所以才私下送东西过来。

既然如此，从开始就别差别对待不就好了……

正一懵懂间悟出过去究竟发生了什么，吃惊之余便是愕然。然而，随着在波美生活日久，多少也能够理解。

村里人怎么可能去搭理被龙玺赶出水使家的养女和孩子们。然而，母亲似乎出身于一个极为强势的异类附体家族。彻底孤立她而被怨上的话，天知道会有什么事发生在自己身上。恐怕村民们都陷入了这种复杂的心境吧。

正一正要陷于回忆，突然醒觉现在不是时候。小夜子的事令他心急如焚。然而如此情况下，自己又能做什么呢？游魔自嘲说没有支持自己的人，同样的话也适用于正一。不，他孤立无援的程度岂是游魔可比。

在世路叔叔回来之前，什么都干不了吗……

如果是龙吉朗和世路，一定能设法为自己做些什么。要等到仪式结束为止，这可着实叫人不安，但好像只能把一切都托付给他们了。

“你们在说……什么呢？”正一先是看看游魔，接着把脸转向久保问道。

“确切情况我也不清楚，似乎他们是同乡。对重藏老爷子来说，左雾大小姐的娘家想必是个让人畏惧的地方——我父亲是这么推测的。”

“母亲知道这件事吗？”

“谁知道呢……不过重藏先生自己是不会说的吧。左雾大小姐出生时，他早就在水使家安家落户了，所以她不可能知道。”

游魔接过久保的话继续道：“不过呢，也不知道是什么时候，就形成了主仆一样的关系。不管怎么说，重藏对水使神社上上代和上代宫司还是忠心不二的。但到了龙玺这代就比较微妙了，或者说有时好像更尊重左雾的想法。”

“游魔先生知道得很清楚嘛。”

“外乡人要想平平安安地活下去，就得对当地的情况了如指掌吧。碰到波美这种非常特殊的地方，就更不用说了。”

“不愧是要继承流虎宫司衣钵的人啊。”

“嘿，能不能老老实实地继承还不知道呢。”游魔发出惯有的讥笑后，凝视着久保的脸，“简而言之，台面上的事由重藏处理，背地里的工作由久保家负责，是这样吧？”

“听起来就好像我家是个犯罪团伙。”

“做出这么粗暴的事，还敢说不是！”

“依我看来，实施暴力的好像只有游魔先生你一个。”

“你要是没来，现在我会是这个样子？”

“就算久保家干的是水使家护院性质的差事，可也没沾过犯罪的事。至少我就——”

“算了吧，你爷爷和你老爹不是一路干过来的吗。”

“以前的事我不清楚。”

“原来如此。摆个‘不知道’的立场就好办了吧。一只眼仓的事也是，你什么都没听说，所以才当得了这个看守。就是这样一套理论吧。没准你比那几个蠢蛋性质还恶劣！”

“祖祖辈辈延续下来的关系，子孙也必须传承下去。只是也要与时俱进。特别是战后，日本变化很大。像波美这样的乡村也一样。就说前面你话里出现过的青柳家吧，不光派出刈女，听说还要嫁入水使家。随着这样的例子不断减少，巫女的作用也渐渐形式化。而青柳家也不再像以前那样盼望着与水使家结亲。但话虽如此，两者间的关系是无法完全割断的。”

“你想说久保家也一样？所以你们从开始就不去听那些最好别知道的话，而龙玺也就没必要说出口，是吧？”

“随你怎么解释。”

“呸，真叫人恶心。”

“我想在我这一代做个了结。这个想法是真的。”

“现在就做个了结如何？”

“这可不行。不过在今天早晨的增仪上，清水家当船夫的是悟郎先生，倒让我有点吃惊。龙玺宫司好像并不认可，但似乎是无可奈何地接受了。”

“你说的变化就是这个？”

“悟郎先生原本也是外乡人。这样的人参与水魑大人之仪，而且还是水使神社主办的仪式。这事在战前是无法想象的吧。”

“要是离了青柳家和清水家，水使神社增仪和减仪都做不成。”

“总有一天水魑大人之仪本身……”大概是觉得自己说漏了嘴，久保突然语调一变，“青柳家那边，现在的汨子一旦去世，两家可能会自然而然地疏远。但清水家无法与水使家彻底绝缘。”

“为什么？”

游魔受好奇心的驱使这么一问，就见久保对他微微一笑，答道：“因为是大主顾的关系。已经持续好几十年了，水使家每月都付给清水家数额不小的酒钱。”

“你们家连帐目上的事都知道？”

“金钱流动是很重要的事。”

“既然这个都知道，为什么不叫他更注意养生……”

“游魔先生也是知道的吧，宫司从不听人劝。而且还酒量惊人。”

“不止呢，他还会耍酒疯。”

“不过，唯有举行水魑大人之仪的那一年六月除外。这次也——”

“喂，等一下。”游魔举起一只手拦住话头，像是想起了什么似的歪着脑袋，“水使神社上一次举行仪式是在十三年前吧？”

“嗯，就是龙一先生去世的那次。所以我说宫司会在这个月，也就这一个月戒他嗜好的酒——”

“不对啊，我记得听父亲说过。龙一死后，水利合作社聚会，地点就在水使家。当时龙玺喝过酒，喝得比平时还多，都醉得头痛脑热的。”

“这不可能……”

“是啊，如果照你说的那样，当然不可能。也就是说，有人偷偷给他酒喝——只能这么想了。”

“目的是什么……”

“在那种时候让好饮的龙玺醉酒，怎么想目的都只有一个吧。”

“跟龙一的死有关是吗？”

“很多耍酒疯的，不会留下喝酒时的记忆。至于龙玺嘛，听说对喝酒前做的事，说的话都能犯迷糊。也就是说，越让他喝，就越能从他的记忆中抹消对某人很不利的情况。”

“不会吧……”

“果然，龙一的死可能不是单纯的事故。”

“你是说宫司本人也清楚这一点？”

久保深受冲击，这时空中“吧嗒吧嗒”地掉下了几点雨滴。只一会儿，就突然化为了倾盆大雨。

“看来增仪是成功了！”

久保的表情里还残留着吃惊之色，但同时也能从中窥见欣喜和安心。他当即吩咐看守中的一个去水使家去借与人数相同的斗笠和蓑衣，又道：“总之能下雨真是太好了。”

“我们要在雨里待着？”相形之下，游魔则发出了不耐烦的声音。

“请你忍耐，等到龙玺宫司回来。仪式好像已经结束，再坚持一会儿就是了。”

然而，无论等了多久也不见一个人回来。

“奇怪啊……发生什么事了吗？”

“肯定是雨太大，游船翻了。”游魔说着俏皮话，毫不理会忧心忡忡的久保。但又过了一段时间，连他也频频歪起了脑袋。

“都下雨了，人还不回来。肯定是出了什么事。”

不久，浑身湿透的清水悟郎出现在他们眼前，告知有异变发生。

“久……久保先生，我找得你好苦。大事不好。龙……龙三先生他……被人杀了。”

14

第十四章

水魑大人的新娘消失无踪

刀城言耶与水内龙吉朗才回水使家，就爆发了新的风波。

正房宽敞的客厅里已支起祭坛，摆好崭新的白木棺材，差不多已完成守夜的准备，而坛前水使龙玺和水庭游魔正怒目相视。两人之间剑拔弩张，这气氛让人难以接近。不过，屋里只有袖手旁观的水分辰卅，以及焦虑万分的正一。

“怎么了？”

龙吉朗刚开口，好不容易见到他的正一便抢先叫道：“小夜不见了！”

接着游魔讲述了今晨发生的事。

“这是真的吗，龙玺先生？”龙吉朗神情严峻地问道。

“我不知道你们在说什么。”龙玺答得装腔作势。

“那你为什么要派人守着？”

“从去年开始，不知怎么搞的，有人老是偷偷地往仓那边跑。我这也是为了安全防范嘛。”

“这不是很奇怪吗？去年就出了这个事，为什么现在才管？而且还是在举行水魑大人之仪的当天。”

“碰巧罢了。”

“龙玺先生，能不能告诉我们那仓到底是干什么用的？”

“就是一座仓而已。”

“话说当初为什么要造在那种偏僻的地方？”

“砍掉竹林可是很难的，所以就造在竹林那一边了。龙吉朗宫司，在我家宅基上的什么地方造点什么，是我的个人自由吧？”

“是的，只要别在里面关着什么人的就行。”龙吉朗口气严厉地说完这句话，催促言耶讲述关于一只眼仓的解释。

“我……我来讲吗？”

“大部分都是你的想法不是吗。”

“不不，宫司您也——”

“我就算了。而且在这种场合下，你这种毫无关系的第三者才能做到客观陈述不是吗？”

“哦……”

这时，水内世路、水庭流虎以及祖父江偲也回来了。青柳富子据说已经回家了。

“正好大家也都到齐了。有请刀城先生——”

言耶被赶鸭子上架地开始阐述一只眼仓的真相。

大家的反应各不相同。水庭流虎和水分辰卅可能已经知道他要说什么，丝毫不见动摇。不过，他们两人都是喜怒不形于色的性格，实际情况如何无从知晓。只要是言耶说的话，游魔和正一都会频频点头。貌似他们也是这么推理的，但没能完成最后一击，如今终于是明白了。世路和祖父江偲则不停地发出惊叹、嫌恶、恐惧的声音。祖父江偲也就算了，世路对一只眼仓如此一无所知，可有点说不过去。

中心人物龙玺听得有滋有味。虽说时不时地脸上会浮出吃惊、恼怒、嗤笑的表情，总体来说还是在安安静静地听。

龙吉朗抬眼观看各人的反应，同时想到了什么，也会以不打断言耶话头的程度适当地补充说明。

“那座仓作为这样一种咒术性装置，一直在发挥作用。”

言耶正在犯难是否该结束说明。接下来就要说到左雾的出身了。他还是有些犹豫，不知这事该不该让正一听。

“不是还有那个……鹤子为什么会被选中的原因吗？”龙吉朗理所当然似的催促道。

“嗯，可是……”

“不必顾虑。这孩子也该知道真相了，而且他好像已经悟出了不少事实，比我们想象的还多吧。正一，你听好了。下面就要说到你的母亲了，放平心态好好听着。”

听了龙吉朗的话，正一用力地点点头，直视着言耶。

“明白了。首先关于左雾女士的出身——”

在对其出身地和娘家的特殊性进行说明的前提下，言耶还阐述了龙玺把左雾收作水使家养女的可怕理由。

“左雾女士渐渐成长以后，意识到了养父如恶魔一般的企图。所以——”

“不，错了。”世路插嘴道，尽管语声轻如呢喃。

“什么地方错了？”

“正如刀城老师所言，左雾小姐成为水使家养女后，一直受其教化，只为做水魑大人的活祭。但她本人是知道的。”

“你……你说什么！”

“当时年纪尚幼的她，天真地相信自己会成为水魑大人的妻子。”

“被洗脑了……”

“以这种方式被养育，就算长大成人，想法也很难再有改变了。

更何况是在这种乡村，几乎就是不出闺门半步的状态。”

“那么，左雾女士改变想法是？”

“是因为我……她跟我有了恋爱关系。”

正一目不转睛地注视着世路。

“她很烦恼。幼年被灌输的东西不是那么好清除的。即便如此，她终于还是决心跟我一起离开波美。”

龙玺恶狠狠地瞪了世路一眼：“当初我要是早一点发现他们的关系……”

龙吉朗看着儿子，眼神中蕴含着难以言喻的哀怜之色。

“然而，只有左雾女士离开了村子？”

“是的。我学生时代有个友人叫宫木，老家住在京都。我们原本打算一起投奔他，但后来暂时让她一个人先去了。”

“鹤……鹤子姐姐她……”

正一不由自主似的半张开口。然而，也许是被当场的紧张气氛震住了，语气立刻含糊起来。

但世路做出了回应：“大概是我的女儿……不过被左雾否定了……”

龙玺的双目愈加凶恶，龙吉朗的眸中则又抹上了一丝哀愁。

“她一离村，龙玺宫司就派出了追兵。尽管他不知道宫木家，但只要追踪她的去向，迟早都会找到。当时，宫木正好要去满洲……所以她也……”

“对世路先生也好，对左雾女士也好，想必都是苦涩的决定吧。”

“我要是知道左雾怀着你的孩子，才不会特意派人去抓她。”

言耶言辞恳切，相比之下龙玺的话就像恶狠狠吐出来似的。他是想说不是处女的左雾已无任何价值了吧。

“听说左雾女士要回来时，你很吃惊吧。”

“是的，我想她为什么要回来呢，仔细想想，她没有别的地方可去。但是当我第一眼见到鹤子，就担心起来了……这下要糟。”

“因为存在这样的危险，即龙玺先生可能会把鹤子小姐变成第二个左雾女士，对吗？至于龙玺先生这边呢，在养女领着外孙和外孙女回来的时候，你曾因某个误会而欣喜不已吧。”

“你指什么？”

“听了外孙和外孙女的名字，你展开了毫无根据的想象。”

“嗯……”

“到底是怎么回事？”龙玺不加理会，世路探身代为问道。

“我想你应该知道人柱的传说——”

“建了好几次桥，但每次下雨都会被冲走。于是就把还活着的人埋下去，通过这种咒术一样的力量，终于得以建成了一座牢固的桥。是这种故事吧？五月夜村的‘上桥’也存在同样的传闻。”

“嗯，我从龙吉朗宫司那里听说了。这种故事比较著名的有《神道集》[1]中关于桥姬明神的记载，说的是这样一则故事：长柄桥的架桥工事十分艰难，于是大家认为需要人柱。这时有个男人，身穿由白布拼凑起来的裙裤，与妻子路过此地。当时，他见到鸣叫的雉鸡被射落的情形，自言自语道‘雉若不鸣亦不受击’。接着他看到桥的模样，一不留神说了句‘以身着白布拼凑而成之裙裤者为人柱即

1.《神道集》，日本中世的民间故事集。作者不详，相传成书于日本南北朝时代（1336—1392）的中期。全书分10卷，共50则故事。

可’。桥奉行[1]闻听此言，意识到他本人就符合条件，就将他捉来做了人柱。男人的妻子背着孩子，追随丈夫投水时，口中吟道：‘夫一言遂成长柄桥柱，雉不鸣则不为人所捕。’这女子就是后来的桥姬明神。”

“你的意思是水使神社的一只眼仓参考了那个人柱？可是，且不管桥姬明神的源起和上桥的传说，就说人柱吧，是否当真有过呢？”

“大正十四年，皇居就出过人柱风波。”

龙吉朗吐出这么一句话，言耶顺其自然地接道：“是这么一个事件，为两年前的关东大地震做修复工程的时候，人们在皇居的二重橹下发现了好几具人骨。而且人骨均呈站立姿态。更有甚者，每具人骨的头上都放着一枚古钱。”

“宛如魔咒一般的场景，那些就是人柱吗？”

听世路这么一问，言耶摇头道：“当时，很多知识分子这么想。但是，宫内省托人做了正式调查，结果被断然否定。不过，这个调查中存在一些问题。首先——”

“刀城先生，你不会是想就人柱问题做一番演讲吧？”

“是，老师正有此意。”祖父江偲当即予以肯定。

“哎……那个……”

“是我不小心举了皇居的例子把事情搞糟了吗？”

“不是的不是的，老师一有机会，不管什么情况都会变成这样子。”

祖父江偲安慰正自我反省的龙吉朗，说不必放在心上。

“那个……说起皇居嘛，昭和九年在坂下门附近也有人骨出土，

1. 桥奉行，奉上司命令行事即为“奉行”，桥奉行即负责桥梁事务的人。

和古钱一起——”然而，言耶不知悔改，还想继续往下说。于是——

“老师，现在说的是鹤子他们的名字，不是人柱！”祖父江偲措辞严厉地责备道。

“唔……不过，也并非与人柱没关系。不，考虑到是名为水魑大人的神的活祭，举人柱的例子是有点不合适……”

“乱七八糟地说些什么呀！”

“所……所以我说了嘛，所谓活祭终究是一种献给神明的东西，而人柱则不是。”

“跟献给水神的活祭不同吗？”

“嗯。人柱是借助被埋者的灵力或者说是魂魄的力量，进行所谓的桥梁支撑。所以不光是桥，堤坝等常常会被汹涌水流冲毁的场所也会留有传说。但无论是哪种，都具备牺牲人命的共通之处，所以我想左雾女士就在这一点上留心了。”

“请讲得更通俗……更清楚一点。”

“也……也就是说，在传说里成为人柱的人，女孩子多取名‘鹤’或‘小夜’，男孩子则常用‘松’或‘一’[1]啦。另外，还多会出现母子。”

接着说明汉字以后，正一惊呼一声露出了震惊的表情。不知是不是想起了什么。

不过言耶并未吐露“小夜”也可记作“佐用”的事实。[2]因为归国船中住在正一家隔壁的正是佐用夫人。虽说纯属偶然，但左雾想必从中感受到了某种命运——那母子四人会成为他们的人柱……

1. 一，日语中的“一”读作“いち”。原文此处是平假名，不特指某个汉字。
2. 小夜，与佐用在日语中均读作“さよ”。

“左雾女士为什么给自己的孩子取这种名字？”祖父江偲一边担心正一，一边直言不讳地问道。

“我想龙玺先生也很吃惊。也许他还以为女儿虽离家出走，但还是接纳了自己的理念，所以才给孩子们取了这样的名字。”

众人窥探龙玺的神态，本人则摆出一副不知情的样子。

“当然左雾女士毫无此意。倒不如说是想保护孩子们。”

“可是——”

“昨天在它邑町前往波美的车上，游魔先生告诉我这一带流传着古老而非常有趣的风俗。”

“嗯？”

“他说这个地方过去有故意给孩子起个不好的名字，反以此来祛除灾难的习俗。”

“是……是这样吗？”

“你当时晕车没听着。”

祖父江偲被一句话打发了，气呼呼地鼓起腮帮子。

“即使知道将远渡重洋前往满洲，左雾女士还是很不安吧。所投奔的世路先生的友人，最后成了她的丈夫，而他的名字叫‘宫木’[1]。这就让人联想到了‘供仪’。尽管牵强附会，但当时左雾女士也许觉得这是可怕的暗合。即使已在那边生活，恐惧仍不能消除。所以她也按同样的方式给小夜子姑娘取了名。到正一时，可能是终于有所缓和。不过，她仍取了与‘松’发音相同的‘正’，把假名的‘一’变为汉字的‘一’，取名‘正一’，可见还是很担心啊。”

1. 宫木，日语中宫木读作“くき”，供仪读作“くぎ”，发音相近。

“左雾小姐离开了曾一度回归的水使家，果然是……”世路的脸色变了。

“我想是因为龙玺先生挑明了，等鹤子小姐及笄后就让她做水魑大人的妻子。”

众人看向龙玺的眼神越发锐利起来。

“到了那时，就给我去那座仓之类的——”

“有趣有趣。”然而龙玺没有丝毫的动摇，若无其事道：“到底是作家，很有想象力啊。”

“一切都是我的胡思乱想吗？”

“当然。不过，拿这个写小说我倒是没怨言。”

“不，要说的不是这个问题——”

“龙玺先生。”龙吉朗切入对话，“如果刚才说的那些并非事实，那就让我们参观一下仓内如何？”

“为什么要这样？”

“既然没有见不得人的东西，看一眼也不会有问题吧。”

“好没道理！要这么说的话，岂不是所有地方都要被你们入室查一个遍了？”

诚如龙玺所言，说的确实是正论。然而，没人会认可的氛围笼罩着整个客厅。

“不是入室搜查。我这是在请求。”龙吉朗的态度急转谦逊，果然姜还是老的辣。

“也请想想这边正一的感受。这孩子不见了姐姐，担心得不得了。查查那座仓的里面，就能稍微减轻他的不安。我也求你了，能不能让我们看一眼仓内呢？”

龙吉朗低下头去，龙玺一动不动地凝视了他片刻后：“唔，很难办啊。事已至此我就直说了吧，作家大师的解释有一半是真的。”

“你说什么？”

“那个仓在用有别于本殿的方法祭祀沈深湖的水魑大人。不过，我可没用什么活祭。”

“那用的是什么？”

“这个保密。你就想成水使家的祖传家宝好了。所以我不能让你们看仓内。”

龙玺这个男人果然不好对付。只承认言耶的一半解释，多半是想借此封杀最为关键的活人祭祀问题。

言耶心想如此下去可不会有什么进展。除了展示决定性的证据别无他法。但他也十分清楚，没有这样的证据。如今手牌就只剩下留子的证词了。要是她能说出自己曾给仓里的人备过三餐……可是，如果送膳食去的是龙玺，那就毫无意义了。最后说几句敷衍了事的托词就完了。总之，需要的是物证。

相当困难啊。

这事本该和警察商量，但派驻巡警坪束靠不住。既已如此，是否应该出村子回它邑町，往警察那里跑呢？言耶正自烦恼时——

“龙玺先生。”耳边传来了龙吉朗凝重的声音，“你说出这种敷衍了事的话来，让我很为难。”

“什……什么叫敷衍了事！”

“刀城先生是从案件证据的层面来做的解释。不过，案件背景，我可是相当了解的，这一点你也承认吧。”

“好吧，这个嘛……”

“就我看来，刀城先生的解释很可信。至少在我听说小夜子失踪后，产生了想要探查一番仓内的想法。”

“是吗？”

“是的。所以，如果你还不肯配合，我也有我的打算。”

“你要干什么？”

“回村子召集人手，然后直接奔仓那边去。”

“……”

龙玺哑口无言。不，不只他一个，世路也大吃了一惊。水庭流虎、游魔父子和水分辰卅似乎也不例外。

言耶也是。他没想到任何时候都和和气气的龙吉朗竟能甩出这样的话。而且并非单纯的威胁，看得出是要来真的。若龙吉朗在物种村登高一呼，即使知道对手是水使神社的龙玺，想必也有无数人会追随他而去。也许还会有从其他村子赶来的人。

这一点龙玺也明白吧。起初他横眉怒瞪龙吉朗，现在则挪开视线显出一副沉思的模样。

“龙吉朗官司。”不久龙玺一正坐姿，令人难以置信地垂首施礼道，“失礼之至，深表歉意。不过，本人倒是有个请求。”

“什么请求？”

“希望你们务必等到龙三的葬礼结束。”

“这是什么意思？”

“我想让儿子安稳地入土。在此之前不愿惹出什么风波。”

“不不，我并不想把事情闹大。只要把小夜子从那座仓放出来就行了。”

“所以我才请求你们，希望你们能等一段时间。”

“喂，难不成——”游魔插话进来，“小夜子的人身安全出了什么问题？”

“唔……”

“听这口气，就像你知道现在放她出来会引起骚动似的。”

“原来如此。”

不止龙吉朗，其余众人也都理解了，游魔为何如此挂念小夜子。

“龙玺先生，是这样吗？”

“哪有这样的事。”

“这家伙说的话能信吗！”

“慢来慢来。”龙吉朗柔和地制止正欲发作的游魔，“小夜子平安无事是吧？”

“没问题。现在可能有点衰弱……”

“你说啥！”

游魔语声凄厉，而龙玺则立刻摇头道：“不过已经没问题了。因为水魑大人之仪已经结束了嘛。”

“既然如此，马上就可以放她出来啊！”

“考虑到小夜子的身体状况……现在就放出来不太好。”

“到底是怎么回事？”

“那座仓的里面是一种异界。活人一旦入内，不是那么容易就能出来的。就算出来，也需要花上一定的时间。”

“你对小夜子做了什么？”

“唔……”

游魔眼看就要扑过去，龙玺却不理不睬决定沉默到底，龙吉朗一脸思索状陷入冥想，现场气氛就这么胶着在了一起。

“要等到什么时候？”过了一会儿，龙吉朗开口问道。

“居然盲目相信这种人说的话！”

游魔极力抗拒，而龙吉朗只以动作委婉劝解住他，视线则始终对着龙玺。

“今晚是龙三的守灵夜，明天我打算举行正式的葬礼。葬礼后立刻入土，等到后天早晨，再将小夜子……”

“我们等不了这么久。”龙吉朗断然拒绝。

“但是，在这之前守夜和葬礼——”

“对不起龙三了，现如今比起已死之人，应该优先考虑活着的人吧？”

“你是要命令我把吊唁龙三的事往后挪吗？”

龙玺当即大怒，但龙吉朗没有丝毫动摇：“说起来把无辜的小夜子关进仓的人不就是你龙玺嘛。龙三因担任神男的缘故，也是知道这件事的吧。”

“所以龙三先生才会脸色难看。”

听罢言耶的嘀咕，世路恍然大悟似的点了点头。

“……那好，明天怎么样？”

“明天的什么时候？”

“早上……”

“唔……”

“再早可就难了。”

众人全都屏气凝息地关注着龙玺与龙吉朗的来言去语。

“与其现在马上让小夜子出仓，先做些治疗明早再放出来，对她会比较好是吗？”

“正是。”

“你信吗？”

龙玺凝视着跟龙吉朗较上劲的游魔：“也罢，你的意思是现在就放，然后小夜子一旦发生了什么变故，你来负责？”

“你说啥……”

尽管在瞪视对方，但游魔的话中缺少气势。既然不知一只眼仓咒术方面的机关，也就无法做出任何言之凿凿的表态。

沉默笼罩了整个客厅，片刻之后龙吉朗回应道：“明白了。但是，在那之前你要好好照顾小夜子。务必让她得到充分的治疗。”

“当然。接下来马上会送午饭过去。我们也会毫无纰漏地做好请她出仓的准备。”

游魔似有不满，但已不再表示异议。看来他已打算听从龙吉朗的判断。正一似乎也信赖这位老爷子，当官司转脸看他时，做出了点头应承的姿态。

几乎所有人都谢绝在水使家用午餐。只有正一不得不留在这里，于是龙吉朗问他是否愿意来水内家。但正一摇头说，想和姐姐们待在一起。

龙吉朗、世路、言耶、祖父江偲、水庭流虎、游魔、水分辰卅七人先行告辞离开水使家，顶着狂风暴雨向水内家进发。

“仪式成功是不错，但下得稍微有点猛了。”

“这个雨再持续下去，这回就该担心发生相反的情况了。”

言耶和龙吉朗并肩走在前头，五人跟随其后，如此这般一行人沿着参道向东行。

“神男的血流入了沈深湖，可能不是好事。”

“是指过分惹怒了水魑大人吗？”

“……”龙吉朗一言不发，表情阴沉地望着天空。

“对了，说到小夜子姑娘的事，虽说是关到明天早上为止，可还是放不下心啊。”

“嗯。现在已经顾不上调查龙一和龙三的死了。”宫司尽管不再关注天气，但未改严峻脸色。

“我想现在当然要以营救她为第一要旨。不过——”

“不过什么？”

“倘若今晨龙玺将小夜子关入一只眼仓，想让她成为活祭，以及水魑大人的妻子是事实，那么龙三先生自杀说就站不住脚了。”

“是因为他说的‘命’的含义将随之变化吗？”

“是的。我们有必要把这个‘命’看作小夜子姑娘的命，而不是他的命。换言之，龙三先生面对水魑大人之仪时，罩着一件极具效用的护身符，那就是小夜子姑娘的生命。他握有我们决计看不到，也无从知晓的杀手锏，以占尽优势的状态执行了增仪。身处如此优越的环境，还会献出自己的生命吗？”

“不可能啊。”

“也就是说，由于小夜子姑娘的问题，龙三先生的死是他杀的可能性越高了。”

“等小夜子从仓里出来，我打算带着她，还有鹤子和正一去我家。”

这话实在太过突然，言耶一下子没有反应过来。这时，就听世路从背后问道：“真的吗？”

“嗯。”龙吉朗头也不回地应了一声，又向言耶道，“而且呢，我正想阻止掩埋龙三。”

“哎……”

“我已经把各种情由都告诉你了，而且我的想法至今也没变，但是龙玺的行为让人忍无可忍。通过小夜子这件事，我痛感到这样下去真的不行。”

“那要联络警方喽？”

“我想这么做，虽然没法跟你约定。”

“什么意思？”

“还是得先说服龙玺。我擅自叫警察来，令他的态度更加强硬可不是上上之策。”

言耶心道人都死了，还有可能是他杀，还说说服和擅自什么的，有什么用吗？不过，他什么也没说。龙吉朗能转变想法就已经是进步了。而且，言耶预感龙吉朗虽然会与龙玺发生冲突，但最终一定会去联络警方。

在水内家吃过午饭后，雨势依旧不减。然而，言耶却请求游魔，希望他带自己去看看正一家曾生活过的小屋。对方虽然一脸诧异，但还是答应了。

祖父江偲想同去，言耶只好拜托她留在龙吉朗等人的身边。因为需要有人参加水利合作社的讨论会，把握内容。而祖父江偲同席的事已获得龙吉朗的批准。听完吩咐，祖父江偲是满脸的不高兴。不过，当言耶说难得这次有个优秀的侦探助手，需要合理安排行动，她的态度马上来了个一百八十度的大转弯。

“听说龙三在增仪过程中死了，究竟是怎么个情况？”刚出水内家的门，游魔便开口相询。他也问过流虎和世路，但被告知最了解情况的是进过游船的龙玺与言耶。于是，言耶把自己知道的事一五一十地告诉了他。

“和龙一不完全一样嘛。”

“哥哥被发现时漂浮在船底的洞里，死因是心脏病突发。龙三先生则是在船内，发现时上半身在洞穴中。而且他的胸口插着七种神器之一的水魑大人的角。”

“龙三有入过沈深湖的痕迹吗？”

“因为要经由洞口把樽扔下去，他自己身上也被溅湿了。但是头发的湿度不上不下。如果他曾经下过湖，应该会湿得更透。”

“看起来像，其实是天差地别啊。”

“嗯？”

若是不把音量提高一些，顷刻间说话声便会消逝在雨声里。

“我是说龙一和龙三的死似是而非。”

“就死因和死亡地点而言，的确如此。不过，两人周遭的情况实在太过相似了。”

“你是说没有一个人接近过他们，而且原本就没有靠近的可能……”

“正是。如果只有龙一，怎么考虑都该判断为意外事故。然而，这次却在极其相似的情况下，弟弟又被杀了。如此一来，就有必要对哥哥的死投以质疑的目光。”

“说起来，龙一死后的面容好像很不平常呢。”

谈着关于龙一和龙三事件的话，两人已沿参道回到上桥，过桥后又顺着川道来到了东边的村境。

“大概是这场雨的关系吧，几乎没有村民出来走动嘛。”

“龙三的死讯转眼就传开啦。所以谁也不想外出。快来快来，你看那边。”

游魔突然举右手指了指前方。言耶定睛观看，只见被雨水遮蔽的对面有什么东西在蠕动。

“那是……”刚辨认出来，就像云消雾散一般再也看不见了。

“可能是戴着斗笠穿着灯心草蓑衣的村民。不过雨下这么大，就看不大真切了。再加上大家都一个打扮，一下子也分不清是哪家的谁。说不定根本就不是人。”

“原来如此。”

“所以说呢，这种日子最好是别出门。更何况还死了人。”

“那么，刚才的那位是……”

“要么是泥女……要么是膨物……又或者是……”

“又或者是？”

“啊，就是村民啦。人影在村境附近不见了，所以不是得了龙三的讯息回来的物种村人，就是准备去其他村散布不良流言的五月夜村的好事之徒——”

说话间，村境的水神塔已进入视野。游魔说就快到了。正如他所言，从那里离开参道，向北走一段路，他们的目的地——那间陋室便赫然在雨中出现了。

“就是这个。”

就像一直住在这里似的，游魔费劲地打开咯吱作响的木门，随即快步走进了小屋。言耶也紧随其后。

“糟糕透顶的地方。村里最穷的人住的也比这个好一点。”

如他所言，无论外部还是内部，小屋都是一副被废弃的模样。进门处是土间，细细窄窄地向左边延伸，中段部分有个用土做成的炉灶，越过里面的屏风可望见浴桶。右侧是铺设木板的居住部分，前面砌着一个地炉，从天棚垂下来的吊钩上挂着一口摇摇晃晃的锅子。再往里，铺有灯心草席的地上堆着破破烂烂，又薄又硬的棉被。

“虽然有世路和重藏多方援助，似乎还过得下去。但说真的，母子四人就算是饿死了也不奇怪。”

“今晚，我想向正一君打听一些事。”

“你的意思是，那家伙的母亲和两个姐姐与龙三的死有关？”

“这个还不清楚。不过，若是回溯整个事件，我总觉得会绕回到左雾女士的养女问题上来。或者说一切都是从这里开始的吗？”

“也许是……不过你也够异想天开的。竟然会关注这种破房子，还特意冒着大雨过来看。”

“我没空去满洲或苍龙乡，但这里的话一走就到。而且，我还想问游魔先生一件事。”

“哦，看来是一件不好在水内家问的事。”游魔脸上浮出惯有的讥讽笑容，“没问题啊。”

“谢谢你。也许不必如此避开旁人。不过，要是有人偶然听到了，匆忙中做出误判，使得无谓的流言在村里传开，那也是很伤脑筋的。”

“这么一说我可来了兴趣，你要问什么？”

“那我就单刀直入了。你在伏龙特攻队时用过的潜水服和空气压缩瓶等装备，在战后去哪了？”

“唔……”

“不会是带回来了吧？”

即使在小屋里，雨声仍大得令人心烦。两人这一缄口，屋内便只有击打屋顶的雨声在回响了。

“刀城言耶果然是名侦探啊。”

“啊？”

一副快活样的游魔笑道：“也就是说，看见龙三的尸体时，你第一个就想到了我。你想到只要有潜水服和空气压缩瓶，不就能轻而易举地接近游船了吗。”

“不不，我也不是马上就想到的。再说，潜水装备的问题世路先生好像也注意到了，光靠我的话——”

“世路能想到是理所当然的。因为我和他有一定的交往啊。”

“那么，回答呢？”

“啊啊，正如你明察秋毫的那样。趁着战争结束时的那股乱劲，别说潜水装备了，水雷我都拿回来了。”

“收……收在哪里了呢？”

“我家仓库里。”游魔二话没说就把具体位置告诉了言耶。

“我想确认一下东西是否还在仓里，如果还在，是不是有使用过的痕迹。”

“可以啊……你是不是在想，我用伏龙特攻队的潜水装备杀了龙三？”

“不，我并没断定你是凶手。凡是知道装备的人，都是嫌疑人。”

“对啊……如果是神社相关人员，知道也不奇怪。”

“能把嫌疑圈缩得更小吗？”

“啊，我很遗憾。对了，凶手为何一定要在增仪过程中，利用潜水装备杀死龙三呢？”

“思路反了。”

“嗯？”

“为了在那种情况下杀掉龙三先生，有什么可用的方法呢？反复探讨的结果，就想到了你的那套潜水装备。就是这样。”

“是这样啊。”

“所以，就算判明潜水服和空气压缩瓶被用过，也不过是知道了杀人手法，至于杀人的动机仍都是谜……不，也许谜团反而更深了。”

“杀人手法也没得到彻底解决，不是吗。”

“啊，是指下水场所的问题吗？”

“了不起！这么说你已经意识到啦。”

“就算用过潜水装备，可是该从哪里进入沈深湖呢。简而言之，对凶手来说，作案期间的那湖完全就是一个密室。”

此处，言耶介绍了自己从看台目击到的情况，刈女青柳富子关于舞台上所见之景象的证词，以及无意中在二重山的山道上扮演了监控者角色的祖父江偲所说的话。

“作为回报，我就说个挺有意思的少年冒险故事给你听吧。”言毕，游魔讲述了正一在水使家后山洞穴遭遇的一段惊心动魄的经历。

“这么说，那个水中洞窟和沈深湖是通的？”

“大概不会有错。你解开了一只眼仓的真面目，而这个发现不正补充了你的解释吗。”

“也就是说，如果沿着这个水中洞窟下去——”

“不不，这不可能。”

“为什么？”

“听正一说，洞穴往前就变窄了，连他也过不去。”

“有别的水中洞窟吗？”

“洞穴只有一条道，最后是个死胡同。水流也就只有正一潜水的那段。这个事我向芥路核实过，所以不会有错。他说自己和鹤子潜水的地方再往里去一点，洞穴就到头了。”

“没准左雾女士和世路先生也是在那洞窟里一次又一次地约会。”

“父子两代视若珍宝的洞穴呢。”

“是啊。不过这样的话，就说明还存在其他洞穴，有通往沈深湖的水系？”

“唔，怎么说呢……龙吉朗老爷子也许知道，不过……”

“希望渺茫是吗？因为必须要有人能够通过的宽度啊。”

“如果有那样的洞穴，大家早就传开了。”

“倘若在其他神社的后山或村子周围，恐怕是会这样。但要是同在水使家的后山，想必没人会知道。”

“的确如你所言。不过这样的话，知道那洞穴存在的人不就非常有限了吗？”

“知道洞穴的存在，还能从水庭神社的仓库盗走潜水装备的人，就是杀害龙三先生的最大嫌疑人。”

“我的嫌疑能洗清了吗？”

“很遗憾，还不能……”

“为什么？”

“因为听了正一君的经历，我发现到今天早上为止，你有足够的时间在水使家的后山游逛。”

“噢，这个都考虑进去啦。”

“说到底只是可能性的问题。”

“佩服佩服！不这么考虑问题，很难胜任名侦探的工作吧。”

从游魔的神色中看不出这是真心话还是嘲讽。然而当他提出下一个问题时，语气中明显带着讥诮的意味。

“不过呢，十三年前龙一去世时，根本就不存在潜水装备之类的东西。因为当时连我都还没来村子。”

“正是。这个地方比较麻烦……”

“你说过要考虑龙一之死也是他杀的可能性。如此一来就变成了，龙三是被杀害其兄长的同一个凶手干掉的。”

“虽然还不能断定……”

“既然如此，当时还不在村里的我不就完全摆脱嫌疑了吗？”

“水使家两兄弟的死符合以下组合中的一个。”

言耶不直接回答游魔的问题，而是对两起死亡事件进行归纳：

“一、龙一先生事故死亡，龙三先生自杀。

二、龙一先生事故死亡，龙三先生他杀。

三、龙一先生他杀，龙三先生自杀。

四、龙一先生和龙三先生均为他杀。”

“原来如此。没错，是这样的，不过首先要消去第三项。”原以为被岔开问题的游魔会发火，不料他却顺势加入了讨论。

“嗯，总觉得是最没可能的一种组合。不过也不是光凭这个理由才否定的。还因为从小夜子姑娘的情况来看，完全无法想象龙三先生会是自杀。这么一来，第一项也就自动消失了。”

“那就剩下了‘龙一先生事故死亡，龙三先生他杀’和‘龙一先生和龙三先生均为他杀’这两项……啊，原来是这样！如果是第二项，那么我还是嫌疑人——”

“正是。然后，刚才谈到的‘为何要在仪式过程中杀人’的谜虽然还是个问题，但也许能做出解释。”

“哦？怎么解释？”

“倘若龙三先生是在与龙一先生相同的状况下死去的，就能像当时的哥哥那样蒙混过关——如果凶手是这么想的，会如何呢？”

“所以就利用了潜水装备？怎么说呢，很疯狂的思路，不过倒也符合脑子失常者的逻辑。”

“从这个意义上来说，致力于解决此案时，‘龙一先生事故死亡，龙三先生他杀’还算是省心的——说省心不太妥当，还算是容易解释的一种组合。”

“省心什么的，不就因为是真相所以才省心吗？”游魔提出了尖锐的看法。

“复杂诡异的现象，真相往往是极其单纯的。不过，从开头就采取这种思维方式，可能是因为出于规避困难问题的考虑，或有意无意地选择了省力的那一个。”

“你是受虐狂吗？”

“不不，我不是这个意思……我想说的是，因为这个解释很省心就做出判断不仅错误，而且最终恐怕会导致在抵达真相和结论前走上一段漫长的弯路。我们应该牢记这一点——”

“好好，我明白了。开个玩笑了。”

言耶忍不住叹了一口气，不过很快就重新打起了精神：“但实际上，我很难相信凶手会循着这样的思路。”

“怎么说？”

“若要照着龙一先生死时的情况来，至少得伪装成意外事故。最理想的就是溺死吧。然而凶手却选择七种神器中的一个作为凶器。换言之，从一开始就是有预谋的杀人。”

“有了潜水装备，很容易就能在湖里制造事故吧。因为就算没有樽浮上来，自己推上湖面就行了。这样龙三就会下水，趁此机会发动袭击淹死他。然后把尸体搬到游船船底的洞穴里，几近完美不是吗。”

“尽管心脏病突发和溺死不同，但谁都会认为是接连发生了不幸的意外吧。”

“是膨物所为的流言会立时传开。”

“由于两人死时的情况一模一样，人们完全有可能下意识地承认，超自然力量在其中起了作用。”

“然而，凶手偏偏杀了龙三……”

“除非凶手必须让龙三在增仪中被杀，否则毫无意义。”

“可不是吗。”

“既然已分析到这一步，本该做出‘两个案子从头至尾没有一点关系’的解释。但这一次恐怕不行。虽说并没有确凿的证据——”

“哪里，现在已经明白了这么多，当然其中也包括你的推理，以此为依据，我看谁都不敢说两人的死毫无关系吧。”

“我也有强烈的预感。”

“我再给你爆个料。”

游魔告诉言耶执行水魑大人之仪的当月本该禁酒的龙玺，在龙一出事后，喝了不知是哪位给的酒。

“不知道酒是从哪里来的吗？”

“久保也不知道，所以追查起来会很棘手。”

“让龙玺先生喝酒的人……就是凶手？”

“是吧。”

“可是，这样的话，龙玺先生不会觉得很奇怪吗？”

“再怎么嗜酒，被灌醉前还是会觉得奇怪吧？不过，好这一口的人就算这样也会照喝不误，对不对？”

“听你这么一说……啊，又或许这个人虽然不是凶手，但知道龙一先生之死的真相。只是因为另有隐情不愿公布于众。但是，龙玺先生恐怕已在案发现场见到了某些与真相关系重大的东西。出事以后，他一个人最先进的游船。不过幸运的是，龙玺本人似乎还未察觉。如果这个人趁机把他灌醉，让他忘掉那些事的话——”

“不愧是作家啊。”这次好像是发自内心的钦佩，“总之，就剩下‘龙一先生和龙三先生均为他杀’这个最为棘手，也是最不可能的组合了。”

“而游魔先生也能脱离嫌疑人范围了。”

“不要说得满遗憾似的。”

两人有气无力地笑了，然后言耶表情严肃地说道：“假设这是时隔十三年之久的神男连环杀人案，那么我们可以说，比起龙三先生的命案，解开龙一先生被害之谜要困难得多。”

“保险起见我问一句，关于杀害龙一的方法你怎么看？”

“迷雾重重。”

“可不是吗……不过，如果是连环杀人案，大概能锁定嫌疑人啊。”

“要说十三年前也在波美，且以某种形式与水魑大人之仪相关联的人物，那还得是水利合作社里的人。但是，无论是在哪件案子里，他们中的所有人都在看台上，拥有完美的不在场证明。”

“唔……”

“然后比杀人手法更难解的谜是动机。为什么要在水魑大人之仪进行的过程中杀人？想杀的是神男这一类人，还是龙一先生和龙三先生这样的个体？为什么两人的死之间横亘了十三年的岁月？如果答案是为了等待水使家执行增仪，那么就又回到了最初的疑问。即为什么要执意在仪式中杀人？”

“完全搞不懂啊。比起世路或龙三，我差不多就是个冒牌继承人，但也算是水利合作社里的人。波美地区的情况也好，水魑大人之仪也好，自认为还是有个大致了解的。可我根本就看不出凶手的意图。”

在陋室中又讨论一会儿案情后，言耶和游魔分别回了水使家和水内家。言耶托游魔给祖父江偲传话，要她问一问龙吉朗，波美地区还有没有像鹤子和芥路利用过的那种洞穴。

虽然觉得多半是白费工夫，但言耶还是在水使家向龙玺提了相同的问题。果不其然，得到了“不知道”“没有那种东西”的回答，不过听完理由后倒也理解了。

“要是找得到，我就会在那里造一个与那座仓功能一样的祠堂。哪还有必要辛辛苦苦地从洞窟引水进仓？”

诚如所言。这次的仪式用的也是一只眼仓，可见要么不存在符合条件的水中洞窟，要么就是龙玺不知道。既然龙玺都没能发现，很难想象其他人能找得到。

果然不存在那样的洞穴吗……

言耶不免有些意志消沉，接着他顺势问了关于供酒者的事，也就是那个从游魔处得来的情报。

“为什么你要在意这种事？”

“故意让处于禁酒期的宫司喝酒——”

言耶字斟句酌地向满脸狐疑的龙玺说明了游魔和自己的想法，然而——

“啊……”龙玺突然轻叫一声，就此不再言语。

“是不是有什……什么头绪了？”

言耶不由得精神大振，可是之后任凭他怎么请求，最终还是没能让龙玺开口。

何人？为何要给自己酒喝？龙玺一定是想起来了……

然而他不打算说。是在保护那个人吗？或是龙玺本人唯恐自己知道的某些事曝光？

言耶正为新的谜团烦恼之际，祖父江偲回来了。

据说在水利合作社的会谈上进行了以下交流：首先，确保小夜子的人身安全是第一要务；其次，要让龙玺接受警方的介入，如若拒绝，合作社也将不得不就水使神社的未来进行讨论。这几点是主要议题。

“只是就我看来，有一点让人不太放心，我感觉龙吉朗是在一个人孤军奋战。”

“其他人不如宫司那么热心？”

“他的儿子世路和水庭流虎基本是赞成的。不过他们的想法是，应该尽可能避免造成水使神社和水利合作社的对立态势。其最大理由是这样会全面影响番水制度。”

“是啊。水分辰卅呢？”

“那个人啊，反正就是讨厌水使神社，讨厌龙玺。不过他说要是把警察招来会玷污神圣的仪式，相当地不情愿。他本人好像是烦恼这一点。”

“为了逼得龙玺先生走投无路，他愿意叫警方来。但是警察来了，一旦开始各种搜查，又会玷污水魑大人之仪。恐怕辰卅先生担心的是沈深湖会泛滥成灾。结果让他陷入了两难境地。”

“不过龙吉朗宫司立场坚定，所以其他人还不至于持完全反对的态度。”

“这就好。对了，洞窟的事怎么样？”

“我也问了水庭流虎先生和水分辰卅，他们回答说没有。龙吉朗也说要有多半也是在水使家的后山——”

言耶说了与龙玺的一席交谈，祖父江偲思索了一会儿也理解了。

“老师好不容易注意到了潜水装备，可惜二重山和沈深湖自身就处在密室状态的话，就无计可施了。”

“话又说回来，要问有没有其他能接近龙三先生的方法——”

“老师！”

“你……你吓了我一跳。”

相比吃惊的言耶，祖父江偲却是脸上带着笑：“从龙三先生的命案着手思考，会陷入死胡同的吧。”

“是因为十三年前没有潜水装备吗？”

“正是。如果这是神男连环杀人案，凶手是一个人的话，这次本该采取与十三年前一样的方法。”

“也就是说，该以龙一先生的命案为中心进行思考？”

“不对吗？”

“祖父江小姐好敏锐！”

瞬间，笑容布满了祖父江偲的脸庞。

“这样的话，最大的谜就是凶手为何刺杀了龙三先生——一切都归结于此。”

言耶从头到尾，将在陋室中与游魔交流过的推理告诉了祖父江偲。

“什么嘛，老师都已经想到这一步啦。”

祖父江偲转眼又显出了沮丧之色。

“不不，我说的是思考方式的问题，而不是思考的内容。从这个意义上可以说，首先探讨龙一先生命案的意见十分宝贵。”

“真的吗？果然是因为跟着老师碰到了各种各样的案子，人家的推理能力也自然而然地长进起来啦。啊，说不定是原来就有的才能，受了大量刺激后，一点点地开始觉醒啦——老师？你眼睛在往哪看啊？”

言耶对祖父江偲的话漠不关心，透过别栋的窗目不转睛地看着外面。

“我说老师！”

“嘘……”

言耶将食指竖在唇前让祖父江偲闭嘴，随后蹑手蹑脚地走近稍稍打开着的窗户，从那里向外张望。祖父江偲也慌忙跟在后面，越过他的肩膀向外观看。

“看见什么了吗？”

“龙玺先生提着像布包一样的东西，往竹林方向去了。”

“是小夜子小姐的晚饭吧。”

“嗯，大概吧。姑且算是遵守了和龙吉朗宫司的约定。”

没多久，龙玺从竹林那边回来了，手里只拿着伞。之后，很快就有年轻女佣来通知他们晚餐时间到了。

太阳一下山，龙三的守夜就开始了。但露面的只有水利合作社的人、各村的村长、医生高岛、青柳家和清水家的代表、派驻巡警坪束、以及其他寥寥数人。因为龙玺最初就关照过，尽量少叫人来。此外，又是临时安排的守夜，结果凄凉的气氛始终不曾消散。

守夜祭拜已毕，言耶和祖父江偲在别栋向正一问话。最初是问对母亲的回忆以及陋室的生活，水使家的生活，等等。不久话题回溯到了满洲时期。夸张一点说，就感觉是对少年过去的人生做了一次走马观灯式的温习。谈到一半时，言耶和正一入浴洗澡。正一有点害羞，但还是并肩进浴池泡了澡，在淋浴所还互相浇洗背部。由于洗澡时话也没断，祖父江偲也想一起进来，自然是被言耶一口否决。要是开玩笑说一句“行啊”，照她的禀性还真有可能进来。若是发生这种事，即使是不拘小节的言耶也受不了。

听完正一的话，已是深更半夜。言耶向一个劲打哈欠的正一致谢后，由祖父江偲带正一到前一幢别栋让他睡下了。

独自一人时，言耶再次想到继承了左雾女士力量的人，不是鹤子也不是小夜子，而是正一君啊。鹤子也受了影响，可惜的是她没能承受住。小夜子根本就是零。但是，龙玺的脑子里有个根深蒂固的思想，即左雾娘家历代都会生出拥有特殊能力的双生女。所以，正一没有被正视。龙玺过去曾把清水悟郎那个为躲兵役而逃到波美的哥哥市郎关进了一只眼仓，但是没能顺利做成水魑大人的活祭。也许是那次的经验让他自动排除了男性。

如果受到母亲和两位姐姐的保护，也是缘自他所拥有的与生俱来的力量……

要是正一知道因为自己，母亲死了，长姐得了精神疾病，如今另一个姐姐又危在旦夕的话，一定会受不了。

命运……

不愿轻易使用的词，但这一次言耶感到其中蕴含着极为沉重的振音。

“阿正已经睡下啦。”

过了一会儿祖父江偲回来了。看来他们已经完全打成一片了。

“说了那么多话，结果进了被窝还在兴奋，怎么也睡不着的样子。不过到底是孩子啊。我讲了一个以前的老故事，他就忽地睡过去了。”

这么说你的故事是催眠剂了？刚想说这句话，言耶立马又咽了回去。

一不小心就会遭她白眼，还会遭上一句“哟，也就是说我讲的故事不好玩了？”，没准就得在枕边没完没了地听她的那些老故事，直到自己彻底进入梦乡。

无功无过地道一声“晚安”后，言耶上床就寝。然而睡意始终不曾袭来。不由得认真考虑起是否要请祖父江偲给自己讲故事。身体想要休息，脑子却还想活动。想要思考案件的方方面面。

排空头脑……以舒畅的心情……

如此动用意念后，这回是迟迟未曾留意的雨声入耳来了。自增仪后降雨以来，就一直没有止歇的迹象。

隐隐听到了从后山方向传来的野狗的吠声，夹杂在雨声之中。昨晚明明很安静。不会是对雨水起了什么反应吧。想着想着，不禁产生了令人厌恶的幻想。

被水魑大人吸去精华，形同木乃伊的小夜子……

把虚弱的她抬出一只眼仓，抛至后山的龙玺……

聚集在小夜子尸体身旁，你争我夺抢食的野狗群……

种种场景如幻灯片一般映入脑中。鲜活的影像接二连三地闪过。言耶此时已然入睡，然而不知从何时起，他觉得自己正在热心地搜查一只眼仓到后山的每一处角落——他做了这样的梦。

拜其所赐，翌日清晨猛然醒转的言耶觉得疲劳一齐向他涌来。

然而——

奔入别栋的水内世路带来的消息，足以令他的疲劳顷刻间化为灰烬。

“刀城老师！父……父亲他……龙吉朗他……被、被杀了……”

第十五章

神男连环杀人案终于爆发

“什……什……什么！”刀城言耶从被窝中一跃而起，扶起眼前放声大哭的水内世路，紧紧盯住对方的眼睛确认道，“你是说龙吉朗宫司被杀了吗？”

“在拜殿里……我家神社的拜殿里……是我发现的。”

“我收拾一下就去。”脱下浴衣换上外出服期间，言耶没有停止问话，“叫医生了吗？”

“父亲已经咽气了……”

“坪束巡警呢？”

世路摇头道：“还没人知道这事。一发现我就跑到这儿来了。”

“这……”

言耶顿时语塞。与其说是自己被信任，倒不如认为世路其实没有其他可依赖的人吧。

“物种村有医生吗？”

“没有，请的是五月夜村的高岛医生。”

“必须通知坪束巡警和高岛医生，以及水利合作社的所有人。”

“是吗？可我想先请老师一个人——”

言耶心想可能是有什么隐情，暂且应下说道：“明白了。我跟你一起去府上，然后赶紧派人通知相关人员，行吗？这样我们也能在大家赶到之前调查遗体。”

世路点头应允，言耶便留心不让任何人发现，从水使家绕了出来。世路则是直接到了外面。两人会合之后，冒着倾盆大雨匆匆赶赴水内神社。

遵照言耶的建议，他们没有直奔拜殿，而是在水内家的正房仔细地擦拭了湿透的衣服。如此小心是想尽可能地不破坏现场。

他们穿过正房延伸出去的走廊，从拜殿的侧门进去。龙吉朗倒在祭坛前的身影就映在了言耶的眼中。言耶慢慢地靠近，首先合掌默哀。即使尸体就在眼前，还是觉得难以置信。然而，这是千真万确的事实。

“有某人从正门侵入的痕迹。”

从面向境内的拜殿大门到龙吉朗正后方的地面上湿淋淋的，犹如有巨型蛞蝓爬过一般。

“是凶手……”

“恐怕是的。雨声这么大，有点声音也会被遮盖。而且，宫司是在做晨间参拜吧。”

“是的。我稍稍晚了片刻……然后过来一看，就……”

“太遗憾了。非常抱歉，我本该先表示哀悼的。可我——”

“不，请不必介意。多亏你如此冷静地应对，我们才能推测出凶手的行动。一般情况都会从正门冲进去，差一点就破坏了凶手难得留下的痕迹。”

虽然父亲被害的事实让他遭受了沉重的打击，但世路还是表现得很坚强。

“你这么说真是太好了……”言耶深施一礼后，接近尸体，“总之现在要检查一下现场的情况。时间长了，就怎么也——”

龙吉朗横卧在祭坛前，身子的左半边在下，脊背上有个奇怪的突起部分。

“这……这个……莫非是……”

“嗯，没错。是水魑大人的髭。”

刺入龙吉朗背部的是人称水魑大人之神器的七种宝物中的一个——细长如锥子般的水魑大人之髭。

“原本是祭祀在水使神社本殿里的——”话到一半，言耶不禁追悔莫及，“昨天从二重山下来的时候，应该去看一看本殿的。”

“被偷走的不只是杀害龙三君的角，还有这个髭吗？”

“其他神器也可能不见了。”

“哎？这究竟是……”

“我们是不是可以这样考虑，龙三先生是第一个被害人，凶手从一开始就企图杀害多名神男，还选择了水魑大人的神器作为凶器。”

“怎么可能……”世路目瞪口呆。

“我疏忽了。如果发现神器失窃，就能预测到连环杀人。也就能提醒大家注意，可是……我竟然放跑了这个难得的机会！”

“瞄准的对象是水利合作社的人吗？”

“从龙一先生，龙三先生，龙吉朗宫司的身份推断，我想是这样的。”

“龙一先生也包括在内吗？你是说案件早在十三年前就发生了？”

“事到如今，理应将他考虑在内。”

言耶提纲挈领地把与游魔交谈的内容，告诉了世路，结果见他突然惊慌起来：“芥……芥路呢？那孩子也是被害候选人之一吗？”

“他有过神男的经验吗？”

“没有。水魑大人之仪倒是参加过，但还不是水利合作社的成员。”

“虽然不敢肯定，但应该没问题。”

这时，正门突然洞开。晦暗的外走廊上站着一人，手握湿伞，正是龙玺。

“你为什么会在这里？”

还没派人通知任何地方，但看龙玺的样子，像是过来之前就已知道水内神社本殿发生的事。

“龙吉朗宫司……”

龙玺当场丢下雨伞，向祭坛走近。

“啊，不能从那边进来！”

言耶慌忙提醒道，然而对方可不是听劝的人。就见他大摇大摆，毫无顾忌地踏入殿内，转眼已经站在了尸体旁边。

“现场被破坏的话可就麻烦了。你刚才把凶手的——”

“啊，这个是……”凝视着龙吉朗的背部，龙玺的身形凝住了。

“你知道这个？”言耶姑且已将现场的状况记入脑中，而且又是面对龙玺，即使抗议也全无用处。他迅速调整了自己的情绪。

“水魑大人的髭？嗯，没错就是它。”

“昨天增仪结束后，你去看过供奉在本殿的七种神器吗？”

“没有。根本顾不上这个事。”

“也是啊。换句话说，水魑大人的髭是和角一起被盗的，不过是不是在龙三先生的命案发生后被盗的，已经无从知晓了。”

言耶望着世路，满脸遗憾之色，这时龙玺突然说道：“是在增仪结束后啦。”

“水魑大人的髭被偷走的时间吗？”

“嗯。”

“为什么？”

“……”

“你是说凶手起初只拿走了水魑大人的角，用它杀害了龙三先生，然后又偷了髭？”

“嗯……”

“但是，这么一来就能得出结论。凶手在增仪之后生出了杀害龙吉朗先生的动机，然后又费了一番同样的工夫。”

“难……难道说……”世路苍白的面庞如今更无血色，如同看到怪物似的凝视着龙玺，“父亲因为小夜子的事把你逼急了，你……你就……”

“你想说是我杀了龙吉朗宫司？就为了那么一个小女娃？荒唐透顶！”

“不光有小夜子的安危问题。还有龙三的事，父亲也想查个水落石出。他正打算去说服你。”

“宫司的想法，我怎么能知道？”

“呃……”

“你父亲大概会跟水利合作社的成员谈起那些事。我姑且还能预料到，但我会因为这种理由杀人吗？”

“呃……”

“龙玺先生，为什么会来这里？”言耶取代哑口无言的世路，开口问道。

“哪有什么为什么……”

“是因为——龙吉朗宫司被害了吧。你是怎么知道这件事的？发现父亲的遗体后，世路就马上跑到我这里来了。然后我们一起奔赴现场。路上既没碰见一个人，也没跟谁说过话。知道有命案发生的人应该只有我们两个。可你却到这里来了。为什么？”

游魔在陋室里提到水使家后山的洞窟时，谈到过有个叫久保的男人。

“你是水使神社的宫司，有独家的信息来源对不对？”

“久保家啊……”看来世路也知道。只是在言耶指出之前，似乎一直没能在意。大概是因为久保平日里的行动极其隐秘。

“就算是久保，也不会知道龙吉朗宫司在想什么。”然而龙玺却一口否认，脸上浮出不怀好意的表情，“还是说怎么着，水内神社里有久保的间谍？”

“我们家的人才不会——”

“那我就不可能知道了。还有，最重要的是，假如是我拿水魑大人的髭刺了龙吉朗宫司，那么使用神器的角刺杀龙三的人也是我了。我为什么非要杀我儿子不可？还是在进行仪式的时候？”

言耶倒是觉得可能性十足。龙玺对水魑大人之仪可谓狂热，听其言观其行，总觉得他能干出牺牲自家亲子的举动。相较之下，更大的问题是案发时龙玺人在看台，有不在场证明。

“我们还是不要再浪费时间了。”

言耶认为如今在这里谴责龙玺也是无济于事，盘算着这次要尽快联络警方。

“世路先生，物种村有没有派出所？”

“没有。波美只有两处，分别在五月夜村和佐保村。”

“那好，能否请你派个报信的人去佐保村的派出所？同时我还想通知水庭神社和水分神社。”

“明白了。我马上派人——”

“我已经派人去通知流虎和辰卅了。”龙玺插嘴道。

“坪束巡警那边也通知了？”言耶问道。

“是啊。顺便还叫上了佐保村的甘木巡警和高岛医生。”

正如龙玺所言。没多久，这些人物便陆陆续续地现身了。

首先抵达现场的是五月夜村的派驻巡警坪束和高岛医生，从佐保村赶来的水庭神社的流虎、游魔、甘木巡警，以及青田村水分神社的辰卅。不过坪束刚到，就被龙玺拉去私聊，随即不知去向。

甘木和高岛姑且靠近尸体，龙玺则站立一旁，像在监督二人。余者暂时聚集在拜殿一角，其实就是在窥视调查过程。

“听到消息后把我惊坏了。”游魔很快就找言耶搭上了话，“可是为什么有人……”

非要杀害龙吉朗宫司呢——游魔的语气中饱含着惊诧。不过，在场的每个人恐怕都是同样的心情。除了凶手以外，如果那人就在其中的话。

“其实……”世路略显迟疑地复述了他与龙玺，还有言耶之间的对话。

“可是，龙玺先生怎么也不会对龙吉朗宫司……”

流虎持否定的口吻。而游魔正相反。

“不，一旦关系到水魑大人和水使神社，这个人会做出什么事来，难道你不知道？其实是他觉得小夜子一个还不够，就把龙三也送出去当活祭了——就算事实如此，我也不会意外！”

“我也有类似的看法。”

言耶表示赞同，再次发言：“只不过龙玺先生无法杀害龙三先生。”

流虎“唔”地沉吟了一声，显得很为难的样子。

“随口就说是龙玺先生对儿子下的手，未免武断了吧？”

流虎表示不满后，言耶老老实实地致以歉意。但游魔沉不住气了。

“刀城先生不是都说了龙玺不可能杀害龙三。”

“这我知道。可是，明明在那种情况下绝无可能作案，刀城老师和你还是怀疑有能够做到的方法，不是吗？”

“哦……如你所说。不，至少我是——”

“我也是。”

“话虽如此，但我并不认为神男连环杀人案的凶手就是水使龙玺先生。”

言耶的表述令流虎和辰卅的脸上现出了诧异之色。

“你说‘神男连环杀人案’？这是刀城老师的想法吗？”

“被……被害者都有谁？”至今一言未发的辰卅稍显焦躁地问道。

“该把龙一先生还是龙三先生视为第一个被害者呢？这个问题很难回答，我认为应该从龙一先生算起。”

“家父……水分辰男……不算在内吗？”

言耶怜悯地望着沮丧的辰卅，摇头说道：“水分辰男先生的失踪毕竟是意外事故吧。辰卅先生不也曾说过吗？据文献记载，过去的仪式里也有过在沈深湖失踪，或仪式结束后神男死亡的例子。”

“那是真事。可是，既然龙一包括在内，那么家父也……”

“这两人之间最大的差异是有没有遗体。如果辰男先生是遇害后被抛入了沈深湖的水下洞窟，那么凶手为何不对龙一先生也如法炮制呢？据说他死时脸上带着极为恐惧的表情。凶手完全能预料到尸体就这样被发现的话，肯定会引发种种流言。换言之，凶手就没想过隐藏尸体。既然如此，凶手会让辰男先生也漂浮在湖面上，不是吗？”

“可……可能是有什么隐情吧。”

“当然，我们无法排除这个可能性。只是，如果以此作为前提进行推理，就收不住脚了。我们现在必须从已知的事实出发进行解释。不过，辰男先生的事发生在二十三年前，龙一先生则是十三年前。从物证和案情证据这两方面入手已无可能，因此只能以案情证据为主。如此这样，我们就会发现龙一先生与龙三先生的死状极为相似。然而，此二人的相似点与辰男氏作比较，则没有什么共同之处。”

“这不是刀城先生的个人感觉，我也是一样的想法。”游魔不是为言耶解围，而是他确实也有同感吧。

“那是一起不幸的事故。”流虎语气沉稳地对彻底不吭声的辰卅说道，“由于辰男先生的事，你受了不少苦，我也算是略有了解吧。不过，在这个事情上请允许我固执地说一句。知道自己的父亲并非为人所害而是意外死于仪式中，不也是件好事吗？”

“唔……”

“再说了，判明你父亲是什么神男连环杀人案的第一被害者，对水分神社来说也没有好处。所以……啊，唔，这下可好，说了得罪人的话了。”

也许是想起第三个被害人龙吉朗的儿子就在旁边，流虎赶忙向世路垂首致歉。

“没关系。家父应该没有招人恨的地方。毫无疑问凶手是疯了。”

“可以这么说。”

游魔点头赞成世路，这时龙玺、高岛、甘木三人来到他们面前。

“宫司被人从背后刺中了心脏。”环视众人已毕，高岛自言自语似的阐述起自己的见解，“犯案时间是今天早上。他坐着念诵祝词的时候，被人从背后袭击了。”

“当场死亡吗？”世路问。

“因为伤到心脏啊。就算没有马上死亡，我想宫司也是在不知情的情况下失去了知觉。没有受什么罪。”

高岛检视龙三的尸体时，言耶感觉他只是出于职业上的兴趣，但这次稍显不同，不免吃了一惊。这也体现了水内龙吉朗的德望吧。

“问题是凶手当时人在哪里……”

言耶当下说明了发现尸体时拜殿的情况，以及对凶手行动的推测。

“原来如此。这么说宫司甚至都不知道凶手在背后。那他是毫不知情地，一下子就往生极乐去了吧。”

眼见世路的表情稍稍柔和下来。

“坪束巡警是不是联络县警去了？”

言耶问站在高岛身后的龙玺，不知为何他的视线离开了言耶。

“我托他办一点事，马上就会回来。”

如龙玺所言，没多久坪束就再次现身，带来了一个三十五六岁的眼镜男。

“他就是久保。”游魔小声告诉言耶。

顿时，言耶有了一种不祥的预感。而事实上，这个名叫久保的男人既不管龙吉朗的尸体，也不看言耶等人。他和龙玺走到拜殿的另一个角落，说起了悄悄话。那模样明显透着蹊跷。流虎也投之以怀疑的目光。

不久话说完了，龙玺独自一人向这边走来。

“水魑大人的神器一个没留，全被偷走了。”

“什么……”

“我派人去本殿查看，结果好像一个也没剩下。”

“是不是今天早上被盗的，这一点不清楚吧？”

“嗯，我刚才就是这么说的。”

“不不，龙玺先生说的是，应该是昨天增仪结束后被盗的。”

“为什么？”游魔立刻质问道。

然而龙玺却无视他的存在，对着世路：“你要是不介意的话，龙吉朗宫司的守夜和葬礼，就跟我家一起办吧。作为水利合作社的葬礼，我们也能减轻不少负担。”

“我也觉得这样比较好。但是，现在我们得尽快报警，抓捕凶手——”

“没那个必要。”

“啊？”

“不通知警察也可以。”

“你说什么？我父亲可是被人杀了！龙三那会儿还可能是自杀。但父亲肯定有人下的手。是这样吧，医生？”

世路求证似的一问，高岛便答道：“连外行人也看得出是他杀。”摆出“那还用说”的态度。

“宫司还要坚持不叫警察来吗？”

“正是。不能让那些人来玷污水魑大人。”

“增仪已经结束了呀。”

“结束了也一样。”

“是不是因为警察一来，龙三的案子也会被调查？那就说他是在仪式中暴毙的，就跟龙一先生一样死于突发性心脏病，如何？我知道刀城老师会不满，不过这种时候做一点让步也是——”

“跟龙三还有龙吉朗宫司都没关系。总之我不会联络警方。”

拜殿内鸦雀无声。即使今后神男连环杀人案持续下去，也决不允许警方的介入——龙玺这个强烈的意志传向了众人。

“这是你作为水利合作社首领的意见吗？”世路以强压情感的语气问道。

“是啊。”

“但是宫司，这是杀人案。与水利合作社无关。”

“在波美祭祀水魑大人的人，怎么可能跟水利合作社毫无关系！”

“明白了。我会以个人身份，作为被害者的儿子，向警方报案。”

“不行！”

“你没有这个权力。”

“小夜子回不来也无所谓吗？”

“你……”

“等一下！不是说好今早要把小夜子送出仓的吗？”游魔像是突

然想起了要紧事，“你怎么没有放人回来？”

“因为龙吉朗宫司的事，现在哪顾得过来。”

“那好，我们现在就去仓那里——”

“这是我和龙吉朗宫司的约定，所以现在已经作废了。”

“你……你说什么！”

眼看游魔就要猛扑上去，却被言耶死命地拦住。

“不光是小夜子，连正一也会回不来。”

“这话怎么讲？”言耶先于世路和游魔问道。

“我呢，让正一也进了仓。”

“难……难道说……”

“啊，不是一只眼仓啦。很早以前呢，就有那么一个仓，用来关押不好处置的病人和疯子。也不知是哪个起的名，就叫成了囚人仓。”

言耶心道这就是阿武隈川提到的带禁闭室的仓吧。想想被关在那种地方的正一是何等的孤苦，就不免黯然神伤。

“那座仓附近都被雷击中过两次了，所以也就不再当普通的仓用了。”

“关在那么危险的地方——不对，你为什么要关正一？是为了不让我们叫警察来吗？”

“不光是为这个。因为我已经知道，继承左雾力量的人不是鹤子也不是小夜子，而是正一。”

啊……言耶差点叫出声来。因为他意识到了昨晚与正一的谈话被人偷听去了。肯定就是竹林看守中的其中一人。今天早上大概也是如此。世路冲入别栋讲述龙吉朗的情况时，怕是隔墙有耳。所以明明没派人通报，龙玺也出现在了水内神社的拜殿中。

“你还打算用一只眼仓吗？”

“下次增仪也不知是哪年哪月的事了，不过到时我会亲自主持。”

“不会被允许的吧。”

“没你这个外人插嘴的份！”

“我反对。”世路当即宣布，随后他来回扫视水庭流虎、游魔以及水分辰卅的脸，“作为水利合作社，也会坚决予以反对吧？”

“那是当然。”不仅游魔响应，就连流虎和辰卅也点头称是。

“你们就不顾及波美的情况？”

“你考虑的不就只有你的水使神社吗！”游魔针锋相对，“啊，没准神社也是可以忽略的。你想做个试验。只是试试在水魑大人之仪上怎么做才能有效果，能够做到何种程度而已。所以就算有人死了，你也不会有任何感觉吧。你太肮脏了！没有主持水魑大人之仪的资格！”

“龙玺先生，”流虎语气温和地说，“总之能否请你把孩子们放出来呢。至于报警的问题，接下来大家一起商量——”

“流虎宫司，你怎么能……”

世路忍不住要抗议，流虎一边摆手劝解一边道：“世路，如果现在不一个一个地解决问题，无论过多久也不会有进展。”

“可……可是——”

“我绝对不会让你们报警。”龙玺仿佛结论已定似的公开表示，“如果擅自联络，不管是小夜子还是正一，都别想回来了。”

“不，要报警。”游魔亮出右手食指，“就说你拐骗和幽禁孩子，让警察来砸仓。”

“哈，要做到这一步需要正式的搜查令。只是为了教训调皮的外孙和外孙女，把他们关仓里的话，警方怎么也不会出动啊。”

“这种程度的谎话，只要我们作证说不是的——”

“我可是认识不少县警高层。要不咱们试试，对方会相信谁说的话？反之，你们输了可就没退路了。小夜子和正一一辈子都要在仓里度过了。”

“请等一下。”言耶插话进来，“我们认为，如今发生的是一桩神男连环杀人案。”

“唔……”

龙玺一言不发，听言耶讲了一番自己的看法，随后他说：“原来如此。虽然还不清楚龙一是不是第一个受害者，但神男连环杀人的说法怕是没错。你小子还挺行的嘛。”

“既然你认可这一点，就请允许我联络警方。要查明凶手抓住真凶，无论如何都需要警方的调查。”

“不行。”

“就这么下去也不知真凶是谁，然后出现下一个被害者也没关系吗？”

“那可不行。”

“你也在被害人候选之列啊。”

“应该是吧。所以更得想点办法才行。”

“所以说嘛——”

“就委托你吧。”

“啊？”言耶一时之间不明其意。

“听说你是名侦探。凶手躲在哪里什么的，还不是马上就能推断出来？”

“这……这话说的——”

“不必担心，抓捕工作我会让村里的年轻人去干。你只要用这里就行了。”龙玺说着，指了指自己的脑袋。

“不行！这也太乱来了。因为某些情况导致交通受阻，想叫警察也来不了的话，也就算了。只图自己方便委托外行执行侦探工作，警方是绝对不会容忍的。”

“不行也好，乱来也罢，你也只能干了。”

“为什么？”

“你不干的话，就再也见不到那个女编辑了。”

16

第十六章 囚人仓 吞噬人质

“请……请等一下！”刀城言耶大吃一惊，同时背心一凉，“你到底把祖父江小姐怎么了？难……难道是像小夜子姑娘一样……”

“看来你比我还想往一只眼仓放新的活祭嘛。”

龙玺挖苦嘲笑，而言耶则满脸阴沉地向他逼近。

“请回答我的问题。你对祖父江小姐做了什么？现在她在哪里？”

“不用担心。女编辑嘛，我把她和正一关进了同一座仓。”

“真的吗？”

“是啊，我才不会在这种事情上说谎呢。”

言耶姑且放下了心，也要稍稍往好的方向去想——如此正一也就不会无依无靠了吧。当然，高兴是不可能的。

“请你放祖父江小姐出来。她与此事毫无关系。”

“完全不相干的人却对我们的重大仪式横插一杠，原本就很奇怪。”

“我们事先得到了许可——不对，现在不谈这个，我们只谈放她出来的事。”

“所以说嘛，只要你发挥出名侦探的能力，问题就解决了。”

从此处开始，世路、游魔、流虎、辰卅也加入了战团，大家争论不休，可惜毫无进展。世路最挂念的是被幽禁在仓内的三人的人身安全。游魔主张不管怎样先把警察叫来，然后诉诸于强制手段即可。流虎感情上站在世路这边，但仍在尽力探索和解之路。辰卅对龙玺大加指责，可又反对警方介入。

顺带一提，约莫五十来岁的佐保村派驻巡警甘木，看龙玺脸色行事尤甚过坪束，毫无作为。高岛医生则完全采取袖手旁观的态度。

“要这样闹到几时才算完？”龙玺毫不掩饰焦躁的情绪，“只会白白浪费时间，结果谁也出不了仓。”

“那先让我见见小夜子姑娘，正一君，还有祖父江小姐。”言耶提议道。

“我不是说了吗，小夜子不行。”

“你说好今天早上会放她出仓的！”

游魔高声怒喝，但龙玺视若无睹，只是看着言耶：“什么措施也不做就放出来，要是落下个后遗症我可不管。”

“需要一些治疗是吧？”

“嗯，是的。”

“那就请你实施治疗。”

“我拒绝。”

“呃……”

“现在嘛，小夜子也是阻止警方的交易筹码。”

“至少请允许我见见正一君和祖父江小姐。”

“不行。”

龙玺摇了摇头。不过，久保不知在他耳边说了什么，只见他思考了片刻后勉勉强强地答应了。久保可能是说也得做点让步才行。

言耶与世路商量过后，决定暂且用毛毯盖住龙吉朗的尸体，暂不要动。二人意见一致，要尽量保存好现场。

以龙玺为首，水庭流虎、游魔、水内世路、刀城言耶一行五人，冒着从昨天开始就下个不停的雨，向水使家进发。水分辰卅说要祭拜水神大人，在上桥就与众人分开了。他似乎是想参拜所有的沿参道被供奉的水神塔。

“这个时候单独行动会很危险。”

言耶慌忙阻拦，但辰卅不听规劝。增仪成功降下甘霖是好事，可是照这个势头下去反倒要做减仪了。辰卅认为要避免这种令人啼笑皆非的事，现在就该去祈求水神大人。他也问过龙玺和流虎，对方觉得如此定论还为时尚早，众人的意见产生了分歧。然而，辰卅坚持要前往祭拜。

最终，众人决定由甘木和坪束这两位巡警中的一人陪同辰卅。两位巡警没有去水使家，或许是因为若是目睹有人被监禁的事实，就不好佯装不知了。高岛医生大概是没有兴趣，就没跟来。至于久保，不知何时已没了踪影。

龙三的葬礼看来已暂时延期。这事极为稀罕，说明龙吉朗的死对龙玺也是一个莫大的冲击。

神社与水使家之间建有几座仓，而那个囚人仓位于更西端的地方。显然与其他仓离得很远，虽然不比一只眼仓更偏僻。从外观看不出特征，但散发着极其阴郁的气息。隐隐给人一种感觉，此处并非只是存放物品的仓。

胡子脸和秃顶男正在仓门前放哨。龙玺递过钥匙，胡子脸解下挂锁将门稍稍打开，与秃顶男一起紧贴门前站立。

“又是这几个家伙啊。”

游魔语声中透着厌烦。言耶忙问原因，才知道他们昨天在看守一只眼仓。

“不许靠得再近了。”言耶和世路刚想走到门前，龙玺立刻警告道。

“可是，不再凑近一点——”

“这个地方也能说话。”封杀了世路的抗议后，龙玺向囚人仓中喊话，“正一！回话。”

过了一段时间。

“在……”

刚传出一个微弱的声音，就听见一个大嗓门吼得震天响。

“喂，臭老头！现在马上把这孩子放出去！把小孩子关进这么可怕的地方，你脑子有病啊？到底在想什么呢！”

祖父江偲气势恢宏，铿锵有力地说着。

“我说的没错吧，两个人都好好的。”

龙玺示意要关上土门，言耶慌了神。

“请等一下。正一君！不要紧吧！你还好吧！有没有觉得不舒服？”

“咦？是老师吗？”然而回复的却是祖父江偲的声音，“老师该不会是听到了……刚……刚才人家说的那套犀利的话吧……”

“说得不赖啊。”

“……”

“祖父江小姐？”

“……”

“祖父江小姐！”

“在……我在……大家都在这里吗？”

“不，水分神社的辰卅宫司因为要去祭拜水神塔——”言耶解释到一半时，才意识到祖父江偲还不知道水内龙吉朗遇害的事。

“龙吉朗宫司在吗？”果不其然，她想向宫司求助。

“祖父江小姐，其实——”

“怎么会……”

听言耶简短讲述了事情始末，祖父江偲不由得张口结舌。想必正一也是大为震惊。

“祖父江小姐，仓里的情况如何？”

“你是说……禁闭室……吗？”

“你怎么被关进去的？”

“他们说我不老实……就把我关进来了。”

言耶怒视龙玺，却见对方面露可憎的笑容：“这里其实是我老婆汩子的地方，特意为这两个人腾出来的。”

“正一君情况如何？”言耶不加理会，继续问道。

“刚开始很害怕的样子，现在没事了。不管怎么说也是男孩子嘛。”

“你呢……你不要紧吗？”

“老师——”

“嗯？”

“你会救我们的吧？”

“当然了。”

“那个老头说，如果老师能抓到案犯，就放我跟正一君——”

“嗯，听他说了。”

“我还以为指的肯定是龙三先生的案子。”

“啊，我认为也包括他在内。”

“是连环杀人吗？”

“而且还是神男连环杀人案。”

“这下可了不得啦。”

“是啊。”

“我本来该以老师助手的身份，帮着做好些事，谁知……”

“这种事你不用操心。”

“可是……”

“比这更重要的是，祖父江小姐，如果你在仓里受了什么罪——”

“不会有问题的！”

“可你被关在禁闭室——”

“错了错了。不是说我，我是说老师你不会有问题的。”

“哎？”

“无论什么案子，只要刀城言耶出马，就一定能解决。人家可是坚信不移的。”

言耶一时之间无言以对。眼前，土门被无情地关上，再次落下了挂锁。

“好了，该名侦探出场了。”

龙玺的话听着像玩笑，但似乎是认真的。从这层意义上来说，他和祖父江偲一样显得信心十足，认为只要委托言耶就一定能抓到凶手。

“龙玺先生。”

“嗯？”

“查明凶手还需你的协助。”

“这个没问题。”

“请你说出所有你知道的事。”

“嘿。在这种地方站着说话也不是个事啊。”

吩咐胡子脸和秃顶男仔细看管仓后，龙玺独自一人匆匆向水使家的正房走去。言耶等人也紧跟其后，世路则频频回头望着仓。言耶也是牵肠挂肚，但硬是忍住了。

现在不是回顾身后的时候。必须向前，向着眼前龙玺的背影进发。

“好了，你想问什么？”众人在和式客厅安坐，龙玺嫌烦似的开了口。

“关于水使神社一直以来祭祀水魑大人时，独自进行的仪式。”

“怎么说？”对于言耶直截了当的提问，龙玺厚着脸皮装起傻来。

“也就是关于一只眼仓的事。”

“我们家可没有名字这么古怪的仓。”

“就是位于别栋旁边那片竹林南侧的仓。”

另一方的言耶始终保持着冷静，然而还没怎样游魔就发火了。

“事到如今还要装糊涂！刀城先生的解释你不是已经认可了吗！”

“一半而已。”

“不对，你把小夜子关起来也好，马上放她出来会有麻烦也好，都是在那之后你自己说出口的。”

“哦，是这样吗？”

“这个混蛋，趁龙吉朗宫司去世的机会，想装蒜装到底！”

游魔望着言耶，眼神似乎在说“怎么办？”。然而，言耶未及回应，流虎便以告诫与劝解的口吻道：“龙玺先生，现在还是协助刀城老师为好。如果只有龙三君的那件事，我就什么话也不说了。但是，现在龙吉朗宫司出了事，事态即将演变成神男连环杀人事件的当下，这也关系到水利合作社的生死存亡。”

“这个么，我也是这么想的……”

流虎虽不比龙吉朗，但被年长的他心平气和地这么一说，龙玺倒也有了一点听人劝的意思。

“你的双肩不仅有水使神社和五月夜村，还担负着波美地区的未来啊。”

“所以啊，我——不，上一代和上上代也是，一直都在认真思考，怎么才能让水魑大人之仪办得更为成功。”

“嗯嗯，很了不起。”也许是觉察到游魔有动口的迹象，流虎急忙赶在儿子之前开口道，“不过呢，你的这些努力未必就有回报，而且有时也会引发始料不及的意外变故。”

“还真是的……”也许是想到了具体事例，龙玺的回应给人一种沉重之感。

“刀城老师想知道的多半也是这方面的事情。”

“为什么呢？”

“因为完全看不出动机。”龙玺问得严肃，言耶也答得认真。

“嗯？”

“凡是杀人案件，通常都能从被害者周围找到某种动机。以动机为基础，接下来自然会出现嫌疑人。即使最初动机难寻，在排查相关人员的过程中也会显露出来。另外，就算怎么也摸不着可疑人物，只要能看出几个动机来，嫌疑人不久也就会浮出水面了。”

“原来是这样啊。”

“然而，这次的案子不同。完全看不出动机。为什么必须在增仪中杀害龙一先生和龙三先生？希望杀死这两人的凶手，究竟为何目的？然后，为什么要接着去杀害龙吉朗宫司呢？”

“猜都没法猜。”游魔低语道，世路也默默点头。

“而且，水魑大人的七种神器被盗，继龙三先生后又用在了龙吉朗先生身上，由此可以认为凶手打算继续杀人。龙一先生和龙三先生都是以现任神男之身遇害的。可是，凶手为什么要接连杀害神男？只要是神男，谁都可以吗？或是想把神男全部杀光？为什么要选神男下手？”

“原因是围绕番水的纠纷吗……不会不会。”流虎提出看法，但马上又被自己否定了。

“诚然，受害者出自位于深通川上游的水使神社和水内神社。而相比其他三个村，五月夜村更受番水之恩惠也是事实吧。但是，物种村并不是这样吧？”

流虎点头说道：“况且，五月夜村受的恩惠说来也只有一小点，没有人当回事。”

“这次的干旱也是，雨都下成这样了，我不觉得会起纷争。”

“这么一来，就没其他杀害神男的理由了。”

“个人方面的动机呢？”游魔看着父亲和言耶，“凶手对龙一和龙三，以及龙吉朗宫司怀有不同的动机——唔，这个不可能吧。三人的共通点毕竟还是水利合作社、水魑大人之仪、神男这些方面。”

“光是龙一先生和龙三先生的话，也许还能找出共通的动机。但加上龙吉朗宫司后，动机的搜索范围就变得相当狭小。”

“你说得对。”世路当即对言耶指出的问题表示赞同。

“那到底是怎么回事？”

“我想此时我们应该关注神器的问题。”

“何时被盗的问题吗？”

“假如七种神器是在昨日清晨一齐被盗的话，可以认为凶手从一开始就计划以龙三先生为第一被害人，犯下神男连环杀人案。”

“拿神器当凶器啊。”

“不知诸位是否已注意到，水利合作社由水使龙玺先生和龙三先生、水内龙吉朗先生、世路先生、水庭流虎先生、游魔先生、水分辰卅七人组成。与七种神器的数目一致。”

“呃……”

众人哑口无言，面面相觑。

“假如——”世路显出若有所思的表情，“昨天凶手在增仪之前只偷了水魑大人的角，那又怎么说？”

“那么凶手只想杀害龙三先生的可能性就变大了。事实上，我一直认为这个比较接近真相。”

“为什么？”

“因为对龙一先生没有使用七种神器。”

“呃……”

“换言之，凶手是想在水魑大人之仪的过程中杀掉神男。唔，此处我们可以做出这样的断言吧。而且还是要在水使家的增仪上。理由不明，但目的在此。只要能在水使家举办的增仪上杀死神男，什么样的手法都行。”

“那你的意思是，龙一先生死于心脏病突发只是偶然？凶手当时可能已备好用作凶器的神器了？”

“是的。当时已无必要在龙一先生身上使用。但轮到龙三先生的时候则不得不用。这么思考的话，凶器的谜团就能解释通了。”

“这么说——”这回是游魔边思索边道，“十三年前光是杀了个神男就完事了，但这次发展成神男连环杀人案了？”

“恐怕是——”

“为什么呢？”

“因为十三年前的增仪后没发生过的事，发生在这次的增仪后了吧。或是相反，十三年前发生过某事，这次却未发生。”

“呃……”

“这个‘某事’的差异，就是凶手打算实施神男连环杀人案的动机。”

流虎、世路、游魔三人各抒己见讨论开了。

“十三年前和这次有什么不同呢？”

“两次增仪都成功了，降了雨。”

“龙一死时，有流言说是膨物干的……辰男宫司作祟什么。而龙三这边，现在普遍的说法是自杀。”

“那是因为凶手用了凶器。”

“我觉得是更大的变化吧。与水利合作社，各家神社或村子息息相关的……”

“有那种东西吗？”

世路和游魔紧盯着流虎。因为龙吉朗亡故后，水利合作社就数他年纪最长。

“如今我能想到的两次增仪的最大不同点就是龙吉朗宫司的死。”

世路喃喃自语仰天叹息，游魔则毫不留情地挖苦了一句：“现在探讨的不就是害死宫司的动机吗。”

“刀城老师，说句不害臊的话，我猜都猜不出来。”流虎满脸愧疚地向言耶低下头去。

“哪里哪里，如果是一下子就能明白的事，早就该在你们之间流传开了。不过我的想法是，鉴于整个事件的各种形势和样态，应该能在一定程度上限定动机的种类。”

“比如说有什么？”

“宗教方面的动机。”

“也就是说与水魑大人的……”

“某个方面相关，我认为这是很有可能的。所以我才想询问龙玺先生。”

“但是呢，”龙玺本尊面无表情，“首先龙一的死是事故，啊，应该说就跟病死差不多。然后嘛，龙三是自杀啊。”

“事到如今，你……你还说这样的话！”游魔深感愕然，更甚于愤怒，“你身为人父，觉得一切都无所谓吗？明明儿子可能是被人害的，你可倒好，居然是睁一只眼闭一只眼的态度，太奇怪了！亏你这种人还能当宫司——”

“还不住口！”流虎慌忙制止，但游魔已经停不下来了。

“这家伙，重视神社的体面胜过一切。在波美要当老大，在水利合作社里也要坐头把交椅，他就是执着于这种地位。二十三年前水分神社的辰男宫司在仪式中下落不明，增仪也失败了，水分神社因此失势。他一路看下来，生怕自家也会如此，不想让自家也变成那样。所以就——”

“游魔先生，我们现在该讨论案情，而不是说这些。”

“哎……啊，可不是嘛。”

游魔小声地说了句“抱歉”，言耶朝他轻轻点头，再次开始询问。

“十三年前的六月，在增仪开始前，樽味市郎先生来到了五月夜村。准确地说是为逃避兵役，从大阪老家的酒铺逃过来的。”

“悟郎的哥哥吗？”

“是的。正是此次增仪任船夫的清水悟郎先生的长兄。你让他住进了一只眼仓对吧？”

“唔……”

“我想问的是结果。对龙一先生的增仪带来了什么样的影响？另外，樽味市郎先生后来怎么样了？”

“唔……”

“顺便说句，龙吉朗宫司也提出了相近的假设，即市郎先生和一只眼仓有牵连。”

“唔……”

“能不能告诉我呢？”

“增仪成功了。”

“嗯。也就是说有效果？”

“有吧。”

“那么，关于龙一先生的死，你有何想法？”

“我都说是意外了。如果你说是杀人案，那好，查明凶手不正是你的职责吗？”

“不，此处与事故还是杀人无关。别管原因是什么，我想问的是你对龙一先生的死有何看法。”

“这个么——”只此再无后话。

“你是这么想的吧，一只眼仓的活祭产生了不良影响，拜其所赐龙一先生死了。”

“呃……”

“你把原因归结为使用男性当作活祭。于是决定在下一次增仪时使用女性。你想方设法力图寻找曾经列入计划的左雾女士的替代者。可惜没那么顺利。”

“但是——”游魔精神大振，“六年后，左雾带着鹤子她们回来了。”

“正是。不过，在说她们的事之前——”言耶再度注视龙玺，“增仪过后你究竟把樽味市郎先生怎么了？藏起来了，还是让他逃往别处了？又或是……”

“我哪知道。”

“你不可能不知道。”

“战后在沈深湖旁的洞窟里发现了一具男尸，说是逃兵役的人。多半就是那位酒铺的老兄吧。”

“也就是说，你放市郎出了一只眼仓？”

“是啊。”

“但是，由于洞里的遗体已经尸蜡化，能够辨识出容貌。其弟悟郎先生确认过，发现那不是他哥哥。”

“这……这家伙……”游魔手指龙玺，悚然道，“一定是把那个叫樽味市郎的男人解决了。”

“喂——”流虎忍不住要出言阻止，但只喝了一声便再无后续，这也许是因为他也抱有一样的疑惑。

“雨下来了，龙一死了，成功了一半失败了一半。但儿子的死毕竟不可饶恕吧。所以增仪后，他一定会去杀仓里那个虚弱的男人，抛进沈深湖的水下洞窟。”

“你有证……证据吗！”

“你说不出那男人的去向，就是最大的证据！”

“这些逃兵役的外乡人去了哪里，原本就跟我没关系！”

“要说把外乡人关进仓的原本不就是你吗？”

“人走了以后的事谁还知道！”

“那男的要是出了仓，怎么说也该有几个村民见过。”

“蠢货，当时也在下着跟现在差不多大的雨。是不是，流虎先生？”

“唔……确实是这样。”

“换句话说，村里基本没人外出。就算外乡人大声唱着歌离开村子，也不会有人注意到。”

龙玺自鸣得意的样子，让游魔懊恼似的直咬牙。

“这种混蛋，问他再多也没意义。对自己不利的事，他就没有打算回答半个字。浪费时间！”游魔放完狠话，一拂袖出了和室。

“啊，吵吵闹闹的人不在了，这下可清静了。”

望着喜悦溢于言表的龙玺，言耶心想要是生气可就输啦。

现在就算耗点时间，就算对方闪烁其词，也只能孜孜不倦地反复质疑应对。在此过程中必会产生矛盾点，露出破绽。要在尖锐地向对方刨根问底的同时，用这些桩桩件件作为推理的材料。在完全指望不上警方介入的如今，再无其他寻找真相的办法。

“明白了。关于樽味市郎后来的事，暂时放在一边——”言耶决定姑且推进话题，“自十三年前水使神社的增仪以来，在水魑大人之仪上发生异变的，这次还是头一回吧？”

龙玺和流虎同时点头。

“然后七年前，左雾女士带着三个孩子一起返乡。你见到了鹤子，断定她适合当一只眼仓的活祭。”

“唔……”

龙玺依然三缄其口，不过感觉此时“不否定即为肯定”已成双方共识。

“然而，水魑大人之仪不是你想办就能办的。你想的是就算做了增仪或减仪，如果干旱或水涝的规模不怎么大，不能最大限度地发挥活祭的神力，也就没意义了。”

“唔……”

“四年前水内神社，两年前水分神社各举行了一次增仪和减仪，当时的旱情和涝情如何？”

“算是一般程度吧。”流虎答道。

“这次的干旱可就严重多了吧？”

“是的。”

“所以，龙玺先生无论如何也想让水使神社来执行本次的增仪。”

“事实上——”龙玺一脸认真，“这么严重的干旱也就我这边能处理了。就算是龙吉朗宫司也会大伤脑筋。”

“又不是你家水使神社的力量，”世路难得如此感情毕露，“而是拜一只眼仓的活祭所赐吧！”

“嘿，琢磨出这点子的可是我家神社。算我的功劳有何不可？”

“你……”世路还想说点什么，但瞧了瞧言耶后不作声了。恐怕是觉得打扰他问话了。

“在这次增仪前，也就是四年前的增仪和两年前的减仪上，你让鹤子小姐当刈女了对吧。刈女本该由主办仪式的神社所在村子的年轻姑娘担任，而你却请求由鹤子小姐来。为什么？”

“展示呗。”

“也就是说，将未来的活祭展示给沈深湖的水魑大人？”

见龙玺重重点头，世路咕哝了一句“疯了……”。

“鹤子小姐知道吗？”

“知道啊，她可是个懂事的孩子。”

“一五一十地全都详细告诉她了？”

龙玺脸上现出怒色：“怎么可能？像左雾那样从小教育的也就罢了……好吧，就算是这样也没能成功。不过好在鹤子这里有点问题。”

他用食指敲了敲自己的脑袋，说道：“可能是因为这个，导致自我意识很淡薄。怎么说呢，就是很容易说服吧。”

“用那套‘当神的新娘’的说辞吗？”

“是啊。”

“你是不是说这么做的话，水使家就会继续照料小夜子姑娘和正一君？”

“啊，是这样啊。”

“没想到，她却打算跟水内芥路君私奔。”

“那个臭小子把一切都搞砸了！”龙玺说着瞪了一眼世路，而世路也回以怒视。从他身上已看不到从前那种对龙玺敬让三分的态度。

“而我则在私奔风波的最高潮时来到了水使家——当时龙三先生的变化给我留下了深刻的印象。”

“是指增仪前不知为什么事而烦恼的模样吧？”世路确认似的补充道。

“是的。听说几天前，龙三先生也有过类似迹象。然而在风波发生时，他的脸上却浮现出了笑容。那是因为鹤子小姐失去活祭的资格，令他不由得喜笑颜开了。”

“但是，那天吃晚饭的时候，他好像没什么精神……”

“你注意到啦？过于急剧的变化也让我疑念丛生。不过，当我想起龙玺先生走出鹤子小姐的房间，跟龙三先生耳语的那一幕时，就明白了。那时恐怕说的是‘我会让小夜子当新的活祭，所以你不用担心’。”

言耶与世路看着龙玺，只见他傲慢地点点头。

“所以龙三先生的样子才又变得古怪。但是……”言耶语声一顿，直视龙玺，“即便如此，我还是觉得龙三先生的反应太夸张了。”

“他是有点软弱。”

“也许是这样。不过，仪式即将开始之前，我跟他说过话。当时他完全豁出去了。下定决心就算赔上小夜子姑娘的命，也要让仪式成功。”

“刀城老师，龙三君知道鹤子和小夜子将成为活祭，所以才烦恼不是吗？”世路略显犹疑，但仍提出了异议，“反应太夸张了什么的，怎么说呢？就算最终下了决断，可是，但凡有一颗普通人的心，那些烦恼不都是很正常的吗？”

“如你所说，我起初也是这么想的。然而，在关注一只眼仓的功能时，我总觉得不能契合到一块儿……”

“契合？什么？”

“龙三先生的心理状态与一只眼仓的秘密，两者之间……”

“此话怎讲？”

言耶不只望着世路一人，也转脸看向龙玺和流虎：“关于一只眼仓的作用，我已说过。龙吉朗宫司把被囚入仓内的人表述为‘缓慢的活祭’。以前那对美貌的母女乞丐可谓最佳例证。”

“真是让人心酸啊。”流虎目光低垂，喃喃自语。

“是的，同时也让人惊骇。不过，在仓内生活时日尚浅的话，还有希望恢复原状。那母女由于在仓内生活了数年之久，容貌变化之巨已然面目全非。”

“事实可能就是这样吧。”世路附和道。

“换句话说，一只眼仓的活人祭祀正是这个‘缓慢的活祭’。其本质是，平时就向水魑大人点点滴滴地奉献活祭，跟是不是增仪或减仪无关。”

“呃……嗯？好像有点奇怪啊。”

“就是这个道理！鹤子小姐的私奔风波发生在这次增仪的前一

天。按说她早该被关到仓里去了。我也是随便一猜，从神男祓禊的第一日，也就是仪式的一周前开始较为妥当吧。”

“嗯，差不多吧。”

“可是，从小夜子姑娘失踪的时点推断，似乎仪式当日执行也没问题。”

“很奇怪不是吗？”

“顺便问句，你对小夜子姑娘说了什么？”言耶向龙玺发出了关键一问，“叫她承担姐姐鹤子的责任，她一定会严词拒绝吧。就算拿照料鹤子小姐和正一君做交易，我也很难想象她会轻易答应。”

“哼。对那种不懂当水魑大人新娘有啥好处的家伙，我自有一套办法。”

“不……不会是用毒……”

“蠢货！用不着杀人？不过是让她小睡一会而已。”

“此话当真？”

世路忍不住逼问上来，龙玺嫌烦，对他不予理会。

“考虑到小夜子姑娘的性格和承担的任务，也只有让她昏睡了。”

好在言耶轻声说了这么一句，世路似乎也稍稍放下了心：“这么说，鹤子也是在仪式当天才会被送进仓吗？”

“嗯，是的。由此可见，龙三先生的反应就有问题了。仪式当天入仓，结束后出仓。仅是如此的话，他会那么烦恼吗？”

“如果真如父亲所说的是‘缓慢的活祭’，那么的确有些奇妙。”

“假如龙三先生知道事情不是那么简单就能完的……”

“什……什么意思？”

“假如一只眼仓的功能得到了进一步的扩充……”

“呃……”

“是不是从十三年前起，尚不清楚，但想到下落不明的樽味市郎先生，我就觉得极有可能。”

“那……那么小夜子她……”

“也许处于想放出仓却放不出来的状态。”

“龙玺先生！”

世路正要起身上前，只听“嗒嗒嗒……”传来一阵急步从走廊向这边奔来的声响。

几个人刹那间停下动作，随即纸门“刷”地一声被拉开，之前决然离去的游魔心慌意乱地冲了进来。

“水分神社的辰……辰卅宫司他……在参道的半路上被人杀了！”

第十七章 幽禁

黑暗中，祖父江偲坐在禁闭室的出入口前。决不回头，只是将身子倚住格子门。

屋里有油灯和火柴，但她不想点。刚被关进来的时候，悬挂于禁闭室外侧的灯亮亮堂堂。火光下，她与正一隔着格子门的两侧面面相觑。

两人都因对方的存在而获得了慰藉。当然祖父江偲想的是自己必须保护少年。她首先描绘了一番刀城言耶的名侦探形象，让正一放心。只要言耶出马就一定能破案，所以不用担心。然后，她还贴心地硬是扯了些与案子无关的有趣话题。

然而，正一那边似乎也在考虑自己得帮祖父江偲。在他看来，自己是当事人也就算了，但不幸受牵连的祖父江偲就很可怜了。他在以自己的方式关心着祖父江偲，想方设法要给她鼓劲。

如此这般，意志刚强的两人，互相挂念着对方，任凭时间流逝。渐渐地，话变少了，但互相注视的目光仍是暖意洋洋。

不久，仓门略微开启，户外的光瞬时从那细缝中照了进来。

能出去啦……

祖父江偲欣喜也只在片刻之间。

“正一！回话。”

龙玺可憎的声音传至仓内，令祖父江偲大为沮丧。但下一个瞬间，她的愤怒便喷涌而起。

“喂，臭老头！”

回过神时，祖父江偲已大吼起来。哪怕只让正一出去也好啊，无论如何也想让他出去。说实话，正一要不在了，自己一个人怕是很难坚持下去。但她还是想把少年送出仓外。这份心意更为强烈。

这时，从仓外传来了一个令人极度怀念的声音。自土门狭缝而入的那声音，总觉得已经有好几个月没听过了。

是刀城老师！

与言耶的对话顿时为祖父江偲带来了勇气。刀城言耶绝对能救出自己。只凭这一个念头，她就觉得在禁闭室中待几天都行。

她与正一的对话也恢复了往日的开朗。她的话发自内心，而非虚张声势，仅此就已颇具说服力。然而，正一却渐渐显出消沉的模样。无论怎么鼓劲打气，反应都是那么滞怠。

再怎么故作镇静，毕竟还只是个孩子。被囚禁在这种地方所造成的影响正在一点一点地显现？

祖父江偲很担心，然而不久就发现情况有异。正一不仅对祖父江偲的话显得心不在焉，而且还不时做出往她身后窥探的举动。祖父江偲一搭话，正一就面朝着她。可视线却总是投向她的背后。

祖父江偲也回头看了好几次。

什么也没有……

禁闭室基本呈正方形，四隅的角落有扇格子门。从那里向后转，可望到对角线上的另一侧角落。不，其实看不见。因为油灯的火光至多只能照亮禁闭室的一半。而且，只有格子门附近被照得较为清晰，哪怕只是再往里去一点儿，昏暗度都会猛增。

越过祖父江偲的肩头，正一频频眺望起那漆黑一片，理应不见一物的角落。

“怎么了？”

问他，他也只是哆嗦着直摇头，一句不答。不过随着时间的流逝，正一抬头的次数少了下来。即便祖父江偲和他说话，他也就这么低着头应答。

总觉得有点怪……

祖父江偲大惑不解，这时正一提出要在仓内走一圈转转。祖父江偲警告说里面黑很危险，可正一却说仓里也许有派得上用场的东西。要他带上油灯，他却说了句奇妙的话：

“嗯……这里不点灯可能会好些……”

祖父江偲问是什么意思，正一面露怯色。

“你在那儿别动，绝对不能靠近对面那个角落哦。”

“哎？”

虽然不明就里，但祖父江偲的上臂瞬时激起了鸡皮疙瘩。

“我说——”

然而，祖父江偲还没来得及阻止，正一的身影便消失在了仓中的黑暗里。

过了一会儿，才从各处传出声响。可能在等眼睛适应黑暗吧。正一四处游走的动静传来后，祖父江偲得以稍稍安心。因为黑暗中“吧嗒吧嗒”的回荡之音，听来就如生活中极为平常的声响。

然而，祖父江偲听惯了正一发出的声响后，便渐渐在意起自己的身后了。禁闭室另一侧的角落……

正一为什么一个劲地望着那个方向？

他为什么要说不可靠近那边呢？

出入口那边不点灯也许会好些，又是为什么？

落单的祖父江偲考虑再三，不由得害怕起来。与此同时，之前没怎么留意的气味突然扑鼻而来。

被关进仓时，祖父江偲首先闻到的是空气不畅导致的腐气与霉味。只是，由于受到监禁而有的恐惧、愤怒、不安，嗅觉很快就几乎不起作用了。即使周围洋溢着异样的气味，祖父江偲本人也已无暇分辨。

然而现在，湿漉漉……黏乎乎……滑溜溜……汗涔涔……这诸多味道混杂在一处，与直冲鼻腔的粪尿的臭气一起，从另一侧角落飘来了。

呜哇……

祖父江偲不由自主地用双手掩住口鼻，一边战战兢兢地回头看去。

什么也没有……

唯有如泼墨般的黑暗盘踞其间。但是，足以令人呕吐的味道显然是从那个方向飘来的。

这莫非是……

人的气味？祖父江偲意识到了。如果像动物一样被囚禁在狭小的空间里，不能好好洗个澡，不得不在原地大小解，或许就会发出这样的味道……正在这么想的时候——

黑暗中有某物在蠢动。

嘶……

祖父江偲的喉间回荡起不成声的喊叫。

那某物就像一个人形的影子。比仓内更黑暗，更浓烈的影子化作人形，伫立在禁闭室的一角。

那……那是……什么？

并非眼睛的错觉。这不已经略微向前突出来了。一点一点地从暗处凸现，向这边靠来呢。

这里不点灯可能会好些……

正一的话突然在脑中闪现，祖父江偲慌忙吹灭油灯。之后，她面对格子门，抱住双膝坐了下来。

过去被幽禁在禁闭室中发狂而死的人……

祖父江偲脑中忽然浮现出这样一个形象。当然她什么也不知道。以前这里曾关过谁？后来怎么样了？这样的人是否有好几位？她一概不知情。可又觉得八九不离十。此间的氛围正在讲述……正在诉说……

啊，正一君看得见那东西？

所以才会不时地注目她的身后。不一会儿就怕得埋下了头。没多久他就不堪忍受从禁闭室前走开了。

和我说一声不好吗……

但就算告诉自己那个东西的存在，自己就会相信吗？那可不一定。想必正一也有此忧虑。说吧，祖父江偲可能看不见。而且就算说了，祖父江偲又没法从禁闭室脱身。与其把对方逼入此等境地，还不如一无所知的好。这或许就是他的判断。

然而，现在祖父江偲已经注意到了。唯一能指望的就是熄灯的效果。那东西因此而迷失了目标便好。若能回归原来的黑暗之处，那就更称心了。

祖父江偲倚着格子门，一心屏气凝息。身形静止，凝固不动，想竭力制造出与自己被关入禁闭室前一样的状态。

为了让那东西消失……

禁闭室漆黑一团。仓也是如此，不过二楼那里似乎开着窗。只是户外阴雨连绵，一定非常昏暗。但即便如此，也应该比仓内亮堂许多，没准正一就在二楼的窗边。从刚才开始，整座仓便鸦雀无声。如她所愿，禁闭室被黑暗与寂静所笼罩了。

时不时响起的“簌簌”声，多半是正一走动时发出的声音。那东西会不会对此有所反应呢，害怕忧虑的同时，少年也让她有了依靠。正一就在仓里的某处，这么一想便能稍稍安下心来。

不过，还是稍微静一静的好……

正在这么想的时候，祖父江偲终于发现那声音是从自己身后传来的。

哧……哧……

听到了。如同有人从背后，从对角线上的角落里，脚蹭着榻榻米前行一般向这边走来的声音。

那东西要过来了……

颈后顿时一凉，一阵战栗的恶寒顺着脊背直窜而下。

没有消失……

明明禁闭室已重归黑暗与寂静，那东西却依然存在。

是因为发现了人……发现了人家我?

没准是那东西识别出室内有人的气息，因而开始了搜索。

要是被它搜到了，会怎么样……

深究下去，她险些因这个太可怕的念头而大叫起来。

不行！要镇静！

祖父江偲很恐惧，现在若是发出声音怕是会一直狂呼不止。要是陷入那样的状态，就会让那东西知晓自己的所在。

自己的所在?

祖父江偲急切而又安静地徐徐起身。随后，她左手贴住禁闭室的格子壁，就这么沿着墙开始向别的角落移动。在她的右后方，响起了拖着腿发出的可怕的“哧哧”声。能听得见脚步声，正径直向她刚才还坐着的角落而去。

祖父江偲来到另一个角落，似乎就在同时，那东西也抵达了格子门那边的角落。因为在她摸出格子壁的转角，松了口气还没多久，就从先前自己所在的方位传来了奇妙的动静。

那声音是那么不祥，同时还叫人不快，倘若入耳甚至能逼疯人，根本无法用拟声词来形容。不清楚那声音到底是怎么回事，但祖父江偲马上就明白了它的目的。

是在找我……

她险些再一次叫出声，赶紧用双手捂着嘴，拼命忍耐，即便如此，仍感到喉咙深处“唔唔”作响，不由得焦虑万分。

哧……哧……

那东西又动了起来。祖父江偲侧耳细听它打算去哪里。细听之下，她发现那东西好像跟她一样，正沿着格子墙行进，不过是向她所在位置的对角，也就是说，向离她最远的地方去了。

然而，还没等松口气，祖父江偲就再次觉察到那东西在搜寻她的动静。那东西发现这里没有要找的人，便向祖父江偲所在的角落，

“哧……哧……”地拖开了步子。

不逃不行了……

黑暗中的捉迷藏仍在持续。祖父江偲马不停蹄，从这个角落逃到那个角落，那东西也不断地来回追赶。拖着腿未免迟钝，因此祖父江偲姑且不必担心被抓。只是，听着那擦地的“哧哧”声，以及找人时发出的骇人响动，渐渐地祖父江偲产生了大脑即将扭曲的恐惧感。总觉得那些讨厌的响声自耳而入，传至大脑，搅了个天翻地覆。

眼看就要用双手捂住两耳，自暴自弃地往地上一蹲……

当然，如此一来，迟早会被那东西捉住。恐惧在全身上下不停地游走。

这怎么行……讨厌……

就在祖父江偲竭尽全力准备逃往其他角落时。

嚓……嚓……

传来了一个陌生的声音。

咦？

没错，像之前一样出自榻榻米上，但不是拖步声，而是别的声音。

这个是……

刹那间，祖父江偲的脑海中浮出了诡异的景象——那东西匍匐在地，张开两臂，手掌搓着榻榻米四处爬行。与之前不同的是，这种方法显然扩大了搜寻范围。那东西的行动甚至也有了变化。不再从角落到角落，而是大幅左右晃动，还能突然变向。换言之，那东西已在禁闭室的榻榻米上，自在地纵情游走起来了。

祖父江偲急了。从容不迫地躲闪是行不通了。要捕捉对方的动态，向全然相反的位置移动。但是，那东西的动向完全无法预判。没有任何法则，只是无序地，杂乱无章地爬行。

没过多久，祖父江偲的精神和肉体都已疲惫不堪。即便如此，她仍觉得还能逃。

然而，捉迷藏又持续了一阵后——

嚓……嚓……嚓……嚓……嚓……嚓……嚓……嚓嚓嚓嚓……

榻榻米的摩擦声开始猛增。

怎、怎么回事……

仿佛有好多个“那东西”，正匍匐着在榻榻米上爬来爬去地搜寻她。这样的气息充盈了整座禁闭室，宛如所有在此发疯而死的人，正从黑暗中纷至沓来一般……

禁闭室内的气氛渐渐沾染上了疯狂的味道，而且还不一样。数种各不相同的狂乱之气，从四面八方涌来。它们缠住祖父江偲，不只鼻子，还会刺激她裸露的肌肤。

这……这下……可逃不掉啦……

祖父江偲背靠格子壁，只是呆立不动，陷入绝望。

18

第十八章

神男连环杀人案愈演愈烈

过了架设于佐保村东端的“下桥”，稍行几步，离开川道，步下深通川岸边的斜坡，大约在半程处，躺着水分辰卅的尸体。

“是水魑大人的牙……”见被害者背后突起的凶器，水庭流虎低声道。

“看来辰卅先生在川道遇袭后，不是直接滚下斜坡，就是被凶手推下来的。”刀城言耶从川道处俯视现场，似乎就是那么回事。

“因为只有辰卅先生滑落下去的痕迹？”游魔确认道。

言耶点头说道：“雨下成这样，痕迹只有一点点的话会被冲掉。不过，辰卅先生从斜坡滚落的痕迹留了下来。也就是说，如果凶手去过下面，也能找到一些蛛丝马迹。”

“这么说来，发现的人连宫司是生是死都没确认一下啊。”

水使龙玺出言讽刺，游魔立刻回击道：“一看就知道人已经死了。”

“哈，你是医生？”

“就算还有口气，被刺成那样也很难生还。”

“不就是见死不救嘛。”

“说……说什么呢！你还有资格谈人命？”

眼看游魔气得要出言顶撞，言耶不禁咦了一声。因为他觉得没有检查尸体似乎有别的理由。

“我一个人先下去瞧瞧宫司的情况吧。”

言耶的提议也有息事宁人的意味。水内世路和流虎当即表示赞成。这时，龙玺遣人召来的高岛医生和两名派驻巡警正好赶到。

“你们中的一个不是陪辰卅先生一起走的吗？”言耶忍不住质问起坪束和甘木来。

“啊，唔……本来是打算这样的……可宫司说会打扰他……”

坪束低垂着头，甘木则浑身不自在的伫立在旁边。

“这次轮到辰卅宫司了吗……”不轻易流露情感的高岛脸上，竟也浮现出吃惊与胆怯之色。

“能否与我同去呢？”

“哦……”高岛对言耶的问话也是心不在焉，步履蹒跚地往河岸的斜坡下走。

“两位都要小心了。”流虎忙不迭地提醒道，“因为这个雨，深通川正在涨水，要是掉进河里，一眨眼就会被冲跑。”

言耶来波美时，深通川的枯水情况极为严重。才过了一天多，河里就已翻腾起惊人的水量。

说是祈雨成功，倒像是水魑大人生气了吧……

望着如怒涛般奔流不息的河面，不由自主地就会这么想。甚至会想投身入川，以平息水魑大人的愤怒。牺牲自己一个就能……这念头突如其来地攫住了言耶。

是被膨物……召唤了？

言耶打了个冷战，慌忙将视线挪离狂暴的河面。

“没刺中心脏呢。”

耳中传来高岛的语声，他正在检视尸体。

“是故意的吗？”

“龙吉朗宫司是坐着的，但辰卅宫司却在行走。而且雨又是这么大。可能是手一抖偏了。总之是从背后给胃这里来了一下。”

“从出水内神社到‘上桥’为止，大家还在一起吧？”

“嗯，然后我和辰卅先生，还有两位巡警过了‘上桥’。我呢，回了五月夜村的医院，甘木巡警应该是去坪束巡警的派出所了。离别之前他们提出要与辰卅宫司结伴同行，但好像被断然拒绝了。怎么说呢，哪个村都没人敢违逆神社的宫司，责备巡警可能有点苛刻。”

“可是，处在巡警位置上的人——”

“在我们这种乡下，巡警都没见过像样的案子。”这口气像在说指望这两位警察大显身手是没用的。

“……那么结论就是，辰卅先生打算一边巡视村界上的水神塔，一边返回水分神社，然后在归途上被袭击了？”

“恐怕是的。只是被雨淋成这样，死亡推定时间也会出现误差。”

“把已回家的辰卅先生叫出来再行凶也不是没有可能。换句话说，遇刺的时间也许就在短短几分钟前？”

“正是。”

此后，言耶、游魔、巡警一行四人把尸体抬上了川道。甘木赶赴水分神社报告，尸体也被运往了水分家。

水分家乱成一团自不待言。大家都听说了水使龙三与水内龙吉朗身死之事，但却没听辰卅说起过半点详情。谁也不曾想到，连环杀人案还在上演，这回自家宫司竟成了被害者。造成惊慌失措的局面也是情有可原。

然而，却被龙玺的一声断喝给平息了。

“我们正在调查，你们稍安勿躁。葬礼就去我那边，跟龙吉朗宫司一起办了。什么都不用担心。这件事就交给我了。”

龙玺信誓旦旦地做出单方面宣言，没想到竟然很有说服力。就连言耶都有此感，也难怪水分家的人会唯唯诺诺地听从。

龙玺当即决定在翌日午后，由水使神社举行龙三、龙吉朗、辰卅的联合葬礼。所以，今晚就要为龙吉朗和辰卅守夜。龙三的葬礼则顺延一日。

辰卅的尸体暂且被安置在客厅，不过高岛和言耶都没什么要查的。不，准确地说是没办法查。坪束和甘木这两位巡警似乎就没打算做什么。他们已经放弃了派驻巡警的职守，除非有龙玺的指示。波美已彻底沦为治外法权之地。

水分家的客厅里，游魔讲述了发现水分辰卅尸体的来龙去脉。

从水使家夺门而出的游魔，准备直接返回水庭神社。但他想起辰卅没来参与，就打算找他谈谈。尽管敌视龙玺，但由于辰卅不愿警方介入，反倒成了支持龙玺的势力。游魔想让他认清现实，说服他站到己方这一边来。

辰卅说过要祭拜水神塔，于是游魔就渡过“上桥”，进入川道向东找去。途中，顺道去了物种村与五月夜村，以及佐保村之间的水神塔，但都不见辰卅的人影。想必他正在往佐保村与青田村的村界那边去吧，游魔加快了步伐。

不久就望见了“下桥”。经过那里，再走一会儿就能进入青田村。离水神塔也近。没准参拜已毕的辰卅为了回水分神社，还会再次经过“下桥”。他这么想着，凝目看向前方。就在这时——

阻挡着视野的雨幕中，隐约映出一个人影。那东西正一点点地向这边靠近。

“喂，是辰卅宫司吗？”

游魔大声叫着，快步上前。他觉得如果能在“下桥”前碰上，就能顺势一起回水分神社。

然而，对面人影的动作似已戛然而止。因为下雨，不敢说得那么肯定，但好像是当场站住了。

“喂，我是水庭的游魔！”想来对方是没看清自己的身份起了疑心，于是游魔大声地自报家门。

对方始终伫立不动，只有游魔在挪动脚步，不知不觉中就过了“下桥”。既然如此，只好走到跟前让对方看清楚脸。虽说麻烦，但也没办法。游魔暗自埋怨，突然有什么东西闯入视野的右侧。转眼一瞧，深通川河岸的斜坡上倒着一个人。心里一惊，是哪个村民吗？细细观察衣物后，不禁骇然。难道是水分辰卅！那么，前方的人影是何方神圣……

回过神时，游魔也已停住了脚步。右下方辰卅的尸体背后插着凶器，像是水魑大人的牙齿。而那阴森可怖的人影则久久地伫立在瓢泼雨水的另一侧。游魔俯看着尸体，与那人影对峙，全身动弹不得。

这时，前方的影子一晃。正以为是在摇来摆去，就见对方已向这边迈出了步子。啊，在游魔看来是这样。

“你……你是谁？”游魔当即喝问，但对方毫无反应。

“喂！你倒是回答呀！”

细想一下，就算那人影是从青田村而来，肯定也瞧见倒地的辰卅了。然而对方既不求助也不嚷嚷。完全没有反应，这不是很奇怪吗？

那人到底是谁……

游魔聚拢目光凝视雨幕的另一侧，没多久，一个穿着蓑笠的人影便赫然现身雨中。对方似乎戴着面巾，脸部看不分明。然而，当那东西默默靠近，映入眼帘的瞬间，一股恶寒窜过了游魔的脊梁。他的背心早已被雨打湿，如今更似有冰水流入一般，簌簌地直发抖。

情急之下，他转身往来路折返。总之先回水使家，通知言耶等人。他的脑中只剩下这一个念头。

过了“下桥”回头一看，人影还在雨幕的那一边。游魔急步前行，只想赶紧离开，直到看不见那东西。他脚下走得更快，然后回头。人影还在。而且身形几乎没有变化。

跟着来了……

觉察出那东西正在追自己，游魔突然跑了起来。途中，他多次确认后方。回过头，暂时不见影子。然而没多久就会隐隐绰绰现出一个黑影。那东西以一定的速率，恬静淡然而又平稳地跟着游魔。

随后，游魔几步一回头，如此循环往复，但结果还是一个样。那东西走哪跟哪。川道上只有他们两个，连一个过路的人也没有。捉迷藏在无止境地持续着。

不知过了多久，那东西终于不再跟着……大概是回到“上桥”的时候。

“可能是放弃了吧。觉得我过了‘上桥’进入参道后，多半会一口气跑到水使神社吧。”游魔结束了他的讲述。

“那人影就是杀害辰卅宫司的凶手？”

游魔对流虎的问话点头道：“说不定是刚杀完人后让我给撞见了。”

“多好的机会，为什么不把凶手拿住？”龙玺当即指责道，“老大不小的，难不成是害怕了？”

“嗯……是很害怕啊。”想着游魔就快勃然大怒了，哪知他不但自己承认了，更向龙玺坦言道，“那玩意儿是不是人，想破了头也搞不明白。不过……那玩意儿绝对是不祥之物。可以说怀着强烈的恶意，就算是如此程度的暴雨也绝对冲不走，就是那么可怕的存在。”

“蠢话。”

龙玺一语撇之。完全听不进去的态度。不过，否定之词只此一句，反倒成了他在意游魔这段经历的证据。

言耶应游魔的邀请，在水庭家与流虎一起吃了午餐。接着，在前往潜水装备收纳仓的途中，他又去了正一说的那口井，听游魔讲了梦中谕示之事。正因为有了刚才那段经历，故事的可信度大幅增强。

仓位于神社北侧。由于距离参道不远，谁都能够轻易出入，而不会被水庭家的人发现。况且，土门还没上锁。

“平时就这么开着吗？”

“波美没有上锁的仓。唔，也就一只眼仓和现在的囚人仓会加锁。”

游魔打开门刚要进去，就站住了。

“有人进来过！”

言耶从旁窥探，只见点点泥脚印从入口向着里面延伸过去。

“痕迹很淡，但的确是人留下的痕迹。会不会是家里人？”

“不，只有我会来这里。”

“跟着这痕迹走走看。”言耶催着游魔，两人一起进了仓。

“是直直往里走的。”

走到一半，脚印更是淡得找不着了，不过游魔继续前进，在置于墙沿的大柜子前站住了。

“就是这个。吾辈青春时代的懵懂回忆，都被装在这儿了。”

“一直都没有锁吗？”

“当然了。这种东西谁想要啊？”

说着讥诮话，游魔略显粗暴地打开了柜盖。

柜子里收纳着海军工程学校的制帽、制服、鞋子、教科书、皮箱等。跟他嘴上说的全无价值的言行相反，每一样东西都受到了细心安置。不过，只有柜子左半边如此，右侧则明显有点脏乱，而且还留着个大空当。

“莫非是放在这里的？”

“嗯，原本放着潜水服和压缩空气罐。”

“也就是说有人想要这些东西。”

“没想到真的被偷了……”

“你有潜水装备这件事，只要是神社的相关人员就都知道？”

“是的。”

“但是，知道在仓里……在这柜子里的人应该不多，不是吗。”

“嗯……这里差不多就是我的专用仓。就算问我谁知道这个……”

“比如说啊，鹤子小姐和小夜子姑娘，汨子夫人和龙三先生的妻子八重夫人，还有水使家的女佣领班留子女士之类的人，都是不知道的吧。”

“应该是吧。女人对这种东西不感兴趣。”

“能不能就像这样，缩小范围呢？”

“那还得是水利合作社里的人……可能还要包括他们周边的人。”

“是指船夫清水悟郎先生，还有作为龙玺先生左膀右臂的久保先生等人吗？”

“无论如何都会落到这些人身上。”

“他们中的谁像是会知道柜子的事？”

“啊，恐怕一个也没有。不过，其实不用知道那么多。里里外外地把仓里可疑的地方搜一遍就行。”游魔指着地面上痕迹中断之处，“脚印在这里变淡了，不能当作凶手是直接向柜子那边去的证据。”

“确实是这样，不过……”另一边，言耶转而关注起从入口延伸进来的点点痕迹，“照这么说的话，到脚印中断为止的部分，找不到中途站住，或是去开其他柜子、柳条包、木箱的形迹，可就太反常了。”

“嗯？”

“至少到脚印开始变淡的地方为止，此人都是毫不犹豫地从入口往里面去的。”

“原来如此……”

“从门到里处柜子的约五分之二左右吧，这段没去别的地方。也就是说，这人知道要找的东西就在剩下的五分之三的空间里。”

“调查做的也太不专业了吧。只是知道柜子的存在，或是大致方位吧？”

“嗯。对了——”言耶抬起望着地面的脸，“我不是说过吗，就算用了潜水装备，又会出现新的谜题。就是凶手何时，从何处才能进入沈深湖。”

“嗯，在那间小破屋里说的。”

“我忘了其实还有一种更简单的假说——”

“什么假说？”

“套上潜水装备的凶手，在增仪开始前预先潜入沈深湖，杀死龙三先生。然后在湖里等着，直到所有人都走了，再光明正大地上岸逃走。换句话说，只要在沈深湖化为密室前和解除密室状态后，就能毫无阻碍地自由出入。”

“嗯……”

“问题在于潜水时间。伏龙的装备究竟能潜多长时间？”

“六小时。”

“这么长啊……那就大有可能了。”

“你的推理如果没错，不就可以大大缩小凶手范围了吗。”

“在参加仪式的那堆人从水使神社出发前就抢先登上二重山，等到世路先生和祖父江小姐他们下山后再离开的人——就是凶手。”

“呃……”

“但是——”

“这不就没嫌疑人了吗？”

“嗯，可不是吗。没有这种不在场证明的人，怎么想也想不出来。如果只是前半部分，倒有个人正好符合条件。”

“谁？”

“就是游魔先生你。”

“……原来如此。在水使家吃早餐时，只有我一个提前打道回府，说是不想参加这种私物化的仪式。”

“是的。你可以折回水庭家，拿起潜水装备登上二重山，神不知鬼不觉地潜入沈深湖。”

“是能做到。”

“不过，龙玺先生等人下山前，你已经在水庭神社了。”

“正一是证人啦。”

“后来发生了那些事，一只眼仓的看守和久保先生，都是你的证人。”

“这可要谢谢他们了。”游魔的笑带着股讽刺味。

“要比龙玺先生他们先下山，就只有在我们还在湖边的时候，从沈深湖里上岸。但是，谁都没目击到那样的人，祖父江小姐也没见过从山上下来的可疑分子。”

“也就是说，无法脱身。”

“当时你人在这里？”

“虽说在家里，可也没碰着谁，所以要证明这一点很难。”

“正一君来找你是稍后的事吧。”

“与其说是早上，不如说已经接近晌午。”

“到那时为止，你没见过任何人吗？”

“喂喂！”也许是觉出言耶话里有话，游魔慌了，“你不是说仅凭后半部分的不在场证明就够了吗？再说，如果人在二重山附近也就罢了，但我本人可是在这边啊，怎么也不可能赶超龙玺他们，从沈深湖回佐保村的水庭神社吧？”

“假如正一君来访时，你在水庭家的这个事实，恰是你从沈深湖秘密潜回的证据，又当如何？”

“哦……我究竟是怎么做到的？”

“通过流升之瀑的地下水道，从水庭神社境内的井里出来。”

“唔……”

“正一君心系鹤子小姐，找寻那某物时，想到了两处地点。一处是水庭神社的井，另一处则是一只眼仓。这两个地方都跟水有关呢。但是呢，他在调查水使神社、水内神社、水庭神社的拜殿和本殿时，毫无感觉。其中的差异就在于水源上吧。各神社的本殿都从深通川引水，而从水下洞窟引入一只眼仓的水，其源流则是沈深湖。于是我有了一个想法，这里的井也一样吧，所以正一才会起反应吧。”

“这么说正一要找的东西是？”

“沈深湖。说得更准确一点，是坐镇其中的水魑大人吧。”

“正一预知鹤子会在一只眼仓里成为水魑大人的活祭？”

“似乎他也没那么清晰的认识，而是接近更为混沌的不安。但是，他怎么也坐不住——”

“所谓名侦探的推理，只是将暧昧的感觉拿来做证据吗？”

“说起来我本就不是什么侦探——”

两人亦非怒目相视，而是重新打量对方。片刻后——

“好吧，无所谓了。”游魔抿嘴一笑，“你是说我通过地下水道，从沈深湖到了神社的井对吧。”

“当然，最初可能是反过来的。”

“所谓的‘最初’是？”

“就是你在梦里收到谕示，祭祀那井的时候。”

“哦……”

“战后你成了水庭神社的养子，但对水利合作社与水使神社抱有别的看法。某日，你听说了沈深湖有地下水道，就猜测可能与神社的井相通。要问你为什么会那么想是因为——

“你觉得倘若能自由出入沈深湖，就有可能打破这个形同虚设的传统仪式？

“难道不是？”

“还真像我会有的想法。”

“你开车来接我们时说过一些话，就像在预示今后将要发生的事。另外，你还把我是侦探的事一一告诉了水分辰卅等相关人员。这全是因为你长久以来就盼着水利合作社能出点事才好，不是吗？”

“好吧，我不否认。不过现在要说的不是井吗？”

“你担心自己探寻秘密的事会被发现，就在井的四周垒起围墙，在无人得见的情况下开始探查。结果证明你的推测没错。”

“有趣有趣。你这人果然古怪。”

“呃……”

言耶不知说什么好，游魔则出人意料地承认道：“不过呢，为了证实这一点，我就得穿上潜水装备下井，从那里沿地下水道不断地往沈深湖摸索。嗯，如果我事先知道两头相连，并有足够让人通过的宽度，倒也能冒下风险。但是通常来说，只凭猜想就会去做吗？有一件事要说清楚，就算顺利抵达中途，但要是在哪里卡住就完蛋了。你不知道也不怪你，那装备体积不小。稍不小心就会动弹不得，当场用完氧气，在谁也不知道的情况下死掉。”

“确实可以这么说呢。”

“还有你也说了，我有什么理由做到那个程度，为了在水魑大人之仪上杀害龙三？只想扰乱仪式的话，其他方法要多少就能想出多少。”

“制造某些怪异现象，伪装成是膨物所为也是可能的。”

“就是，完全没必要杀人嘛。”

“有些道理。”

“而且，我说了，十三年前我还没有潜水装备呢。井倒是已经有了，但就算与沈深湖相连，没装备潜水怎么说也是不可能的。”

“说到底还是动机。”

“嗯？”

“杀害龙一先生和龙三先生的手法还没完全搞清楚，但我觉得后者的案件已经初见端倪。”

“还是在说潜水装备吗？”

“正是。虽然尚有谜团，但这是一条重大线索吧。不过，就算杀害两人的手法全解开了，仍然还有动机的问题。”

“唔……”

“凶手为什么要在仪式上杀死神男？为什么要进行神男连环杀人呢？”

“是……宗教方面的动机吗？”

“我是这么怀疑的，但是——”

“这么说我还得接着当嫌疑人？”游魔一边催言耶出仓一边道，并未显出生气的模样。

“请你再陪我一会儿。”

“这倒没什么。刀城老师——”

“怎么了？”

“你真的能解决这个案子吧？”

“不知道。”

游魔“扑哧”一声笑了，笑得软绵无力：“比起那些徒有自信的傲慢名侦探，我个人更欣赏刀城言耶这样的。”

“呃……”

“发生连环杀人案死了好多人后，才总算破了案。但却要坚持说我早就知道谁是凶手了。比起那种名侦探，坦率地承认不知道的你，倒更令人信赖。”

“不过我觉得知道还是要比不知道强……”

游魔再次被言耶的话逗乐了，但随后他的表情严肃起来：“不过这一次关系到小夜子、正一，还有那位女编辑的性命，你要不努力可就麻烦了。”

“你的意思是如果我没找出凶手，龙玺先生当真会加害他们？”

“不会乱伤人吧，但首先他不会把人放出来。一只眼仓的小夜子就不用说了，被关进囚人仓禁闭室的女编辑也一样，时间拖得越长，身体和精神方面受到的伤害也就越大。汩子被关进禁闭室是因为精神不正常。自从她在那里生活以来，精神问题愈加严重，环境带来的不好影响想必也是原因。普通人待在那种地方，怎么想都是很危险的事。”

“谨记在心，总之我会努力的。”

“请务必如此。”

“也不算是回敬吧，请你一定留意流虎先生的人身安全。”

游魔闻言在土门前停下脚步。

“下一个目标果然是我父亲吗？”

“根据水魑大人的七种神器和水利合作社的七人，我认为你们都是被害候选人。而且还有龙一先生和龙三先生遇害的事，我想这个推测不会错的——”

“龙吉朗宫司之后，辰卅宫司也步了他的后尘。”

“这两位均为现任宫司，属于游魔先生等人的父辈。也许凶手打算先拿这一代的四人祭旗。”

“我差点儿被盯上，是因为目击到了辰卅遇害的现场，只是偶然？”

“我想多半是这样。而且似乎也不是真要袭击你，只是一种恫吓。”

“原来如此，然后经我的口传达给龙玺和父亲。”

“是的。凶手企图达成这样的效果，也不奇怪。”

“可是，为什么不一开始就杀掉龙玺呢？如此一来，就不会造成这么复杂的局面了。”

“嗯……你也是这样的感觉吗？”

“当然。凶手的动机还是一个谜，但既然水利合作社的人被卷入了连环杀人案，任谁都觉得原因出在龙玺身上。认为是那帮人连累了大家。然而那些家伙却不是第一个被杀的，这太不可思议了，或者说是难以理解吧。”

“龙三先生之后是龙吉朗先生，原本就不可思议。如果我是凶手的话，首先会选择还没有提高警惕的人下手吧。”

“从我开始吗？”

“对，然后是世路先生、辰卅先生、流虎先生……如此这般，我想我会按照年龄大小的顺序动手。”

“可是凶手却从年长者杀起？而且还跳过了龙玺？”

“要说这个顺序是不是有什么深意……”

言耶和游魔在仓前道别后，来到水内家与世路会合，向他讲述了案情。此后，他赶赴五月夜村的青柳家，与昨日在增仪上任刈女的富子面谈，接着又顺路造访清水家，向担任船夫的悟郎也打听了一番。但是没能获得新的情报。

言耶回到水使家时，天都快黑了。不过，由于一整天雨哗哗地下个不停，天色灰暗，有一种始终在黄昏里的感觉。

晚餐时，言耶先是悄然观察有没有给两座仓送饭。结果发现，给囚人仓的祖父江偲和正一送餐的是女佣领班留子，一只眼仓的小夜子则是由龙玺亲自送去的。

言耶比往常更早地洗完澡，坐到别栋的案子前。接着，他打开总是随身携带的采访笔记本，将龙一命案、龙三命案，还有神男连环杀人案中的疑点加以整理，并开始记录在本子上。

说实话，现在完全是如堕烟海。言耶这边，但凡能找到推理的头绪，哪怕一丝也好，就可以从该处着手，反复验证，不断摸索，一个推理接着一个推理，不久就能抵达真相。

然而这次，那丝头绪是什么竟全然不知……

如此一来，剩下的方法就只能是列举疑点、问题点，以及矛盾点。以俯瞰之态理解把握全局，在此基础上寻求可说明一切现象的解释。

可是啊……

这需要倚靠直觉。若不能期盼灵光乍现的瞬间，总览案件全貌就无法实现。可以说这正是名侦探才会有的“特技”。

换作冬城牙城的话，恐怕——

只瞄一眼言耶在笔记本上写下的所有条目，就能立刻看破真相吧。如果是他，早在龙三遇害的时候，就能迅速破案，阻止其后发生的神男连环杀人。

……现在的事跟父亲有什么关系？

自己在逃避案情。言耶陷入了恐惧。在必须解救小夜子、正一以及祖父江偲的关键时刻，自己却胆怯了。既然灵光不至，就该一次次地反复查看笔记。决不放弃，不断地挑战就是了。这不正是名侦探没有，也不屑去做的业余侦探的强项吗？

言耶踏踏实实地从头研读写在笔记本上的条目。一项一项地过目，同时留意尽可能地关注案件的全貌。一旦过分拘泥于个别疑点，就会进入思维的死胡同。若能成为推理的突破口倒也行，但在感觉不到效果的现在，必须尝试依靠直觉推理。

如此这般，也不知盯了多久的笔记本。与昨晚一样，从后山传来了阴惨惨的犬吠声。瞬间，脑中闪过了野狗刨出被龙玺掩埋的小夜子的尸身，狼吞虎咽的一幕。言耶不由得心乱如麻。

翌日清晨，言耶没睡足就睁开了眼睛。想招呼一声隔壁的祖父江偲，突然又咽了回去。他去正房洗漱完毕，回别栋换了衣服。

雨势丝毫不见减弱，依然凶猛。

今天从午后开始，将在水使神社举行龙三、龙吉朗和辰卅的共同葬礼。然后就该把相关人员聚集一堂解决谜案了，虽然没有人这么对他说过。但言耶有一种不祥的预感，若不能趁现在一口气做个了结，葬礼还会拖拖拉拉地没完。

然而，很快就发生了无法轻易了结的事态。

“被摆了一道……”

游魔突然闯进了别栋——

“父亲被人刺了。”

“哎？这……这么说——”

“不不，好像没刺中要害，估计还有救。现在我正叫家人用车送他到它邑町的医院。”

“游魔先生不跟着去没关系吗？”

“我待在旁边也起不到什么作用。父亲也说，你就留下给刀城先生打下手！”

“究竟是什么情况？”

“父亲是在上拜殿诵完早祝词，回房的途中遇袭的。前往拜殿念祝词时，父亲和我都有戒备，但结束以后就松懈了……我在拜殿干了点活，其间让父亲先回去，结果就出事了。”

“凶手一直在某处等待流虎宫司落单的机会吧。”

“多半是的。不过，父亲毕竟也是多加小心了吧。被袭的时候，好像情急之下一扭身，结果腰这里被凶器刺到了。”

“是水魑大人的神器之一吗？”

“是尾梢。”

“凶手的样子呢？”

“父亲没有见到。他是从身后被袭击的。我听见叫声冲出拜殿，隐约看到一个戴着斗笠穿着草蓑的人影消失在雨里……我马上就顾着父亲那边去了，眼睁睁地放跑了凶手。”

“这也是没办法的事。”

“然后，对不住了，我准备报警。”

“呃……”

“父亲一旦被送进医院，警方也迟早会知道。再怎么说，父亲的腰间可是插着水魑大人的尾梢。”

“医生也会询问情况吧，然后医院就会通知警方。”

“我现在就找龙玺说去。”

“我陪你去。”

来到正房问了留子，才知道龙玺还没从拜殿回来。

“难不成……”

两人当即互望一眼，如脱兔一般冒雨向拜殿奔去。

“龙玺先生！”

言耶一边呼喊一边打开木门，游魔率先冲了进去。晦暗的室内只有烛火。言耶看到那光亮中的异样之物，猛地吃了一惊。游魔似乎也有相同的反应，当下就从身旁传来了他屏息的声音。

映入他们眼中的是龙玺手持脱鞘的日本刀，就要砍杀过来的异态。

“什么呀，是你们啊！”龙玺放刀归鞘，脸上恢复了常态，就像什么事也没发生过似的。

“怎么回事？”

“你在做什么？”

两人尝到了险些被砍杀的恐怖滋味，几乎同时向龙玺发出了质问。

“看了还不明白？哪个傻瓜明知随时有可能被攻击，还不带武器的？”

“不好意思，我就是那个不带武器的笨蛋。”

游魔说着,告知了父亲的事。只听龙玺“唔”地一声低吟,不再言语。脸上的神情十分严峻。然而,当他接着听说已将人送至它邑町的医院,突然发起火来。

“哪个叫你这么做的!”

“送医院是理所当然的事!”游魔当然也不会示弱。

“这不就让警察知道了吗!”

“你是要我眼睁睁地看着父亲死?”

“往高岛医院送就行了!既然没伤到要害,找那个医生足够了。”

“这种事谁知道!不管怎么说,已经迟啦。我呢,现在就回家报警。”

“我也会马上去打电话,找那边的大人物聊聊。就说是有个被特攻队刷下来的,在村里臭名昭著的家伙开了几句玩笑,你们没必要当真。”

“你以为谎言能骗到什么时候——”

“不是谎言。有身份的人说出来的话,就是真的。就算实际上是白的,我说是黑的,那就是黑的。”

“你说什么!”

“不管是流虎先生还是你,只要让我知道你们通知警察了,仓里的三位一辈子就那样了。”

“我会舍命救他们出来!”

“哈,有本事你就试试。到时你再因轻视水使神社的力量而后悔也迟啦!”

“你那神社算什么?”

“混帐东西！最早开拓波美这地方的就是五月夜村。治理村子的就是我们水使神社。跟你们的比起来，从历史上说就——”

“最早啊、第一个啊什么的，有那么了不起吗？你想威风到何时——”

“要没有五月夜村，什么物种村、佐保村、青田村统统不会有！这样的话，水内神社、水庭神社、水分神社也都不可能建起来。这么简单的道理你还不明白？”

“不是这个问题——”

“怎么不是！就因为当初我的先祖老老实实地祭祀了水魑大人，才有了今天的波美。被你们感谢还来不及呢，哪有受指责的道理——”

此时，言耶突然插了一句。

“我懂了。现在就能破案。”

19

第十九章

刀城言耶试解案情

刀城言耶把自己关进别栋，再次摊开笔记本整理完疑点，返回了正房的里厅。

“让你们久等了。”

这里已聚集了三人，水使龙玺和水庭游魔，以及遣人去水内家唤来的世路。

“案子解决了吗？”即刻迎向言耶的是世路那混杂着期待与不安的表情。

“说实话，我还不是很明白。”

见言耶摇头，世路不解地表示出惊讶：“可是，你叫我过来不就是为了这个吗……”

“流虎宫司的事你知道了吗？”

“我已经说过了。”游魔粗鲁地答道。

“真是太可怕了……听说没有大碍，总算松了口气……”

“鉴于当前情况，现在没有多少时间了。就算仓促上阵，也必须解开这桩谜案。形势就是这么危急。”

“这个我懂……可是没有明确的……我说的是要以什么为中心进行推理吧。如果没有这个，还是不太行吧……”

“如你所说。不过，我不是名侦探。所以唯有反复探究，采用多次建立推理再推翻的方式，迫近真相，除此别无他法。”

“这一点可以相信。”游魔插嘴道，“至今为止我已听他做过好几次推理。一会儿进一会儿退是没错，不过总体来说是稳步前进的。”

“不不，我也没怀疑老师的侦探才能——”

“你的担心没有错。”言耶宽慰着了慌的世路继续说下去，“在没有抓住案件本质的情况下，再怎么层层推理，最终也会陷入死循环。若不能逼近本质，至少也得抓个线索。必须明辨什么才是头绪。”

“莫非老师——”

“是的。就在刚才……被我抓到了。其实在更早的时候……不，虽然曾经意识到过，但未加深思——”

“喂喂，你说刚才……”游魔一脸震惊。

“是的。听了你和龙玺先生的对话，我想可能漏了一个根本性的问题。而且我有预感，如果对其追根究底，这一连串命案的本质就会现出原形。”

不单是游魔，连龙玺也闻言探出了身子。

“这个所谓的头绪是……是什么？”

言耶向着急催促的游魔亮出笔记本。

“我在上面列举了本案疑点，包括这个头绪在内。我现在就念，希望能根据其中内容，与大家一道逼近真相。以及，我省略了尊称，还请诸位谅解。”

声明过后，言耶翻开笔记本念了起来。

“疑点分为六大项。

“关于波美地区：

“（一）四座村庄的名字，承最初开拓的五月夜村，其后分别为物种村、佐保村、青田村。那么，最初的村庄为何要取名为五月夜村？

“（二）能够推测深通川、沈深湖、流升之瀑的命名由来。但二重山为何会被如此称呼？

“关于水魑大人之仪：

“（一）神男和刈女原本是假男和假女，这其中有何含义？

“（二）给水魑大人献祭，为何除了神馔还要准备装供品的樽呢？

“（三）增仪由水使龙三主持，可龙玺为何对神馔的拣选很马虎？为何水内龙吉朗反倒十分热心？

“（四）水使龙玺对水魑大人之仪十分自信，是因为有一只眼仓吗？

“关于水使家的一只眼仓：

“（一）造仓是为了向水魑大人贡献‘缓慢的活祭’吗？

“（二）所谓成为水魑大人的新娘，是指被幽禁在一只眼仓里吗？

“（三）如果第一、二条正确，那么与龙玺对左雾所说的‘如果在水使神社长大，就能一直和神灵一起生活，所以不会遭受任何灾祸，不会罹患任何疾病，能够一直健健康康、开开心心地过日子’岂不矛盾了？

“（四）如果第一、三条正确，为何宫木鹤子直到仪式前一天，以及小夜子直到当天为止都没被关进仓内呢？

“（五）汩子口中的‘御仓大人’是指水魑大人吗？

“（六）在十三年前水使龙一主持的增仪上，樽味市郎（清水悟郎的兄长）是否被迫充当了一只眼仓的活祭？倘若为真，仪式后在他身上究竟发生了什么？

“（七）在水使龙三主持的增仪上，宫木小夜子是否被迫充当了一只眼仓的活祭？倘若为真，如今她究竟是何状况？为何不能立刻放她出仓？

“（八）听闻龙玺曾对担任刈女的青柳汩子说过一句‘她会成为超越刈女的存在’。此中有何深意？仅是指配作自己的妻子吗？

“关于水使龙一命案：

“（一）在水魑大人之仪前，他在惧怕何事？

“（二）龙一为何会在仪式过程中被杀？

“（三）杀害龙一的动机为何？

“（四）水魑大人之仪中，龙一在沈深湖中看到了何物以至于心脏病突发？

“（五）引发心脏病的某物是经由何处出入沈深湖的？又是何时出入的？

“（六）龙玺为仪式而戒酒，是何人故意拿酒给他喝的？且动机为何？

“关于水使龙三命案：

“（一）在水魑大人之仪前，他又是在惧怕何事？

“（二）龙三为何会在仪式过程中被杀？

“（三）杀害龙三的动机为何？

“（四）第一至三条的谜团，其解答是否与其兄长龙一的第一至三条完全相同？

“（五）为何在所有的樽被投下后，游船看上去又晃了一下？明明一只樽都没有浮上来，龙三也未从船底的洞穴潜入湖中。

“（六）水魑大人的角为何被当成了凶器？

“（七）龙三是在何处被刺的？是在游船底的洞穴中吗？

“（八）凶手犯案是否用到了水庭游魔的潜水装备？

“（九）倘若如上条所述，那么凶手是如何得知放置潜水装备的仓库及收纳场所（长柜）的呢？

“（十）凶手是经由何处出入沈深湖的？又是何时出入的？

“（十一）龙玺说的‘没想到龙三都能成水魑大人的活祭……’其中究竟有何含义？

“（十二）龙玺为何一边说着上一条的那句话，一边又怀疑清水悟郎是杀害龙三的凶手呢？

“（十三）有上条与上上条之言的龙玺，为何轻易就接受了龙三自杀的假说？

“关于神男连环杀人案：

“（一）龙一命案与龙三命案是同一凶手犯下的神男连环杀人案吗？

“（二）倘若第一条正确，那么凶手究竟是谁？动机为何？

“（三）倘若第一条错误，那么龙一命案与龙三命案为何会有如此多的相似点？此外，各自的凶手是谁？动机为何？

“（四）倘若第一条正确，那么这一次之后为何又发生了神男连环杀人案呢？

“（五）神男连环杀人的动机为何？

“（六）凶手先是偷了水魑大人的角，然后又盗走了其余六种神器吗？理由为何？何时窃走的？

“（七）为何龙玺能断言杀害龙吉朗的凶器——水魑大人之髭是‘增仪后’被盗的？

“（八）神男连环杀人的被害者范围是水利合作社的七人——水使龙玺和龙三，水内龙吉朗和世路，水庭流虎和游魔，以及水分辰卅吗？

“（九）龙三遇害以后，水内龙吉朗、水分辰卅、水庭流虎依次被袭，这顺序有何意义？为何不先以有了戒备便难以下手的年轻一代为目标呢？此外，为何只有水使龙玺被跳过了？

“（十）神男连环杀人还会继续下去吗？

“完毕。”

言耶慢悠悠地念完所有条目后，客厅里瞬间鸦雀无声。三人形态各异，似乎都在咀嚼为数众多的谜团。

不久，世路小心翼翼地开口道：“第一项关于波美地区的部分，与案子有关吗？对了，下一项的关于水魑大人之仪也是。”

“啊，对了。”言耶未及回答，游魔先搭了茬，“话说，刚才我还对那家伙说了，最早开拓的五月夜村和水使神社有那么了不起吗。”

“那家伙”指的自然是龙玺。

“听了他们的对话后，老师就抓到了头绪？”

“是的。来这之前，阿武隈川已经给我讲了一遍波美地区和水魑大人之仪的情况。当时我应祖父江小姐的提问解释道，随着被开拓的顺序，季节从五月向四月，三月回溯，村庄也由此得名。我还猜测，第四个村子的青田为六月的季语，大概是因为回溯到二月的话，就是冬天了。”

“我认为事实正如你所说的那样。”

“然后祖父江小姐回了一句，把第一个村取名为青田村不就能顺顺当当地从六月排到三月了吗。对此我的回答是想必五月夜村的人们没想到在自己之后，还会有人迁来此地建设村庄吧。不过——”

“嗯？”

“既然如此，我更要问了为什么是‘五月夜村’？诚然，五月是插秧时节。作为擅长种植水稻的波美地区的村名，也许是相当合适的。但是，考虑到刚迁入不久的村民的心境，比起插秧的季节，他们理应更关注种植以后，因为水稻的顺利成长，而使得田地变成一片青翠的季节吧？要么就是收获的季节。”

“听你这么说还真是这么回事。”

“命名为五月夜村也不能说奇怪。只是，选这个名字是另有理由吧。”

“什么理由？”

言耶没有直接回应世路的提问，又加入了新的疑点：“水魑大人之仪上的假男和假女也是，仔细一想还真奇怪。如果说在舞台上跳舞的巫女和主持仪式的宫司都是假的，那他们到底是什么东西的假借物？原本的本体到底是什么呢？”

“假借物和本体……吗？”

“除神馔外，为何还要准备六个上好的樽充当供物呢？那些樽莫非也是某物的假借？”

“供物樽是假借物……”

“二重山怎么看都不是一座层叠的山。山脚部分虽与左右山体相连，但毕竟只是一座山。既然如此，为何要叫二重山呢？”

“请等一下。这些都是有关联的吗？”

世路一脸茫然失措的表情，游魔也不遑多让。

“还有呢。龙吉朗宫司对拣选神馔非常执着的原因也是……不，这些事象不只是互相关联的问题，案件的本质其实就隐藏在其中。”

“哎……是啊，别的神社主持仪式，挑选神馔，父亲经常指指点点……可我一直觉得这是出于他的长老身份，以为这是一种什么仪式……”

“我也是。”

“你说这里面暗藏玄机。究竟是什么呢？”

“现如今，对于神馔的解释恐怕是最浅显易懂的。”

预作声明后，言耶将笔记本翻到空白页，一边画图一边开始说明。

“大个的南瓜是头部，大量的裙带菜是头发，大而色泽鲜艳的葫芦是躯干，较细的两根白萝卜是双臂，圆圆的、形状整齐划一的两个芜菁根是双乳，猪肝是内脏，鲍是女性器官，一把海蕴是毛发，较大的两根白萝卜是双腿——如此这般，那神馔体现的是活祭少女的身体。”

“什……”

“呃……”

世路和游魔目瞪口呆。

“装神馔的长匣的盖子有点釜盖或锅盖的意思，附着两个细长的把手。所以倒过来一放，把手就成了支撑腿。那不就像一块大砧板吗。神馔的材料加上米、盐、菜刀，被放在形似砧板的板上。我们可将其视为过去神明调理活祭，也就是将活祭品保持原形做成菜肴的行为，即一种旧时习俗的残余。”

“也……也就是说所谓的水魑大人之仪是……”

“我听说，村庄开拓伊始曾因严酷的旱天引发了枯水，增仪的起源就是在那时产生的。”

“嗯，确实如你所说……”

“我想当时恐怕有过活人祭祀。”

“呃……”

“或许上桥的人柱也真实存在过”

“……”

“五月夜村的意义并不在于季节，而是与小夜子姑娘的‘小夜’一样，在于读音。同样也可以用在二重山。想必原本是叫贽山，后来改为二重山，最后又变成了训读的二重山。”[1]

“那么假男和假女呢？”

“仪式的主角归根结底还是活祭。这个可怕的风俗随着时代的变

1. 二重山和贽山，日语假名都可记作“にえやま”。“贽”的日文汉字是“贄”，意为供品或牺牲品，读作“にえ”。二重山的训读为“ふたえやま”。

迁已被废止，仪式开始由宫司和巫女来主持。但他们只是临时的替代品，所以被称为假男和假女。然后，活祭既已不复存在，神馔便应运而生。只是，虽说还保留下了形状，但作为供物实在太过贫弱。估计樽就是为此而准备的，其内容与数量与时俱增，渐渐变得奢华，直到今天。”

“父亲他……龙吉朗……知道活祭的事吗？”世路已面无血色。

“应该知道。当然，也许是当成了与水魑大人之仪相关的传说。但他明白神馔的意义。所以才会出言干预吧。”

“为了彻底地严守传统……”

“是的。然而，偏偏有人让这个可怕的风俗复兴了。”

言耶的目光直指位于上座的龙玺。然而，龙玺本人却完全不见动摇，反倒回瞪了他一眼。

“十三年前龙一举行增仪的时候吗？”

“可是，恢复原先的活祭不就跟一只眼仓的活祭重叠了吗？”

言耶对游魔的问话点点头，对世路的疑问摇摇头，随后他再次注视着龙玺。

“龙吉朗宫司说过，水使神社的一只眼仓大致建于上一代或上上代的时期。听说那对美貌母女来讨饭的事也发生在上一代。换言之，龙玺先生参与仪式之时，一只眼仓早就在发挥功能了。”

“应该是吧。”世路附和道。

“但是那仓里的活祭不过是‘缓慢的活祭’。把重要的增仪交给经验尚浅的龙一先生，仅凭这东西真的足以令龙玺先生胸有成竹吗？”

“觉得凭一只眼仓还不够，所以就复兴了原先的活祭……”

“是的。这次龙三先生的仪式也一样。龙玺先生因此才抱有绝对的自信。对关键的神馔拣选等闲视之，因为他已备好了真正的活祭，而非那些伪物。”

“那……那个活祭是……”

“不会吧……”

世路与游魔的语气中含着难以抑止的悲怆感。

“是的……为躲兵役而逃来波美的樽味市郎和充当宫木鹤子小姐替身的小夜子姑娘。”

“怎么会……”

“如果小夜子姑娘不行，应该会用正一君代替。据说汩子夫人曾对他说，你是第三个[1]。还说要好好吃饭什么的。恐怕是因为她已认识到，正一君是活祭的第三人选。”

“呃……”

“龙一先生和龙三先生是命案的被害者，但同时也是加害者。龙一先生杀了樽味市郎先生，龙三先生杀了小夜子姑娘——”

“这……这么说，市郎先生和小夜子是在增仪过程中被神男杀害的？”

“是的。”

“究竟是怎么……”

“塞进樽沉入沈深湖。”

“你……你说什么……”

---

1. 第三个，参见第四章《归乡》的注释。当时汩子所说的“三つ目”当取第二种意思，即“第三个”。

“这……这……”游魔脸色惨白，“难道是像神馔一样切开身体，把碎尸塞进六只樽里？”

“不是的，你这么想也情有可原，不过并不是真的动手杀人。因为活祭不始终保持活着的状态，就没有价值了。”

“活着的……”

“可这事是在什么地方做的……”

“装填供物的六只樽曾被搬进了拜殿。那时龙玺先生和龙三先生换上了已放入活祭的樽。”

“啊！在工房殿里，预备用的樽……”

“想造多少就能造多少。”

“跟哪……哪只樽换了？”

“当然是第一只樽了。于是原本用来做供物的那樽酒就原封不动地留下来了。好酒如命，人又吝啬的龙玺先生舍不得把特意从滋贺的仓库里搞来的酒处理掉。所以就自己喝了。”

“这家伙喝的酒原来是这个啊！”游魔惊讶得合不拢嘴。

“去沈深湖的时候，龙玺先生为什么要提醒村民特别注意第一只樽呢？虽然它是六只樽里的最前头是一个理由，但更重要的是万一樽掉下来摔坏了，里面的东西就暴露了。”

“把酒樽搬进拜殿，然后又装上拉车的村民就没觉出可疑来吗？我想抬樽的时候会觉察出不对劲。”世路的指摘合情合理。

“这方面也没疏漏。搬入拜殿和搬出拜殿时，龙玺先生准确无误地变换了两人一队的村民组合。”

“竟然做得如此小心……”

“我和汨子夫人在一只眼仓旁聊天时，她说到了御仓大人。由于之前的话里出现过‘被吃掉’这个词，我就问她与水魑大人有什么不同，结果她只说了‘水魑大人吃的是……一只[1]——’话到一半没了。我想那个‘一只’指的是‘第一只樽’。换言之，就是指水魑大人吃的是放在第一只樽里的活祭。至于御仓大人是指一只眼仓。我与龙吉朗宫司都误以为御仓大人即水魑大人。”

“水魑大人的新娘指的是……”

“成为活祭。被神吞食即与神融为一体，所以能永远幸福地生活，超越人的境界长生不死。汨子夫人，左雾女士，以及鹤子小姐就是这么被灌输的。”

“那么小夜子现在并不在一只眼仓里……”

“很遗憾……如果在，还能留点希望……”

“只是伪装成她在仓里……”

“拿吃的过去是为了让我们深信不疑。我想饭菜多半是被扔到后山去了。结果招来了野狗。第一天晚上我在别栋也没听到一点吠声。到后两天时就有了，所以觉得很奇怪。”

“是这样啊……”世路沮丧地垂下肩，随后又扯着嗓子问道，“两次增仪中，究竟发生了什么？”

“我说过龙一先生和龙三先生既是被害者也是加害者，同样的事实也能套在樽味市郎先生身上。”

“哎？”

---

1. 一只，原文为“一つ目”。此处与前文的“三只眼”“第三个”一样，是一词多义的误导。

“遗憾的是……也不知该不该这么说，小夜子姑娘不是。她只承担了被害者的角色。此二人不同的处境，造就了两次增仪命案相似，却又相异的奇妙状态。”

“也……也就是说……”

“被迫充当活祭的樽味市郎先生正是杀害神男龙一先生的凶手。”

“神男被活祭所杀？”

“准确地说，也许该视作意外。酒樽是第一个被装上游船的，所以放在里头。因此把活祭抛入沈深湖就在最后。由于是仪式的关键，按此顺序反倒合适吧。不曾想，关键的酒樽没沉下去却浮上来了。于是龙一先生下湖，想把樽送入地下水道的洞穴。就在这时，樽的盖子开了，市郎先生从里头出来了。因猝不及防的变故大吃一惊的龙一先生心脏病突发。而市郎先生则被顺势卷入了地下水道。我想十三年前发生的事大致如此。”

“竟然……”

“神男和活祭无意中各自分别扮演了加害者和被害者的两种角色，由此在不可理喻的情况下发生了不可思议的杀人案。”

“这么说来，龙一的案子在发生的同时，其实就已经结束了？”游魔的表述十分精准。

“是的。而你想必已经悟出了真相吧。”言耶再度紧紧盯住龙玺。

“是啊，我想差不多就是这么回事吧。”

“然而你却死不悔改。反倒在考虑换成更弱小的少女做活祭。是不是！”

“当时我就这么想了。神馔怎么说表现的也是女人的身体嘛。不过，赶巧正好来了一个逃兵役的，我就想哪能放着不用呢。”

“你……你这个混蛋……”

言耶一边举手制止勃然大怒的游魔，一边说道：“由于降雨，仪式算是成功了吧，可是神男死了，所以还是失败了。你就打算在下一次增仪用少女做活祭。那以后发生了战争，又迎来了战争的结束。你听说有人从满洲归国，就派重藏去了舞鹤。因为你考虑到左雾女士可能会携孩子一起回来。结果正如你所预料的，她把鹤子小姐等人带回来了。初见长女的面，你就决定让她当活祭。而且就像在养鱼笼里培育供品似的，对待鹤子小姐有如水使家的千金小姐。你想把她当作活祭品来喂养的吧。”

“魔鬼……”世路喃喃低语，在他看来，眼前的老者早已不是人类。

“然而，最后关头鹤子小姐丧失了活祭资格。你就盯上了小夜子姑娘。不过她没姐姐那么好骗。所以最后你下药把她蒙翻，装进了樽。是不是！”

言耶的语调渐渐严厉起来，与之相反龙玺则淡然答道：“我是这么向小夜子解释的，鹤子出嫁的事是编的，其实是要请她协助仪式。在这基础上，我们约定由小夜子代替她姐姐打下手。条件是答应鹤子和芥路的婚事。哪知道这孩子疑心很重。所以最后就像你说的那样，把她弄睡了。”

“小夜子……”

“混蛋！”

世路的低语饱含哀惜之念，游魔的咒骂则满腔憎恶之情。

“龙三先生被害时——”即便如此言耶也没有情绪波动，还在继续解释案情，“你不小心漏出一句‘没想到龙三都能成水魑大人的活祭……’这并非是没想到龙三都能成为水魑大人的活祭，而是没想到龙三都能成水魑大人的活祭的受害者。龙一先生的死，可以说是樽味市郎的反戈一击。已有如此想法的你，误以为龙三先生也是受小夜子姑娘的反击而死的。”

“我是这么想的。”

“正是因此，你才会突然装出怀疑船夫清水悟郎先生的样子。”

“是因为怕刀城言耶老师发觉活祭的事吗？”

言耶对世路指出的问题点头称是。

“当时，稍微思考一下，就能明白最大嫌疑人就是悟郎先生。而龙玺先生特意向我展示了这一理所当然的反应。”

“原来如此。”

“不过，说悟郎先生是凶手实在太过勉强。就在龙玺先生也这么想的时候，我搬出了自杀假说，他就像捞到救命稻草似的迎合。然后打算尽早埋葬龙三先生的遗体，把一切都抹杀掉。”

此时，言耶再次扫视三人，说道：“然而，水内龙吉朗又接着遇害了。满以为龙三先生和小夜子姑娘已然玉石俱焚的龙玺先生大吃一惊。回想起来，龙三先生和龙一先生不同，他是在船内被杀的。也没有他潜入进湖的痕迹。既然如此，那就是小夜子姑娘从樽内脱身后上了船。至于水魑大人的角，可以认为是她无法完全信任龙玺先生，偷偷把那东西带在身上。虽然不知要怎么协助仪式，但直接面对水魑大人之仪是确凿无疑的事。如果是七种神器，就算有危险也能派上用场。她可能是抱着这样的念头才偷出来的。不过，假如小夜子姑娘用角刺了龙三先生，那她可就完全无法脱身了。在船中或湖面上的话，按理说一定会有人发现。换句话说，很遗憾，事实上小夜子姑娘被关在樽里就这么……”

言耶自然而然地垂下了头。世路与游魔亦然。

“那么，龙三先生是被谁杀的呢？这个凶手也杀害了龙吉朗先生吗？”言耶忽地仰起脸，“龙玺先生意识到自己错估了事实真相，但又不能报警，因为会暴露活祭的事。他就使了个苦肉计，命令我当侦探。”

“案件的状况很相似，但两件案子的真相却全然不同吗？”同样抬起脸来的世路，侧头不解。

“龙一先生一案，正如游魔先生巧妙表述的那样，在发生的同时已然结束。可以说是极其特殊的个例。至于龙三先生一案，其实也具备非常怪异的特征。”

“什么特征？”

“即凶手去沈深湖原本不是为了杀害龙三先生。”

“哎……那……那又是为了什么？”

“为了救出小夜子。”

“把她从活祭……从樽里解救出来？”

“是。只是没能赶上。”

“呃……”

“此时凶手才由生出对龙三先生的杀意。”

“动机是复仇……”

“神男连环杀人的动机也是这个。不，准确地说，应该是宫司连环杀人。”

“你的意思是，对象仅限于宫司？”

“凶手杀掉龙三先生后，认为复兴活祭的对象是水利合作社的一干宫司。”

“所以就杀了一个又一个……”

“我猜测凶手携带水魑大人的角，是充当辟邪物的替代品，解救小夜子姑娘用的。没承想却用作了凶器。”

“原来如此。”

“龙玺先生之所以断定杀害龙吉朗先生的凶器——水魑大人的髭是在增仪后被盗的，是因为他意识到了凶手连续作案的动机。”

“光是龙三君还不算完……”

“所以偷走了七种神器。从某种意义上说，凶手可能也借此坚定了连续杀人的决心。当然凶手多半认为，主谋肯定是龙玺先生。所以才决定放到最后袭击他。这是为了在犯下连环杀人案的期间，让他充分品尝到恐怖的滋味。”

“嘿。”龙玺对言耶的说明嗤之以鼻。是逞强，还是忍俊不禁，从表情中看不出丝毫端倪。

“难……难不成……父亲也……龙吉朗也……知道复兴活祭的事……”世路一脸愕然之色，睁大眼睛死死盯住言耶。

“不，应该不知道吧。”

“真……真的吗？”

“是。凶手完全误会了。”

“是这样啊……”世路似乎略微松了口气，但又疑惑似的问道，“可是，凶手是怎么发现活祭的呢？惭愧的是，我身为水利合作社的一员却完全……”

此处，言耶突然对游魔的潜水装备被盗事件做了一番说明。

“啊，果然是这样啊。”

话题一下子被岔开似乎令世路有些不知所措。不过，也许他也曾起过同样的疑心吧，神色之间显示了对这桩窃案的理解。

“从各种意义上说，龙三先生被害只能说是极为特殊的案子。无法指望警方调查期间考虑到这种异常情况，因此特殊性更深了一层。”

听了言耶的话，世路和游魔点了点头，而龙玺则脸露讥笑。

“所以，收集物证与案情证据放在一起探讨，从而推理出凶手的手段已不能用。而我也很怀疑自己能否掌控得了……好吧，先不提这个……不过，由于案件太过匪夷所思，我们需要放弃‘谁为凶手’的思考方式，采取‘只有谁可能会是凶手’的限定性思维模式。”

“是指……凶手的条件吗？”

“是的。现列举如下——

“（一）有可能知道水魑大人之仪的活祭已复兴。

“（二）有可能知道原定由鹤子小姐做活祭，后被小夜子姑娘取而代之。

“（三）有可能知道活祭被装在樽里。

“（四）一旦知道小夜子姑娘做了仪式的活祭，此事便有可能转化动机。

“（五）有可能知道游魔先生的潜水装备放在哪座仓库的哪个

长柜里。

“（六）穿上上一条的潜水装备后，能够活动。

“（七）有可能知道出入沈深湖的方法。

“完毕。”

仔细考虑过后，世路说道：“一至三条，除了水利合作社的人，或是水使神社宫司的亲信之人，都不可能吧。”

“不过，我觉得像你这样什么都没察觉到的人反倒是多数。”言耶回应道。

“实在惭愧……”

“啊，我不是在责怪你。我的意思是很正常。”

“你能这么说真是……”

“第五、第六条比一到三范围更窄。”

“确实。然后在第四条上范围被进一步缩小，到了第七条甚至就能锁定对象了……”

“关于一到三，还有第五条，很难证明是否有谁知道。只把这四条看成补充条件比较好。这七条当中，首先要关注的是第四条吧。”

“为小夜子复仇……”

“是的。像是会毫不犹豫就去做的人，除水内世路先生和水庭游魔先生你们，没有第三人选。”

刹那间两人互相望了一眼，不过很快便各自表了态。

“没错，这一点我不打算否认。”

“我也是。这动机再充分不过了。”

“谢谢二位。”言耶分别向双方点头示意后，说道，“但是，世路先生完全不知道活祭的事吧。”

“怎……怎么说呢，说不知道的话就像自我申诉呢。”

“可是，就连一只眼仓的秘密都让你显得非常吃惊啊。”

“啊，那个另当别论。更何况，家父龙吉朗在水利合作社中也是年纪最长的——”

游魔突然笑出声来。

“喂喂，世路先生。你好像很不愿意自己被排除在凶手候选名单之外嘛。”

“哎？”

“你挂念左雾女士的孩子们，怎么说呢，这心思我也不是不明白。不过现在我们得协助刀城先生才是。”

“啊，啊啊……可不是吗。”

“如果世路先生知道活祭的事——”言耶接上言继续道，“从一开始就会阻止水魑大人之仪。至少不会坐在看台上，一边伴奏一边观看仪式。就算是在知晓的情况下参加仪式……啊，不好意思，措辞恐有不当……你也不可能杀掉龙三先生。因为你有完美的不在场证明。”

“呃……”

见世路不再吭声后，游魔缓缓地开了口：“这么说凶手只能是我了？”

“是啊。知晓一只眼仓的存在，始终在探究其秘密的你，能察觉活祭复兴也不奇怪。也可以这么想，‘龙玺为何特别优待鹤子小姐’的疑问是你看破真相的契机。”

“而且我当然知道潜水装备在哪里，用起来更是得心应手啊。”

“你完全符合凶手条件的第一至六条。装出被偷走的样子，自然是为了造成凶手另有其人的印象。”

“但问题是第七条。”

“从何处出入沈深湖。”

“进去没问题吧。因为在仪式队伍到达湖之前，我有时间潜水。”

“不，如今既知动机是为了给小夜子报仇，那就不可能了。如果事先知道她是被装在樽里的活祭，你会阻止仪式本身的举行。虽然我推断不出你是何时察觉的，但最早也是在一行人在水使神社做准备时，或离开神社去往二重山之后吧。”

“如果是这样，我为什么不跑过去制止呢？”

“游魔先生，恕我失礼。你要去阻止，就算再怎么拼命揭发活祭的问题，可能也只会被视为找碴或骚扰。很可能龙玺先生一声令下，你就被村民们制伏了。这一点，你自己也想到了。”

“嘿，确实是这样。”游魔讥诮似的一笑，“如此一来，就只有出入沈深湖的问题了……”

“是的。除非能解决这一点，否则牢固的不在场证明对你也同样成立。”

“可是，这问题很难解吧？”

“正是因此，我做出了最直观的推断。”

“什么样的推断？”

“即水庭神社的那口井与沈深湖相连，你利用潜水装备在地下水道中走了个来回。”

“这个怎么说呢——”游魔脸上浮出越发讪诮的笑容，“就算是我，也不会凭着这种不靠谱的推测就往井下潜啊。”

“所以我认为你有确凿的证据。足能让你毫不犹豫地就从井向沈深湖进发的……决定性的证据……”

“到底是什么呀？”

“一件骇人听闻的事实——在龙一先生主持的增仪上被迫充当活祭，被水魑大人之口吞没的樽味市郎先生的尸身，漂到了那口井中。”

“呃……”

“井旁的石碑其实就是樽味市郎先生的墓碑，不是吗。”

“正一君曾经说过，向那石碑合掌时就觉得自己像是在祭拜某人的墓碑。”

“可……可是老师——”世路慌了神，“龙一先生的增仪是在十三年前。而游魔君到水庭神社是七年前左右。六年都过去了，尸身还能漂过来，实在有点难以想象。就算有这事，应该也早就化成白骨，谁都认不出来了吧。这样的话，从哪里漂过来的都……”

“我想尸身恐怕已经尸蜡化了。”

“哎？”

“我听龙吉朗宫司说，战后在沈深湖西北角的洞窟里发现了一具尸蜡化的男尸，根据遗物推测似乎是一个逃兵。”

“对，是有这么回事。”

“市郎先生被水魑大人吞没，其遗体在地下水道中漂流时，可能在某处被推上了没有水的地下河岸。然后尸蜡化的情况同样也发生在了他的身上。之后，偶然遇到水量增长的时候，又再次被冲走，最后到了水庭神社的那口井。由于已尸蜡化，所以能辨认容貌。游魔先生发现，刚好来波美找哥哥的悟郎先生与尸体长得很像。于是——”

“等一下！”游魔举手拦住言耶的话头，“如果事实如刀城先生所说，那么我当时就已经知道龙一在增仪中使用了活祭。既然如此，让龙三主持增仪的时候，我就该挂念鹤子的安危，采取某些措施才对。直到仪式都要开始的关头还什么事都不做，这不是很奇怪吗？”

“是啊。”世路低声附和，似已接受了这个说辞。

“在井下发现了市郎先生尸蜡化的遗体，并不代表你会马上发现水魑大人之仪使用活祭的事。”

“这就怪了。要是没察觉活祭的事，一般人哪能想到井和沈深湖是通的？”

“我想当时是这样没错。”

“呃……”

“遗体是从哪里漂来的，为什么会是悟郎先生的兄长，对你来说都是谜。而你最近才开始有所领悟。得知一只眼仓的存在，开始逼近仓的秘密时，你终于明白了。”

“噢，明白什么？”

“你认为龙玺先生在龙一先生的增仪上，把被迫充当一只眼仓活祭的樽味市郎的遗体弃入了沈深湖。”

“嗯……”

“在我追问龙玺先生有关樽味市郎先生之后的情况时，你有过如下言论。雨下了但龙一死了，所以算是成功了一半失败了一半。但儿子的死毕竟不可饶恕。所以增仪后龙玺一定是在一只眼仓里杀了那个虚弱的男人，把尸体抛进了沈深湖的水下洞窟。”

“啊，我是说过。”

“如果是在一只眼仓杀的人，通常想到的是埋进后山吧。啊，别的法子也行，但至少不会想到沈深湖，还要冲入地下水道这种费劲的弃尸方法吧。你这么想是因为你碰到过什么事，让你误以为应该是这样。”

“就是在那井里发现樽味市郎的事吗？尸蜡化尸体的……”

“是的。尸体既然能认出容貌，说明并无多大损伤。根据这个情况，你确信存在一条具备一定口径的地下水道。”

“是这样啊。”

“在凶手的条件中，最关键的可能是第六条，即‘穿上潜水装备后能够活动’。”

“怎么说？”

“虽说有足以让尸体通过的宽度，但要套上鼓鼓囊囊的潜水装备，在一无所知的地下水道中游走。像世路先生这样的高个子是很难做到的吧。”

“你的意思是，个头像我这么矮的话正合适？”

“是的，更符合条件。”

“我在伏龙特攻队受的训练，又在关键时刻派上用场了吗？”

“龙三先生的增仪行将结束时，游船摇了一次，就一次。那是因为你从湖里浮到了船底。”

“唔……”

“龙三先生听到声音后，查看船底的洞穴。与此同时，你冒出湖面从下方刺出水魑大人的角。龙三先生情急之下用双手握住角，就这样凶器因自身的重量直穿到后心。这就是龙三先生被害的真相。”

“可神男连环杀人的时候，他父亲也遇袭了呀，虽说只是养父。”

“所以才是未遂，毕竟下不了手吧。至于辰卅宫司，他有足够的时间沿川道追赶，并在下桥附近赶上。而且他也有空设计出身穿斗笠和草蓑的嫌犯形象。”

“游魔君他……”

世路凝视着对方，极度困惑。龙玺依然默不作声，只是瞪眼似的望着游魔。

“不过，只有一点说不通。”言耶抱起胳膊，右手摸着下巴轻声道。

“嗯？是哪一点？”世路当即疑惑地问道。

“游魔先生究竟是何时从水使神社的本殿偷走水魑大人的角呢？”

“这个么……那天早上吃过早饭，只有他跑出了水使家，那时候——”

“如果是那时偷的，说明游魔先生当时既了解活祭之事，也知道小夜子姑娘失踪了。那么，由于仪式还没开始准备，他会搜寻小夜子姑娘，调查工房殿或拜殿内部，没准已经把人给保护起来了。”

“啊，可不是吗。”

“但实际情况是，他觉得事到如今已无力阻止仪式，便穿上潜水装备从井底往沈深湖赶。也就是说，只能认为游魔先生曾一度返回水庭家，在增仪队伍离开水使家后，再次回到水使神社，偷出了水魑大人的角。”

“可是，这也……”

“是的，也未免太悠哉了。水魑大人的角也许能成为‘小夜子姑娘救援记’的辟邪符，可就算是这样，游魔先生会不惜在水庭神社和水使神社之间跑个来回也要拿到手吗？怎么也无法想象他会在这种事上浪费时间。”

“他会放弃七种神器，带别的东西过去吧。他家也是神社，总该有几件派得上用场的东西。”

“可话又说回来，不回水使神社，游魔先生就不可能拿到水魑大人的角。”

“这是怎么回事？”

“也许……游魔先生并不是凶手。”

“喂喂，你没问题吧？”

“你的意思是……真……真凶另有其人？”

不止游魔本人，世路也探了探身。

“（八）拥有从水使神社本殿盗出水魑大人之角的时间。凶手条件中要加上这么一项。”

“加这条之前就已经没有候选人了，不是吗。”世路满脸不安之色，“立足于老师目前为止所做的说明，然后还要满足全部的条件，我认为已经找不出这样的人了……”

“如你所言。”

爽快地予以肯定后，言耶仍在不断地思索。

“但是，肯定还有处于我们盲点中的人物。”

“说是这么说……”

“实施神男连环杀人的人——”

“可是……”

“不是水利合作社的相关人员，但又离得很近——”

“已经没有嫌疑人了。”

“不，还有那唯一的一个人！”

“是……是谁？”

“水使神社的重藏先生。”

“怎么可能……”

世路咄咄逼人，而游魔却低下了头。

“莫非游魔先生一直在怀疑重藏先生？”

“说啥好呢。”游魔答得暧昧，语气中则已没了神采。

“重藏先生他……”

“他长年侍奉水使神社，几十年来一直在背后支持龙玺先生，也知道水魑大人之仪原先用过活祭的传说吧。而且，本能地察觉到活祭被复兴了也是完全可能的事。”

“因为他与家父龙吉朗一样，是本地活字典一样的人物……是吧。”

“另一方面，我听说他对左雾女士抱有深切的敬爱之情。所以，当水使家收养了孩子们以后，只有鹤子受到特别对待，重藏先生会产生危机感也在情理之中。”

“就像小夜子和正一一样，他也在担心鹤子的安危吧。”

“不过，他在水使家也有自己的立场。谨言慎行是必须的。他只能在暗中看护。”

“龙一先生主持增仪时，他还没意识到吗？”

“如果能把龙吉朗宫司和重藏先生的知识和见识合在一起，或有可能更早地知道活祭复兴一事——”

“唔……”

“我想，重藏先生觉察要出事是在龙三先生主持增仪的那天早上，就在他看见正一君寻找小夜子姑娘的瞬间。”

“所以就——”

“急忙从本殿拿走水魑大人的角，匆匆赶到了水庭神社。正一君说，不只五月夜村，重藏先生对整个波美地区都了如指掌，也十分熟悉各村各家的情况。就算知道游魔先生放潜水装备的地方，以及井的秘密，也不是什么不可思议的事。当然，动机方面也是不能再合理了。”

“是的……”

“如此想来，可能还是奔着神男连环杀人去的，而非宫司连环杀人。”

“他认为水利合作社里的所有人都有责任？”

“因为水魑大人的神器，一共七种全被盗走了呀。只是，他认定龙吉朗宫司这代人比世路先生这代人罪责更深倒是真的。所以最初尽盯着宫司下手。

“一边作案一边观察局势吗？”

“他无法舍弃复兴活祭只是宫司所为的想法。重藏先生应该知道水利合作社的两代人在思想上是断裂的。”

“确实……”

“但是，他对小夜子姑娘的爱再怎么深厚，要杀死一直侍奉至今的龙玺先生，还是会感到犹豫。龙玺宫司没有第一个被袭，原因就在于此。”

“哦……”世路沉吟一声低下头去，也许是因为他十分理解重藏的心情吧。虽然父亲龙吉朗被害，动机又是让人难以接受的“误会”，但他可能还是觉得其中有所谓的酌情处理的余地。

“游魔先生。”言耶招呼道。

自言耶指出真凶后，游魔就始终低头不语。

“你在自己被怀疑时，却一直硬着头皮奉陪。你从某些方面注意到了重藏先生的嫌疑，多少也能猜出动机。所以没有告发他。反倒任由怀疑指向自己。是这样吧。”

“谁知道呢。”

“但是，重藏先生若是真凶，实际上就有一个不太好解决的问题。”

“你……你说什么？”

游魔猛地抬起头。世路也是，他目露惊疑之色看着言耶。

“重藏先生也很矮，所以符合第六条‘穿上潜水装备后能够活动’。”

“嗯，没错。”

“但是跟游魔不同，重藏先生有一副非常粗壮的体格，简直难以想象他已是高龄老人。”

“唔……”

“游魔先生说过，潜水服和压缩空气罐体积不小。由于穿着，背着那些装备，重藏先生会变成鼓鼓囊囊的一团。这样子真的能在井和沈深湖的地下水道里走个来回吗？”

“呃……”

“游魔先生，你怎么看？”

“唔……”游魔轻轻摇了摇头，“不试一下谁知道……不过基本上不可能。”

“请……请等一下。”世路的语气中带着一丝慌乱，“游魔君不是凶手，重藏先生也不是犯人，那么……不，应该说是件值得高兴的事……可是，真凶到底是谁呢？”

“烂到渣的蹩脚侦探！”龙玺啐道，“看破水魑大人之仪活祭真相的时候，我还想你不愧是被称为名侦探的人，说实话还挺佩服。哪晓得，一会儿游魔是犯人，一会儿重藏是真凶，开始没头没脑地乱撞，这样子还不如一开始就别找你办事——”

“你没有批评刀城老师的资格！”世路斩钉截铁地说。

“你对自己干过的事，自己犯下的罪，还没有自觉吗！”

面对世路进一步的质问，龙玺表情冷淡，不予理睬。

“这家伙哪会有那种罪恶感，”游魔怒视龙玺，随后盯着世路与言耶说道，“光是揭露活祭的事就已经很了不起了。现在这个情况，我们得尽快通知警方，把刀城先生之前做的推理一一说明，下面的事交给警方就行了。”

“但是游魔君，这么下去的话，在警察赶来之前没准还会出现新的牺牲者。想想增仪后的雨量，警察能顺利地从它邑町赶到波美吗……”

“是担心山崩和崖塌吗？”

“完全有可能。”

“可是，就像世路先生刚才说的那样，已经没有嫌疑人了呀。”

这时龙玺插嘴道：“再让这个蹩脚侦探办案也是白搭。而且我也绝不会让你们报警！”

“吵什么！没人在问你的意见。”

“你以为你是谁——”

“都别说了——”

“别在这种时候吵架——”

龙玺与游魔你来我往的叫骂声中夹杂着世路劝阻的话语，这时只听言耶喃喃低语道：“可疑人物的话，还是有的。”

三人顿时沉默下来。言耶貌似没在听任何人说话，只顾一个人专心致志地沉思着。

“比如清水悟郎先生，如果知道长兄樽味市郎先生被迫当了活祭，那么他对加害者龙一先生的弟弟龙三先生产生杀意也不奇怪，而且之后的神男连环杀人也可以理解。”

“说起来当时他进了——”世路审慎地开口道。

“是的。进了游船，虽说只有那么一小会儿。”言耶坦然如常地答道。

“那时可以实施瞬间杀人。”

“凶手的八个条件，全都没关系了。”

“他应该也能盗出水魑大人的角。在早上的仪式准备之前。”

“之后在我们面前露一下脸就行了。”

“考虑到是给因充当增仪的活祭而被害死的哥哥报仇，我们也就很好理解他为何要在增仪中杀掉龙三先生了。”

“倒不如说，是在等待这一时刻的到来啊。”

“就算冒着自己头一个被怀疑的危险，也要在增仪中实施神男杀人计划。”

“合情合理。”

“不过，这里就出现了一个心理层面上难以解释的问题。”

“清水悟郎的心理吗？”世路讶然道。

“问题是他明明知道活祭的事，为何不去搭救小夜子姑娘呢？当然，他不可能知道谁在樽里。但是站在他的位置，应当察知有人就像他长兄一样，被关在樽里。”

“既已查明哥哥死亡的真相，应该能察觉到吧。”

“断然实施复仇，不惜把毫不相关的人也牵扯进来，牺牲她的性命，满不在乎地看着她死——他会这么做吗？”

“不，这应该……”

“仅考虑复仇的动机，我敢说这种心理是非常矛盾的。”

“难以想象他能眼睁睁看着新的活祭出现啊。”

“而且，就算能成功地在增仪中杀掉神男，之后的神男连环杀人实行起来也会变得困难。此处，他最想杀的人仍是龙玺先生，所以不得不说这么做是本末倒置。”

“离龙三先生比谁都近的清水悟郎不是真凶的话，就真的没有可怀疑的人了。”

世路发出了走投无路的语声，这时目光一直凝视着某处的言耶开口道：“还有一个人曾靠近过龙三先生。”

“是……是谁？”

“龙玺先生。”

“哎？”

“我进船的时候，宫司貌似还在去往被害者身旁的途中。如果那是刚完成瞬间杀人，匆匆离开遗体后的情景，又当如何呢？”

“动……动机是什么？”

“如果龙玺先生的那句‘没想到龙三都能成水魑大人的活祭……’指的是‘没想到龙三都能成水魑大人的活祭啊’——”

“把神……神……神男当活祭……”

“这不正是极致的活人祭祀吗？说起来柳田国男先生曾在《独眼小僧》中做过大胆而有趣的考察，说神明享用的活祭原本就是由神官来充当的，因此倒也称得上自然。”

“唔……”

目瞪口呆的世路忌惮地看着龙玺。就在这时，龙玺本人突然放声大笑。

“啊哈哈哈！这真是太可笑啦。”

“难道不是？”

“啊啊，很遗憾，我离那个境界还远。”龙玺回应言耶的质询时，语声中透出了一股子奇妙的快活劲。

“哦……”

“拿神男当活祭的思路相当了不起啊。”

“哎……”

感觉像是赞美之词，这让言耶的心情变得十分怪异。

“最初，我是觉得误入村子来讨饭的人就行。”

“是说上一代的时候来村里的那对母女吗？”

“啊，就是那些人。没多久我就想到，路过的人里头，要数香客更好。跟普通人不一样，他们一直在修行，而且有些人还具备相当强的力量。”

“也就是说更适合当活祭？”

“是啊，所以也考虑过从刈女中挑选。”

“是说汩子夫人吧？”

“嗯嗯，她也是候选人之一。不过，她毕竟是外行。”

“所以就挑上了左雾女士那样的人……”

“那个真是可惜了。”

“呃……”

“不过，看到鹤子的时候，我又觉得收养左雾也值了。”

“没觉得她是自己可爱的外孙女吗？”

“说什么呢！不就是忘了我的养育之恩，擅自离家出走的女儿生下的一个孩子吗。”

“你收左雾女士做养女的理由，就有很大的问题吧？”言耶口气平和，但语声中含着强烈的怒意。

然而对龙玺完全无效，他还显得很遗憾：“但是，没想到正一竟比鹤子继承了更多左雾的力量。我都没有发觉。还有，小夜子身上好像一点力量也没有。早知道这样，一开始我就选正一了。虽说女娃子更好，但如果是还没冒出男人味的男娃，怎么也能当替代品用。那样的话，也就没现在这档子事了——”

“这种自私自利的混帐话你还想说多久！”游魔怒喝一声，举右手食指点向龙玺，“为了仪式你把亲生儿子都杀了！”

“我都说了——”龙玺脸上顿时现出厌烦之色，“我还没达到那个境界。”

“听起来就像在说，将来倒是有可能——”言耶感到难以置信，不由得开口问道。

只听龙玺再次乐呵呵地笑道：“从现在开始我要努力生孩子了。”

此话入耳，游魔和世路便同时喝了一声。

“恶心！”

“疯了……彻底疯了！”

然而，这回龙玺脸上又露出了令人憎恶的笑容：“哈，要这么说，刀城烂探也一样疯了。拿神男当活祭的想法可是他说的。再说，这里明显含有‘拿亲子做活祭才能彰显意义’的思想。”

“我不否认。但是我能做出这种构想和解释，正是基于你狂热信从的言行举止。”

言耶承认之余也进行了反击。但龙玺那恶心的笑容眼看就要布满他的整张脸孔：“这下可得像汩子一样，把你也关进囚人仓的禁闭室。”

“喂，快把正一和女编辑放出来！”游魔紧逼上来，那意思像是在说险些忘了重要之事。

“蠢货，这个蹩脚侦探不是失败了吗？”

“他揭穿了活祭的存在！”

“说好的是找出犯人——”

“说到凶手，你不就是凶手吗！你杀了樽味市郎和小夜子。还不止，以前你肯定也在一只眼仓弄死过不少人。”

“我可没杀人。那是给水魑大人的供品，是尊贵的活祭。”

“好吧，那你就试试，看这种瞎话能不能过警察那道关。”

“实际杀人的凶手可是龙一和龙三啊。”

“混蛋！卑鄙无耻！”

这时，只听言耶低声道：“汩子夫人曾被关在囚人仓里……”

“你……你在说什么？”游魔一脸茫然地问道。

“没什么，我终于知道真凶是谁了。”

“真……真的吗？”

不只游魔，世路与龙玺也都死死地盯视着言耶。

“你说，真凶是谁？”

“正一君。”

“呃……”

世路嘴张了一半，发出不成声的叫喊后就此僵住。游魔再一次垂头，一动也不动。

“游魔先生一直在庇护的人其实是正一君吧？”

面对言耶的问话，游魔毫无回答之意。

“老……老师……再怎么说正一他……这……这也太牵强了。”世路像是终于能发声似的抗议道。

“请你冷静地思考一下。正一君完全符合八项凶手条件。”

“不会吧……”

“他在水使家生活，一边守护鹤子小姐的人身安全，一边试图查明即将降临在长姐身上的真正威胁。在这一过程中，他知道了一只眼仓的存在。想必只要开口请求，重藏先生就会把各种各样的事情告诉他。一些好说不好听的事实还是会语焉不详吧。但是，由于身边有个几乎不会说谎的知识库——尤其是对左雾女士的孩子们，他已非常接近水魑大人之仪的秘密，远在我等想象之上。另外我听说他还得到游魔先生的不少帮助。然后最重要的是，他拥有从左雾女士那里继承过来的力量。”

“唔……”世路闷哼一声不再说话，恐怕是因为无力反驳吧。

“至于动机，就不必解释了。”

“唔……”

“复兴活祭的只是一干宫司，还是水利合作社的全体人员，就算是正一君也无法判断吧。所以为了保险起见，他把其余六种神器都偷走了。当然，最初他也有充足的时间盗出水魑大人之角。”

“游魔君的潜水装备这件事……”

“听说两人的关系类似忘年交。在交往过程中，游魔先生从没展示过潜水装备这类男孩子最有兴趣的东西，反倒不自然了。”

“可……可是井的事，他无论如何也是不知道吧？还是说游魔君告诉过正一井连着沈深湖？”

游魔黯然摇头。而当世路看到言耶做出同样的动作时，脸上已然浮起绝望的表情。

“我想是正一君自己发觉了这个事实。在一只眼仓感受到的东西，他在水庭神社的井那边也觉察到了。引入仓内的水来自后山的水中洞窟，可以认为是沈深湖的水。由此他认识到，井也一样。只是我不清楚，他是否连井边的石碑是樽味市郎先生的墓碑都注意到了。”

“既然如此，就说明他并不确定下井后能否到达沈深湖，在那么不清不楚的情况下……”

“请站在正一的角度想想。就算情况不明，但倘若只有这么做才能救小夜子姑娘，又当如何？”

“呃……”

“如果是正一君，当会毫不犹豫地行动。”

“可……可是，他还是个孩子啊。穿上潜水装备，从井底进入地下水道这种连大人都害怕的行为，他真能做得出来？”

“世路先生，正一君曾在水使神社后山洞穴的水中洞窟里潜过水。”

“啊……”世路轻呼一声，就此低下了头。

“由于是趁龙吉朗宫司坐着的时候下手，凶器才得以刺中心脏。但辰卅先生和流虎先生遇袭时都是站着的。所以只能刺中胃一带和腰部。因为正一君是小孩子。”

“的确，正一……”这时游魔缓缓地开了口，“也许能杀死龙三。可是，龙吉朗宫司被害的那天早上，那小子不是跟女编辑一起被关在囚人仓里吗？换句话说，你刚才讲到的辰卅宫司也好，我父亲流虎也好，都不可能是他下的手。”

“对、对啊，游魔君！”世路一下子兴奋起来，“正一无法实施神男连环杀人！没错吧，老师？”

“错了。”言耶的回答令二人哑口无言。

“刚才龙玺先生说最好把我也关进囚人仓的禁闭室时，我想起了一件关于汨子夫人的事。”

“……什么事？”

“是祖父江小姐在水使家打听到的情况。说是最近汨子夫人的痴呆状况很严重，一直被关在仓里。”

“这事我也略有察觉……”

“在她告诉我之前，我曾悄悄跑去过一只眼仓，结果在仓边碰上了汨子夫人。遗憾的是，没聊几句龙玺先生就来了，所以我就躲到仓背后去了。”

“原来是你？”

言耶无视龙玺惊愕的目光，继续说道：“龙玺先生看到汨子夫人后，威胁说再溜出来下次就把她关进禁闭室。也就是说，那时已被关入囚人仓的汨子夫人偷跑出来，来到了一只眼仓。所以龙玺先生才会说下次要把她关进禁闭室。”

“那座仓有破口……”

“我不认为当初就有。龙玺先生曾经解释过，仓附近都被雷击中过两次了，所以不再当普通的仓使用了。”

“啊，我记得说过。”

“没准当时附近的树什么的倒了，弄坏了仓背面的一部分。”

“不当仓库用了，所以临时做了点修补就完了……很有可能啊。”

“由于汨子夫人有点痴呆，这样的仓也已经足够了吧。只是，她偶尔会突然恢复正常，然后就从破口溜出来，去一只眼仓那边。”

“所以才会说，一而再……再而三的话下次就关禁闭室……”

“恐怕正一君已经发现这个破口。由于祖父江小姐被关了禁闭室，就算正一溜出仓她也不会知道。事后正一说句我在二楼睡觉，她也不会起疑心吧。而且她压根就想不到仓里会有破口。”

“话虽如此，可时间太长也不行吧？流虎宫司遇袭是早晨参拜之后的事，也许正一还能计算时间。但辰卅宫司那时，是一边参拜水神塔，一边沿川道往东走。刚巧等在那里动手，也未免太顺风顺水了。”

“对不起。这是我的过失。”

“哎……这话怎么说？”

“我在囚人仓前问两人是否平安时，祖父江小姐问我‘大家都在这里吗？’，我回答说‘不，水分神社的辰卅宫司因为要去祭拜水神塔——’。”

“说起来是有这么——”

“所以，当时正一君知道辰卅宫司人在哪里。他以作案的难易度实施了神男连环杀人。”

世路陷入了沉默。

“考虑动机的话，难道没有酌情处理的余地吗？”游魔抬头直视言耶。

“用不着，以他的年龄不但警方无法逮捕他，法院也不能量刑。”

“真……真的吗？”世路问话的劲头就像马上要扑过来似的。

接着，游魔也是一脸吃惊，再三确认似的问道：“真的？到几岁为止没问题？”

毫无疑问，此时两人脸上浮起的是一缕希望之光，尽管十分微弱。

然而——

“你们傻啊！哪能就这么算了！”龙玺吼道，“喂，你这个蹩脚侦探，想说的是不是都说完了？”

“还……还没——”言耶连忙摇头。然而，对方问了话却又对他的回答置若罔闻。

“既已如此，我这就把正一从仓里拖出来，吊到忌田旁边的松树上去。”

“这怎么可以……”

“当然可以了！就因为你不起作用——”

“我不会再让你动正一的一根指头！”游魔怒火中烧，大吼一声。

接着，世路以极为冷静的口吻宣布道：“我要把你开除出水利合作社。当然还要取消你的代表资格。有我、流虎宫司和游魔的赞成，不会有任何问题。然后，我们还会把你送交警方。”

“你们这帮小兔崽子，说……说……说什么大话……”

刹那间，龙玺眼角倒挂，脸被染成了朱色。他好像是气过了头，说不出一句整话来，身子也一个劲地哆嗦。

就在这时。

“砰……”的一声枪响从身后传来。

就在言耶立刻回头望去的那一瞬间，砰……砰……砰……爆破音连续响起。眼前，龙玺的身子随之跃动起来。

声音戛然而止，胸膛溅血的龙玺横尸当场。

20

第二十章 水魑大人吞没一切

"被枪击……击中了……"

刹那间，刀城言耶不明白眼前发生了什么。

战争时期，他见过美军战斗机用机枪把人扫成蜂窝的场面。但在战后，很少再有机会看到人被枪击的瞬间。更何况，现在他们正在水使家的里厅讨论案情。当事人竟在这种时候突然被射杀……

不过，言耶也只在片刻之间愣了一下。他瞧了一眼龙玺，确认他已死亡，随后起身打算奔向走廊。最后一声枪响过后，言耶听到了"哒哒哒……"往外跑的脚步声。

然而，水庭游魔挡在了他的身前。

"等一下。"

"让我过去！"

面朝走廊的隔扇稍稍拉开了道缝隙。正一肯定是从那里用手枪瞄准射击的。通常会成为阻碍的隔扇，在少年手下反倒起了固定手枪的作用。

"放他走吧。"

"不只是潜水装备，连手枪也被偷了。你隐瞒了这一点吗？"

言耶想起来了，在水庭家的仓库里检查长柜时，手枪已经不在那里了。游魔对他指出的问题不作回答。唯有世路的屏息声在散发出血腥气的和室内虚无缥缈地回响着。

"要继续报仇的话，总会有水魑大人的神器发挥不了作用的场合。"

“你让他罪上加罪，以后怎么收场？”

“动机值得同情。”

“难道杀人就是对的吗？而且，龙吉朗宫司和辰卅宫司还是冤死的呢。”

“这……但是，没有确凿的证据。没有任何证据表明宫司们与活祭的复兴无关。”

“也没有证据能说明彼此有所关联。只是因为他们是各个神社的宫司，以及水利合作社的长者，就把四人视为同罪了——如此而已。”

“反正事情已经完了。由于最终目标是龙玺，现在一切都已结束。”

“有必要保护他吗？”

“我都说了，你就放他一马吧。”

“我问你，你知道这么做的后果吗？以后他一个人能去哪里？怎么活下去？”

“老师，现在不是与游魔君争论的时候——”

世路一语惊醒了言耶。

“可不是吗。多谢。”

言耶迈步向前，游魔闪身让开了位置。想必是因为争取到的时间已足以让正一逃走。

拉开隔扇时，就见全身湿透的祖父江偲正从走廊向这边走来，言耶慌忙跑上前去。

“祖父江小姐！你不要紧吧？”

“老师……人家我……”

“你是怎么从禁闭室出来的？”

“是重藏先生救了我。出来之前我只能待在格子墙上，人家拼命地忍着……”

言耶不太明白祖父江偲在说什么，似乎是重藏用掺了蒙汗药的慰问酒解决掉了看守，放走了她和正一。

“那……那正一君呢？”

“重藏先生给了我禁闭室的钥匙，人家就自己开门出来了，当时哪里都没有见到他们的人影——”

“别说这个家了，早跑出波美了吧。”游魔轻叹一口气，低声道。

“姑且先报个警吧。”

言耶点头赞成世路的建议，嘱咐祖父江偲换身衣服再来，随后在附近找了间空屋打算向游魔问话。

然而，问完后他也只明白了一件事。游魔不知从何时起怀疑上了正一，既没有什么证据，也说不上原因。

“重藏先生大概也在某个时刻察觉到了。”

“那是自然。连我都在怀疑嘛。还有，我呢，也就是袖手旁观了，那老爷子没准还在暗中帮忙呢。”

“我觉得他只是在暗地里助威罢了，算不上正一君的共犯。”

“考虑到老爷子的身份，倒也是。正一恐怕也不知道竟然有人在守护自己。”

“是啊。”

这时，世路慌慌张张地跑了回来，找到了正在别室的他们。

“电话打不通！”

“什么……”

“不光是水使家，波美地区的电话线可能都断了。外面风雨很大，一点也没有要停的迹象。再继续下去，这里变成陆上孤岛就只是时间问题了。”

“能开车吗？”

言耶一问之下，游魔脸上露出了震惊的表情。

“在这种天气开车？”

“除了直接去警察那里，还有其他办法吗？”

“这个么……”

“听世路先生的描述，恐怕继续等着情况会越来越恶化。”

“可是，就算我们能开到它邑町的警局，那时可能也已经赶不回来了。”

“倒是有这个可能，但只要我们能到那边，等天气好转后警方就可以马上出动。即便到时途中已有路面断裂，发现之后也能立刻着手解决。而留在这里的话，就算终于能出发了，怕是途中也会受到外出禁令的管制。如果碰上那样的事，与警方取得联系就更要往后推了。”

“原来如此。那好……现在就走。”

一旦领会，游魔的行动便十分迅速。他很快就做好了安排，从水使家派人把水庭家的车开过来。

“高岛医生、五月夜村的坪束巡警和佐保村的甘木巡警怎么办？出发前是不是要通知他们一声？”

世路这么一问，言耶有些拿不定主意。

“如今龙玺先生已死，我想不会再有人乱来了……”

“什么！那老头也被杀了吗！”

祖父江偲一头冲进了屋子，看来她换完衣服后就一直在寻找言耶等人。

“嘘……声音太大啦。”

“嗯？这么说家里的人还……”

“没人知道。我们想在乱起来之前离开这里，虽然这么做不太合适。”

“这样比较好呢。”世路点点头，不过仍是神色不宁，“只是，托那两位巡警留守可不怎么让人放心。我是不是该留下来呢？”

“不，世路先生必须一起去，作为水利合作社的负责人代理。”

“我留下肯定只会闹出更大的风波。”

游魔露出了讪诮的笑容，言耶立刻摇头道：“游魔先生担负着开车的重任，你不去也不成。”

“而到时又需要老师来解释案情。”

世路接过话头刚说到此。

“人……人……人家我是绝对不会留在这里的！”祖父江偲一脸被逼无奈的表情，突然做出表态。

“怎么可能把你留在这里呢？”

“我不相信老师，因为你有前科！”言耶愕然的语声刚落，祖父江偲就回了一句嘴。

“呃……”

最终，众人决定离开波美之前，由世路顺道去水内家传达当前指示，包括联络村长、医生和巡警等事宜。不过，案子的真相要隐瞒。否则只怕有人会去追捕重藏和正一，抓到的话恐会动用私刑。

趁游魔的车还没到，言耶和祖父江偲去别栋的房间收拾好了行李。

“案子的真相……老师果然还是解开了吗？”

“嗯，算是吧。这些话到车里再说。”

分割房间的隔扇一直开着，言耶望着正往箱子里塞衣服的祖父江偲，姑且将水分辰卅命案和水庭流虎杀人未遂案说给她听。

“这不就成水利合作社连环杀人案了吗？”祖父江偲的脸紧张起来。

“现在来看，应该叫宫司连环杀人案——”

“啊，可不是吗。嗯……这么说，可能还会波及世路先生和游魔先生？”

“不，我想此事已尘埃落定。不会再发生新的案件。”

“那老头是最后一个啊。太好了！”

“祖父江小姐，不管被害者是什么样的人，如同肯定杀人行为的话——”

“对不起……”

见祖父江偲不由自主地垂下了头，言耶似乎是想打破尴尬的气氛。

“对了对了，你说重藏先生救你之前，你只能一直待在禁闭室的格子墙上，这话是什么意思？”

“啊，那个呀。”

祖父江偲抬起头，满脸“就等你问”的表情，可转眼又打消了说的念头。此时此刻，讲述禁闭室的怪谈故事，没准又会引出言耶的恶习闹得无法收场，妨碍众人动身。

“这个就留到回去的火车上再供你消遣吧。”

“哎？为什么？你没说要拿案子的真相做交换吧？”

“那是。”

“既然如此——”

“不行不行。”

“啊，难不成你在那座仓里——”

这时，车已抵达的通知到了，两人赶紧奔向玄关。从离开别栋到坐上车，言耶一直在追问祖父江偲是不是遇到了什么怪异的经历。

“啊呀，真是的！你又不是小孩子，听点话好不好？回去的火车上我会好好说给你听的，在这之前你要忍耐。知道了吗？”

结果，最后几乎成了恐吓式的叮咛。

与迎接时一样，游魔驾车，世路坐副驾驶座，后排座位右边是言耶，左边是祖父江偲。一行人离开了水使家。

屋外下着瓢泼大雨，早已越过了甘霖的界线。倒不如说，随着时间的推移，惊人的雨量正渐渐地转为威胁。波美之地到处都是水，以至于让人觉得必须立刻执行减仪。短短两天前的大旱犹如一场骗局。

“从旱得可怕的缺水变成现在这样的暴雨。这种两头极端的情况，毫无疑问是波美有史以来的第一次。”

车刚进入参道，望着五月夜村方向的世路便大声说道。雨点击打车顶的声音太过嘈杂，像平常那样说话根本什么也听不见。

言耶隔着祖父江偲观察河的状况问道：“深通川有没有泛滥的危险？”

只听游魔以惯常的讥诮口吻答道：“再这么下去，川道也得照字面上说的那样，变成川之道了。”

“游魔君，小心别看丢了路，掉河里头。”世路当下提醒了一声。

“现在还不要紧啦。挑这时候出门可能真就对了。”

大量的雨滴击打在挡风玻璃上，即使已开动雨刷似乎也很难看清前方。

姑且安全地抵达了水内神社后，众人先放世路下车，原地等了一会儿。说好等他回来就马上出发。

然而，跑到车前的世路说他还是要留下。

“可……可是世路先生——”

“刀城老师一个人应付警察没问题的。”

“不不，我是外乡人。至于游魔先生，也不知人家能对他相信多少……”

“喂喂，你这话也说得太直白了吧。”

“对不起。因为现在不是讲究措辞的时候——”

“呼，好吧，随你。”

听着两人的对话，世路苦笑起来：“游魔君确实有点让人不放心，不过我想水庭神社继承人的身份肯定能起到作用。当然我也去的话就更好了吧，可我怎么也没法放着这天气不管。作为水利合作社的一员，现在我应该留下来担负起这个责任。”

“难……难不成世路先生打算一个人去执行减仪？”

听言耶这么一说，游魔不由得大声叫道：“这可不行！要做的话也得有旁人在场，否则也太乱来了吧！”

“我还没决定做减仪。首先要找各村的村长商量才行。”

“我也留下！”

“别说傻话！游魔君，你要把老师和祖父江小姐顺利地送到警察那边。这事只有你能办到。好好干，拜托了。刀城老师，请您费心了。祖父江小姐，希望你不会晕车。”

世路深施一礼，挥了挥手。在他的目送下，载着三人的汽车沿参道向东进发了。

“世路先生是想扛起所有的事吧。”祖父江偲一边回头张望，一边悲壮地说。

“水利合作社只剩下流虎宫司、游魔先生，以及世路先生了。如今，三人当中能在波美有所作为的，怎么想也只有他了。”

言耶冷静作答后，专注前方的游魔边开车边道：“由各村村长组织的村长会，能做好深通川泛滥的应对措施以及危急时的避难疏散。只是，主导这些工作的是水利合作社，所以无论如何负担都会压在世路先生身上。”

“如此看来，可以说他留下来是正确的。”

“算是吧……问题在于水利合作社被要求举行减仪的时候。”

“大家若知道世路先生只有一个人，也不会提那么乱来的要求吧。”

“呃……”

游魔不作声了，同时沉郁的空气笼罩着车厢。

“不过老师——”祖父江偲小心翼翼地开口，“在京都的时候你不是说过吗，与这一片土地紧密相连的宗教人士，其存在通常超越家庭、家族、个人意义，彻底化作地域的一分子。如今世路先生不正处在这个位置上吗？”

“呃……”

这回又轮到言耶不说话了。

汽车沿参道向东行驶，不久便渡过“下桥”进入川道，继续跑了一阵子离开波美之地后，开始走上艰难的山道。

“游魔先生，有劳了。”

不习惯此处地段的人即使平时也无法开车通过，更何况是在这么恶劣的天气。可以说真的只能仰仗游魔的本领了。

“包在我身上！进山后有一点很好，就是树能挡雨。所以能看得清楚前面。不过，地面还是松松垮垮的，所以必须小心驾驶。”

正是因此，也不能胡乱提速。即使开得慢慢吞吞，也要坚持贯彻安全第一的原则向前行驶。

“比走路还费时间呢。”

“老师，给我说说案子的真相吧。现在我们有足够的时间。”

祖父江偲现在没有晕车。还是趁她精神好的时候把所有事情都说一遍吧。击打车顶的雨声也小了，没必要扯着嗓子大声叫喊。如此盘算的言耶，讲述了自己的推理，内容与对龙玺等三人说的一样。

“什……什么！”

言及复兴水魑大人之活祭的时候，祖父江偲大叫一声惊呆了，音量比先前更高了一分。之后，她被不断发生逆转的真凶弄得晕头转向，好不容易才跟上了节奏。

然而，当正一被指为真凶的瞬间，言耶只觉祖父江偲突然气息一滞，之前还大呼小叫的她立时安静了下来。

“恐怕正一君现在正跟重藏先生一起翻山越岭吧。”

“至少能确定一点，嗯，他们没往我们前往的方向跑。”先前未插一句话的游魔补充道。

“有重藏在，所以我想不用担心他们会遇难……”

“但愿如此。”

就在车内即将被沉郁的空气再度充盈的时候。

“可是，老师……”祖父江偲的脸上露出了难以释怀的表情，“正一君应该一直就在仓里。”

意想不到的发言。

“你说什……什么？”

“那座仓有没有破口我不清楚，可我觉得他一直就在仓里没出去过。”

“但是你关的是禁闭室。换句话说，并不是每时每刻都能见到正一君的身影，不是吗？”

“是这样没错。那个孩子去一楼，或是上二楼的时候，我是完全看不到的。”

“既然如此——”

“但我听到了声音。”

“呃……”

“当然不是一直有响声。不过，我回忆了下仓内的情况，差不多就在辰卅宫司和流虎宫司被袭击的那段时间，我好像有听到那孩子的动静。至少不存在几十分钟都没出声的情况，以至于能让他去作案。”

“嗯……”

“所以说，正一君不是真凶。”

“嗯……”

言耶摆出了完全陷入沉思的姿态。

相比之下，游魔则兴奋得差点回头。他再次向祖父江偲确认：“你说的是真……真……真的吗？”

“……是真的。我想了想，当时在那座仓里，只有正一君的声息是我唯一的心灵支柱。所以基本不会有错。”

说这话时祖父江偲尽量压低了声音。因为在言耶捉住头绪开口之前，她想尽可能地不打扰他。

游魔听了她的回答，之后便专心致志地只管开车。不过，同时似乎又十分在意身后言耶的情况，这份心绪自他的背脊层层传递而来。

不久——

“本案的凶手，要么是作案时从沈深湖外进来的，要么是原本就在沈深湖内。”言耶打开了话闸，“外来的情况下，符合先前所列八大条件的有水庭游魔先生、重藏先生和正一君三人。而原本就在湖内的情况下，能成为嫌疑犯的是清水悟郎先生和水使龙玺先生。”

“嗯，是啊。”祖父江偲应和道。

“但是这五个人都被否定了。更何况，龙玺先生不但自己也成了被害人，而且原本就没有发动官司连环杀人的动机，因此可以完全排除。”

“清水悟郎先生有杀害龙三先生的动机和机会，这个在谋杀官司的事情上也讲得通，不过对活祭小夜子小姐见死不救的心理，总让人觉得不对劲不是吗。”

“本身他的动机就来自于此，很难想象他也会做出同样的事。”

这时突然从驾驶席传来了游魔的语声："清水悟郎是凶手的话，说明他只从仓库里偷走了我的手枪。但是那家伙不可能知道枪放在哪里。"

"就是就是。最重要的是，那仓库不是还失窃了关键的潜水装备吗？"

"也就是说，凶手来自沈深湖外。但是，三名嫌疑人各有各的否定要素。"

"其他还有谁符合凶手的条件？"

"没了。"

"这么说……"

"剩下的可能，就只有嫌疑人的排列组合了。"

"共犯吗？"

"正一君察知姐姐身处危机，情急之下拿出水魑大人之角，正要往沈深湖赶。但转念一想会有人拦阻自己，于是向游魔先生求助。"

"所以游魔先生能用上水魑大人的角！"

"又或者，他知道已是成年人的自己毕竟没法穿着潜水装备下井。可能是因此，就由正一君去救小夜子姑娘了。"

"也就是说，几乎是在一瞬间两人建立了共犯关系吗？"

"杀掉龙三先生后，正一君打算着手发动宫司连环杀人。不想却被龙玺先生幽禁在囚人仓。所以此后便由游魔先生接班，犯下了宫司非连续杀人案。"

"合情合理嘛。"游魔以淡然的口吻道。

"嗯，很合逻辑。不过不是这么回事吧？"

“我本人再怎么否认，也不能当证据啊。”

“我总觉得，假如这是真相你会痛痛快快地承认。”

“信任一个嫌疑犯没问题吗？”

“当然也要看人。”

“嗯……”

“那再来看剩下的组合，是正一君和重藏先生合伙作案吗？”

祖父江偲一问之下，言耶摇头道：“如果是这种情况，有一件事便怎么也无法理解，那就是流虎先生的杀人未遂。”

“为什么？”

“凭重藏先生那样的体格，我想就算最初的一击不中，也必能补上致命的一击。啊，在游魔先生面前说这种话，真是对不起……”

“没关系。因为我也有同感。要这么说的话，‘我是凶手，虽然是养父，但毕竟下不了手’的推理，倒还更干净利落些。”

“又或者，真凶还是正一？”

“是吧。”

“你始终怀疑正一是凶手。这真的没错吗？”

“没错吧。就说你想出来的那个凶手的八大条件吧，能完全符合的就只有他一个。就算把相关人员的脸在脑子里过一遍，就算再怎么找，除了正一已经没有其他可以成为凶手的人了。”

“仓里的那些声响……难道是我的幻听？”

一副战战兢兢模样的祖父江偲刚开口，言耶就立刻回答道：“说实话，我也这么想过。但是，当我听说正一君存在的迹象是你心灵的支柱时，又觉得不太可能。既然是那么重要的声响，你的神经应该都集中在耳朵上了。连续幽禁个三四天的话，注意力多半也会丧失吧。但事实并非如此。”

“我倒是有这个自信的……”

“那你就不该轻易说是什么幻听。”

“可……可是……”

“你知不知道在这种案子里证词有多重要？”

“我都说了……”

“好啦好啦，两位就此打住吧。”游魔插话进来，“说起来，只要检查囚人仓就能弄清正一能不能从仓里出来了。就算之后做过隐蔽工作，仓内应该也会留下痕迹。”

“出发前就该检查那座仓的。”

“因为着急了，没顾得上那么多啦。”

祖父江偲安慰垂头丧气的言耶。不料，他的样子突然变得有些怪异，一边喃喃低语着什么，一边开始专注地思考起来。

“等一下，仓内留下的痕迹……”

“这么简单的事竟然……对啊，其实是后来发生的。”

“潜水装备在哪里……不，先得问到底是什么时候？在哪儿？”

“难不成……不会吧……莫非……”

由于言耶的样子越来越奇怪，祖父江偲忍不住招呼道：“老师，你怎么了？你要挺住啊！”

“这回我真的知道谁是凶手啦！”

“哎……是……是谁？”

“小夜子姑娘——”

“什么？”

“胡说八道……”

祖父江偲大吃一惊，游魔则呆若木鸡，两人形成了鲜明的对照。

“可是她被塞进酒樽……”

“沉入沈深湖了，但这时发生了与樽味市郎先生一样的事。”

“是指樽下沉的过程中盖子开了，人到湖里去了？”

“嗯。不过，龙三先生与龙一先生不同，他没有下湖。也就是说，她浮上游船，通过船底的洞由下而上刺中了正在观察湖面的龙三先生。”

“这个关于杀人场面的解释，前面我也听过了，没什么问题，不过……”祖父江偲露出了匪夷所思的表情，“就小夜子小姐的情况，由于她不可能逃离现场，已被认为生还无望了不是吗？”

“所以我才会想到能在湖中潜水的潜水装备啊。”

“可不是吗。”

“但事实上，潜水装备压根就没被用过。”

“真的吗？”

“游魔先生，你还记得吗？那座仓库从门口到里处留着一排脚印。”

“嗯嗯，有这回事。”始终集中注意眼望前方的游魔诧异地答道。

“如果凶手是在增仪开始前盗走潜水装备的，不就不会留下那种泥脚印了吗？”

“啊……”

“那脚印指出了一项事实，即凶手是在下雨后侵入的仓库。我居然看漏了如此简单的一条线索……真是太难为情了。”

“为、为什么要偷呢？”

“伪装。为了让大家以为潜水装备被使用过，把我们的目光从真相上引开，凶手制造了失窃的既成事实。”

“那么老师，小夜子小姐究竟是怎么从沈深湖脱身的呢？”

“回酒樽啊。”

“啊？”

“和樽味市郎一样，小夜子姑娘也从樽里出来了。不过，唯有一处大不相同。樽盖开启时，市郎先生恐怕是头先出来的，而小夜子姑娘想必是脚先挣脱出来了。也就是说樽倒了。所以她的樽里还保留着原有的空气。”

“啊……”

“小夜子姑娘上半身杵在樽里，跟着樽一起浮上来，后来撞到了游船的船底。所以船才稍微晃了晃。她一度从樽里出来杀死龙三先生后，再次回樽潜入湖面下，只等我们离开沈深湖。”

“可是，有那么多空气能让她支撑到所有人都下山吗？”

“没必要等那么久。因为很快就下大雨啦。下那么猛的雨，就算小夜子姑娘从湖面探出头察看周围的情况，又有谁会注意到呢？而且当时我们正在舞台底下。她一定是瞅准机会，往樽里放水让它下沉，流入地下水道，接着找了个藏身的地方，恐怕就是位于沈深湖西北处的那座洞窟。然后，她在她认为安全的时候下山去了。”

“不对，小夜子不可能知道潜水装备的事啊。”静心听言耶推理的游魔，在此处做了反驳。

“会不会是听正一君说的？”

祖父江偲刚提出自己的看法，游魔便摇头道：“仓什么的可能听说过，但正一不会说出具体在什么地方，被收在哪件容器里吧？”

“这个嘛……”

“嗯，我认为小夜子姑娘最初是不知情的。”

言耶一语令二人流露出震惊之色。

“那到底是怎么回事？”

“小夜子到底是怎么知道的？”

“在左雾女士等人住过的小屋里，我和游魔先生谈论过案情，当时小夜子姑娘也在那里。”

“哎？”

游魔险些忍不住回头，车子瞬间“吱”的一声向山道的悬崖一侧滑去。

“呜哇！”

车内回荡起祖父江偲短促的尖叫声，游魔忙将注意力集中在驾驶上。饱含着紧张感的空气短暂滞留后，游魔轻轻吐出了一句：“那时小夜子她……”

“我们去小屋前，在附近见到过一个穿着斗笠和灯心草蓑衣的人，我想那个人就是小夜子姑娘。”

“你、你说什么？”

“她也许是为了休息一下才去的小屋。正好我们来了。她无路可逃，情急之下就躲到浴室屏风的背面去了吧。”

“躲那里去啦。”

“我们在那间小屋讨论案情，当时也说到了你的潜水装备。”

“还详细地说明过东西被收在哪里。”

“这些都被她听去了。”

“小夜子小姐把小屋当成了自己的藏身之所吗？”祖父江偲问道。

“没其他可去的地方也是原因之一，不过主要是那里还存有当年世路先生作为礼品带来的罐头吧。”

“她没去找重藏求助吗？”

“是不想连累老人家吧。而且，她也怕一旦接近水使家，会被龙玺先生和留子女士发觉。尤其是对清楚她是凶手的龙玺先生，毕竟不想离得太近——”

“什……什么！”游魔差点又要回头，好容易才打消了这个念头，“你的意思是龙玺知道小夜子是凶手？”

“我在水使家里厅解释案情时，曾做过以下说明——已察知龙一先生死亡真相的龙玺先生，对龙三先生的案子也做了同样的思考，结果对小夜子姑娘起了疑心。但是到龙吉朗官司被害时，他又改变了想法，认为真凶另有其人，于是委托我来破案。”

“是这样的。”

“我的这项推理，前半部分没错，但后半部分错了。由于发生了连环杀人案，反倒加深了他对小夜子姑娘的怀疑。”

“为什么？”

“如今本人已死，真实情况已不可考。或许是因为他和我做出了相同的推理，发现了樽内留有空气的可能性。另外也可以认为，虽然他不明白小夜子姑娘是如何从沈深湖生还的，但已直觉地悟出一切缘于她的复仇。”

“刀城先生是怎么知道的？”

“龙玺先生硬要我当侦探的时候，曾说过一句颇有深意的话——既然是名侦探，凶手躲在哪里这种事，还不是马上就能推断出来。”

“嗯，是说过那样的话。”

“可是，在这种情况下，不是该说‘既然是名侦探，谁是凶手之类的，还不是马上就能推断出来’吗？这句‘凶手躲在哪里’，听起来就像在说我知道凶手是谁，所以你把藏身地点给我找出来就行。”

“还真是的。”

“之后龙玺先生还说‘实际抓捕我会让村里的年轻人去干’，所以多半是推断出凶手是谁了。”

“但是却又不能说出名字。”

“是的。另外，刚才他说我是蹩脚侦探——”

“什么！这种诽谤中伤的话，到底是哪个蠢驴——”

言耶一边劝慰情绪激昂的祖父江偲，一边继续往下说：“那是因为我迟迟没能指出真凶，让龙玺先生又是生气又是惊讶。还有，他说如果让正一君而不是小夜子姑娘当活祭，就不会发生现在这样的事，指的就是她犯下的龙三先生命案和神男连环杀人案。然后他说要把正一君拖出仓吊到忌田旁边的松树上去，则是因为他想借示众逼出小夜子姑娘。”

“浑蛋！原来是这个意思啊！”

“龙玺这老头，还真是个没人性的家伙！”祖父江偲大为愤慨，但马上又显出担心的模样，“小夜子小姐现在怎么样了？”

“可能由重藏先生带着，跟正一君逃走了吧。”

“那样的话倒还好……”

“这毕竟还是宫司连环杀人，而不是神男连环杀人吧？也就是说，可以认为她的作案行动已经终止了？”

“继水魑大人之角后，其余六种神器也被盗了。这项事实也使我感到，她最初的企图是神男连环杀人。可是冷静地想一想，那么挂念孩子们的世路先生，与正一君关系亲密的游魔先生，可能会拿鹤子小姐和自己当活祭吗？如此这般，小夜子姑娘有可能转变了想法。另外也可以认为，在杀害龙玺先生前后，重藏先生对她进行了劝诫。”

“重藏不知什么时候已经发觉是小夜子干的了。”

“多半是的……不过，她现身是在杀害龙玺前后吧。”

“就算是在龙玺死前现身，重藏大概也不会拒绝帮忙。”

“嗯。小夜子姑娘只是拜托重藏务必救出正一君，然后潜入水使家，查明龙玺先生人在里厅后，透过走廊的隔扇缝隙开了枪。”

“她想达成原来的目的吧。”

“小夜子姑娘从背后刺杀几位宫司，可能也不是单纯的作案，而是因为她从神社宫司这一类人身上感受到了父性。”

“父性？什么意思？”

“就是她所憎恨的，给家人空留下一个背影后出走的生父。”

这时，车内突然变得鸦雀无声。唯有雨水从树缝间注落的“哗哗”声和汽车行走在未经修整的山道上发出的“嘎嗒”声入耳而来，吵得人心烦意乱。

“已经过半程了吧？”

许是感觉气氛有异，祖父江偲扬起了快活的语声。然而，言耶并未看她，而是静静地将目光投注在游魔的背影上。

“老师你……”

“游魔先生，你在想什么？”

“唔……”

“我说老师，你到底是——”

“祖父江小姐，后半程恐怕会有点麻烦。”

“哎？”

“刀城言耶不愧是名侦探啊。可是啊，你这能力为什么不早点发挥出来呢？哪怕在增仪开始之前意识到水魑大人的活祭……”

“我很惭愧。总是处处落人一步……”

“怎么能这么说呢……老师你可是作家啊。又不是侦探。”

看来祖父江偲完全忘了自己曾得意扬扬地宣传过名侦探言耶的事迹。

“不过，你们两个都怎么了？总觉得怪怪的。”

“我的想法好像被刀城先生看破了。”

“游魔先生的想法？”

“嗯，我在想啊，只要往悬崖那边一转方向盘，这个世上就再也没有人知道真凶是小夜子了。”

“啊……哎？什么？”

祖父江偲吓得往后仰身，顺势就想搂住言耶。言耶则轻巧闪过，面向游魔道：“不过你打消了主意。”

“世路先生认为正一是真凶。就算现在我带你们‘一起上路’，那人可是很认真的，警察到了以后他肯定会说出刀城先生的推理。正一遭到通缉，还是小夜子被追捕，对我来说都一样。”

“一……一……一起上路什么的……”

祖父江偲一阵大呼小叫，言耶边安慰她边道：“那能不能送我们到目的地呢？”

“行啊，而且世路先生也是这么交代的。不过，我不会开到警察局门口。就在郊外停车放人，后面就请你们自己走吧。”

“明白了。没问题啊。”

此后，三人没再说过一句话。言耶和游魔似乎在思索着什么，祖父江偲则全神戒备驾驶席，同时又不断地向旁边投去担忧的目光。不开口是因为她不想打扰言耶。

结果，直到汽车驶下面对它邑町的山坡，已能望见镇上街市的时候，仍是一样的状态。

“到了。”

“非常感谢。到这里就行了。”

“翻山的那段时间，雨倒也小了不少。”

“但是波美那边的雨势可能一点儿也没减弱。”

“是吧。”

“你这就回去吗？”

“嗯。”

“是为了找小夜子姑娘他们吗？你有头绪？”

“是。挺不好意思的，村里的事都丢给世路先生了。”

“请务必小心。对了，我和祖父江小姐都饿了，所以想找个地方好好吃顿饭。”

“老……老师，你在说什么呀——”

“所以嘛，要吃完后再去警局。因为是早饭午饭放一块儿吃，少说也要花一小时以上吧。”

“原来如此。”

在游魔讪诮笑容的欢送下，言耶和祖父江偲下了车。

“回去的山道上，最好什么事也没有。”

“可能刚刚好。”

“哎？也就是说，游魔能回去，但警察——”

这时游魔已调转车头的方向，鸣响喇叭。

“现在就让我们祝愿游魔先生平安无事吧。”

说着言耶施了一礼，祖父江偲也慌忙学样。游魔对着两人举举手抿嘴一笑，随后迅猛地沿来时的道路飞驰而去。

事后言耶得知，就在这个时候，就在波美之地，几乎所有村落都被滔天的洪水吞没了。

终章

波美之地损失惨重。所幸大部分村民事先已进入周围的山岭避难，得以生还。然而，几乎所有的田园和庄稼地都被冲走，绝大多数房屋都倒塌了。

水魑大人发怒了……

每个人都是这么想的。不，是切身感受到了。所有村民都产生了一种强烈的，涌自心底的畏惧。

洪水退后，相当一部分村民离开了波美之地。与其说是因为难以复兴，还不如说是过于恐惧水魑大人。再度镇住水魑大人，复行祭祀之礼，众人怕想都不敢想吧。

小夜子、正一和重藏被视为下落不明。警方判断他们已被洪水卷走。祖父江偲觉得是刀城言耶的说明造成了这样的认识。

说到下落不明，水内世路也是。某村民说见到世路一个人往二重山方向去了。至于他到底有没有执行减仪，无人知晓。

最终，留守波美的人只有往年的四分之一。比原先五月夜村的人口还要略少一些。水内芥路和鹤子，水庭流虎和游魔也在其中。他们在五月夜村的原址上开拓了新的村庄。不久，水内家和水庭家还重建了神社，水魑大人再次受到祭祀。

数年后，水内芥路和鹤子举行了婚礼，与此同时游魔也迎娶了新娘。上了年纪的村民都说这妻子就像年轻时的左雾。不过，也只传了一阵子。因为这个名叫正子的妻子开朗温和，十分能干，很快就融入了村庄。因为对公公流虎尤其尽心尽责，大家都夸她是好媳妇。除去丈夫和公公，她与芥路的妻子鹤子最是亲密。据说关系好得就像亲姐妹一样。

姐姐，死……

正一听到的这句谕示，是指小夜子会从世间消失吗？还是说，谕示这种东西，会因当事者本人的情况而做无限的变化呢？

刀城言耶不明就里。他只能在远方的天空下，姑且为两对夫妇祈福，并衷心祝愿新波美之地再次兴旺起来。

言耶一心一意，反复不断地祈祷。

往事勿要醒来，亦勿要引发新的惨剧。

解说

村落民俗的杀戮盛宴

一、关于小说

《如水魑沉没之物》（以下简称为《水魑》）是民俗侦探刀城言耶系列的第六部长篇小说，荣获了第10届本格推理大奖，使作家三津田信三真正地走进了大众的视野。

本作的伏线与解谜一如既往地精巧绵密，此外还加强了情节的趣味性，篇幅极长却并不沉闷。故事娓娓道来，少女和少年的命运像悬案的真相一样令人牵挂，苦难中的浪漫色彩，绝境中的满腔挚情，以及最终席卷村落的滔天洪流，竟好似领先一步问世的《天气之子》，且更残酷、更深邃、更丰饶。

这些年来，三津田信三以其独树一帜的才气，创作了多部小说，屡屡入围各大推理奖项：

1994年，《食子鬼缘起》，第1届创元推理短篇奖候补。

2008年，《如首无作祟之物》，第61届日本推理作家协会奖（长篇及连作短篇集部门）候补和第8届本格推理大奖（小说部门）候补。

2009年，《如山魔嗤笑之物》，第9届本格推理大奖（小说部门）候补。

2010年，《如水魑沉没之物》，第10届本格推理大奖（小说部门）获奖。

2013年，《如幽女怨怼之物》，第66届日本推理作家协会奖（长篇及连作短篇集部门）候补。

2019年，《如碆灵供祭之物》，第72届日本推理作家协会奖（长篇及连作短篇集部门）候补和第19届本格推理大奖（小说部门）候补。

《水魑》能够获奖，对于钟爱刀城言耶系列的读者来说，无疑是一桩喜事，这个系列的古怪与精彩，终于得到了更大范围的认可。在三津田信三的创作历程中，显然也占据着承上启下的关键位置。

这部作品的时间定位，大约是二战结束的十年后，紧跟在《如山魔嗤笑之物》之后；舞台则被安排在奈良的深山里，名曰波美地区。作家设计了一些地名、一些传闻，各书互通，搭建起了一个几可乱真的虚拟世界，供年轻的刀城言耶和同伴们东奔西走。

比如，本作中的重要女性角色左雾，出身于苍龙乡神神栉村，正是《如厌魅附体之物》中发生命案的神神栉村。那么，左雾（日语读音为さぎり）拥有玄妙的力量也就不足为奇了（《如厌魅附体之物》中名唤さぎり的女子有六名之多，再加上本书中的左雾，使这个名字——确切地说是读音——俨然成为了一种象征）。

民俗、战时战后的村落众生态、恐怖、本格推理，可以说是刀城言耶系列的四大要素。在系列的每一部作品中，作家都怀着殷切之情，极为自然地将四大要素融合在一起。战时日本，扎根于地方乡土的信仰、祭祀、供奉、仪式遭到了严重的破坏，以至于战后修复时不得不掺入捏造的元素，进行表面化的补全。探寻乡土民俗的本来面貌，也就成了爱好者们倾注心血的努力方向。在当时，移风易俗造成的破坏是不容置疑的。当时日本政府不允许国民表现出受到了战争伤害，不允许表现出痛苦、不解、抵触和逃避。真情流露，就可能立即被定性为“非国民”而遭受厄运。于是，畏惧带来了深重的压抑，使人精神异化，使人不择手段，导致了一桩桩恐怖命案的发生。在刀城言耶系列中，装死、替身、幽闭、自残、精神失常抑或超脱、大彻大悟的非国民们，以一种毫不造作的姿态，游荡在形形色色的杀人计划中，并制造出一个个匪夷所思的谜团，供智慧超群的侦探推理。

对战争进行反思和控诉，在战后成了大受欢迎的题材，相关的影视动漫和文学作品比比皆是。由于太容易畅销，难免会出现一些作品刻意迎合、卖弄苦情，一味地着力渲染战败后的世人之苦。比起一些倾力描绘世情的反战作品，致力于悬念与解谜的推理作家，反而以其恬淡的笔触和理性主导的思绪，为广大读者真实地复刻了战时画卷的疮痍一角，这也是《水魑》的难能可贵之处。

在本作中，祭祀“水魑”的祈雨仪式“增仪”和抗涝仪式“减仪”，借着波美地处偏僻之利，顺利越过二战，原汁原味地延续了下来。而其中为首的五月夜（さよ）村——村名与女主角小夜子（さよこ）的名字谐音——主持祭祀的成功率凌驾于众村之上，其秘诀就在于仪式原汁原味的程度极为彻底。它越过的不仅是战争时期的民俗破坏，还有悠久的文明进化过程。五月夜村实行着最古老的仪式，遗憾的是，“古老”往往与“人道”背道而驰，意味着惨无人道。

中日两国的古老文化有互通之处，传统糟粕倒也如出一辙，作家精心酿制的作品犹如味噌，带着浓郁的日本风味，却让人一看就想起了老家的黄豆酱，异国风情里透着乡土的亲切。

因此，这是一部特别适合中国读者阅读的推理小说。每一个接受过正规学校教育的中国人，都具有足够的知识储备，能在真相揭晓前有所预感。换言之，此处不需要民俗爱好者钻研什么特殊知识，但凡具备普通人的常识，就足以享受到抽丝剥茧、触摸真相的乐趣。

古老仪式总是有着繁琐的讲究，环境、布置、器物、人，方方面面都有既定之规。于是，一个严丝合缝、伏线密布的场子就在情节的自然推进中搭建起来了。场内怎么也不可能实现杀戮后的脱身，陆续发生的死亡事件也就显出了不可思议的色彩。《水魑》不是一部带有民俗元素的推理小说，也不是一部带有推理情节的民俗小说，每一次的杀戮，每一滴血，走向真相的每一步，都深深地嵌在“仪式”里。民俗与推理、仪式与杀戮，双双对对密不可分、浑然一体。

为了让村子幸存下来，村里的头领决心杀人以祭鬼神；为了让孩子幸存下来，母亲决心借鬼神之力杀人；为了让自己幸存下来，孩子决心杀人，不牵涉鬼神。

因为世道艰难，就有权为了活下去而滥杀无辜吗？杀戮之后到来的并不是幸福美好的生活。杀人犯必定受尽煎熬，以后的人生也绝不会一帆风顺。《水魑》中的“超自然”现象含量之高，描写力度之大，在刀城言耶系列里也是首屈一指的。然而，这部作品却揭示了一个令人悲哀的事实：徘徊在人心中的杀意，比起喜怒都很纯粹的鬼神来，恐怖程度更甚。

二、关于新版

与《如首无作祟之物》(以下简称为《首无》)一样,这次的新版《水魑》也以讲谈社文库本版为底本，做了修订。不过，老版不存在影响推理或真相的错误，因此更改之处远少于《首无》。文库本版只对鹤子和芥路的“奇异”关系，进行了一定程度的补救。

此外，《水魑》中有一部分解谜的线索与日语发音有关，普通读者不太可能意识到。因此，为了使本作显得更公平一些，我在很多貌似毫无必要的地方加了注释。进而，为了让注释的真正意图不会被轻易看穿，有时还采取了“藏木于林”的手法，比如那条与四村名的日语发音有关的注释。如果读者诸君在阅读过程中，对这些注释感到困惑，并猜出这可能是重要的线索，我会感到无上的荣幸。

张　舟

2020 年 5 月 30 日

图书在版编目（CIP）数据

如水魑沉没之物 /（日）三津田信三著；张舟译 .—
北京：文化发展出版社，2021.3
书名原文：水魑の如き沈むもの
ISBN 978-7-5142-3331-5

Ⅰ .①如… Ⅱ .①三… ②张… Ⅲ .①推理小说－日
本－现代 Ⅳ .① I313.45

中国版本图书馆 CIP 数据核字 (2021) 第 026011 号

版权合同登记号　图字：01-2021-0396
Original Japanese title: MIZUCHI NO GOTOKI SHIZUMU MONO

Original Japanese paperback edition published by Kodansha Ltd.
Simplified Chinese translation rights arranged with Hara-Shobo Co., Ltd.
through The English Agency (Japan) Ltd. and AMANN CO., LTD., Taipei

如水魑沉没之物

[日] 三津田信三 / 著
张舟 / 译

出 版 人：	武　赫	责任编辑：	周　蕾
责任校对：	岳智勇	责任设计：	郭　阳
责任印制：	杨　骏	封面设计：	李宗男
版式设计：	李宗男	封面插绘：	村田修
内封插绘：	崔晓东	特约编辑：	张录宁

出版发行：文化发展出版社（北京市翠微路 2 号　邮编：100036）
网　　址：www.wenhuafazhan.com
经　　销：各地新华书店
印　　刷：北京盛通印刷股份有限公司
开　　本：880mm × 1230mm　1/32
字　　数：371 千字
印　　张：17.25
版　　次：2021 年 6 月第 1 版　　2022 年 9 月第 2 次印刷
定　　价：68.00 元

I S B N：978-7-5142-3331-5